郁达夫 小说 经典

代文学经典名著

迷羊

郁达夫/著

21 二十一世纪出版社集团
21st Century Publishing Group
全国百佳出版社

图书在版编目（CIP）数据

迷羊：郁达夫小说经典 / 郁达夫著 . -- 南昌：
二十一世纪出版社，2014.9
（中国现代文学经典名著）

ISBN 978-7-5391-9079-2

Ⅰ .①迷… Ⅱ .①郁… Ⅲ .①小说集—中国—现代
Ⅳ .① I246

中国版本图书馆 CIP 数据核字 (2013) 第 224276 号

迷羊：郁达夫小说经典

郁达夫 / 著

策　　划	张　明
责任编辑	刘　刚
出版发行	二十一世纪出版社集团
	（江西省南昌市子安路75号　330025）
	www.21cccc.com　cc21@163.net
出 版 人	张秋林
经　　销	新华书店
印　　刷	北京永顺兴望印刷厂
版　　次	2014年10月第1版　2017年12月第2次印刷
开　　本	720mm×1000mm　1/16
印　　张	21
字　　数	278千
书　　号	ISBN 978-7-5391-9079-2
定　　价	35.00元

赣版权登字—04—2013—671

如发现印装质量问题，请寄本社图书发行公司调换 0791-86524997

目 录

导　论

张艳梅

　　郁达夫（1896.12.7—1945.9.17），原名郁文，字达夫，幼名阿凤，浙江富阳人，中国现代著名小说家、散文家、诗人。代表作有短篇小说集《沉沦》，小说《迟桂花》，散文《故都的秋》等。郁达夫在文学创作上主张"文学作品，都是作家的自叙传"，因此，他的小说创作多取材于自身经历，以自己的思想感情和人生际遇为底蕴，写出了个人的性情及时代家国之情。作为"创造社"的代表作家，他的"自叙传"小说和"零余者"形象在新文学史上有着重要意义。他的小说介于小说和散文之间，诗意的语言，浪漫主义的幻想，真挚而奔放的情感展露，艺术地再现了五四人文主义思潮注重自我价值和自我解放的时代要求，在当时的青年读者中间产生了广泛的影响。代表作有中篇小说《迷羊》《她是一个弱女子》，短篇小说《沉沦》《春风沉醉的晚上》《薄奠》《银灰色的死》《迟桂花》等。郁达夫小说抒情性风格的形成与他自身的人生经历，精神世界的漂泊挣扎，以及对文学的独特理解有着密切的关系。在创作中，他既书写了那个时代个体的情欲纠葛，也写出了知识分子的社会批判意识和人道主义情怀，同时还表达了一个异国游子对家国的深厚感情。这种抒情性风格饱含着感伤的弱者的情调，浪漫的青年觉醒者的理想，以及反压迫的民主主义者的倾向，从而形成了独树一帜的自叙传风格，大大拓展了现代小说的样式和表现力。

飘零辗转的孤旅

　　其一，郁达夫所处的生存环境、个人经历、时代的变迁等现实生存状态诸多因素相互交织从而造就了其主观性、情绪化倾向。

　　首先，从郁达夫所处的时代环境来看，他出生的1896年，"是中国正和日本战败后的第三年"，他曾在《悲剧的出生——自传之一》中非常沮丧地描述当时的国情："朝廷日日下罪己诏，办官书局，修铁路，讲时务，和各国谛订条约。"郁达夫成长的岁月，正是国家极为衰弱的时期，在日本留学期间，他深切感受到民族孱弱的痛苦与弱国子民的屈辱。个人的身世和遭遇使郁达夫深感人生的悲苦，弱国子民的屈辱又使郁达夫感到一种民族的自卑。由于常受日本人的侮辱，加上追求个性解放的时代气息浓厚等各方面原因，使得郁达夫的心理时常处于"倾斜"状态，异国飘零，岁月坎坷，他自然而然地选择了西方浪漫派作家和日本私小说作为学习对象，走上可以一吐积郁的抒情小说的发展道路。

其次，回国后，面对国内军阀的专制统治，积弱不振的社会面貌，党同伐异的陈规陋习，压抑人才的社会风气，郁达夫非常苦闷，更需要感情的"喷火口"，将心中的悲愤一吐为快。所以在现实中也常通过"醇酒妇人"式的放浪形骸来消解，这使他蒙受了荣誉上的玷污、经济上的损失和舆论的打击，给他带来的是更大的痛苦和自责，反而使压抑更强烈。对于天资很高，饱览西洋小说的郁达夫来说，流于笔端的宣泄更得心应手，可以说，正是飘零孤旅奠定了郁达夫小说创作的主观性、情绪化倾向的感情基础。

其二，郁达夫所特有的中西文化冲突中的精神履历，注定了他将在传统文人与现代知识分子之间徘徊游荡，在新旧文化的矛盾挣扎中，他始终找不到最后的皈依，精神上萦绕着一种难以挥去的伤感和痛楚。

从他的教育背景来看，我们不难看出他的思想世界一直充满着新旧矛盾。他7岁进私塾，9岁入书院，奠定了旧学的根基。但当他步入少年时代，新学已经勃兴，从11岁起，他就进入了富阳当地的新学堂，开始学习英文、算学、地理、体操、图画。以后，他在嘉兴府中学、杭州府中学、之江大学预科、杭州蕙兰中学就读，接受的都是新式教育，18岁起留学日本近10年。他在东京帝国大学读的是经济学，懂英文、德文、日文，还懂一点法语。在他的"风雨茅庐"的藏书中，有大量各种文字的文学作品，当然也有大量的线装书。青少年时代，他读古书的兴致始终没有泯灭，喜欢晚明小品《西青散记》之类，喜欢清代诗人黄仲则的《两当轩集》。成年之后一有钱就跑旧书铺，把买柴米油盐的钱换成了旧书。他最早在报纸上发表的作品就是他的旧体诗，那时他还不到20岁。他一边写新小说、白话散文，另一边从没有放弃过旧体诗的写作，他一手拿线装书，一手读原版外文书。既深受中国古典文化熏陶，又饱受西方现代文化的冲击。

在新旧文化之间漂泊游荡，是郁达夫终其一生无法走出的精神苦旅。郁达夫的思想里有着双重底色，即现代人的精神自由和传统文化的文人情结。郁达夫是一个坚守文人的自尊的流浪者，一个不愿与艺术背离的自由职业者。他的漂泊不同于古人为官的漂泊，而是一种精神上的漂泊，因而具有现代性，然而这种现代性始终伴随着它固有的传统性。传统的一面表现为内心深处的对古代名士精神气质的认同，郁达夫把自己与古代名士视为同类，感叹自己生不逢时。而现代的一面就在于他捕捉到了新时代的气息，开始挣脱旧文化、旧文学的桎梏。作为一个定格在 20 世纪中国文学史、文化史上的人物，郁达夫就是这样一个介于新旧文化之间的文化典型。他是如此热爱传承了几千年的旧文化，这种热爱不光停留在他对旧体诗的早熟、他对古老文化自然而然的接近上；同时，他贪婪地汲取了英国、德国、俄罗斯及世界各国文学中的异质营养，他自述在日本读经济学期间，大多数时间泡在外国文学上面，几年间至少读了上千种小说。郁达夫的旧体诗蕴涵着典型的文人情怀、文人心态，带有浓厚的传统烙印，然而作为新文学开山的重要作家，他的作品之所以打动那么多年轻读者，是因为他终究开始挣脱旧文化、旧文学的桎梏，呼吸到了新时代的空气。他是文化转型时代的代表人物，一个可以不断阐释的经典。他在现代文化史上的象征意义，在更深层次上，要比他在文学史上的地位更重要。他的灵魂在新、旧文化之间游荡漂泊，没有找到最终的归属，感情世界的内在矛盾挣扎，使他身上总是萦绕着一种挥之不去的伤感，也正因为如此，才形成了如此个性丰富的郁达夫。

一往而深的情怀

其一，个人之情。郁达夫小说突出表现了属于生存个体的生的苦闷、性的苦闷和精神苦闷。小说中塑造了真实感人的抒情主人公形象，这些抒情主人公大都是所谓"零余者"，即五四时期一部分歧路彷徨的知识青年，他们是遭受社会挤压而无力把握自己命运的小人物，是被压迫被损害的弱者。大多是孤身留学海外，或学成回国为生计而奔波。他们在经济上受压迫，政治上不得志，生活上遭遇不幸。这些"零余者"同现实社会往往势不两立，宁愿穷困自我，也不愿与黑暗势力同流合污，他们痛骂世态炎凉，或以种种变态行为以示反抗。郁达夫的"零余者"形象，实际上是对自己精神困境的一种自述，并经由自我拷问来探索五四知识分子的精神世界。在这种"冷酷如铁、黑暗如漆、腥秽如血"的社会里，承负着格外沉重的情感负担，小说的情感基调是深沉的压抑与悲哀。在《沉沦》《茫茫夜》《秋柳》和

《迷羊》这类最具有代表性的作品中，主人公渴望爱情，不满现实，当理想破灭后，就酗酒、纵情，乃至走上绝路。他们意识到社会的黑暗与丑恶，但苦于性格上的懦弱，不能奋起反抗，而只会消极的抵抗，把对现实的不满发泄在自己身上：要么想用死来解脱；要么沉溺酒色、放浪形骸来麻醉自己，甚至自戕；要么行尸走肉一般地活在世上，等待着最终毁灭的结局。郁达夫以自叙传的方式大胆暴露隐私，无情拷问灵魂，剖析主人公的内心奥秘，勾勒"生的苦闷"。他塑造的主人公始终在自我放纵和自我忏悔轮回交替的心灵矛盾之中挣扎。《风铃》的主人公于质夫到了人生的中途，辗转反侧于痛苦的人生抉择中，对将来失去了希望，而过去的半生却又是"一篇败残的历史"，回味起来只有眼泪与悲叹，自我意识苏醒后而又无所适从，这是何等的悲哀。这些深刻的描写反证了社会的不义和罪恶，在当时的时代很容易引起读者对黑暗社会的愤慨。在理想幻灭之后，自身经历慢慢的沉沦堕落，读者能从主人公的沉沦历程，深刻反省时代的弊病，从而自醒并开始觉悟后的自救奋起。

其二，时代之情。郁达夫小说还表现了五四时期知识分子的社会批判意识和人道主义情怀。在五四思想解放运动中，知识分子曾以"民主""自由"和"个性解放"为武器猛攻旧道德、旧传统，并热切地期望以此拯救民族，复兴祖国。郁达夫笔下的主人公常常带着难以排遣的忧郁苦闷，恰恰反映了五四时期那些在重重压力下，有所觉醒而又不知如何变革现状的青年共同的心理状态，具有鲜明的时代特征。从《沉沦》主人公的人生遭际和最终结局中，我们不难看出，冷酷的现实是怎么样一步步把一个正常人的生理需求逼向畸形变态，以致最终连这个人都逼向沉沦的深渊的。作家的社会批判立场明确，正因为蕴涵着深刻的时代原因和广阔的社会背景，加上作品中贯穿始终的严肃的人道主义精神，因此，这篇小说在特定的历史时期有着揭露黑暗、抨击社会、反帝反封建的积极意义。在批判黑暗的旧社会，展示文人愤世嫉俗的笔锋与战斗色彩的同时，作者也表现出满怀温情的一面，我们能在他的作品中看到知识分子的人道主义情怀。这种愤世忧生的情绪表现在描写失业和辗转的生活所造成的生计艰难，对孤苦无依的被剥削者的同情，以及下层劳动人民身上所具有的美好品质的发掘和赞美上。在《薄奠》中，作者思想上更加关注国计民生，忧人力车夫的遭遇，忧知识分子的无能为力，以及人力车夫与失业知识分子的窘困生活。反映了知识分子与劳动人民真挚的情意，揭示了劳动人民的优秀品质和悲惨的命运。作品显示出郁达夫的思考重心并不仅在于一个车夫的凄惨命运，而在于整个社会底层人物有悲无欢、有离无合的飘零身世。在《春风沉醉的晚上》等篇中，透视其所蕴涵的时代原因和社会问题时，我们都能看到贯穿始终的严肃的人道主义精神。

其三，家国之情。郁达夫小说还表现出异国游子普遍的家国深情。郁达夫生在半封建半殖民地的中国，面对内忧外患不断的民族，风雨飘摇的国运，他笔下的主人公们不可能无动于衷，因为他们的命运、遭际无不与国家命运、社会现实相联系。他的早期代表作《沉沦》即把现代青年人的痛苦与祖国的命运联系起来进行深切的体味。主人公最后蹈海高呼："祖国啊，你快富起来，强起来罢！你还有许多儿女在那里受苦呢！"郁达夫能把个人的命运同祖国的命运联系起来，从而使自己作品的立意得到升华，境界自然也得到了拓展。他的爱国主义往往是以自我的感受开始，却定格在自我实感之上。他能始终把自我同民族等同起来，把自我的痛苦与民族的痛苦等同起来，把自我的意愿与民族的愿望等同起来。在他的个人情感中透视出民族的衰败、屈辱和痛苦。《风铃》中的于质夫，满腔热情回到祖国，渴望为国家强大尽自己的全部力量。不过，满怀报国热忱却遍寻不到自己的用武之地。《茫茫夜》里于质夫对卖笑为生的妓女给予了满怀的同情，到头来却是连自己都帮不了的弱者。那样的时局，那样的社会无法给予他们一个合适的位置，注定了于质夫等人悲剧的命运。在郁达夫的笔下，这些"零余者"虽然深切感受到了民族的苦难、国家的贫弱，但缺少积极反抗的意识，更多的是哀怨，以躲避而终，缺少直面苦难根源的勇气和魄力。

从文学观、美学观及艺术情趣等方面来看，郁达夫是一个有"悲哀之词易工"美学见解的作家。他在写作中有意识地侧重描写人的悲苦和不幸，试图通过病态的人物来揭露丑恶的现实，在畸形的心理中反观情感的价值，于性格塑造中探索人性的尊严。郁达夫在美学表现上对感伤情调和病态美的艺术处理上，有着独特的成绩和贡献。用他评价卢梭的话来说就是："他是一个热爱人类的人，然而处处被人类的阴险毒诈所刺伤以后，就不得不厌弃人生，厌弃社会了。"他想牺牲一己的安乐荣利，来大声疾呼中华民族的腐劣遗传，用手中的笔来挽回那堕落的人心。作为一代著名的小说家，优秀的散文家、诗人，郁达夫的文学成就堪载史册，他的"自我写真"的抒情艺术对中国现代小说发展产生了巨大影响。

　　本书选取郁达夫中短篇小说代表作，力求全面展示郁达夫三个创作时期不同的思想追求和艺术风格。赏析和评介相结合，既有文本细读，也有理论阐释，努力做到雅俗共赏。不足之处在所难免，诚请方家和广大读者指正。

沉　沦

一

　　他近来觉得孤冷得可怜。

　　他的早熟的性情，竟把他挤到与世人绝不相容的境地去，世人与他的中间介在的那一道屏障，愈筑愈高了。

　　天气一天一天的清凉起来，他的学校开学之后，已经快半个月了。那一天正是九月的二十二日。

　　晴天一碧，万里无云，终古常新的皎日，依旧在她的轨道上，一程一程的在那里行走。从南方吹来的微风，同醒酒的琼浆一般，带着一种香气，一阵阵的拂上面来。在黄苍未熟的稻田中间，在弯曲同白线似的乡间的官道上面，他一个人手里捧了一本六寸长的 *Wordsworth*[1] 的诗集，尽在那里缓缓的独步。在这大平原内，四面并无人影；不知从何处飞来的一声两声的远吠声。悠悠扬扬的传到他耳膜上来。他眼睛离开了书，同做梦似的向有犬吠声的地方看去，但看见了一丛杂树，几处人家，同鱼鳞似的屋瓦上，有一层薄薄的蜃气楼，同轻纱似的，在那里飘荡。

　　"Oh, you serene gossamer! You beautiful gossamer!"[2]

　　这样的叫了一声，他的眼睛里就涌出了两行清泪来，他自己也不知道是什么缘故。

　　呆呆的看了好久，他忽然觉得背上有一阵紫色的气息吹来，息索的一响，道旁的一枝小草，竟把他的梦境打破了，他回转头来一看，那枝小草还是颠摇不已，一阵带着紫罗兰气息的和风，温微微的喷到他那苍白的脸上来。在这清和的早秋的世界里，在这澄清透明的以太（*Ether*）中，他的身体觉得同陶醉似的酥软起来。他好像是睡在慈母怀里的样子。他好像是梦到了桃花源里的样子。他好像是在南欧的海岸，躺在情人膝上，在那里贪午睡的样子。

　　他看看四边，觉得周围的草木，都在那里对他微笑。看看苍空，觉得悠久无穷的大自然，微微的在那里点头。一动也不动的向天看了一会，他觉得天空中，有一群小天神，背上插着了翅膀，肩上挂着了弓箭，在那里跳舞。他觉得乐极了。便不知不觉开了口，自言自语的说：

"这里就是你的避难所。世间的一般庸人都在那里妒忌你，轻笑你，愚弄你；只有这大自然，这终古常新的苍空皎日，这晚夏的微风，这初秋的清气，还是你的朋友，还是你的慈母，还是你的情人，你也不必再到世上去与那些轻薄的男女共处去，你就在这大自然的怀里，这纯朴的乡间终老了罢。"

这样的说了一遍，他觉得自家可怜起来，好像有万千哀怨，横亘在胸中，一口说不出来的样子。含了一双清泪，他的眼睛又看到他手里的书上去。

Behold her,single in the field,
You solitary Highland Lass!
Reaping and singing by herself;
Stop here,or gently pass!
Alone she cuts and binds the grain,
And sings a melancholy strain;
O,listen!for the vale profound
Is overflowing with the sound.

看了这一节之后，他又忽然翻过一张来，脱头脱脑的看到那第三节去。

Will no one tell me what she sings?
Perhaps the plaintive numbers flow
For old,unhappy far-off things,
And battle long ago:
Or is it some more humble lay,
Familiar matter of today?
Some natural sorrow,loss,or pain,
That has been,and may be again?

这也是他近来的一种习惯，看书的时候，并没有次序的。几百页的大书，更可不必说了，就是几十页的小册子，如爱美生的《自然论》（*Emerson's On Nature*），沙罗的《逍遥游》（*Thoreau's Excursion*）之类，也没有完完全全从头至尾的读完一篇过。当他起初翻开一册书来看的时候，读了四行五行或一页二页，他每被那一本书感动，恨不得要一口气把那一本书吞下肚子里去的样子，到读了三页四页之后，他又生起一种怜惜的心来，他心里似乎说：

"像这样的奇书，不应该一口气就把它念完，要留着细细儿的咀嚼才好。一下子就念完了之后，我的热望也就不得不消灭，那时候我就没有好望，没有梦想了，怎么使得呢？"

他的脑里虽然有这样的想头，其实他的心里早有一些儿厌倦起来，到了这时候，他总把那本书收过一边，不再看下去。过几天或者过几个钟头之后，他又用了满腔的热忱，同初读那一本书的时候一样的，去读另外的书去；几日前或者几点钟前那样的感动他的那一本书，就不得不被他遗忘了。

放大了声音把渭迟渥斯《孤寂的高原刈稻者》的那两节诗读了一遍之后，他忽然想把这一首诗用中国文翻译出来。

他想想看，*The Solitary Highland Reaper*[3] 诗题只有如此的译法。

> 你看那个女孩儿，她只一个人在田里，
> 你看那边的那个高原的女孩儿，她只一个人冷清清地！
> 她一边刈稻，一边在那儿唱着不已；
> 她忽儿停了，忽而又过去了，轻盈体态，风光细腻！
> 她一个人，刈了，又重把稻儿捆起，
> 她唱的山歌，颇有些儿悲凉的情味；
> 听呀听呀！这幽谷深深，
> 全充满了她的歌唱的清音。
>
> 有人能说否，她唱的究竟是什么？
> 或者她那万千的痴话
> 是唱着前代的哀歌，
> 或者是前朝的战事，千兵万马；
> 或者是些坊间的俗曲

便是目前的家常闲说？

或者是些天然的哀怨，必然的丧苦，自然的悲楚。

这些事虽是过去的回思，将来想亦必有人指诉。

他一口气译了出来之后，忽又觉得无聊起来，便自嘲自骂的说：

"这算是什么东西呀，岂不同教会里的赞美歌一样的乏味么？英国诗是英国诗，中国诗是中国诗，又何必译来对去呢！"

这样的说了一句，他不知不觉便微微儿的笑了起来。向四边一看，太阳已经打斜了；大平原的彼岸，西边的地平线上，有一座高山，浮在那里，饱受了一天残照，山的周围酝酿成一层朦朦胧胧的岚气，反射出一种紫不紫红不红的颜色来。

他正在那里出神呆看的时候，喀的咳嗽了一声，他的背后忽然来了一个农夫。回头一看，他就把他脸上的笑容装改了一副忧郁的面色，好像他的笑容是怕被人看见的样子。

二

他的忧郁症愈闹愈甚了。

他觉得学校里的教科书，味同嚼蜡，毫无半点生趣。天气清朗的时候，他每捧了一本爱读的文学书，跑到人迹罕至的山腰水畔，去贪那孤寂的深味去。在万籁俱寂的瞬间，在天水相映的地方，他看看草木虫鱼，看看白云碧落，便觉得自家是一个孤高傲世的贤人，一个超然独立的隐者。有时在山中遇着一个农夫，他便把自己当作了 *Zaratustra*[4]，把 *Zaratustra* 所说的话，也在心里对那农夫讲了。他的 *Megalomania*[5] 也同他的 *Hypochondria*[6] 成了正比例，一天一天的增加起来。他竟有接连四五天不上学校去听讲的时候。

有时候到学校里去，他每觉得众人都在那里凝视他的样子。他避来避去想避他的同学，然而无论到了什么地方，他的同学的眼光，总好像怀了恶意，射在他的背脊上面。

上课的时候，他虽然坐在全班学生的中间，然而总觉得孤独得很；在稠人广众之中，感得的这种孤独，倒比一个人在冷清的地方，感得的那种孤独，还更难受。看看他的同学们，一个个都是兴高采烈的在那里听先生的讲义，只有他一个人身体虽然坐在讲堂里头，心思却同飞云逝电一般，在那里作无边无际的空想。

好容易下课的钟声响了！先生退去之后，他的同学说笑的说笑，谈天的谈天，个个都同春来的燕雀似的，在那里作乐；只有他一个人锁了愁眉，舌根好像被千钧的巨石锤住的样子，兀的不作一声。他也很希望他的同学来对他讲些闲话，然而他的同学却都自家管自家的去寻欢乐去，一见了他那一副愁容，没有一个不抱头奔散的，因此他愈加怨他的同学了。

"他们都是日本人，他们都是我的仇敌，我总有一天来复仇，我总要复他们的仇。"

一到了悲愤的时候，他总这样的想的，然而到了安静之后，他又不得不嘲骂自家说：

"他们都是日本人，他们对你当然是没有同情的，因为你想得他们的同情，所以你怨他们，这岂不是你自家的错误么？"

他的同学中的好事者，有时候也有人来向他说笑的，他心里虽然非常感激，想同那一个人谈几句知心的话，然而口中总说不出什么话来；所以有几个解他的意的人，也不得不同他疏远了。

他的同学日本人在那里欢笑的时候，他总疑他们是在那里笑他，他就一霎时的红起脸来。他们在那里谈天的时候，若有偶然看他一眼的人，他又忽然红起脸来，以为他们是在那里讲他。他同他同学中间的距离，一天一天的远背起来，他的同学都以为他是爱孤独的人，所以谁也不敢来近他的身。

有一天放课之后，他挟了书包，回到他的旅馆里来，有三个日本学生系同他同路的。将要到他寄寓的旅馆的时候，前面忽然来了两个穿红裙的女学生。在这一区市外的地方，从没有女学生看见的，所以他一见了这两个女子，呼吸就紧缩起来。他们四个人同那两个女子擦过的时候，他的三个日本人的同学都问她们说，

"你们上那儿去？"

那两个女学生就作起娇声来回答说：

"不知道！"

"不知道！"

那三个日本学生都高笑起来，好像是很得意的样子；只有他一个人似乎是他自家同她们讲了话似的，害了羞，匆匆跑回旅馆里来。进了他自家

的房，把书包用力的向席上一丢，他就在席上躺下了。他的胸前还在那里乱跳，用了一只手枕着头，一只手按着胸口，他便自嘲自骂的说：

"你这卑怯者！

"你既然怕羞，何以又要后悔？

"既要后悔，何以当时你又没有那样的胆量？不同她们去讲一句话。

"Oh,coward,coward[7]！"

说到这里，他忽然想起刚才那两个女学生的眼波来了。那两双活泼泼的眼睛！

那两双眼睛里，确有惊喜的意思含在里头。然而再仔细想了一想，他又忽然叫起来说：

"呆人呆人！她们虽有意思，与你有什么相干？她们所送的秋波，不是单送给那三个日本人的么？唉！唉！她们已经知道了，已经知道我是支那人了，否则她们何以不来看我一眼呢！复仇复仇，我总要复他们的仇。"

说到这里，他那火热的颊上忽然滚了几颗冰冷的眼泪下来。他是伤心到极点了。这一天晚上，他记的日记说：

"我何苦要到日本来，我何苦要求学问。既然到了日本，那自然不得不被他们日本人轻侮的。中国呀中国！你怎么不富强起来，我不能再隐忍过去了。

"故乡岂不有明媚的山河，故乡岂不有如花的美女？我何苦要到这东海的岛国里来！

"到日本来倒也罢了，我何苦又要进这该死的高等学校。他留了五个月学回去的人，岂不在那里享荣华安乐么？这五六年的岁月，教我怎么能挨得过去。受尽了千辛万苦，积了十数年的学识，我回国去，难道定能比他们来胡闹的留学生更强么？

"人生百岁，年少的时候，只有七八年的光景，这最纯最美的七八年，我就不得不在这无情的岛国里虚度过去，可怜我今年已经是二十一了。

"槁木的二十一岁！

"死灰的二十一岁！

"我真还不如变了矿物质的好，我大约没有开花的日子了。

"知识我也不要，名誉我也不要，我只要一个安慰我体谅我的'心'。一副白热的心肠！从这一副心肠里生出来的同情！从同情而来的爱情！

"我所要求的就是爱情！

"若有一个美人，能理解我的苦楚，她要我死，我也肯的。

"若有一个妇人，无论她是美是丑，能真心真意的爱我，我也愿意为她死的。

"我所要求的就是异性的爱情！

"苍天呀苍天，我并不要知识，我并不要名誉，我也不要那些无用的金钱，你若能赐我一个伊甸园内的"伊扶"，使她的肉体与心灵，全归我有，我就心满意足了。"

三

他的故乡，是富春江上的一个小市，去杭州水程不过八九十里。这一条江水，发源安徽，贯流全浙，江形曲折，风景常新，唐朝有一个诗人赞这条江水说"一川如画"。他十四岁的时候，请了一位先生写了这四个字，贴在他的书斋里，因为他的书斋的小窗，是朝着江面的。虽则这书斋结构不大，然而风雨晦明，春秋朝夕的风景，也还抵得过滕王高阁。在这小小的书斋里过了十几个春秋，他才跟了他的哥哥到日本来留学。

他三岁的时候就丧了父亲，那时候他家里困苦得不堪。好容易他长兄在日本W大学卒了业，回到北京，考了一个进士，分发在法部当差，不上两年，武昌的革命起来了。那时候他已在县立小学堂卒了业，正在那里换来换去的换中学堂。他家里的人都怪他无恒性，说他的心思太活；然而依他自己讲来，他以为他一个人同别的学生不同，不能按部就班的同他们同在一处求学的。所以他进了K府中学之后，不上半年又忽然转到了H府中学来；在H府中学住了三个月，革命就起来了。H府中学停学之后，他依旧只能回到那小小的书斋里来。第二年的春天，正是他十七岁的时候，他就进了大学的预科。这大学是在杭州城外，本来是美国长老会捐钱创办的，所以学校里浸润了一种专制的弊风，学生的自由，几乎被压缩得同针眼儿一般的小。礼拜三的晚上有什么祈祷会，礼拜日非但不准出去游玩，并且在家里看别的书也不准的，除了唱赞美诗祈祷之外，只许看新旧约书。每天早晨从九点钟到九点二十分，定要去做礼拜，不去做礼拜，就要扣分数记过。他虽然非常爱那学校近旁的山水景物，然而他的心里，总有些反抗的意思，因为他是一个爱自由的人，对那些迷信的管束，怎么也不甘心服从。住不上半年，那大学里的厨子，托了校长的势，竟打起学生来。学生中间有几个不服的，便去告诉校长，校长反说学生不是。他看看这些情形，实在是太无道理了，就立刻去告了退，仍复回家，到那小小的书斋里去，那时候已经是六月初了。

在家里住了三个多月，秋风吹到富春江上，两岸的绿树，就快凋落的时候，他又坐了帆船，下富春江，上杭州去。恰好那时候石牌楼的W中学正在那里招插班生，他进去见了校长M氏，把他的经历说了M氏夫妻听，M氏就许他插入最高的班里去。这W中学原来也是一个教会学校，校长M氏，也是一个糊涂的美国宣教师；他看看这学校的内容倒比H大学不如了。与一位很卑鄙的教务长——原来这一位先生就是H大学的卒业生——闹了一场，第二年的春天，他就出来了。出了W中学，他看看杭州的学校，都不能如他的意，所以他就打算不再进别的学校去。

正是这个时候，他的长兄也在北京被人排斥了。原来他的长兄为人正直得很，在部里办事，铁面无私，并且比一般部内的人物又多了一些学识，所以部内上下，都忌惮他。有一天某次长的私人，来问他要一个位置，他执意不肯，因此次长就同他闹起意见来，过了几天他就辞了部里的职，改到司法界去做司法官去了。他的二兄那时候正在绍兴军队里作军官，这一位二兄军人习气颇深，挥金如土，专喜结交侠少。他们弟兄三人，到这时候都不能如意之所为，所以那一小市镇里的闲人都说他们的风水破了。

他回家之后，便镇日镇夜的蛰居在他那小小的书斋里。他父祖及他长兄所藏的书籍，就作了他的良师益友。他的日记上面，一天一天的记起诗来。有时候他也用了华丽的文章做起小说来，小说里就把他自己当作了一个多情的勇士，把他邻近的一家寡妇的两个女儿，当作了贵族的苗裔，把他故乡的风物，全编作了田园的情景；有兴的时候，他还把他自家的小说，用单纯的外国文翻译起来；他的幻想，愈演愈大了，他的忧郁病的根苗，大约也就在这时候培养成功的。

在家里住了半年，到了七月中旬，他接到他长兄的来信说：

"院内近有派予赴日本考察司法事务之意，予已许院长以东行，大约此事不日可见命令。渡日之先，拟返里小住。三弟居家，断非上策，此次当偕伊赴日本也。"

他接到了这一封信之后，心中日日盼他长兄南来，到了九月下旬，他的兄嫂才自北京到家。住了一月，他就同他的长兄长嫂同到日本去了。

到了日本之后，他的 *Dreams of the romantic age*[8] 尚未醒悟，模模糊糊

的过了半载，他就考入了东京第一高等学校。这正是他十九岁的秋天。

第一高等学校将开学的时候，他的长兄接到了院长的命令，要他回去。他的长兄就把他寄托在一家日本人的家里，几天之后，他的长兄长嫂和他的新生的侄女儿就回国去了。

东京的第一高等学校里有一班预备班，是为中国学生特设的。在这预科里预备一年，卒业之后，才能入各地高等学校的正科，与日本学生同学。他考入预科的时候，本来填的是文科，后来将在预科卒业的时候，他的长兄定要他改到医科去，他当时亦没有什么主见，就听了他长兄的话把文科改了。

预科卒业之后，他听说Ｎ市的高等学校是最新的，并且Ｎ市是日本产美人的地方，所以他就要求到Ｎ市的高等学校去。

四

他的二十岁的八月二十九日的晚上，他一个人从东京的中央车站乘了夜行车到Ｎ市去。

那一天大约刚是旧历的初三四的样子，同天鹅绒似的又蓝又紫的天空里，洒满了一天星斗。半痕新月，斜挂在西天角上，却似仙女的蛾眉，未加翠黛的样子。他一个人靠着了三等车的车窗，默默的在那里数窗外人家的灯火。火车在暗黑的夜气中间，一程一程的进去，那大都市的星星灯火，也一点一点的朦胧起来，他的胸中忽然生了万千哀感，他的眼睛里就忽然觉得热起来了。

"Sentimental,too sentimental!"[9] 这样的叫了一声，把眼睛揩了一下，他反而自家笑起自家来。

"你也没有情人留在东京，你也没有弟兄知己住在东京，你的眼泪究竟是为谁洒的呀！或者是对于你过去的生活的伤感，或者是对你二年间的生活的余情，然而你平时不是说不爱东京的么？

"唉，一年人住岂无情。

"黄莺住久浑相识，欲别频啼四五声！"

胡思乱想的寻思了一会，他又忽然想到初次赴新大陆去的清教徒的身上去。

"那些十字架下的流人，离开他故乡海岸的时候，大约也是悲壮淋漓，同我一样的。"

　　火车过了横滨，他的感情方才渐渐儿的平静起来。呆呆的坐了一忽，他就取了一张明信片出来，垫在海涅（Heine）的诗集上，用铅笔写了一首诗寄他东京的朋友。

　　　　　峨眉月上柳梢初，又向天涯别故居。
　　　　　四壁旗亭争赌酒，六街灯火远随车。
　　　　　乱离年少无多泪，行李家贫只旧书。
　　　　　夜后芦根秋水长，凭君南浦觅双鱼。

　　在朦胧的电灯光里，静悄悄的坐了一会，他又把海涅的诗集翻开来看了。

　　　　　Lebet wohl,ihr glatten Saele,
　　　　　Glatte Herren,glatte Frauen!
　　　　　Auf die Berge will ich steigen,
　　　　　Lachend auf euch nioderschauen!

　　　　　"浮薄的尘寰，无情的男女，
　　　　　你看那隐隐的青山，我欲乘风飞去，
　　　　　且住且住，
　　　　　我将从那绝顶的高峰，笑看你终归何处。"

　　单调的轮声，一声声连连续续的飞到他的耳膜上来，不上三十分钟，他竟被这催眠的车轮声引诱到梦幻的仙境里去了。

　　早晨五点钟的时候，天空渐渐儿的明亮起来。在车窗里向外一望，他只见一线青天还被夜色包住在那里。探头出去一看，一层薄雾，笼罩着一幅天然的画图，他心里想了一想："原来今天又是清秋的好天气，我的福分真可算不薄了。"过了一个钟头，火车就到了N市的停车场。

　　下了火车，在车站上遇见了个日本学生；他看看那学生的制帽上也有两条白线，便知道他也是高等学校的学生。他走上前去，对那学生脱了一脱帽，问他说：

"第Ｘ高等学校是在什么地方？"

那学生回答说：

"我们一路去罢。"

他就跟了那学生跑出火车站来，在火车站的前头，乘了电车。

时光还早得很，Ｎ市的店家都还未曾起来。他同那日本学生坐了电车，经过了几条冷清的街巷，就在鹤舞公园前面下了车。他问那日本学生说：

"学校还远得很么？"

"还有二里多路。"

穿过了公园，走到稻田中间的细路上的时候，他看看太阳已经起来了，稻上的露滴，还同明珠似的挂在那里。前面有一丛树林，树林荫里，疏疏落落的看得见几椽农舍。有两三条烟囱筒子，突出在农舍的上面，隐隐约约的浮在清晨的空气里。一缕两缕的青烟，同炉香似的在那里浮动，他知道农家已在那里炊早饭了。

到学校近边的一家旅馆去一问，他一礼拜前头寄出的几件行李，早已经到在那里。原来那一家人家是住过中国留学生的，所以主人待他也很殷勤。在那一家旅馆里住下了之后，他觉得前途好像有许多欢乐在那里等他的样子。

他的前途的希望，在第一天的晚上，就不得不被目前的实情嘲弄了。原来他的故里，也是一个小小的市镇。到了东京之后，在人山人海的中间，他虽然时常觉得孤独，然而东京的都市生活，同他幼时的习惯尚无十分龃龉的地方。如今到了这Ｎ市的乡下之后，他的旅馆，是一家孤立的人家，四面并无邻舍，左首门外便是一条如发的大道，前后都是稻田，西面是一方池水，并且因为学校还没有开课，别的学生还没有到来，这一间宽旷的旅馆里，只住了他一个客人。白天倒还可以支吾过去，一到了晚上，他开窗一望，四面都是沉沉的黑影，并且因Ｎ市的附近是一大平原，所以望眼连天，四面并无遮障之处，远远里有一点灯火，明灭无常，森然有些鬼气。天花板里，又有许多虫鼠，息栗索落的在那里争食。窗外有几株梧桐，微风动叶，飒飒的响得不已，因为他住在二层楼上，所以梧桐的叶战声，近在他的耳边。他觉得害怕起来，几乎要哭出来了。他对于都市的怀乡病（*nostalgia*）从未有比那一晚更甚的。

学校开了课，他朋友也渐渐儿的多起来。感受性非常强烈的他的性情，也同天空大地丛林野水融和了。不上半年，他竟变成了一个大自然的宠儿，一刻也离不了那天然的野趣了。他的学校是在Ｎ市外，刚才说过市的附近是一大平原，所以四边的地平线，界限广大的很。那时候日本的工业还没有十分发达，人口也还没有增加得同目下一样，所以他的学校的近边，还多是丛林空地，小阜低岗。除了几家与学生做买卖的文房具店及菜馆之外，附近并没有居民。荒野的人间，只有几家为学生设的旅馆，同晓天的星影似的，散缀在麦田瓜地的中央。晚饭毕后，披了黑呢的缦斗（斗篷），拿了爱读的书，在迟迟不落的夕照中间，散步逍遥，是非常快乐的。他的田园趣味，大约也是在这 *Idyllic Wanderings*[10] 的中间养成的。

在生活竞争不十分猛烈，逍遥自在，同中古时代一样的时候；在风气纯良，不与市井小人同处，清闲雅淡的地方；过日子正如做梦一样。他到 N 市之后，转瞬之间，已经有半年多了。

熏风日夜的吹来，草色渐渐儿的绿起来。旅馆近旁麦田里的麦穗，也一寸寸的长起来了。草木虫鱼都化育起来，他的从始祖传来的苦闷也一日日的增长起来，他每天早晨，在被窝里犯的罪恶，也一次次的加起来了。

他本来是一个非常爱高尚爱洁净的人，然而一到了这邪念发生的时候，他的智力也无用了，他的良心也麻痹了，他从小服膺的"身体发肤""不敢毁伤"的圣训，也不能顾全了。他犯了罪之后，每深自痛悔，切齿的说，下次总不再犯了，然而到了第二天的那个时候，种种幻想，又活泼泼的到他的眼前来。他平时所看见的"伊扶"的遗类，都赤裸裸的来引诱他。中年以后的 *madam* 的形体，在他的脑中，比处女更有挑发他情动的地方。他苦闷一场，恶斗一场，终究不得不做她们的俘虏。这样的一次成了两次，两次之后就成了习惯。他犯罪之后，每到图书馆里去翻出医书来看，医书上都千篇一律的说，于身体有害的就是这一种犯罪。从此之后，他的恐惧心也一天一天的增加起来。有一天他不知道从什么地方得来的消息，好像是一本书上说，俄国近代文学的创始者 *Gogol* 也犯这一宗病，他到死竟没有改过来，他想到 *Gogol* 心里就宽了一宽，因为这《死了的魂灵》的著者，也是同他一样的。然而这不过自家对自家的宽慰而已，他的胸里，总有一种非常的忧虑存在那里。

因为他是非常爱洁净的，所以他每天总要去洗澡一次，因为他是非常爱惜身体的，所以他每天总要去吃几个生鸡子和牛乳；然而他去洗澡或吃牛乳鸡子的时候，他总觉得惭愧得很，因为这都是他的犯罪的证据。

他觉得身体一天天的衰弱起来，记忆力也一天天的减退了。他又渐渐儿的生了一种怕见人面的心，见了妇女的时候，他觉得更加难受。学校的教科书，他渐渐的嫌恶起来，法国自然派的小说和中国那几本有名的诲淫小说，他念了又念，几乎记熟了。

有时候他忽然做出一首好诗来，他自家便喜欢得非常，以为他的脑力还没有破坏。那时候他每对着自家起誓说：

"我的脑力还可以使得，还能做得出这样的诗，我以后决不再犯罪了。过去的事实是没法，我以后总不再犯罪了。若从此自新，我的脑力，还是很可以的。"

然而一到了紧迫的时候，他的誓言又忘了。

每礼拜四五，或每月的二十六七的时候，他索性尽意的贪起欢来。他的心里想，自下礼拜一或下月初一起，我总不犯罪了。有时候正合到礼拜六或月底的晚上，去剃头洗澡去，以为这就是改过自新的记号，然而过几天他又不得不吃鸡子和牛乳了。

他的自责心同恐惧心，竟一日也不使他安闲，他的忧郁症也从此厉害起来了。这样的状态继续了一二个月，他的学校里就放了暑假，暑假的两个月内，他受的苦闷，更甚于平时；到了学校开课的时候，他的两颊的颧骨更高起来，他的青灰色的眼窝更大起来，他的一双灵活的瞳人，变了同死鱼眼睛一样了。

五

秋天又到了。浩浩的苍空，一天一天的高起来。他的旅馆旁边的稻田，都带起黄金色来。朝夕的凉风，同刀也似的刺到人的心骨里去，大约秋冬的佳日，来也不远了。

一礼拜前的有一天午后，他拿了一本 *Wordsworth* 的诗集，在田塍路上逍遥漫步了半天。从那一天以后，他的循环性的忧郁症，尚未离他的身过。前几天在路上遇着的那两个女学生，常在他的脑里，不使他安静：想起那一天的事情，他还是一个人要红起脸来。

他近来无论上什么地方去，总觉得有坐立难安的样子。他上学校去的时候，觉得他的日本同学都似在那里排斥他。他的几个中国同学，也许久不去寻访了，因为去寻访了回来，他心里反觉得空虚。因为他的几个中国同学，怎么也不能理解他的心理。他去寻访的时候，总想得些同情回来的，然而到了那里，谈了几句以后，他又不得不自悔寻访错了。有时候和朋友讲得投机，他就任了一时的热意，把他的内外的生活都对朋友讲了出来，然而到了归途，他又自悔失言，心里的责备，倒反比不去访友的时候，更加厉害。他的几个中国朋友，因此都说他是染了神经病了。他听了这话之后，对了那几个中国同学，也同对日本学生一样，起了一种复仇的心。他同他的几个中国同学，一日一日的疏远起来。嗣后虽在路上，或在学校里遇见的时候，他同那几个中国同学，也不点头招呼。中国留学生开会的时候，他当然是不去出席的。因此他同他的几个同胞，竟宛然成了两家仇敌。

他的中国同学的里边，也有一个很奇怪的人，因为他自家的结婚有些道德上的罪恶，所以他专喜讲人家的丑事，以掩己之不善，说他是神经病，也是这一位同学说的。

他交游离绝之后，孤冷得几乎到将死的地步，幸而他住的旅馆里，还有一个主人的女儿，可以牵引他的心，否则他真只能自杀了。他旅馆的主人的女儿，今年正是十七岁，长方的脸儿，眼睛大得很，笑起来的时候，面上有两颗笑靥，嘴里有一颗金牙看得出来，因为她自家觉得她自家的笑容是非常可爱，所以她平时常在那里笑的。

他心里虽然非常爱她，然而她送饭来或来替他铺被的时候，他总装出一种兀不可犯的样子来。他心里虽想对她讲几句话，然而一见了她，他总不能开口。她进他房里来的时候，他的呼吸竟急促到吐气不出的地步。他在她的面前实在是受苦不起了，所以近来她进他的房里来的时候，他每不得不跑出房外去。然而他思慕她的心情，却一天一天的浓厚起来。有一天礼拜六的晚上，旅馆里的学生都上Ｎ市去行乐去了。他因为经济困难，所以吃了晚饭，上西面池上去走了一回，就回来了。

回家来坐了一会，他觉得那空旷的二层楼上，只有他一个人在家。静悄悄的坐了半晌，坐得不耐烦起来的时候，他又想跑出外面去。然而要跑出外面去，不得不由主人的房门口经过，因为主人和他女儿的房，就在大门的边上。他记得刚才进来的时候，主人和他的女儿正在那里吃饭。他一想到经过她面前的时候的苦楚，就把跑出外面去的心思丢了。

拿出了一本 *G.Gissing*[11] 的小说来读了三四页之后，静寂的空气里，忽然传了几声煞煞的泼水声音过来。他静静儿的听了一听，呼吸又一霎时的急了起来，面色也涨红了。迟疑了一会，他就轻轻的开了房门，拖鞋也不拖，幽手幽脚的走下扶梯去。轻轻的开了便所的门，他尽兀兀的站在便所的玻璃窗口偷看。原来他旅馆里的浴室，就在便所的间壁，从便所的玻璃窗看去，浴室里的动静了了可看。他起初以为看一看就可以走的，然而到了一看之后，他竟同被钉子钉住的一样，动也不能动了。

那一双雪样的乳峰！

那一双肥白的大腿！

这全身的曲线！

呼气也不呼，仔仔细细的看了一会，他面上的筋肉，都发起痉挛来。愈看愈颤得厉害，他那发颤的前额部竟同玻璃窗冲击了一下。被蒸气包住的那赤裸裸的"伊扶"便发了娇声问说：

"是谁呀……"

他一声也不响，急忙跳出了便所，就三脚两步的跑上楼上去了。

他跑到了房里，面上同火烧的一样，口也干渴了。一边他自家打自家的嘴巴，一边就把他的被窝拿出来睡了。他在被窝里翻来覆去，总睡不着，便立起了两耳，听起楼下的动静来。他听听泼水的声音也息了，浴室的门开了之后，他听见她的脚步声好像是走上楼来的样子。用被包着了头，他心里的耳朵明明告诉他说：

"她已经立在门外了。"

他觉得全身的血液，都在往上奔注的样子。心里怕得非常，羞得非常，也喜欢得非常。然而若有人问他，他无论如何，总不肯承认说，这时候他是喜欢的。

他屏住了气息，尖着了两耳听了一会，觉得门外并无动静，又故意咳嗽了一声，门外亦无声响。他正在那里疑惑的时候，忽听见她的声音，在楼下同她的父亲在那里说话。他手里捏了一把冷汗，拼命想听出她的话来，然而无论如何总听不清楚。停了一会，她的父亲高声笑了起来，他把被蒙头的一罩，咬紧了牙齿说：

"她告诉了他了！她告诉了他了！"

这一天的晚上他一睡也不曾睡着。第二天的早晨，天亮的时候，他就惊心吊胆的走下楼来。洗了手面，刷了牙，趁主人和他的女儿还没有起来之先，他就同逃也似的出了那个旅馆，跑到外面来。

官道上的沙尘，染了朝露，还未曾干着。太阳已经起来了。他不问皂白，便一直的往东走去，远远有一个农夫，拖了一车野菜慢慢的走来。那农夫同他擦过的时候，忽然对他说：

"你早啊！"

他倒惊了一跳，那清瘦的脸上，又起了一层红潮，胸前又乱跳起来，他心里想：

"难道这农夫也知道了么？"

无头无脑的跑了好久，他回转头来看看他的学校，已经远得很了，举头看看，太阳也升高了。他摸摸表看，那银饼大的表，也不在身边。从太阳的角度看起来，大约已经是九点钟前后的样子。他虽然觉得饥饿得很，然而无论如何，总不愿意再回到那旅馆里去，同主人和他的女儿相见。想去买些零食充一充饥，然而他摸摸自家的袋看，袋里只剩了一角二分钱在那里。他到一家乡下的杂货店内，尽那一角二分钱，买了些零碎的食物，想去寻一处无人看见的地方去吃。走到了一处两路交叉的十字路口，他朝南的一望，只见与他的去路横交的那一条自北趋南的路上，行人稀少得很。那一条路是向南的斜低下去的，两面更有高壁在那里，他知道这路是从一条小山中开辟出来的。他刚才走来的那条大道，便是这山的岭脊，十字路当作了中心，与岭脊上的那条大道相交的横路，是两边低斜下去的。在十字路口迟疑了一会，他就取了那一条向南斜下的路走去。走尽了两面的高壁，他的去路就穿入大平原去，直通到彼岸的市内。平原的彼岸有一簇深林，划在碧空的心里，他心里想：

"这大约就是Ａ神宫了。"

他走尽了两面的高壁，向左手斜面上一望，见沿高壁的那山面上有一道女墙，围住着几间茅舍，茅舍的门上悬着了"香雪海"三字的一方匾额。他离开了正路，走上几步，到那女墙的门前，顺手的向门一推，那两扇柴门竟自开了。他就随随便便的踏了进去。门内有一条曲径，自门口通过了斜面，直达到山上去的。曲径的两旁，有许多老苍的梅树种在那里，他知道这就是梅林了。顺了那一条曲径，往北的从斜面上走到山顶的时候，一片同图画似的平地，展开在他的眼前。这园自从山脚上起，跨有朝南的半山斜面，同顶上的一块平地，布置得非常幽雅。

山顶平地的西面是千仞的绝壁，与隔岸的绝壁相对峙，两壁的中间，便是他刚走过的那一条自北趋南的通路。背临着了那绝壁，有一间楼屋，几间平屋造在那里。因为这几间屋，门窗都闭在那里，他所以知道这定是为梅花开日，卖酒食用的。楼屋的前面，有一块草地，草地中间，有几方白石，围成了一个花园，圈子里，卧着一枝老梅，那草地的南尽头，山顶的平正要向南斜下去的地方，有一块石碑立在那里，系记这梅林的历史的。他在碑前的草地上坐下之后，就把买来的零食拿出来吃了。

吃了之后，他兀兀的在草地上坐了一会。四面并无人声，远远的树枝上，时有一声两声的鸟鸣声飞来。他仰起头来看看澄清的碧落，同那皎洁的日轮，觉得四面的树枝房屋，小草飞禽，都一样的在和平的太阳光里，受大自然的化育。他那昨天晚上的犯罪的记忆，正同远海的帆影一般，不知消失到哪里去了。

这梅林的平地上和斜面上，叉来叉去的曲径很多。他站起来走来走去的走了一会，方晓得斜面上梅树的中间，更有一间平屋造在那里。从这一间房屋往东的走去几步，有眼古井，埋在松叶堆中。他摇摇井上的唧筒看，呼呼的响了几声，却抽不起水来。他心里想：

"这园大约只有梅花开的时候，开放一下，平时总没有人住的。"

到这时他又自言自语的说：

"既然空在这里，我何妨去向园主人去借住借住。"

想定了主意，他就跑下山来，打算去寻园主人去。他将走到门口的时候，却好遇见了一个五十来岁的农夫走进园来。他对那农夫道歉之后，就问他说：

"这园是谁的，你可知道？"

"这园是我经管的。"

"你住在什么地方的？"

"我住在路的那面。"

一边这样的说，一边那农民指着通路西边的一间小屋给他看。他向西一看，果然在西边的高壁尽头的地方，有一间小屋在那里。他点了点头，又问说：

"你可以把园内的那间楼屋租给我住住么？"

"可是可以的，你只一个人么？"

"我只一个人。"

"那你可不必搬来的。"

"这是什么缘故呢？"

"你们学校里的学生，已经有几次搬来过了，大约都因为冷静不过，住不上十天，就搬走的。"

"我可同别人不同，你但能租给我，我是不怕冷静的。"

"这样哪里有不租的道理，你想什么时候搬来？"

"就是今天午后罢。"

"可以的，可以的。"

"请你就替我扫一扫干净，免得搬来之后着忙。"

"可以可以。再会！"

"再会！"

六

搬进了山上梅园之后，他的忧郁症（*hypochondria*）又变起形状来了。

他同他的北京的长兄，为了一些儿细事，竟生起龃龉来。他发了一封长长的信，寄到北京，同他的长兄绝了交。

那一封信发出之后，他呆呆的在楼前草地上想了许多时候。他自家想想看，他便是世界上最不幸的人了。其实这一次的决裂，是发始于他的。同室操戈，事更甚于他姓之相争，自此之后，他恨他的长兄竟同蛇蝎一样，他被他人欺侮的时候，每把他长兄拿出来作比：

"自家的弟兄，尚且如此，何况他人呢！"

他每达到这一个结论的时候，必尽把他长兄待他苛刻的事情，细细回想出来。把各种过去的事迹，列举出来之后，就把他长兄判决是一个恶人，他自家是一个善人。他又把自家的好处列举出来，把他所受的苦处，夸大的细数起来。他证明得自家是一个世界上最苦的人的时候，他的眼泪就同瀑布似的流下来。他在那里哭的时候，空中好像有一种柔和的声音在对他说：

"啊呀，哭的是什么？那真是冤屈了你了。像你这样的善人，受世人的那样的虐待，这可真是冤屈了你了。罢了罢了，这也是天命，你别再哭了，怕伤害了你的身体！"

他心里一听到这一种声音，就舒畅起来。他觉得悲苦的中间，也有无穷的甘味在那里。

他因为想复他长兄的仇，所以就把所学的医科丢弃了，改入文科里去，他的意思，以为医科是他长兄要他改的，仍旧改回文科，就是对他长兄宣战的一种明示。并且他由医科改入文科，在高等学校须迟卒业一年。他心里想，迟卒业一年，就是早死一岁，你若因此迟了一年，就到死可以对你长兄含一种敌意。因为他恐怕一二年之后，他们兄弟两人的感情，仍旧要和好起来；所以这一次的转科，便是帮他永久敌视他长兄的一个手段。

气候渐渐儿的寒冷起来，他搬上山来之后，已经有一个月了。几日来天气阴郁，灰色的层云，天天挂在空中。寒冷的北风吹来的时候，梅林的树叶已将凋落起来。

初搬来的时候，他卖了些旧书，买了许多炊饭的器具，自家烧了一个月饭，因为天冷了，他也懒得烧了。他每天的伙食，就一切包给了山脚下的园丁家包办，所以他近来只同退院的闲僧一样，除了怨人骂己之外，更没有别的事情了。

有一天早晨，他侵早的起来，把朝东的窗门开了之后，他看见前面的地平线上有几缕红云，在那里浮荡。东天半角，反照出一种银红的灰色。因为昨天下了一天微雨，所以他看了这清新的旭日，比平日更添了几分欢喜。他走到山的斜面上，从那古井里汲了水，洗了手面之后，觉得满身的气力，一霎时都回复了转来的样子。他便跑上楼去，拿了一本黄仲则的诗集下来，一边高声朗读，一边尽在那梅林的曲径里，跑来跑去的跑圈子。不多一会，太阳起来了。

从他住的山顶向南方看去，眼下看得出一大平原。平原里的稻田，都尚未收割起。金黄的谷色，以绀碧的天空作了背景，反映着一天太阳的晨光，那风景正同看密来（*Millet*）的田园清画一般。

他觉得自家好像已经变了几千年前的原始基督教徒的样子，对了这自然的默示，他不觉笑起自家的气量狭小起来。

"赦饶了！赦饶了！你们世人得罪于我的地方，我都饶赦了你们罢，来，你们来，都来同我讲和罢！"

手里拿着了那一本诗集，眼里浮着了两泓清泪，正对了那平原的秋色，呆呆的立在那里想这些事情的时候，他忽听见他的近边，有两人在那里低声的说：

"今晚上你一定要来的哩！"

这分明是男子的声音。

"我是非常想来的，但是恐怕……"

他听了这娇滴滴的女子的声音之后，好像是被电气贯穿了的样子，觉得自家的血液循环都停止了。原来他的身边有一丛长大的苇草生在那里，他立在苇草的右面，那一对男女，大约是在苇草的左面，所以他们两个还不晓得隔着苇草，有人站在那里。那男人又说：

"你心真好，请你今晚上来罢，我们到如今还没在被窝里 ××。"

"……"

他忽然听见两人的嘴唇，灼灼的好像在那里吮吸的样子。

他同偷了食的野狗一样，就惊心吊胆的把身子屈倒去听了。

"你去死罢，你去死罢，你怎么会下流到这样的地步！"

他心里虽然如此的在那里痛骂自己，然而他那一双尖着的耳朵，却一言半语也不愿意遗漏，用了全副精神在那里听着。

地上的落叶索息索息的响了一下。

解衣带的声音。

男人嘶嘶的吐了几口气。

舌尖吮吸的声音。

女人半轻半重，断断续续的说：

"你！……你！……你快……快 ×× 罢。……别……别……别被人……被人看见了。"

他的面色，一霎时的变了灰色了。他的眼睛同火也似的红了起来。他的上颚骨同下颚骨呷呷的发起颤来。他再也站不住了。他想跑开去，但是他的两只脚，总不听他的话。他苦闷了一场，听听两人出去了之后，就同落水的猫狗一样，回到楼上房里去，拿出被窝来睡了。

七

他饭也不吃，一直在被窝里睡到午后四点钟的时候才起来。那时候夕阳洒满了远近。平原的彼岸的树林里，有一带苍烟，悠悠扬扬的笼罩在那里。他踉踉跄跄的走下了山，上了那一条自北趋南的大道，穿过了那平原，无头无绪的尽是向南的走去。走尽了平原，他已经到了神宫前的电车停留处了。那时候却好从南面有一乘电车到来，他不知不觉就跳了上去，既不知道他究竟为什么要乘电车，也不知道这电车是往什么地方去的。

走了十五六分钟，电车停了，开车的教他换车，他就换了一乘车。走了二三十分钟，电车又停了，他听见说是终点了，他就走了下来。他的前面就是筑港了。

前面一片汪洋的大海，横在午后的太阳光里，在那里微笑。超海而南有一条青山，隐隐的浮在透明的空气里，西边是一脉长堤，直驰到海湾的心里去。堤外有一处灯台，同巨人似的，立在那里。几艘空船和几只舢板，轻轻的在系的地方浮荡。海中近岸的地方，有许多浮标，饱受了斜阳，红红的浮在那里。远处风来，带着几句单调的话声，既听不清楚是什么话，也不知道是从哪里来的。

他在岸边上走来走去走了一会，忽听见那一边传过了一阵击磬的声来。他跑过去一看，原来是为唤渡船而发的。他立了一会，看有一只小火轮从对岸过来了。跟着了一个四五十岁的工人，他也进了那只小火轮去坐下了。

渡到东岸之后，上前走了几步，他看见靠岸有一家大庄子在那里。大门开得很大，庭内的假山花草，布置得楚楚可爱。他不问是非，就踱了进去。走不上几步，他忽听得前面家中有女人的娇声叫他说：

"请进来吓！"

他不觉惊了一下，就呆呆的站住了。他心里想：

"这大约就是卖酒食的人家，但是我听见说，这样的地方，总有妓女在那里的。"

一想到这里，他的精神就抖擞起来，好像是一桶冷水浇上身来的样子。他的面色立时变了。要想进去又不能进去，要想出来又不得出来；可怜他那同兔儿似的小胆，同猿猴似的淫心，竟把他陷到一个大大的难境里去了。

"进来吓！请进来吓！"

里面又娇滴滴的叫了起来，带着笑声。

"可恶东西，你们竟敢欺我胆小么？"

这样的怒了一下，他的面色更同火也似的烧了起来。咬紧了牙齿，把脚在地上轻轻的蹬了一蹬，他就捏了两个拳头，向前进去，好像是对了那几个年轻的侍女宣战的样子。但是他那青一阵红一阵的面色，和他的面上的微微儿在那里震动的筋肉，总隐藏不过。他走到那几个侍女的面前的时候，几乎要同小孩似的哭出来了。

"请上来！"

"请上来！"

他硬了头皮，跟了一个十七八岁的侍女走上楼去，那时候他的精神已经有些镇静下来了。走了几步，经过一条暗暗的夹道的时候，一阵恼人的花粉香气，同日本女人特有的一种肉的香味，和头发上的香油气息合作了一处，喷的扑上他的鼻孔里来。他立刻觉得头晕起来，眼睛里看见了几颗火星，向后边跌也似的退了一步。他再定睛一看，只见他的前面黑暗暗的中间，有一长圆形的女人的粉面，堆着了微笑，在那里问他说：

"你！你还是上靠海的地方去呢？还是怎样？"

他觉得女人口里吐出来的气息，也热和和的喷上他的面来。他不知不觉把这气息深深的吸了一口。他的意识，感觉到他这行为的时候，他的面色又立刻红了起来。他不得已只能含含糊糊的答应她说：

"上靠海的房间里去。"

进了一间靠海的小房间，那侍女便问他要什么菜。他就回答说：

"随便拿几样来罢。"

"酒要不要？"

"要的。"

那侍女出去之后，他就站起来推开了纸窗，从外边放了一阵空气进来。因为房里的空气，沉浊得很，他刚才在夹道中闻过的那一阵女人的香味，还剩在那里，他实在是被这一阵气味压迫不过了。

一湾大海，静静的浮在他的面前。外边好像是起了微风的样子，一片一片的海浪，受了阳光的返照，同金鱼的鱼鳞似的，在那里微动。他立在窗前看了一会，低声的吟了一句诗出来：

"夕阳红上海边楼。"

他向西的一望，见太阳离西南的地平线只有一丈多高了。呆呆的看了一会，他的心思怎么也离不开刚才的那个侍女。她的口里的头上的面上的和身体上的那一种香味，怎么也不容他的心思去想别的东西。他才知道他想吟诗的心是假的，想女人的肉体的心是真的了。

停了一会，那侍女把酒菜搬了进来，跪坐在他的面前，亲亲热热的替他上酒。他心里想仔仔细细的看她一看，把他的心里的苦闷都告诉了她，然而他的眼睛怎么也不敢平视她一眼，他的舌根怎么也不能摇动一摇动。他不过同哑子一样，偷看着她那搁在膝上一双纤嫩的白手，同衣缝里露出来的一条粉红的围裙角。

原来日本的妇人都不穿裤子，身上贴肉只围着一条短短的围裙。外边就是一件长袖的衣服，衣服上也没有纽扣，腰里只缚着一条一尺多宽的带子，后面结着一个方结。她们走路的时候，前面的衣服每一步一步的掀开来，所以红色的围裙，同肥白的腿肉，每能偷看。这是日本女子特别的美处；他在路上遇见女子的时候，注意的就是这些地方。他切齿的痛骂自己，畜生！狗贼！卑怯的人！也便是这个时候。

他看了那侍女的围裙角，心头便乱跳起来。愈想同她说话，他觉得愈讲不出话来。大约那侍女是看得不耐烦起来了，便轻轻的问他说：

"你府上是什么地方？"

一听了这一句话，他那清瘦苍白的面上，又起了一层红色；含含糊糊的回答了一声，他呐呐的总说不出清晰的回话来。可怜他又站在断头台上了。

原来日本人轻视中国人，同我们轻视猪狗一样。日本人都叫中国人作"支那人"，这"支那人"三字，在日本，比我们骂人的"贱贼"还更难听，如今在一个如花的少女前头，他不得不自认说"我是支那人"了。

"中国呀中国，你怎么不强大起来！"

他全身发起抖来，他的眼泪又快滚下来了。

那侍女看他发颤发得厉害，就想让他一个人在那里喝酒，好教他把精神安静安静，所以对他说：

"酒就快没有了，我再去拿一瓶来罢。"

停了一会，他听得那侍女的脚步声又走上楼来。他以为她是上他这里来的，所以就把衣服整了一整，姿势改了一改。但是他被她欺骗了。她原来是领了两三个另外的客人，上间壁的那一间房间里去的。那两三个客人都在那里对那侍女取笑，那侍女也娇滴滴的说：

"别胡闹了，间壁还有客人在那里。"

他听了就立刻发起怒来。他心里骂他们说：

"狗才！俗物！你们都敢来欺侮我么？复仇复仇，我总要复你们的仇。世间哪里有真心的女子！那侍女的负心东西，你竟敢把我丢了么？罢了罢了，我再也不爱女人了，我再也不爱女人了。我就爱我的祖国，我就把我的祖国当作了情人罢。"

他马上就想跑回去发愤用功。但是他的心里，却很羡慕那间壁的几个俗物。他的心里，还有一处地方在那里盼望那个侍女再回到他这里来。

他按住了怒，默默的喝干了几杯酒，觉得身上热起来。打开了窗门，他看太阳就快要下山去了。又连饮了几杯，他觉得他面前的海景都朦胧起来。西面堤外的灯台的黑影，长大了许多。一层茫茫的薄雾，把海天融混作了一处。在这一层浑沌不明的薄纱影里，西方的将落不落的太阳，好像在那里惜别的样子。他看了一会，不知道是什么缘故，只觉得好笑。呵呵的笑了一回，他用手擦擦自家那火热的双颊，便自言自语的说：

"醉了醉了！"

那侍女果然进来了。见他红了脸，立在窗口在那里痴笑，便问他说：

"窗开了这样大，你不冷的么？"

"不冷不冷，这样好的落照，谁舍得不看呢？"

"你真是一个诗人呀！酒拿来了。"

"诗人！我本来是一个诗人。你去把纸笔拿了来，我马上写首诗给你看看。"

那侍女出去了之后，他自家觉得奇怪起来。他心里想："我怎么会变了这样大胆的？"

痛饮了几杯新拿来的热酒，他更觉得快活起来，又禁不得呵呵笑了一阵。他听见间壁房间里的那几个俗物，高声的唱起日本歌来，他也放大了嗓子唱着说：

> 醉拍栏杆酒意寒，江湖寥落又冬残。
> 剧怜鹦鹉中州骨，未拜长沙太傅官。
> 一饭千金图报易，五噫几辈出关难。
> 茫茫烟水回头望，也为神州泪暗弹。

高声的念了几遍，他就在席上醉倒了。

八

一醉醒来，他看见自家睡在一条红绸的被里，被上有一种奇怪的香气。这一间房间也不很大，但已不是白天的那一间房间了。房中挂着一盏十烛光的电灯，枕头边上摆着了一壶茶，两只杯子。他倒了二三杯茶，喝了之后，就踉踉跄跄的走到房外去。他开了门，却好白天的那侍女也跑过来了。她问他说：

"你！你醒了么？"

他点了一点头，笑微微的回答说：

　　"醒了。厕所是在什么地方的？"

　　"我领你去罢。"

　　他就跟了她去。他走过日间的那条夹道的时候，电灯点得明亮得很。远近有许多歌唱的声音，三弦的声音，大笑的声音，传到他的耳朵里来。白天的情节，他都想了出来。一想到酒醉之后，他对那侍女说的那些话的时候，他觉得面上又发起烧来。

　　从厕所回到房里之后，他问那侍女说：

　　"这被是你的么？"

　　侍女笑着说：

　　"是的。"

　　"现在是什么时候了？"

　　"大约是八点四五十分的样子。"

　　"你去开了账来罢！"

　　"是。"

　　他付清了账，又拿了一张纸币给那侍女，他的手不觉微颤起来。那侍女说：

　　"我是不要的。"

　　他知道她是嫌少了。他的面色又涨红了，袋里摸来摸去，只有一张纸币了，他就拿了出来给她说：

　　"你别嫌少了，请你收了罢。"

　　他的手震动得更加厉害，他的话声也颤动起来了。那侍女对他看了一眼，就低声的说：

　　"谢谢！"

　　他一直的跑下了楼，套上了皮鞋，就走到外面来。

　　外面冷得非常，这一天，大约是旧历的初八九的样子。半轮寒月，高挂在天空的左半边。淡青的圆形天盖里，也有几点疏星，散在那里。

　　他在海边上走了一回，看看远岸的渔灯，同鬼火似的在那里招引他。细浪中间，映着了银色的月光，好像是山鬼的眼波，在那里开闭的样子。不知是什么道理，他忽想跳入海里去死了。

　　他摸摸身边看，乘电车的钱也没有了。想想白天的事情看，他又不得不痛骂自己。

"我怎么会走上那样的地方去的？我已经变了一个最下等的人了。悔也无及，悔也无及。我就在这里死了罢。我所求的爱情，大约是求不到的了。没有爱情的生涯，岂不同死灰一样么？唉，这干燥的生涯，这干燥的生涯，世上的人又都在那里仇视我，欺侮我，连我自家的亲弟兄，自家的手足，都在那里排挤我到这世界外去。我将何以为生，我又何必生存在这多苦的世界里呢！"

想到这里，他的眼泪就连连续续的滴了下来。他那灰白的面色，竟同死人没有分别了。他也不举起手来揩揩眼泪，月光射到他的面上，两条泪线，倒变了叶上的朝露一样放起光来。他回转头来，看看他自家的又瘦又长的影子，不觉心痛起来。

"可怜你这清影，跟了我二十一年，如今这大海就是你的葬身地了。我的身子，虽然被人家欺辱，我可不该累你也瘦弱到这步田地的。影子呀影子，你饶了我罢！"

他向西面一看，那灯台的光，一霎变了红一霎变了绿的，在那里尽它的本职。那绿的光射到海面上的时候，海面就现出一条淡青的路来。再向西天一看，他只见西方青苍苍的天底下，有一颗明星，在那里摇动。

"那一颗摇摇不定的明星的底下，就是我的故国，也就是我的生地。我在那一颗星的底下，也曾送过十八个秋冬，我的乡土啊，我如今再也不能见你的面了。"

他一边走着，一边尽在那里自伤自悼的想这些伤心的哀话。走了一会，再向那西方的明星看了一眼，他的眼泪便同骤雨似的落下来了。他觉得四边的景物，都模糊起来。把眼泪揩了一下，立住了脚，长叹了一声，他便断断续续的说：

"祖国呀祖国！我的死是你害我的！

"你快富起来！强起来罢！

"你还有许多儿女在那里受苦呢！"

一九二一年五月九日改作。

[原载小说集《沉沦》，1921年10月15日上海泰东图书局初版。]

注释

1. 英文 *Wordsworth*：华兹华斯，英国作家。
2. 英文 *"Oh,you serene gossamer!You beautiful gossamer!"*："哦，你这宁静的轻纱！你这美丽的轻纱！"
3. 即上文提到的华兹华斯的名作《孤寂的高原刈稻者》。
4. 德文 *Zaratustra*：查拉图斯特拉。
5. 英文 *Megalomania*：夸大妄想狂。
6. 英文 *Hypochondria*：忧郁症。
7. 英文 *"Oh,coward,coward!"*："唉，懦夫，懦夫！"
8. 英文 *Dreams of the romantic age*：浪漫期的梦幻。
9. 英文 *"Sentimental,too sentimental!"*："伤感呵，太伤感了！"
10. 英文 *Idyllic Wanderings*：田园间的逍遥游。
11. 英文 *G.Gissing*：吉辛，英国诗人。

导读

　　1921 年，郁达夫与郭沫若等人组建创造社不久，便以"创造社丛书"的名义出版了短篇小说集《沉沦》。包括《银灰色的死》、《沉沦》、《南迁》等 3 篇小说。这是郁达夫的第一个短篇小说集，也是中国现代文学史上第一部现代白话短篇小说集。《沉沦》出版后，立即引起了广泛的社会反响，特别是在广大青年学生中受到热烈欢迎，但也受到一些维护旧道统的社会人士的反对。短篇小说《沉沦》写于 1921 年 5 月，是郁达夫小说代表作，亦是他的成名作及影响最大的小说。其实，从艺术审美和思想境界来说，这篇小说于郁达夫本人和五四新文学来说，都算平常。之所以有前述成就，一是因为较早以"自叙传"的方式记录了留学生的异国生活；二是大胆的青春苦闷宣泄，尤其是性苦闷的直抒胸臆淋漓尽致，震动文坛。

　　《沉沦》讲述的是一个留日青年学生，因为追求自由和个性解放，反抗封建专制，曾被学校开除，为社会所不容。他始终渴望真正的爱情和人世间的温情，追求真挚的友情，但受到"弱国子民"的身份拖累，这种热情一再遭到侮辱和嘲弄，在异国他乡倍感孤寂和空虚，孤独自闭的生活加上长期压抑的青春欲望，使他患上了忧郁症，郁郁寡欢竟至于性格扭曲，最后自暴自弃自甘沉沦，走进了妓院，颓废而又迷惘，消磨了生命的热力，毁掉了纯洁的性情。在无限的悔愧焦灼和哀怨自伤中，跌入绝望的谷底，最终以 21 岁的青春年华投海自杀。年轻的主人公在异国经历的一切和饱受的折磨，与祖国民族的命运息息相关，因而在自杀前，他悲愤地大声疾呼："祖国呀祖国！我的死是你害我的！你快富起来，强起来罢！你还有许多儿女在那里受苦呢！"这段话通常被认为是郁达夫爱国主义思想的最强音，表达了一代青年要求自由解放、渴望祖国富强的心声。

郁达夫小说中常常出现生活和心灵的三部曲：追求合理的人生——合理追求的幻灭——终至沉沦和自戕。《沉沦》是这一情感模式的代表作。主人公对爱与美有着热烈的追求，其诗意的心境与美好的性情，在粗粝的现实面前撞得头破血流，最后终至沦陷而自戕。悲愤的情感宣泄和浓重的感伤情绪贯穿小说全篇。

首先，青春躁动的激情无所寄托，浪漫的情怀敌不过现实的压抑。主人公敏感自尊，而又自卑多疑，内心情感波涛汹涌无法平息，长时间的压抑造成了他忧郁而又哀怨自怜的个性。小说用多重笔墨渲染了一个身处异国他乡的青年爱慕少女的情感波澜。青春的涌动，爱的渴求，身体的躁动，充分展示了主人公的多愁善感和万千情思。小说一开始，主人公在田野散步，"他一个人手里捧了一本六寸长的 Wordsworth 的诗集，尽在那里缓缓的独步"。郁达夫一向擅长情景互渗的写法。大自然的香甜气息冲击着主人公空寂的心灵，在饱满的原野和盎然的生命面前，他只有顾影自怜的两行清泪。小说中，借翻译华兹华斯的《孤寂的高原刈稻者》，主人公一边陶醉在丰盈仁慈的大自然中，一边又忍不住感觉到自身的渺小与微茫，华兹华斯诗中的孤寂情绪也潜移默化地弥漫在《沉沦》之中，与主人公内心的忧伤和怅惘水乳交融。虽然青春的朝气和大自然的蓬勃有着诗意的共鸣，郁达夫却无异于借助自然之清风吹拂青春焕发应有的光彩，获得自觉的超越，从而达到超越世俗进入生命澄明的境界；而在接下来的情节中，把笔墨重心放在主人公内心的"忧郁症"和颓废情绪的描绘之上，从而获得了意外的审美张力。当主人公一个人从东京坐了夜行火车到 N 市的时候，火车过了横滨，他翻看的是海涅的诗集，从湖畔诗派的浪漫到德国诗人的"悲怀"，我们看到了这个 21 岁的年轻人对于生活和生命的理解：他的田园梦，他的忧郁症，他的生命深处的乡愁，他的青春的残片在暗夜里逐风而逝。

其次，民族歧视和人世冷漠带来的自卑心理，也加重了主人公的苦闷心理。作为留学生，小说主人公的文化身份是双重的：一方面他受到五四新思想的影响，有着个性解放的吁求和张扬自我的本能；另一方面，作为弱国子民，身在海外，受尽了歧视和冷眼，心中的苦楚无处诉说，因而发出复仇的呼喊。民族贫弱带来的自卑心理加重了青春期的精神压抑和性苦闷，而性与爱的苦闷外化出来，又强化了他对现实的认识和理解。由民族贫穷落后到个人饱受欺辱，由对爱的渴求到异性的轻视，由性的压抑与苦闷到对自我的放纵，由自我的弃绝到对民族自强的渴望，这是郁达夫在留学日本时所体验到的心路历程，也是《沉沦》的情感主线。忧郁症、压抑的情欲和民族主义缠绕在一起，成为国族悲剧的隐喻。五四大时代的壮怀激烈都成了生命的背影，轰轰烈烈的个性解放退潮的余波，把这些觉醒的灵魂抛掷在人生的沙滩上，如何回到新文化运动展开的现代性之途，很多人都没有答案。郁达夫的感伤和思索是他个人的，也是那个时代的。

中国古代文学有强大的抒情传统。五四的"问题小说"和"人生派"写实小说、"乡土小说"也都带有一种普遍的抒情倾向。五四退潮后，要求个性解放而又遭到社会压抑的年轻一代，在中西抒情文学的双重影响下，大都选择了通过写作来抒发自己内心的激情，表达"梦醒之后，无路可走"的感伤。因此，自叙传抒情小说与其他主观抒情小说的出现是一种必然。"自叙传"抒情小说的作者多集中于创造社。创造社的主要成员在日本留学期间，较多地接受了19世纪欧洲浪漫主义文学的影响，强调"本着内心的要求，从事于文艺活动"，同时借鉴了日本"私小说"的创作特点和现代主义表现技巧。日本私小说主张再现作家自己的生活和心境，减弱对外部事件的描写，而侧重于作家心境的大胆暴露，包括暴露个人私生活中的灵与肉冲突，以及变态性心理，作为向一切旧道德旧礼教挑战的艺术手段。郁达夫的自叙传小说虽受日本"私小说"的直接影响，但在探究自我悲剧的社会根源方面，突破了"私小说"多写身边琐事的局限。

郁达夫是五四抒情小说的集大成者。司马长风说："鲁迅是勇敢的，郁达夫也是勇敢的。"的确，对于个人性情、情欲剖白，郁达夫笔锋犀利，大胆暴露，无所顾忌。《沉沦》意味着郁达夫在新文学传统中最早涉足了真实的"爱欲书写"。这当然需要极大的勇气。尽管五四之前已开始倡导伦理革命，但是传统礼教观念依然是民间社会的主导力量，郁达夫撕破一切旧道德的伪装，赤裸裸地描写个人的欲望、偷窥和那"被窝里的罪恶"，难怪苏雪林对其大加鞭挞。郁达夫以其率真的性情，把被病态情欲折磨的青年的心灵彻底敞开。这种病态的心灵，与现实社会的冷漠，民族家国的弱小，个人反抗的无力，都有着密不可分的关系。

《沉沦》的现代性焦虑体现在两个方面，个人的和民族的。当然，也是时代的和历史的。贯穿小说始终的个人的精神危机，小说结尾的民族家国表达，有着异曲同工的叙事效应，即个人的失败与家国危亡的同构性。在这一意义上，《沉沦》突破了个人生命履历的小格局，突破了时代精神症候的大历史，在个人和家国之间，在时代和历史之间，搭起了一座精神的桥梁，留给我们关于追求现代性的文化伦理反思视角。也许正是在以抵抗为特征的民族意识上，郁达夫与鲁迅殊途同归。两个人的民族意识无疑都是在留学期间遭受创伤记忆得以生成和强化的。《沉沦》从大时代家国背景上，勾勒了一个年轻人的悲剧人生；又从精神苦闷和灵肉冲突的视角，描绘了一个现代人的心路历程。郁达夫小说中"自我"的迷失与追问，既是个性解放的结果，也是家国解放的先声，并最终通向五四青年和知识分子的"自我"重塑之途。《沉沦》所表现的精神状态，在某种意义上也正是新旧文化交替时期那一代年轻人共有的境遇，因而它在当时的青年知识分子中间产生了巨大反响。

南　迁

一、南　方

你若把日本的地图展开来一看，东京湾的东南，能看得见一条葫芦形的半岛，浮在浩渺无边的太平洋里，这便是有名的安房半岛！

安房半岛，虽然没有地中海内的长靴岛的风光明媚，然而成层的海浪，蔚蓝的天色，柔和的空气，平软的低峦，海岸的渔网，和村落的居民，也很具有南欧海岸的性质，能使旅客忘记他是身在异乡。若用英文来说，便是一个 *Hospitable, inviting dreamland of the romantic age*（中世浪漫时代的，乡风纯朴，山水秀丽的梦境）了。

东南的斜面沿着了太平洋，从铫子到大原，成一半月弯，正可当作葫芦的下面的狭处看。铫子是葫芦下层的最大的圆周上的一点，大原是葫芦的第二层膨胀处的圆周上的一点。葫芦的顶点一直的向西曲了。就成了一个大半岛里边的小半岛，地名西岬村。西岬村的顶点便是洲崎，朝西的横界在太平洋和东京湾的中间，洲崎以东是太平洋，洲崎以北是东京湾，洲崎遥遥与伊豆半岛、相模湾相对；安房半岛的住民每以它为界线，称洲崎以东沿着太平洋一带为外房，洲崎以北沿着东京湾的一带为内房。原来的半岛的住民通称半岛为房州，所以内房外房，便是内房州外房州的缩写。房州半岛的葫芦形的底面，连着东京，所以现在火车，从东京两国桥驿出发，内房能直达到馆山，外房能达到胜浦。

二、出　京

一千九百二十年的春天，二月初旬的有一天的午后，东京上野精养轩的楼上朝公园的小客室里，有两个异乡人在那里吃茶果。一个是五十岁上下的西洋人，头顶已有一块秃了。皮肤带着浅黄的黑色，高高的鹰嘴鼻的左右，深深洼在肉里的两只眼睛，放出一种钝韧的光来。瞳神的黄黑色，大约就是他的血统的证明，他那五尺五寸的肉体中间，或者也许有姊泊西（Gypsy）的血液混在里头，或者也许有东方人的血液混在里头的，但是生他的母亲，可确是一位爱尔兰的美妇人。他穿的是一套半旧的灰黑色的哔叽的洋服，带着一条圆领，圆领底下就连接着一件黑的小紧身，大约是代 Waist'Goat（腰褂）的。一个是二十四五岁的青年，身体也有五尺五寸多高，我们一见就能知道他是中国人，因为他那清瘦的面貌，和纤长的身体，是在日本人中间寻不出来的。他穿着一套藤青色的哔叽的大学制服，头发约有一寸多深，因为蓬蓬直立在他那短短的脸面的上头，所以反映出一层忧郁的形容在他面上。他和那西洋人对坐在一张小小的桌上，他的左手，和那西洋人的右手是靠着朝公园的玻璃窗的。他们讲的是英国话，声气很幽，有一种梅兰刻烈（Melancholy[1]）的余韵，与窗外的午后的阳光，和头上的万里的春空，却成了一个有趣的对照，若把他们的择要翻译出来，就是：

"你的脸色，近来更难看了：我劝你去转换转换空气，到乡下去静养几个礼拜。"西洋人。

"脸色不好么？转地疗养，也是很好的，但是一则因为我懒得行动，二则一个人到乡下去也寂寞得很，所以虽然寒冷得非常，我也不想到东京以外的地方去。"青年。

说到这里，窗外吹过一阵夹沙夹石的风来，玻璃窗振动了一下，响了一下，风就过去了。

"房州你去过没有？"西洋人。

"我没有去过。"青年。

"那一个地方才好呢！是突出在太平洋里的一个半岛，受了太平洋的暖流，外房的空气是非常和暖的，同东京大约要差十度的温度，这个时候，你若到太平洋岸去一看，怕还有些女人，赤裸裸的跳在海里捉鱼呢！一带山村水郭，风景又是很好的，你不是很喜欢我们英国的田园风景的么？你上房州去就对了。"

"你去过了么？"

"我是常去的，我有一个女朋友住在房州，她也是英国人，她的男人死了，只一个人住在海边上。她的房子宽大得很，造在沙岸树林的中间；她又是一个热心的基督教徒，你若要去，我可以替你介绍的，她非常喜欢中国人，因为她和她的男人从前也在中国做过医生的。"

"那么就请你介绍介绍，出去游行一次，或者我的生活的行程，能改变得过来也未可知。"

另外还有许多闲话，也不必去提及。

到了四点的时候，窗外的钟声响了。青年按了电铃，叫侍者进来，拿了一张五元的纸币给他。青年站起来要走的时候看看那西洋人还兀的不动，青年便催说："我们去罢！"

那西洋人便张圆了眼睛问他说：

"找头呢？"

"多的也没有几个钱，就给了他们茶房罢了。"

"茶房总不至要五块钱的。你把找头拿来捐在教会的传道捐里多好啊！"

"罢了，罢了，多的也不过一块多钱。"

那西洋人还不肯走，青年就一个人走出房门来，西洋人一边还在那里轻轻的絮说，一边看见青年走了，也只能跟了走出房门，下楼，上大门口去。在大门口取了外套，帽子，走出门外的时候，残冬的日影，已经落在西天的地平线上，满城的房屋，都沉在薄暮的光线里了。

夜阴一刻一刻的张起她的翼膀来，那西洋人和青年在公园的大佛前面，缓步了一忽，远近的人家都点上电灯了。从上野公园的高台上向四面望去，只见同纱囊里的萤火虫一样，高下人家的灯火，都在晚烟里放异彩。远远的风来，带着市井的嘈杂的声音。电车的车轮声传近到他们两个耳边的时候，他们才知道现在是回家去的时候了。急急地走了一下，他们已经走到了公园前的大街上的电车停车处，却好向西的有一乘电车到来，他们两人就用了死力，挤了上去，因为这是工场休工的时候，劳动者大家都要乘了电车，回到他们的小小的住屋里去，所以车上人挤得不堪。

青年被挤在电车的后面，几乎吐气都吐不出来。电车开车的时候，上野的报时的钟声又响了。听了这如怨如诉的薄暮的钟声，他的心思又忽然消沉起来：

"这些可怜的有血肉的机械，他们家里或许也有妻子的。他们的衣不暖食不饱的小孩子有什么罪恶，一生出地上，就不得不同他们的父母，受这世界上的折磨，或者在猪圈似的贫民窟的门口，有同饿鬼似的小孩儿，在那里等候他们的父亲回来。这些同饿犬似的小孩儿，长到八九岁的时候，就不得不去作小机械去。渐渐长大了，成了一个工人，他们又不得不同他们的父祖曾祖一样，将自家的血液，去补充铁木的机械的不足去。吃尽了千辛万苦，从幼到长，从生到死，他们的生活没有半点变更。唉，这人生究竟有什么趣味，劳动者吓劳动者，你们何苦要生存在世上？这多是有权势的人的坏处，可恶的这有权势的人，可恶的这有权势的阶级，总要使他们斩草除根的消灭尽了才好。”

他想到这里，就自家嘲笑起自家来：

“呵呵，你也被日本人的社会主义感染了。你要救日本的劳动者，你何不先去救救你自家的同胞呢？在军人和官僚的政治的底下，你的同胞所受的苦楚，难道比日本的劳动者更轻么？日本的劳动者，虽然没有财产，然而他们的生命总是安全的。你的同胞，乡下的农夫，若因纳捐输粟的事情，有一点违背，就不得不被军人来虐杀了，从前做大盗，现在做军官的人，进京出京的时候，若说乡下人不知道，在他们的专车停着的地方走过，就不得不被长枪短刀来斫死了。大盗的军阀的什么武装自动车，在街上冲死了百姓，还说百姓不好，对于死人的家庭，还要他们赔罪罚钱。你同胞的妻女，若有美的，就不得不被军人来奸辱了。日本的劳动者到了日暮回家的时候，也许有他的妻女来安慰他的，那时候他的一天的苦楚，便能忘在脑后，但是你的同胞如何？不问是不是你的结发妻小，若那些军长师长委员长县长等类要她去作一房第八、九的小妾，你能拒绝么？有诉讼事件的时候，你若送裁判官的钱，送了比你的对争者少一点，或是在上级衙门里没有一个亲戚朋友，虽然受了冤屈，你难道能分诉得明白么？……”

想到这里的时候，青年的眼睛里，就酸软起来。他若不是被挤在这一群劳动者的中间，怕他的感情就要发起作用来，却好车到了本乡三丁目，他就推推让让的跟了几个劳动者下了电车。立在电车外边的日暮的大道上，寻来寻去的寻了一会，他才看见那西洋人的秃头，背朝着了他，坐在电车中间的椅上。他走到电车的中央的地方，垫起了脚，从外面向电车的玻璃窗推了几下，那秃头的西洋人才回转头来，看见他立在车外的凉风里，那西洋人就从电车里面放下车窗来说：

“你到了么？今天可是对你不起。多谢多谢。身体要保养些。我……”

“再会再会；我已经到了。介绍信请你不要忘记了……”

话没有说完，电车已经开了。

三、浮　萍

二月廿三日的午后二点半钟，房州半岛的北条火车站上的第四次自东京来的火车到了，这小小的乡下的火车站上，忽然热闹了一阵。客人也不多，七零八落的几个乘客，在收票的地方出去之后，火车站上仍复冷清起来。火车站的前面停着一乘合乘的马车，接了几个下车的客人，留了几声哀寂的喇叭声在午后的澄明的空气里，促起了一阵灰土，就在泥尘的乡下的天然的大路上，朝着太阳向西的地方开出去了。

留在火车站上呆呆的站着的只剩了一位清瘦的青年，便是三礼拜前和一个西洋宣教师在东京上野精养轩吃茶果的那一位大学生。他是伊尹的后裔，你们若把东京帝国大学的一览翻出来一看，在文科大学的学生名录里，头一个就能见他的名姓籍贯：

伊人，中华留学生，大正八年入学。

伊人自从十八岁到日本之后一直到去年夏天止，从没有回国去过。他的家庭里只有他的祖母是爱他的。伊人的母亲，因为他的父亲死得太早，所以竟变成了一个半男半女的性格，他自小的时候她就不知爱他，所以他渐渐的变成了一个厌世忧郁的人。到了日本之后，他的性格竟愈趋愈怪了，一年四季，绝不与人往来，只一个人默默的坐在寓室里沉思默想。他所读的都是那些在人生的战场上战败了的人的书，所以他所最敬爱的就是略名 *B.V.* 的 *James Thomson, H.Heine, Leopa Leopardidi, Ernst Dowson* 那些人。他下了火车，向行李房去取来的一只帆布包，里边藏着的，大约也就是这几位先生的诗文集和传记等类。他因为去年夏天被一个日本妇人欺骗了一场，所以精神身体，都变得同落水鸡一样。晚上梦醒的时候，身上每发冷汗，食欲不进，近来竟有一天不吃什么东西的时候。因为怕同去年那一个妇人遇见，他连午膳夜膳后的散步也不去了。他身体一天一天的瘦弱下去，他的面貌也一天一天的变起颜色来了。到房州的路程是在平坦的田畴中间，辟了一条小小的铁路，铁路的两旁，不是一边海一边山，便是一边枯树一边荒地。在红尘软舞的东京，失望伤心到极点的神经过敏的青年，一吸了这一处的田园空气，就能生出一种快感来，伊人到房州的最初的感觉，自然是觉得轻快得非常。伊人下车之后看了四边的松树和丛林，有几缕薄云飞着的青天，宽广的空地里浮荡着的阳光和车站前面的店里清清冷冷坐在账桌前的几个纯朴的商人，就觉得是自家已经到了十八世纪的乡下的样子。亚力山大·斯密司著的《村落的文章》里的 *Dreamthorp*[2]（*By Alexander*

Smith）好像是被移到了这东海的小岛上的东南角上来了。

伊人取了行李，问了一声说：

"这里有一位西洋的妇女，你们知道不知道的？"

行李房里的人都说：

"是 C 夫人么，这近边谁都知道她的，你但对车夫讲她的名字就对了。"

伊人抱了他的一个帆布包坐在人力车上，在枯树的影里，摇摇不定的走上 C 夫人的家里去的时候，他心里又生了一种疑惑：

"C 夫人不晓得究竟是怎么的一个人，她不知道是不是同 E 某一样，也是非常节省鄙吝的。"

可怜他自小就受了社会的虐待，到了今日，还不敢信这尘世里有一个善人。所以他与人相遇的时候，总不忘记警戒，因为他被世人欺得太甚了。在一条有田园野趣的村路上弯弯曲曲的跑了三十分钟，树林里露出了一个木造的西洋馆的屋顶来。车夫指着了那一角屋顶说：

"这就是 C 夫人的住屋！"

车到了这洋房的近边，伊人看见有一圈小小的灌木沿了那洋房的庭园，生在那里，上面剪得虽然不齐，但是这一道灌木的围墙，比铁栅瓦墙究竟风雅，他小的时候在洋画里看见过的那阿凤河上的斯曲拉突的莎士比亚的古宅，又重新想了出来。开了那由几根木棒做的一道玲珑的小门进去，便是住宅的周围的庭园，园中有几处常青草，也变了颜色，躺在午后的微弱的太阳光里。小门的右边便是一眼古井，那只吊桶，一高一低的悬在井上的木架上。从门口一直向前沿了石砌的路进去，再进一道短小的竹篱，就是 C 夫人的住房，伊人因为不便直接的到 C 夫人住房里，所以就吩咐车夫拿了一封 E 某的介绍书往厨房门去投去。厨房门须由石砌的正路又往右去几步，人若立在灌木围住的门口，也可以看见这厨房门的。庭园中，井架上，红色的木板的洋房壁上都洒满了一层白色无力的午后的太阳光线，四边空空寂寂，并无一个生物看见，只有几只半大的雌雄鸡，呆呆的立在井旁，在那里惊看伊人和他的车夫。

车夫在厨房门口叫了许久，不见有人出来。伊人立在庭园外的木栅门口，听车夫的呼唤声反响在寂静的空气里，觉得声大得很。约略等了五分钟的样子，伊人听见背后忽然有脚步响，回转头来一看，看见一个五十来岁的日本老妇人，蓬着了头红着了眼走上伊人这边来。她见了伊人便行了一个礼，并且说：

"你是东京来的伊先生么？我们东家天天在这里盼望你来呢！请你等一等，我就去请东家出来。"

这样的说了几句，她就慢慢的掜过了伊人的身前，跑上厨房门口去了。在厨房门口站着的车夫把伊人带来的介绍信交给了她。她就跑进去了。不多一忽，她就同一个五十五六的西洋妇人从竹篱那面出来，伊人抢上去与那西洋妇人握手之后，她就请伊人到她的住房内去，一边却吩咐那日本女人说：

"把伊先生的行李搬上楼上的外边的室里去！"

她一边与伊人说话，一边在那里预备红茶。谈了三十分钟，红茶也吃完了，伊人就到楼上的一间小房里去整理行李去。把行李整理了一半，那日本妇人上楼来对伊人说：

"伊先生！现在是祈祷的时候了！请先生下来到祈祷室里来罢。"

伊人下来到祈祷室里，见有两个日本的男学生和三个女学生已经先在那里了。夫人替伊人介绍过之后对伊人说：

"我们每天从午后三点到四点必聚在一处唱诗祈祷的。祈祷的时候就打那一个钟作记号。（说着她就用手向檐下指了一指）今天因为我到外面去了不在家，所以迟了两个钟头，因此就没有打钟。"

伊人向四围看了一眼，见第一个男学生头发长得很，同狮子一样的披在额上，戴着一双极近的钢丝眼镜，嘴唇上的一圈胡须长得很黑，大约已经有二十六七岁的样子。第二个男学生是一个二十岁前后的青年，也戴一双平光的银丝眼镜，一张圆形的粗黑脸，嘴唇向上的。两个人都是穿的日本的青花便服，所以一见就晓得他们是学生。女学生伊人不便观察，所以只对了一个坐在他对面的年纪十六七岁的人，看了几眼，依他的一瞬间的观察看来，这一个十六七岁的女学生要算是最好的了，因为三人都是平常的相貌，依理而论，却够不上水平线。只有这一个女学生的长方面上有一双笑靥，所以她笑的时候，却有许多可爱的地方。读了一节圣经，唱了两首诗，祈祷了一回，会就散了。伊人问那两个男学生说：

"你们住在近边么？"

那长发的近视眼的人，恭恭敬敬的抢着回答说：

"是的，我们就住在这后面的。"

那年轻的学生对伊人笑着说：

"你的日本话讲得好得很，起初我们以为你只能讲英国话，不能讲日本话的。"

C 夫人接着说：

"伊先生的英国话却比日本话讲得好，但是他的日本话要比我的日本话好得多呢！"

伊人红了脸说：

"C 夫人！你未免过誉了。这几位女朋友是住在什么地方的？"

C 夫人说：

"她们都住在前面的小屋里，也是同你一样来养病的。"

这样的说着，C 夫人又对那几个女学生说：

"伊先生的学问是非常有根底的,礼拜天我们要请他说教给我们听哩！"

再会再会的声音，从各人的口中说了出来。来会的人都散去了。夜色已同死神一样，不声不响地把屋中的空间占领了。伊人别了 C 夫人仍回到他楼上的房里来，在灰暗的日暮的光里，整理了一下，电灯来了。

六点四十分的时候，那日本妇人来请伊人吃夜饭去，吃了夜饭，谈了三十分钟，伊人就上楼去睡了。

四、亲和力

第二天早晨，伊人被窗外的鸟雀声唤醒，起来的时候，鲜红的日光已射满了沙岸上的树林，他开了朝南的窗，看看四围的空地丛林，都披了一层健全的阳光，横躺在无穷的苍空底下。他远远的看见北条车站上，有一乘机关车在那里喷烟，机关车的后面，连接着几辆客车货车，他知道上东京去的第一次车快开了。太阳光被车烟在半空中遮住，他看见车烟带着一层红黑的灰色,车站的马口铁的屋顶上，横斜的映出一层黑影来。从车站起，两条小小的轨道渐渐的阔大起来在他的眼下不远的地方通过，他觉得磨光的铁轨上，隐隐的反映着同蓝色的天鹅绒一样的天空，他看看四边，觉得广大的天空，远近的人家，树林，空地，铁道，村路都饱受了日光，含着了生气，好像在那里微笑的样子，他就深深地吸了一口清新的空气，觉得自家的肠腑里也有些生气回转起来，含了微笑，他轻轻的对自家说：

"春到人间了，啊，*Fruehliug ist gekommen!*"

呆呆的站了好久，他才拿了牙刷牙粉肥皂手巾走下楼来到厨下去洗面去。那红眼的日本妇人见了他，就大声地说：

"你昨天晚上睡得好不好？我们的东家出去传道去了，九点半钟的圣经班她是定能回来的。"

洗完了面，回到楼上坐了一忽，那日本妇人就送了一杯红茶和两块面包和白糖来。伊人吃完之后，看看 C 夫人还没有回来，就跑出去散步去。从那一道木棒编成的小门里出去，沿了昨天来的那条村路向东的走了几步，他看见一家草舍的回廊上，有两个青年在那里享太阳，发议论。他看看好像是昨天见过的两个学生，所以就走了进去。两个青年见他进来，就恭恭敬敬的拿出垫子来，叫他坐了。那近视长发的青年，因为太恭敬过度了，反要使人发起笑来。伊人坐定之后，那长发的近视眼就含了微笑，对他呆了一呆，嘴唇动了几动，伊人知道他想说话了，所以就对他说：

"你说今天的天气好不好？"

"Es.Es.beri gud.beri gud.and how longu hab you been in Japan?"

（是，是，好得很，好得很，你住在日本多久了？）

那一位近视眼，突然说出了几句日本式的英国话来。伊人看看他那忽尖忽圆的嘴唇的变化，听听他那舌根底下好像含一块石子的发音，就想笑出来，但是因为是初次见面，又不便放声高笑，所以只得笑了一笑，回答他说：

"About eight years,quite a long time,isn't it?"

（差不多八年了，已经长得很呢，是不是？）

还有那一位二十岁前后的青年看了那近视眼说英文的样子，就笑了起来，一边却直直爽爽的对他说：

"不说了罢，你那不通的英文，还不如不说的好，哈哈。"

那近视眼听了伊人的回话，又说：

"Do you understand my Ingulish?"

（你懂得我讲的英文么？）

"Yes,of course I do,but..."

（那当然是懂的，但是……）

伊人还没有说完，他又抢着说：

"Alright,alright,leto us speaku Ingulish heea afiar."

（很好很好，以后我们就讲英文罢。）

那年轻的青年说：

"伊先生，你别再和他歪缠了，我们向海边上去走走罢。"

伊人就赞成了，那年轻的青年便从回廊上跳了下来，同小丑一样的故意把衣服整了一整，把身体向左右前后摇了一摇，对了那近视眼恭恭敬敬的行了一礼，说：

"Gudo-bye!Mista K.,gudo-bye!"

伊人忍不住的笑了起来，那近视眼的 K 也说：

"Gudo-bye,Mista,B.,gudo-Mista Yi."

走过了那草舍的院子，踏了松树的长影，出去二三步就是沙滩了。清静的海岸上并无人影，洒满了和煦的阳光。海水反射着太阳光线，好像在那里微笑的样子。沙上有几行行人的足迹，印在那里。远远的向东望去，有几处村落，有几间渔舍浮在空中，一层透明清洁的空气，包在那些树林屋脊的上面。西边湾里有一处小市，浮在海上，市内的人家，错错落落的排列在那里，人家的背后，有一带小山，小山的背后，便是无穷的碧落。市外的湾口有几艘帆船停泊着，那几艘船的帆樯，却能形容出一种港市的感觉来。年轻的 B 说：

"那就是馆山，你看湾外不是有两个小岛同青螺一样的浮在那里么？一个是鹰岛，一个是冲岛。"

伊人向 B 所说的方向一看，在薄薄的海气里，果然有两个小岛浮在那里，伊人看那小岛的时候，忽然注意到小岛的背景的天空里去。他从地平线上一点一点的抬头起来，看看天空，觉得蓝苍色的天体，好像要溶化了的样子，他就不知不觉的说：

"唉，这碧海青天！"

B 也仰起头来看天，一边对伊人说：

"伊先生！看了这青淡的天空，你们还以为有一位上帝，在这天空里坐着的么？若说上帝在那里坐着，怕在这样晴朗的时候，要跌下地来呢！"

伊人回答说：

"怎么不跌下来？你不曾看过弗兰斯著的 Thais（泰衣斯）么？那绝食断欲的圣者，就是为了泰衣斯的肉体的缘故，从天上跌下来的呀。"

"不错不错，那一位近视眼的神经病先生，也是很妙的。他说他要去进神学校去，每天到了半夜三更就放大了嗓子，叫起上帝来。

"'主吓，唉，主吓，神吓，耶稣吓！'

"像这样的乱叫起来，到了第二天，去问他昨夜怎么了？他却一声不响，把手摇几摇，嘴歪几歪。再过一天去问他，他就说：

"'昨天我是一天不言语的，因为这也是一种修行，一礼拜之内我有两天是断言的。不讲话的，无论如何，在这两天之内，总不开嘴的。'

"有的时候他赤足赤身的跑上雨天里去立在那里，我叫他，他默默的不应，到了晚上他却喀喀的咳嗽起来，你看这样寒冷的天气，赤了身到雨天里去，哪有不伤风的道理？到了第二天，我问他究竟为什么要上雨天里去，他说这也是一种修行。有一天晚上因为他叫'主吓！神吓'叫得太厉害了，我在梦里头被他叫醒，在被里听听，我也害怕起来。以为有强盗来了，所以我就起来，披了衣服，上他那一间房里去看他，从房门的缝里一瞧，我就不得不笑起来。你猜怎么着，他老先生把衣服脱了精光，把头顶倒在地下，两只脚靠了墙壁跷在上面，闭了眼睛，作了一副苦闷难受的脸色，尽在那里瞎叫：

"'主吓，神吓，天吓，上帝吓！'

"第二天我去问，他却一句话也不答，我知道这又是他的断绝言语的日子，所以就不去问他了。"

B 形容近视眼 K 的时候，同戏院的小丑一样，做脚做手的做得非常出神，伊人听一句笑一阵，笑得不了。到后来伊人问 B 说：

"K 何苦要这样呢！"

"他说他因为要预备进神学校去，但是依我看来，他还是去进疯狂病院的好。"

伊人又笑了起来。他们两人的健全的笑声，反响在寂静的海岸的空气里，更觉得这一天的天气的清新可爱了。他们两个人的影子，和两双皮鞋的足迹在海边的软沙上印来印去的走了一回，忽听见晴空里传了一阵清朗的钟声过来，他们知道圣经班的时候到了，所以就走上 C 夫人的家里去。

到 C 夫人家里的时候，那近视眼的 K，和三个女学生已经围住了 C 夫人坐在那里了，K 见了伊人和 B 来的时候，就跳起来放大了嗓子用了英文叫着说：

"Hullo,Where hab you been?"

（喂！你们上哪儿去了？）

三个女学生和 C 夫人都笑了起来，昨天伊人注意观察过的那个女学生的一排白白的牙齿，和她那面上的一双笑靥，愈加使她可爱了。伊人一边笑着，一边在那里偷看她。各人坐下来，伊人又占了昨天的那位置，和那女学生对面地坐着。唱了一首赞美诗，各人就轮读起圣经来。轮到那女学生读的时候，伊人便注意看她那小嘴，她脸上自然而然的起了一层红潮。她读完之后，伊人还呆呆的在那里看她嘴上的曲线；她抬起头来的时候，她的视线同伊人的视线冲混了。她立时涨红了脸，把头低了下去。伊人也觉得难堪，就把视线集注到他手里的《圣经》上去。这些微妙的感情流露的地方，在座的人恐怕一个人也没有知道。圣经班完了，各人都要散回家去，近视眼的Ｋ，又用了英文对伊人说：

"Mista Yi,leto us take a walk."

（伊先生，我们去散步罢。）

伊人还没有回答之先，他又对那坐在伊人对面的女学生说：

"Miss O,you will join us,wouldn't you?"

（Ｏ女士，你也同我们去罢。）

那女学生原来姓Ｏ，她听了这话，就立时红了脸，穿了鞋，跑回去了。

Ｃ夫人对伊人说：

"今天天气好得很，你向海边上去散散步也很好的。"

Ｋ听了这话，就叫起来说：

"Es,es.alright,alright."

（不错不错，是的是的。）

伊人不好推却，只得同Ｋ和Ｂ三人同向海边上去。走了一回，伊人便说走乏了要回家来。Ｋ拉住了他说：

"Let us pray!"

（让我们来祷告罢。）

说着Ｋ就跪了下去，伊人被他惊了一跳，不得已也只能把双膝曲了。Ｂ却一动也不动地站在那里看。Ｋ又叫了许多主吓神吓上帝吓。叫了一忽，站起来说：

"Good-bye.Good-bye!"

（再会再会。）

一边说，一边就回转身来大踏步的走开了，伊人摸不出头绪来，一边用手打着膝上的沙泥，一边对Ｂ说：

"是怎么一回事，他难道发怒了么？"

Ｂ说：

"什么发怒，这便是他的神经病吓！"

说着，Ｂ又学了Ｋ的样子，跪下地去，上帝吓，主吓，神吓的叫了起来。伊人又禁不住的笑了。远远的忽有唱赞美诗的声音传到他们的耳边上来。B 说：

"你瞧什么发怒不发怒，这就是他唱的赞美诗吓。"

伊人问 B 是不是基督教徒。B 说：

"我并不是基督教徒，因为 K 定要我去听《圣经》，所以我才去。其实我也想信一种宗教，因为我的为人太轻薄了，所以想得一种信仰，可以自重自重。"

伊人和他说了些宗教上的话，又各把自己的学籍说了。原来 B 是东京高等商业学校的学生，去年年底染了流行性感冒，到房州来是为病后的保养来的。说到后来，伊人问他说：

"B 君，我住在 C 夫人家里，觉得不自由得很，你那里的主人，还肯把空着的那一间房借给我么？"

"肯的肯的，我回去就同主人去说去，你今天午后就搬过来罢。那一位 C 夫人是有名的吝啬家，你若在她那里住久了，怕要招怪呢！"

又在海边走了一回，他们看看自家的影子渐渐儿的短起来了，快到十二点的时候，伊人就别了 B，回到 C 夫人的家里来。

吃午膳的时候。伊人对 C 夫人把要搬往后面的 K、B 同住去的话说了，C 夫人也并不挽留，吃完了午膳，伊人就搬往后面的别室里去了。

把行李书籍整顿了一整顿，看看时候已经不早了，伊人便一个人到海边上去散步去。一片汪洋的碧海，竟平坦得同镜面一样。日光打斜了，光线射在松树的梢上，作成了几处阴影。午后的海岸，风景又同午前的不同。伊人静悄悄的看了一回，觉得四边的风景怎么也形容不出来。他想把午前的风景比作患肺病的纯洁的处女，午后的风景比作成熟期以后的嫁过人的丰肥的妇人。然而仔细一想，又觉得比得太俗了。他站着看一忽，又俯了头走一忽，一条初春的海岸上，只有他一个人和他的清瘦的影子在那里动着。他向西的朝着了太阳走了一回，看看自家已经走得远了，就想回转身来走回家去，低头一看，忽看见他的脚底下的沙上有一条新印的女人的脚印印在那里。他前前后后的打量了一回，知道这脚印的主人必在这近边的树林里。并没有什么目的，他就跟了那一条脚步印朝南的走向岸上的松树林里去。走不上三十步路，他看见树影里的枯草上有一条毡毯，几本书和妇人杂志等摊在那里。因为枯草长得很，所以他在海水的边上竟看不出来，他知道这定是属于那脚印的主人的，但是这脚印的主人不知上哪里去了。呆呆的站了一忽，正想走转来的时候，他忽见树林里来了一个妇人，他的好奇心又把他的脚缚住了，等那妇人走近来的时候，他不觉红起脸来，胸前的跳跃怎么也按不下去，所以他只能勉强把视线放低了，眼看了地面，他就回了那妇人一个礼，因为那时候，她已经走到他的面前来了，她原来就是那姓 O 的女学生。他好像是自家的卑陋的心情已经被看破了的样子，红了脸对她赔罪说：

"对不起得很，我一个人闯到你的休息的地方来。"

"不……不要……"

看她也好像是没有什么懊恼的样子，便大着胆问她说：

"你府上也是东京么？"

"学校是在东京的上野……但是……家乡是足利。"

"你同 C 夫人是一向认识的么？"

"不是的……是到这里来之后认识的。……"

"同 K 君呢？"

"那一个人……那一个人是糊涂虫！"

"今天早晨他邀你出去散步，是他对我的好意，实在唐突得很，你不要见怪了，我就在这里替他赔一罪罢。"

伊人对她行了一个礼，她倒反觉难以为情起来，就对伊人说：

"说什么话，我……我……又不在这里怨他。"

"我也走得乏了，你可以让我在你的毡毯上坐一坐么？"

"请，请坐！"

伊人坐下之后，她尽在那里站着，伊人就也站了起来说：

"我可失礼了，你站在那里，我倒反而坐起来。"

"不是这样的，不是这样的，我因为坐得太久，所以不愿意再坐了。"

"这样我们再去走一忽罢。"

"怕被人家看见了。"

"海边上清静得很，一个人也没有。"

她好像是无可无不可的样子。伊人就在前头走了，她也慢慢的跟了来。太阳已经快斜到三十度的角度了，他和她沿了海边向西的走去，背后拖着了两个纤长的影子。东天的碧落里，已经有几片红云，在那里报将晚的时刻，一片白白的月亮也出来了。默默地走了三五分钟，伊人回转头来问她说：

"你也是这病么？"

一边说着一边就把自家的左手向左右肩的锁骨穴指了一下，她笑了一笑便低下头去，他觉得她的笑里有无限的悲凉的情意含在那里。默默的又走了几步，他觉得被沉默压迫不过了，又对她说：

"我并没有什么症候，但是晚上每有虚汗出来，身体一天一天地清瘦下去，一礼拜前，我上大学病院去求诊的时候，医生教我休学一年，回家去静养，但是我想以后只有一年三个月了，怎么也不愿意再迟一年，所以今年暑假前我还想回东京去考试呢！"

"若能注意一点，大约总没有什么妨碍的。"

"我也是这么的想，毕业之后，还想上南欧去养病去呢！"

"罗马的古墟原是好的，但是由我们病人看来，还是爱依奥宁海岸的小岛好呀！"

"你学的是不是声乐？"

"不是的，我学的是钢琴，但是声乐也学的。"

"那么请你唱一个小曲儿罢。"

"今天嗓子不好。"

"我唐突了，请你恕我。"

"你又要多心了，我因为嗓子不好，所以不能唱高音。"

"并不是会场上，音的高低，又何必去问它呢！"

"但是这样被人强求的时候，反而唱不出来的。"

"不错不错，我们都是爱自然的人，不唱也罢了。"

"走了太远了，我们回去罢。"

"你走乏了么？"

"乏倒没有，但是草堆里还有几本书在那里，怕被人看见了不好。"

"但是我可不曾看你的书。"

"你怎么会这样多心的，我又何尝说你看过来！"

"唉，这疑心病就是我半生的哀史的证明呀！"

"什么哀史？"

伊人就把自小被人虐待，到了今日还不曾感得一些热情过的事情说了。两人背后的清影，一步一步的拖长起来，天空的四周，渐渐儿的带起紫色来了。残冬的余势，在这薄暮的时候，还能感觉得出来，从海上吹来的微风，透了两人的冬服，刺入他和她的火热的心里去。伊人向海上一看，见西北角的天空里一座倒擎的心样的雪山，带着了浓蓝的颜色，在和软的晚霞里作会心的微笑，伊人不觉高声的叫着说：

"你看那富士！"

这样的叫了一声，他不知不觉的伸出了五个指头去寻她那只同玉丝似的手去，他的双眼却同在梦里似的，还悬在富士山的顶上。几个柔软的指头和他那冰冷的手指遇着的时候，他不觉惊了一下，伸转了手，回头来一看，却好她也正在那里转过她的视线来。两人看了一眼。默默地就各把头低去了。站了一忽，伊人就改换了声音，光明正大的对她说：

"你怕走倦了罢，天也快晚了，我们回转去罢。"

"就回转去罢，可惜我们背后不能看太阳落山的光景。"

伊人向西天一看，太阳已经快落山去了。回转了身，两人并着的走了几步，她说：

"影子的长！"

"这就是太阳落山的光景呀！"

海风又吹过一阵来，岸边起了微波，同飞散了的金箔似的，浪影闪映出几条光线来。

"你觉得凉么，我把我的外套借给你好么？"

"不凉……女人披了男人的外套，像什么样子呀！"

又默默的走了几步，他看看远岸已经有一层晚霞起来了。他和K、B住的地方的岸上树林里，有几点黑影，围了一堆红红的野火坐在那里。

"那一边的小孩儿又在那里生火了。

"这正是一幅画呀！我好像唱得出歌来的样子：

　　　　'Kennst du das Land,wo die Zitronen bluehn.

　　　　Im dunkeln Laub die Goldorangen gluehn,

　　　　Ein sanfter Wind vom blauen Himmel weht,

　　　　Die Myrte still und hoch der Lorbeer steht?'

"底下的是重复句，怕唱不好了！

　　　　'Kennst du es wohl?

　　　　Dahin!Dahin

　　　　Moecht'ich mit dir,O mein Geliebter,ziehn!'"

　　她那悲凉微颤的喉音，在薄暮的海边的空气里悠悠扬扬的浮荡着，他只觉得一层紫色的薄膜把他的五官都包住了。

　　"Kennst du das Haus,auf Saeulen rubt sein Dach,

　　Es glaenzt der Saal,es schimmert das Germach,

　　Und Marmoilder stehn und sehn mich an;

　　Was hat man dir,du armes kind,getan?"

　　四边的空气一刻一刻的浓厚起来。海面上的凉风又掠过了他的那火热的双颊，吹到她的头发上去。他听了那一句歌，忽然想起了去年夏天欺骗他的那一个轻薄的妇人的事情来。

　　"你这可怜的孩子呀，他们欺负了你么，唉！"

　　他自家好像是变了迷娘（Mignon）。无依无靠的一个人站在异乡的日暮的海边上的样子。用了悲凉的声调在那里幽幽唱曲的好像是从细浪里涌出来的宁妇（Nymph）魅妹（Mermaid）。他忽然觉得 Sentimental 起来，两颗同珍珠似的眼泪滚下他的颊际来了。

　　"Kennst du es wohl?

　　Dahin!Dahin

　　Moccht'ich mit Dir,O mein Beschuetzer,ziehn!

　　Kennst du den Berg und sein Wolkensteg?

　　Das Maultier sucht im Nebel seinen Wig,

　　In Hcehlen wohnt der Drachenalte Brut,

　　Es stuerzt der Fels und ueber ihn de Flut:

　　Kennst du ihn wohl?

　　Dahin!Dahin

　　Geht unser Weg,O Vlter,lass uns ziehn!"

　　她唱到了这一句，重复的唱了两遍。她那尾声悠扬同游丝似的哀寂的清音，与太阳的残照，都在薄暮的空气里消散了。西天的落日正挂在远远的地平线上，反射出一天红软的浮云，长空高冷，带起银蓝颜色来，平波如镜的海面，也加了一层橙黄的色彩，与四围的紫色溶作了一团。她对他看了一眼，默默地走了几步，就对他说：

"你确是一个 *Sentimentalist*[3]！"

他的感情脆弱的地方，怕被她看破，就故意的笑着说：

"说什么话，这一个时期我早已经过去了。"

但是他颊上的两颗眼泪，还未曾干落，圆圆的泪珠里，也反映着一条缩小的日暮的海岸。走到她放毡毯书籍的地方，暮色已经从松树枝上走下来，空中悬着的半规上弦的月亮；渐渐儿的放起光来了。

"再会再会！"

"再会……再……会！"

五、月　光

伊人回到他住的地方，看见 B 一个人呆呆的坐在廊下看那从松树林里透过来的黝暗的海岸。听了伊人的脚步声，就回转头来叫他说：

"伊君！你上什么地方去了，我们今天唱诗的时候只有四个人。你也不去，两个好看的女学生也不来，只有我和 K 君和一位最难看的女学生，C 夫人在那里问你呢！"

"对不起得很，我因为上馆山去散步去了，所以赶不及回来。你已经吃过晚饭了么？"

"吃过了。浴汤也好了，主人在那里等你洗澡。"

洗了澡，吃了晚饭，伊人就在电灯底下记了一篇长篇的日记。把迷娘（*Mignon*）的歌也记了进去，她说的话也记了进去，日暮的海岸的风景，悲凉的情调，他的眼泪，她的纤手，富士山的微笑，海浪的波纹，沙上的足迹，这一天午后他所看见听见感得的地方都记了进去。写了两个多钟头，他愈写愈加觉得有趣，写好之后，读了又读，改了又改，又费去了一个钟头，这海岸的村落的人家，都已沉沉的酣睡尽了。寒冷静寂的屋内的空气压在他的头上肩上身上，他回头看看屋里，只有壁上的他那扩大的影子在那里动着，除了屋顶上一声两声的鼠斗声之外，更无别的音响振动着空气。火钵里的火也消了，坐在屋里，觉得难受，他便轻轻的开了门，拖了草履，走下院子里去，初八九的上弦的半月，已经斜在西天，快落山去了。踏了松树的影子，披了一身灰白的月光，他又穿过了松林，走到海边上去。寂静的海边上的风景，比白天更加了一味凄惨洁净的情调。在将落未落的月光里，踏来踏去的走了一回，他走上白天他和她走过的地方去。差不多走到了时候，他就站住了脚，曲了身去看白天他两人的沙滩上的足迹去。同寻梦的人一样，他寻了半天总寻不出两人的足印来。站起来又向西的走了一忽，伏倒去一寻，他自家的橡皮革履的足迹寻出来了。他的足迹的后边一步一步跟上去的她的足迹也寻了出来。他的胸前觉得似有跳跃的样子、圣经里的两节话忽然被他想出来了。

But I say unto you,that whosoever look the woman to lust after her hath commitied adultery with her already in his heart.And if thy right eye offend thee,pluck it out,and cast it from thee;for it is profitable for thee that one of thy members should perish,and not that thy whole body should be cast into hell.

伊人虽已经与妇人接触过几次，然而在这时候，他觉得他的身体又回到童贞未破的时候去了的一样，他对 O 的心，觉得真是纯洁高尚，并无半点邪念的样子，想到了这两节圣经，他的心里又起冲突来了。他站起来闭了眼睛，默默的想了回。他想叫上帝来帮助他，可是他的哲学的理智性怎么也不许他祈祷，闭了眼睛，立了四五分钟，摇了一摇头，叹了一口气，他仍复走了回来。他一边走一边把头转向南面的树林，在深深的探视。那边并无灯火看得出来，只有一层朦胧的月光，罩在树林的上面，一块树林的黑影，教人想到神秘的事迹上去。他看了一回，自家对自家说：

"她定住在这树林的里边，不知她睡没有睡，她也许在那里看月光的。唉，可怜我的一生。可怜我的长失败的生涯！"

月亮又低了一段，光线更灰白起来，海面上好像有一只船在那里横驶的样子，他看了一眼，灰白的光里，只见一只怪兽似的一个黑影在海上微动，他忽觉得害怕起来，一阵凉风又横海的掠上他的颜面，他打了一个冷痉、就俯了首三脚两步的走回家来了。睡了之后，他觉得有女人的声音在门外叫他的样子！仔细听了一听，这确是唱迷娘的歌的声音。他就跑出来跟了她上海边上去。月亮正要落山的样子，西天尽变了红黑的颜色。他向四边一看，觉得海水树林沙滩也都变了红黑色了。他对她一看，见她脸色被四边的红黑色反映起来，竟苍白得同死人一样。他想和她说话，但是总想不出什么话来。她也只含了两眼清泪，在那里默默的看他。两人在沉默的中间，动也不动的看了一忽，她就回转身向树林里走去。他马上追了过去，但是到树林的口头的时候，他忽然遇着了去年夏天欺骗他的那个淫妇，含着了微笑，从树林里走了出来。啊的叫了一声，他就想跑回到家里来，但是他的两脚，怎么也不能跑，苦闷了一回，他的梦才醒了。身上又发了一身冷汗，那一晚他再也不能睡了。去年夏天的事情，他又回想了出来。去年夏天他的身体还强健得很，在高等学校卒了业，正打算进大学去，他的前途还有许多希望在那里。我们更换一个高一级的学校或改迁一个好一点的地方的时候感得的那一种希望心和好奇心，也在他的胸中酝酿。那时候他的经济状态，也比现在宽裕，家里汇来的五百元钱，还有一大半存在银行里，他从他的高等学校的 N 市，迁到了东京，在芝区的赤仓旅馆住了一个礼拜，有一天早晨在报上看见了一处招租的广告。因为广告上出租的地方近在第一高等学校的前面，所以去大学也不甚远。他坐了电车，到那个地方去一看，是一家中流人家。姓 N 的主人是一个五六十岁的强壮的老人，身体伟巨得很，相貌虽然狞恶，然而应对却非常恭敬。出租的是楼上的两间房子，伊人上楼去一看，觉得房间也还清洁，正坐下去，同那老主人在那里讲话的时候，扶梯上走上了一个二十三四的优雅的妇人来。手里拿了一盆茶果，走到伊人的面前就恭恭敬敬跪下去对伊人行了一个礼。伊人对她看了一眼，她就含了微笑，对伊人丢了一个眼色。伊人倒反觉得害起羞来。她还是平平常常的好像得了胜利似的下楼去了。伊人说定了房间，就走下楼来，出门的时候，她又跪在门口，含了微笑在那里送他。他虽然不能仔仔细细的观察，然而就他一眼所及的地方看来，刚才的那个妇人，确是一个美人。小小的身材，长圆的脸儿，一头丛多的黑色的头发，坠在她的娇白的额上。一双眼睛活得很，也大得很，伊人一路回到他的旅馆里去，在电车上就作了许多空想。

"名誉我也有了，从九月起我便是帝国大学的学生了。金钱我也可以支持一年，现在还有二百八十余元的积贮在那里。第三个条件就是女人了。*Ah,money,love and fame!*"

他想到这里，不觉露了一脸微笑，电车里坐在他对面的一个中年的妇人，好像在那里看他的样子，他就在洋服袋里拿出一册当时新出版的日本的小说《一妇人》（*Aru Onnan*）来看了。

第二天早晨，他一早就从赤仓旅馆搬到本乡的 N 的家里去。因为时候还早得很，昨天看见的那个妇人还没有梳头，粗衣乱发的她的容姿，比梳妆后的样子还更可爱，他一见了她就红了脸，一句话也讲不出来。她只含着了微笑，帮他在那里整理从旅馆里搬来的物件。一只书箱重得很，伊人一个人搬不动，她就跑过来帮伊人搬上楼去。搬上扶梯的时候，伊人退了一步，却好冲在她的怀里，她便轻轻地把伊人抱住了说：

"危险呀！要没有我在这里，怕你要滚下去了。"

伊人觉得一层女人的电力，微微的传到他的身体上去。他的自制力已经没有了，好像在冬天寒冷的时候，突然进了热雾腾腾的浴室里去的样子，伊人只昏昏的说：

"危险危险！多谢多谢！对不起对不起……"

伊人急忙走开了之后，她还在那里笑着，看了伊人的恼羞的样子，她就问他说：

"你怕羞么！你怕羞我就下楼去！"

伊人正想回话的时候，她却转了身走下楼去了。

夏天的暑热，一天一天的增加起来，伊人的神经衰弱也一天一天的重起来了。伊人在 N 家里住了两个礼拜，家里的情形，也都被他知道了。N 老人便是那妇人的义父，那妇人名叫 M，是 N 老人的朋友的亲生女，M 有一个男人，是入赘的，现在乡下的中学校里做先生，所以不住在家里的。

那妇人天天梳洗的时候，总把上身的衣服脱得精光，把她的乳头胸口露出来。伊人起来洗面的时候每天总不得不受她的露体的诱惑，因此他的脑病更不得不一天重似一天起来。

有一天午后，伊人正在那里贪午睡，M 一个人不声不响的走上扶梯钻到他的帐子里来。她一进帐子伊人就醒了。伊人对她笑了一笑，她也对伊人笑着并且轻轻的说：

"底下一个人都不在那里。"

伊人从盖在身上的毛毯里伸出了一只手来，她就靠住了伊人的手把身体横下来转进毛毯里去。

第二日她和她的父亲要带伊人上镰仓去洗海水澡。伊人因为不喜欢海水浴，所以就说：

"海水浴俗得很，我们还不如上箱根温泉去罢。"

过了两天，伊人和 M 及 M 的父亲，从东京出发到箱根去了。在宫下的奈良屋旅馆住下的第二天，M定要伊人和她上芦湖去，N老人因为家里丢不下，就在那一天的中饭后回东京去了。

吃了中饭，送N老人上了车，伊人就同她上芦湖去。倒行的上山路缓缓的走不上一个钟头，她就不能走了。好容易到了芦湖，伊人和她又投到纪国屋旅馆去住了。换了衣服，洗了汗水，吃了两杯冰淇淋，觉得元气恢复起来，闭了纸窗，她又同伊人睡下了。

过了一点多钟太阳沉西的时候，伊人又和她去洗澡去。吃了夜饭，坐了二三十分钟，楼上还很热闹的时候，M就把电灯熄了。

第二天天气热得很，伊人和她又在芦湖住了一天，第三天的午后，他们才回到东京来。

伊人和M，回到本乡的家里的门口的时候，N老人就迎出来说：

"M儿！W君从病院里出来了！"

"啊！这……病好了么，完全好了么！"

M的面上露出了一种非常欢喜的样子来，伊人以为W是她的亲戚，所以也不惊异，走上家里去之后，他看见在她的房里坐着一个三十来岁的男子。这男子的身体雄伟得很，脸上带着一脸酒肉气，见伊人进来，就和伊人叙起礼来。N老人就对伊人说：

"这一位就是W君,在我们家里住了两年了。今年已经在文科大学卒业。你的名氏他也知道的，因为他学的是汉文，所以在杂志上他已经读过你的诗的。"

M一面对W说话，一面就把衣服脱下来，拿了一块手巾把身上的汗揩了，揩完之后，把手巾递给伊人说：

"你也揩一揩罢！"

伊人觉得不好看，就勉强的把面上的汗揩了。伊人与W虽是初次见面，但总觉得不能与他合伴。不晓是什么理由，伊人总觉得W是他的仇敌。说了几句闲话，伊人上楼去拿了手巾肥皂，就出去洗澡去了。洗了澡回来，伊人在门口听见M在那里说笑，好像是喜欢得了不得的样子。伊人进去之后，M就对他说：

"今天晚上W先生请我们吃鸡，因为他病好了，今天是他出病院的纪念日。"

M又说W因为害肾脏病，到病院去住了两个月，今天才出病院的。伊人含糊的答应了几句，就上楼去了。这一天的晚上，伊人又害了不眠症，开了眼睛，竟一睡也睡不着。到十二点钟的时候，他听见楼底下的 M 的房门轻轻儿的开了，一步一步的 M 的脚步声走上他的间壁的 W 的房里去。叽哩咕噜的讲了几句之后，M 特有的那一种呜呜的喘声出来了，伊人正好像被泼了一身冷水，他的心脏的鼓动也停止了，他的脑里的血液也凝住了。他的耳朵同大耳似的直竖了起来，楼下的一举一动他都好像看得出来的样子，W 的肥胖的肉体，M 的半开半闭的眼睛，散在枕上的她的头发，她的嘴唇和舌尖，她的那一种粉和汗的混和的香气，下体的颤动……他想到这里，已经不能耐了。愈想睡愈睡不着。楼下息息索索的声响，更不止的从楼板上传到他的耳膜上来。他又不敢作声，身体又不敢动一动。他胸中的苦闷和后悔的心思，一时同暴风似的起来，两条冰冷的眼泪从眼角上流到耳朵根前，从耳朵根前滴到枕上去了。

天将亮的时候 M 才幽脚幽手的回到她自己的家里去，伊人听了一忽，觉得楼底下的声音息了。翻来覆去的翻了几个身，才睡着了。睡不上一点多钟，他又醒了。下楼去洗面的时候，M 和 W 都还睡在那里，只有 N 老人从院子对面的一间小屋里（原来老人是睡在这间小屋里的）走了下来，擦擦眼睛对伊人说：

"你早啊！"

伊人答应了一声，匆匆洗完了脸，就套上了皮鞋，跑出外面去。他的脑里正乱得同蜂巢一样，不晓得怎么才好。他乱的走了一阵，却走到了春日町的电车交换的十字路口了。不问清白，他跳上了一乘电车就乘在那里，糊糊涂涂的换了几次车，电车到了目黑的终点了。太阳已经高得很，在田塍路上穿来穿去的走了十几分钟，他觉得头上晒得痛起来，用手向头上一摸，才知道出来的时候，他不曾把帽子带来。向身上脚下一看，他自家也觉得好笑起来。身上只穿了一件白绸的寝衣，赤了脚穿了一双白皮的靴子。他觉得羞极了，要想回去，又不能回去，走来走去的走了一回，他就在一块树阴的草地上坐下了。把身边的钱包取出来一看，包里还有三张五元的钞票和二三元零钱在那里，幸喜银行的账簿也夹在钱包里面，翻开来一看，只有百二十元钱存在了。他静静的坐了一忽，想了一下，忽把一月前头住过的赤仓旅馆想了出来。他就站起来走，穿过了几条村路，寻到一间人力车夫的家里坐了一乘人力车，便一直的奔上赤仓旅馆去。在车上的幌帘里，他想想一月前头看了房子回来在电车上想的空想，不知不觉的就滴了两颗大眼泪下来。

"名誉，金钱，妇女，我如今有一点什么？什么也没有，什么也没有。我……我只有我这一个将死的身体。"

到了赤仓旅馆，旅馆里的听差的看了他的样子，都对他笑了起来：

"伊先生！你被强盗抢劫了么？"

伊人一句话也回答不出，就走上账桌去写了一张字条，对听差的说：

"你拿了这一张字条，上本乡 ×× 町 ××× 号地的 N 家去把我的东西搬了来。"

伊人默默的上一间空房间里去坐了一忽，种种伤心的事情，都同春潮似的涌上心来。他愈想愈恨，差不多想自家寻死了，两条眼泪连连续续的滴下他的腮来。

过了两个钟头之后，听差的人回来说：

"伊先生你也未免太好事了。那一个女人说你欺负了她，如今就要想远遁了。她怎么也不肯把你的东西交给我搬来。她说还有要紧的事情和你亲说，要你自家去一次。一个三十来岁的同牛也似的男人说你太无礼了。因为他出言不逊，所以我同他闹了一场，那一只牛大概是她的男人罢？"

"她另外还说什么？"

"她说的话多得很呢！她说你太卑怯了！并不像一个男子汉，那是她看了你的字条的时候说的。"

"是这样的么，对不起得很，要你空跑了一次。"

一边这样的说，一边伊人就拿了两张钞票，塞在那听差的手里。听差的要出去的时候，伊人又叫他回来，要他去拿了几张信纸信封和笔砚来。笔砚信纸拿来了之后，伊人就写了一封长长的信给 M。

第三天的午前十时，横滨出发的春日丸轮船的二等舱板上，伊人呆呆的立在那里。他站在铁栏旁边，一瞬也不转的在那里看渐渐儿小下去的陆地。轮船出了东京湾，他还呆呆的立在那里，然而陆地早已看不明白了，因为船离开横滨港的时候，他的眼睛就模糊起来，他的眼睑毛上的同珍珠似的水球，还有几颗没有干着，所以他不能下舱去与别的客人接谈。

对面正屋里的挂钟敲了二下，伊人的枕上又滴了几滴眼泪下来，那一天午后的事情，箱根旅馆里的事情，从箱根回来那一天晚上的事情，他都记得清清楚楚，同昨天的事情一样。立在横滨港口春日丸船上的时候的懊恼又在人的胸里活了转来，那时候尝过的苦味他又不得不再尝一次。把头摇了一摇，翻了一转身，他就轻轻的说：

"O 呀 O，你是我的天使，你还该来救救我。"

伊人又把白天她在海边上唱的迷娘的歌想了出来：

"你这可怜的孩子吓，他们欺负了你了么？唉！"

"Was hat man dir, du armcs kind, getan?"

伊人流了一阵眼泪，心地渐渐儿的和平起来，对面正屋里的挂钟敲三点的时候，他已经嘶嘶的睡着了。

六、崖　上

伊人醒来的时候已经是九点多了。窗外好像在那里下雨，檐漏的滴声传到被里睡着的伊人的耳朵里来。开了眼又睡了一刻钟的样子，他起来了。开门一看，一层蒙蒙的微雨，把房屋树林海岸遮得同水墨画一样。伊人洗完了脸，拿出一本乔其墨亚（*George Moore*）的小说来，靠了火钵读了几页，早膳来了。吃了早膳，停了三四十分钟，K 和 B 来说闲话，伊人问他们今天有没有圣经班，他们说没有，圣经班只有礼拜二礼拜五的两天有的。伊人一心想和 O 见面，所以很愿意早一刻上 C 夫人的家里去，听了他们的话，他也觉得有些失望的地方，B 和 K 说到中饭的时候，各回自家的房里去了。

吃了中饭，伊人看了一篇乔其墨亚的《往事记》（*Memoirs of My Dead Life*），那钟声又当当的响了起来。伊人就跑也似的走到 C 夫人的家里去。K 和 B 也来了，两个女学生也来了，只有 O 不来，伊人胸中硗硗落落地总平静不下去。一分钟过去了，五分钟过去了，O 终究没有来。赞美诗也唱了，祈祷也完了，大家都快散去了，伊人想问她们一声，然而终究不能开口。两个女学生临去的时候，K 倒问她们说：

"O 君怎么今天又不来？"

一个年轻一点的女学生回答说：

"她今天身上又有热了。"

伊人本来在那里作种种的空想的，一听了这话，就好像是被宣告了死刑的样子，他的身上的血管一时都觉得胀破了。他穿了鞋子，急急的跟了那两个女学生出来。等到无人看见的时候，他就追上去问那两个女学生说：

"对不起得很，O 君是住在什么地方的，你们可以领我去看看她么？"

两个女学生尽在前头走路，不留心他是跟在她们后边的，被他这样的一问就好像惊了似的回转身来看他。

"啊！你怎么雨伞都没有带来，我们也是上 O 君那里去的，就请同去罢！"

两个女学生就拿了一把伞借给了他，她们两个就合用了一把向前走去。在如烟似雾的微雨里走了一二十分钟，他们三人就走到了一间新造的平房门口，门上挂着一块 O 的名牌，一扇小小的门，却与那一间小小的屋相称。三人开门进去之后，就有一个老婆子迎出来说：

"请进来！这样的下雨，你们还来看她，真真是对不起得很了。"

伊人跟了她们进去，先在客室里坐下，那老婆子捧出茶来的时候，指着伊人对两个女学生问说：

"这一位是……"

这样的说了，她就对伊人行起礼来。两个女学生也一边说一边在那里赔礼。

"这一位是东京来的。C 夫人的朋友，也是基督教徒。……"

伊人也说：

"我姓伊，初次见面，以后还请照顾照顾。……"

初见的礼完了，那老婆子就领伊人和两个女学生到 O 的卧室里去。O 的卧室就在客室的间壁，伊人进去一看，见 O 红着了脸，睡在红花的绉布被里，枕边上有一本书摊在那里。脚后摆着一个火钵，火钵边上有一个坐的蒲团，这大约是那老婆子坐的地方。火钵上的铁瓶里，有一瓶沸的开水，在那里发水蒸汽，所以室内温暖得很。伊人一进这卧房，就闻得一阵香水和粉的香气，这大约是处女的闺房特有气息。老婆子领他们进去之后，把火钵移上前来，又从客室里拿了三个坐的蒲团来，请他们坐了。伊人进这病室之后，就感觉到一种悲哀的预感，好像有人在他的耳朵根前告诉说：

"可怜这一位年轻的女孩，已经没有希望了。你何苦又要来看她，使她多一层烦扰。"

一见了她那被体热蒸红的清瘦的脸儿，和她那柔和悲寂的微笑，伊人更觉得难受，他红了眼，好久不能说话，只听她们三人轻轻地在那里说：

"啊！这样的下雨，你们还来看我，真对不起得很呀。"（ O 的话）

"哪里的话，我们横竖在家也没有事的。"（第一个女学生）

"C 夫人来过了么？"（第二个女学生）

"C 夫人还没有来过，这一点小病又何必去惊动她，你们可以不必和她说的。"

"但是我们已经告诉她了。"

"伊先生听了我们的话，才知道你是不好。"

"啊！真对你们不起，这样的来看我，但是我怕明天就能起来的。"

伊人觉得 O 的视线，同他自家的一样，也在那里闪避。所以伊人只是俯了首，在那里听她们说闲话，后来那年纪最小的女学生对伊人说：

"伊先生！你回去的时候，可以去对 C 夫人说一声，说 O 君的病并不厉害。"

伊人诚诚恳恳的举起视线来对 O 看了一眼，就马上把头低下去说：

"虽然是小病，但是也要保养……"

说到这里，他觉得说不下去了。

三人坐了一忽，说了许多闲话，就站起来走。

"请你保重些！"

"保养保养！"

"小心些……！"

"多谢多谢，对你们不起！"

伊人临走的时候，又深深的对 O 看了一眼，O 的一双眼睛，也在他的面上迟疑了一回。他们三人就回来了。

礼拜日天晴了，天气和暖了许多。吃了早饭，伊人就与 K 和 B，从太阳光里躺着的村路上走到北条市内的礼拜堂去做礼拜。雨后的乡村，满目都是清新的风景。一条沙泥和硅石结成的村路，被雨洗得干干净净在那里反射太阳的光线。道旁的枯树，以青苍的天体作为背景，挺着枝干，好像有一种新生的气力储蓄在那里的样子，大约发芽的时期也不远了。空地上的枯树投射下来的影子，同苍老的南画的粉本一样。伊人同 K 和 B，说了几句话，看看近视眼的 K，好像有不喜欢的样子形容在面上，所以他就也不再说下去了。

到了礼拜堂里，一位三十来岁的，身材短小，脸上有一簇络腮短胡子的牧师迎了出来。这牧师和伊人是初次见面，谈了几句话之后，伊人就觉得他也是一个沉静无言的好人。牧师也是近视眼，也戴着一双钢丝边的眼镜，说话的时候，语音是非常沉郁的。唱诗说教完了之后，是自由说教的时刻了。近视眼的 K，就跳上坛上去说：

"我们东洋人不行不行。我们东洋人的信仰全是假的，有几个人大约因为想学几句外国话，或想与女教友交际交际才去信教的。所以我们东洋人是不行的。我们若要信教，要同原始基督教徒一样的去信才好。也不必讲外国话，也不必同女教友交际的。"

伊人觉得立时红起脸来，K 的这几句话，分明是在那里攻击他的。第一何以不说"日本人"要说"东洋人"？在座的人除了伊人之外还有谁不是日本人呢？讲外国话，与女教友交际，这是伊人的近事。K 的演说完了之后，大家起来祈祷，祈祷毕，礼拜就完了。伊人心里只是不解，何以 K 要反对他到这一个地步。来做礼拜的人，除了 C 夫人和那两个女学生之外，都是些北条市内的住民，所以 K 的演说也许大家是不能理会的，伊人想到了这里，心里就得了几分安易。众人还没有散去之先，伊人就拉了 B 的手，匆匆的走出教会来了。走尽了北条的热闹的街道，在车站前面要向东折的时候，伊人对 B 说：

"B 君，我要问你几句话，我们一直的去，穿过了车站，走上海岸去罢。"

穿过了车站走到海边的时候，伊人问说：

"B 君，刚才 K 君讲的话，你可知道是指谁说的？"

"那是指你说的。"

"K 何以要这样的攻击我呢？"

"你要晓得 K 的心里是在那里想 O 的。你前天同她上馆山去，昨天上她家去看她的事情，都被他知道了。他还在 C 夫人的面前说你呢！"

伊人听了这话，默默的不语，但是他面上的一种难过的样子，却是在那里说明他的心理的状态。他走了一段，又问 B 说：

"你对这事情的意见如何，你说我不应该同 O 君交际的么？"

"这话我也难说，但是依我的良心而说，我是对 K 君表同情的。"

伊人和 B 又默默的走了一段，伊人自家对自家说：

"唉！我又来作卢亭（Roudine[4]）了。"

日光射在海岸上，沙中的硅石同金刚石似的放了几点白光。一层蓝色透明的海水的细浪，就打在他们的脚下。伊人俯了首走了一段，仰起来看看苍空，觉得一种悲凉孤冷的情怀，充满了他的胸里，他读过的卢骚[5] 著的《孤独者之散步》里边的情味，同潮也似的涌到他的脑里来，他对 B 说：

"快十二点钟了，我们快一点回去罢。"

七、南　行

礼拜天的晚上，北条市内的教会里，又有祈祷会，祈祷毕后，牧师请伊人上坛去说话。伊人拣了一句《山上垂诫》里边的话作他的演题：

"Blessed are the poor in spirit;for theirs is the Kingdom of Heaven."（心贫者福矣，天国为其国也。）

"说到这一个'心'字，英文译作 Spirit，德文译作 Geist，法文是 Esprit，大约总是'精神'讲的。精神上受苦的人是有福气的，因为耶稣所受的苦，也是精神上的苦。说到这'贫'字，我想是有二种意思，第一就是我们平常所说的贫苦的'贫'，就是由物质上的苦而及于精神上的意思。第二就是孤苦的意思，这完全是精神上的苦处。依我看来。耶稣的说话里，这两种意思都是包含在内的。托尔斯泰说，山上的说教，就是耶稣教的中心要点。耶稣教义，是不外乎山上的垂诫，后世的各神学家的争论，都是牵强附会，离开正道的邪说，那些枝枝叶叶，都是掩藏耶稣的真意的议论，并不是显彰耶稣的道理的烛炬。我看托尔斯泰信仰论里的这几句话是很有价值的。耶稣教义，其实已经是被耶稣在山上说尽了。若说耶稣教义尽于山上的说教，那么我敢说山上的说教尽于这'心贫者福矣'的一句话。因为'心贫者福矣'是山上说教的大纲，耶稣默默的走上山去，心里在那里想的，就是一句可以总括他的意思的话。他看看群众都跟了他来，在山上坐下之后，开口就把他所想说的话纲领说了：

"'心贫者福矣，天国为其国也。'

"底下的一篇说教，就是这一个纲领的说明演绎。马太福音，想是诸君都研究过的，所以底下我也不要说下去。我现在想把我对于这一句纲领的话，究竟有什么感想，这一句话的证明，究竟在什么地方能寻得出来的话，说给诸君听听，可以供诸君作一个参考。我们的精神上的苦处，有一部分是从物质上的不满足而来的。比如游俄（Hugo）《哀史》（*Les Miserables*）里的主人公详乏儿详（*Jean Valjean*）的偷盗，是由于物质上的贫苦而来的行动，后来他受的苦闷，就成了精神上的苦恼了。更有一部分经济学者，从唯物论上立脚，想把一切厌世的思想的原因，都归到物质上的不满足的身上去。他们说要是萧本浩（*Schopenhauer*），若有一个理想的情人，他的哲学'意志与表像的世界（*Die Welt als Wille und Vorstellung*）'就没有了。这未免是极端之论，但是也有半面真理在那里。所以物质上的不满足，可以酿成精神上的愁苦的。耶稣的话，'心贫者福矣'，就是教我们应该耐贫苦，不要去贪物质上的满足。基督教的一个大长所，就是教人尊重清贫，不要去贪受世上的富贵。圣经上有一处说，有钱的人非要把钱丢了，不能进天国，因为天国的门是非常窄的。亚西其的圣人弗兰西斯（*St.Francis of Assis*），就是一个尊贫轻富的榜样。他丢弃了父祖的家财，甘与清贫去作伴，依他自家说来，是与穷苦结了婚，这一件事有何等的毅力！在法庭上脱下衣服还他父亲的时候，谁能不被他感动！这是由物质上的贫苦而酿成精神上的贫苦的说话。耶稣教我们轻富尊贫，就是想救我们精神上的这一层苦楚。由此看来，耶稣教毕竟是贫苦人的宗教，所以耶稣教与目下的暴富者，无良心的有权力者不能两立的。我们现在更要讲到纯粹的精神上的贫苦上去。纯粹的精神上的贫苦的人，就是下文所说的有悲哀的人，心肠慈善的人，对正义如饥如渴的人，以及爱和平，施恩惠，为正义的缘故受逼迫的人。这些人在我们东洋就是所谓有德的人，古人说德不孤，必有邻，现在却是反对的了。为和平的缘故，劝人息战的人，反而要去坐监牢去。为正义的缘故，替劳动者抱不平的人，反而要去作囚人服苦役去。对于国家的无理的法律制度反抗的人，要被火来烧杀。我们读欧洲史读到清教徒的被虐杀，路得的被当时德国君主迫害的时候，谁能不发起怒来。这些甘受社会的虐待，愿意为民众作牺牲的人，都是精神上觉得贫苦的人吓！所以耶稣说：'心贫者福矣，天国为其国也。'最后还有一种精神上贫苦的人，就是有纯洁的心的人。这一种人抱了纯洁的精神，想来爱人爱物，但是因为社会的因习，国悯的惯俗，国际的偏见的缘故，就不能完全作成耶稣的爱，在这一种人的精神上，不得不感受一种无穷的贫苦。另外还有一种人，与纯洁的心的主人相类的，就是肉体上有了疾病，虽然知道神的意思是如何，耶稣的爱是如何，然而总不能去做的一种人。这一种人在精神上是最苦，在世界上亦是最多。凡对现在的唯物的浮薄的世界不能满足，而对将来的欢喜的世界的希望不能达到的一种世纪末 *Fin de siecle* 的病弱的理想家，都可算是这一类的精神上贫苦的人。他们在堕落的现世虽然不能得一点同情与安慰，然而将来的极乐国定是属于他们的。"

伊人在北条市的那个小教会的坛上，在同淡水似的煤汽灯光的底下说这些话的时候，他那一双水汪汪的眼光尽在一处凝视，我们若跟了他的视线看去，就能看出一张苍白的长圆的脸儿来。这就是Ｏ呀！

Ｏ昨天睡了一天，今天又睡了大半日，到午后三点钟的时候，才从被里起来，看看热度不高，她的母亲也由她去了。O起床洗了手脸，正想出去散步的时候，她的朋友那两个女学生来了。

"请进来，我正想出去看你们呢！"（O的话）

"你病好了么？"（第一个女学生）

"起来也不要紧的么？"（第二个女学生）

"这样恼人的好天气，谁愿意睡着不起来呀！"

"晚上能出去么？"

"听说伊先生今晚在教会里说教。"

"你们从哪里得来的消息？"

"是C夫人说的。"

"刚才唱赞美诗的时候说的。"

"我应该早一点起来，也到C夫人家去唱赞美诗的。"

在O的家里有了这会话之后，过了三个钟头，三个女学生就在北条市的小教会里听伊人的演讲了。

伊人平平稳稳的说完了之后，听了几声鼓掌的声音，就从讲坛上走了下来。听的人都站了起来，有几个人来同伊人握手攀谈，伊人心里虽然非常想跑上O的身边去问她的病状，然而看见有几个青年来和他说话，不得已只能在火炉旁边坐下了。说了十五分钟闲话，听讲的人都去了，女学生也去了，O也去了，只有与B，和牧师还在那里。看看伊人和几个青年说完了话之后，B就光着两只眼睛，问伊人说：

"你说的轻富尊贫，是与现在的经济社会不合的，若说个个人都不讲究致富的方法，国家不就要贫弱了么？我们还要读什么书，商人还要做什么买卖？你所讲的与你们捣乱的中国，或者相合也未可知，与日本帝国的国体完全是反对的。什么社会主义呀，大政府主义呀，那些东西是我所最恨的。你讲的简直是煽动无政府主义，社会主义的话，我是大反对的。"

K也擎了两手叫着说：

"Es,es,alright,Mista B.yare yare!"

（不错不错，赞成赞成，B君讲下去讲下去！）

和伊人谈话的几个青年里边的一个年轻的人忽站了起来对B说：

"你这位先生大约总是一位资本家家里的食客。我们工人劳动者的受苦，全是因为了你们资本家的缘故吓！资本家就是因为有了几个臭钱，便那样的作威作福的凶恶起来，要是大家没有钱，倒不是好么？"

"你这黄口的小孩，晓得什么东西！"

"放你的屁！你在有钱的大老官那里拍拍马屁，倒要骂起人来！……"

B和那个青年差不多要打起来了，伊人独自一个就悄悄的走到外面来。北条街上的商家，都已经睡了，一条静寂的长街上，洒满了寒冷的月光，从北面吹来的凉风，夹了沙石，打到伊人的面上来。伊人打了几个冷痉，默默的走回家去。走到北条火车站前，折向东去的时候，对面忽来了几个微醉的劳动者，幽幽的唱着了乡下的小曲儿过去了。劳动者和伊人的距离渐渐儿的远起来，他们的歌声也渐渐儿幽了下去，在这春寒料峭的月下，在这深夜静寂的海岸渔村的市上，那尾声微颤的劳动者的歌音，真是哀婉可怜。伊人一边默默的走去，俯首看着他在树影里出没的影子，一边听着那劳动者的凄切的悲凉的俗曲的歌声，蓦然觉得鼻子里酸了起来，O对他讲的一句话，他又想出来了：

"你确是一个生的闷脱列斯脱（sentimentalist）！"

伊人到家的时候，已经是十一点钟光景，房里火钵内的炭火早已消去了。午后五点钟的时候从海上吹来的一阵北风，把内房州一带的空气吹得冰冷，他写好了日记，正在改读的时候，忽然打了两个喷嚏。衣服也不换，他就和衣的睡了。

第二天醒来的时候，伊人觉得头痛得非常，鼻孔里吹出来的两条火热的鼻息，难受得很。房主人的女儿拿火来的时候，他问她要了一壶开水，他的喉音也变了。

"伊先生，你感冒了风寒了。身上热不热？"

伊人把检温计放到腋下去一测，体热高到了三十八度六分。他讲话也不愿意讲，只是沉沉的睡在那里。房主人来看了他两次。午后三点半钟的时候，C夫人也来看他的病了，他对她道一声谢，就不再说话了。晚上C夫人拿药来给他的时候，他听C夫人说：

"O也伤了风，体热高得很，大家正在那里替她忧愁。"

礼拜二的早晨，就是伊人伤风后的第二天，他觉得更加难受，看看体热已经增加到三十九度二分了，C夫人替他去叫了医生来一看，医生果然说：

"怕要变成肺炎，还不如使他入病院的好。"

午后四点钟的时候在夕阳的残照里，有一乘寝台车，从北条的八幡海岸走上北条市的北条病院去。

这一天的晚上，北条病院的楼上朝南的二号室里，幽暗的电灯光的底下，坐着了一个五十岁前后的秃头的西洋人和C夫人在那里幽幽的谈议，病室里的空气紧迫得很。铁床上白色的被褥里，有一个清瘦的青年睡在那里。若把他那瘦得骨棱棱的脸上的两点被体热蒸烧出来的红影和口头的同微虫似的气息拿去了，我们定不能辨别他究竟是一个蜡人呢或是真正的肉体。这青年便是伊人。

一九二一年七月二十七日。

[原载小说集《沉沦》，1921年10月15日上海泰东图书局初版。]

注释

1．英文*Melancholy*：忧郁，悲怀。

2．英文*Dreamthorp*：梦里村。

3．英文*Sentimentalist*：生性敏感，多愁善感。

4．英文*Roudine*：屠格涅夫《罗亭》小说主人公。

5．卢骚：让·雅克·卢梭（1712–1778），法国思想家、教育家、哲学家、文学家。

导读

短篇小说《南迁》是郁达夫的第一部小说集《沉沦》中的一篇。小说集中的3篇小说都是以留日青年学生的生活为题材的，出版后轰动一时。之所以在当时产生很大影响，是因为郁达夫写出了他那个时代青年人的生活状态、精神境遇、道路抉择和心灵冲突，具有普遍意义。3篇小说中以《沉沦》影响最大，《南迁》则是其中最长的一篇。虽然都是书写青春的伤怀，比起《沉沦》，《南迁》的情感基调不在于性苦闷的宣泄，而是一种真情的渴望与追求。《南迁》写于1921年7月，以主人公伊人先后两次爱上日本女人的故事为主线，讲述了一个留学生漂泊的人生孤旅和痛苦的情感经历。

郁达夫小说以抒情为主，所抒之情大多压抑伤感，这与他个人的经历和性情，以及他所面对的时代和社会生活都有着密切的关系。一代才子郁达夫，连同他所身处的那个青春激荡的五四时代都已灰飞烟灭，虽然《南迁》讲述的未必是郁达夫的真实往事，字里行间却不难见出当年那个孤独旅人内心的繁复和行旅的寂寥。正是"人生到处知何似，应似飞鸿踏雪泥。泥上偶然留指爪，鸿飞那复计东西"。小说从安房半岛的风光写起，很有些旅游观光指南的意思，看起来甚至很明丽清新，后文却渐渐低沉压抑，时时笼罩疾病和死亡的气息。主人公伊人高等学校毕业，来到东京，即将成为帝国大学的学生。租房时，伊人遇见了年轻放荡的 M 太太，为之着迷，一晌贪欢，然后发觉被骗，身心疲惫，情绪低落。在西洋牧师的劝说下，到房州海滨的 C 夫人那里去疗治身心的创伤。在那个基督教疗养院，伊人暗恋上了女学生 O 君，把她当做自己的天使，从心底发出呼唤："O 呀 O，你是我的天使，你还该来救救我。" O 病重垂危，内心痛苦万分的伊人也感染风寒住进了医院。这场恋爱没有开始就已结束。

郁达夫在这篇小说中借爱而不得写出了人生的悲感。主人公伊人异国他乡渴望一份感情寄托，一份温暖抚慰，与日本妇人的交往是出于寂寞和诱惑，并非爱情，匆匆逃离也是因为不堪其辱；此后与肺病患者 O 女士的内心缱绻，多了一份同病相怜和自我救赎的努力；与 K 的交恶和冲突，不无民族主义情绪在里面，主要因素还是来自对异性的占有欲望和弱者的自尊。这篇小说写出了一个在异国飘零的年轻人在见惯欺凌和践踏的世界里，对温情和善良满怀渴望，却终不可得的悲剧。小说结尾伊人躺在医院病床上气息奄奄，与开篇闲情逸致的风光描绘，形成了鲜明对照，加浓了人生的悲凉意味。另外，《南迁》中充满了郁达夫式的诗意的感伤气氛。房州半岛的美丽风光，一个人的飘零羁旅；悲凉的《迷娘》歌谣，二人内心隐约克制的恋情，成功地营造出了一种忧伤的氛围和令人感喟的情调。O 在海滩唱《迷娘》时更是把一种悲凉的浪漫推向极致："她的悲凉微颤的喉音，在薄薄的海边的空气里悠悠扬扬的浮荡着，他只觉得一层紫色的薄膜把他的五官都包住了。"还有"日暮的海岸的风景，悲凉的情调，他的眼泪，她的纤手，富士山的微笑，海浪的波纹，沙上的足迹"，这一切，都是诗的语言，生的叹惋。O 卧病在床后，"被体热蒸红的清瘦的脸儿，和那柔和的悲寂的微笑"，沉重的病体加上悲寂的微笑，这种病态美的确令人心酸。一切的爱与美，一切的歌与梦都是虚幻，青春和爱情的结局只有死亡，《迷娘》中的："我的亲爱的情人，你也去，我亦愿去南方，与你终老。"不过是一种美好的愿望，O 的生命渐渐凋零，伊人的病体日见沉重，这才是生活的真实。至此，小说的悲情主义达到极致。

"零余者"和"基督徒"都诞生于西方文化的土壤。《南迁》主人公伊人是个罗亭式的"多余人"形象，同时又带有基督徒的某些精神特征。小说中有段话：伊人和 B 又默默的走了一段，伊人自家对自家说："唉！我又来作卢亭（Roudine）了。"这里的卢亭就是屠格涅夫笔下的"多余人"典型人物。罗亭、伊人的性格都具有思想先进、意志软弱、看不到未来前途等"多余人"的显著特征，可以说，郁达夫的"零余者"形象系列就脱胎于西方文学中的

"多余人"形象。伊人有着丰富的学识与才华，这从他后来的讲道就可以看出，而且英语和日语水平都很高，还具有比较朴素的社会主义思想，同情弱者，关心劳苦大众，敢于批判社会现实。郁达夫在他的小说中塑造了一系列的"零余者"形象。这些人都是受过西方先进思想文化熏染的青年知识分子，具有现代意识和自由个性，富有聪明才智，但却找不到用武之地，甚至连衣食都难以为继。另外，这些人物大都个性忧郁懦弱，愤世嫉俗，孤独苦闷，无力反抗不合理的社会现实，空有一腔壮志却虚度光阴无所作为，常常借酒浇愁或者寻欢买醉。许子东说："纤柔的抒情气质与激进的政治热忱相结合，或者说，将个性主义的情感尊严放在残酷严峻的社会条件里加以碰撞加以考验，其后果，几乎必然会酿成一种'零余者'的性格。"

《南迁》在郁达夫的小说创作中算得上有着比较浓厚的宗教色彩了。西洋牧师的郑重劝告，C夫人的基督疗养院，众人的祷告，伊人上台讲道，这些只是宗教意味的表象。伊人被日本妇人欺骗以后，自己感慨，人生已经一无所有，在宣教士的引导下去度假疗养。这时的伊人已由最初志得意满的大学生一变而成情感和心灵的受难者，忍受着病痛和孤寂、欺骗和羞辱的双重折磨，缺少亲情爱情孤独自闭的伊人陷入了精神危机。基督徒C夫人是作为一个拯救者形象出现的。在她那里，伊人被缚的精神获得了一些解脱。第七节"南行"中，伊人在教会的祈祷会后登台演讲，围绕《圣经》中的一句名言："心贫者福矣，天国为其国也。"反复宣讲精神和肉体之苦的不同，把自己的孤苦归于精神层次，又引了"游俄"（*Hugo* 即雨果）和"萧本浩"（*Schopenhauer* 即叔本华）为例，最后作结论："凡对现在，唯物的浮薄的世界不能满足，而对将来的欢喜的世界的希望不能达到的一种世纪末 *Fin-de-siècle* 的病弱的理想家，都可算是这一类的精神上贫苦的人。他们在堕落的现世虽然不能得一点同情与安慰，然而将来的极乐国定是属于他们的。"这段话，郁达夫在"自序"中说是"主人翁思想的所在"，看得出来，郁达夫想要表达的是一种深入的精神思索和理想国探寻，而非简单的爱而不得的感伤抒怀。虽然伊人并非基督徒，不过，从小说中我们看得出来，这是一个有着基督情怀的理想主义者，他同情劳动者，渴望拯救世界，虽然最终失败了，却刚好体现了"零余者"和"基督徒"的双重文化身份和精神个性。

另外，《南迁》还带有更多异质文化因素。其中有大量西方文学的引用，包括歌德的那曲有名的《迷娘》（*Mignon*）。伊人和 O 的对话是从罗马的古墟和希腊的爱奥尼亚海（*Ionian Sea*）的小岛，钢琴还有声乐谈起的，都带有浓重的西洋风情。《迷娘》的余韵萦绕在伊人心头，成为和《南迁》呼应的隐文本，尽管后来"迷娘式"的浪漫逐渐为主人公日渐加深的内心忧郁和颓废所取代。第六节"崖上"伊人所提到的西洋文学书籍中只剩下乔其墨亚（*George Moore*）（即乔治·穆尔）的《往事记》（*Memoirs of My Dead Life*）、屠格涅夫的《罗亭》、和卢骚（即卢梭）的《孤独者之散步》，"失败"主义和孤独自闭心态不断加深，最终成为全篇的精神走向。也因此，尽管对人生的思考很深入，其现实关怀、文化立场和宗教探求，在五四作家中都相当鲜明，郁达夫小说还是被人批评为颇具颓废之风。

茫茫夜

一

一天星光灿烂的秋天的朝上，大约时间总在十二点钟以后了，静寂的黄浦滩上，一个行人也没有。街灯的灰白的光线，散射在苍茫的夜色里，烘出了几处电杆和建筑物的黑影来。道旁尚有二三乘人力车停在那里，但是车夫好像已经睡着了，所以并没有什么动静。黄浦江中停着的船上，时有一声船板和货物相击的声音传来，和远远不知从何处来的汽车车轮声合在一处，更加形容得这初秋深夜的黄浦滩上的寂寞。在这沉默的夜色中，南京路口滩上忽然闪出了几个纤长的黑影来，他们好像是自家恐惧自家的脚步声的样子，走路走得很慢。他们的话声亦不很高，但是在这沉寂的空气中，他们的足音和话声，已经觉得很响了。

"于君，你现在觉得怎么样？你的酒完全醒了么？我只怕你上船之后，又要吐起来。"

讲这一句话的，是一个十九岁前后的纤弱的青年，他的面貌清秀得很。他那柔美的眼睛，和他那不大不小的嘴唇，有使人不得不爱他的魔力。他的身体好像是不十分强，所以在微笑的时候，他的苍白的脸上，也脱不了一味悲寂的形容。他讲的虽然是北方的普通话，但是他那幽徐的喉音，和宛转的声调，竟使听话的人，辨不出南音北音来。被他叫作"于君"的，是一个二十五六岁的青年，大约是因为酒喝多了，颊上有一层红潮，同蔷薇似的罩在那里。眼睛里红红浮着的，不知是眼泪呢还是醉意，总之他的眉间，仔细看起来，却有些隐忧含着，他的勉强装出来的欢笑，正是在那里形容他的愁苦。他比刚才讲话的那青年，身材更高，穿着一套藤青的哔叽洋服，与刚才讲话的那青年的鱼白大衫，却成了一个巧妙的对称。他的面貌无俗气，但亦无特别可取的地方。在一副平正的面上，加上一双比较细小的眼睛，和一个粗大的鼻子，就是他的肖像了。由他那二寸宽的旧式的硬领和红格的领结看来，我们可以知道他是一个富有趣味的人。他听了青年的话，就把头向右转了一半，朝着了那青年，一边伸出右手来把青年的左手捏住，一边笑着回答说：

"谢谢，迟生，我酒已经醒了。今晚真对你们不起，要你们到了这深夜来送我上船。"

讲到这里，他就回转头来看跟在背后的两个年纪大约二十七八的青年，从这两个青年的洋服年龄面貌推想起来，他们定是姓于的青年修学时代的同学。两个中的一个年长一点的人听了姓于的青年的话，就抢上一步说：

"质夫，客气话可以不必说了。可是有一件要紧的事情，我还没有问你，你的钱够用了么？"

姓于的青年听了，就放了捏着的迟生的手，用右手指着迟生回答说：

"吴君借给我的二十元，还没有动着，大约总够用了，谢谢你。"

他们四个人——于质夫吴迟生在前，后面跟着二个于质夫的同学，是刚从于质夫的寓里出来，上长江轮船去的。

横过了电车路沿了滩外的冷清的步道走了二十分钟，他们已经走到招商局的轮船码头了。江里停着的几只轮船，前后都有几点黄黄的电灯点在那里。从黑暗的堆栈外的码头走上了船，招了一个在那里假睡的茶房，开了舱里的房门，在第四号官舱里坐了一会，于质夫就对吴迟生和另外的两个同学说：

"夜深了，你们可先请回去，诸君送我的好意，我已经谢不胜谢了。"

吴迟生也对另外的两个人说：

"那么你们请先回去，我就替你们做代表罢。"

于质夫又拍了迟生的肩说：

"你也请同去了罢。使你一个人回去，我更放心不下。"

迟生笑着回答说：

"我有什么要紧，只是他们两位，明天还要上公司去的，不可太睡迟了。"

质夫也接着对他的两位同学说：

"那么请你们两位先回去，我就留吴君在这儿谈罢。"

送他的两个同学上岸之后，于质夫就拉了迟生的手回到舱里来。原来今晚开的这只轮船，已经旧了，并且船身太大，所以航行颇慢。因此乘此船的乘客少得很。于质夫的第四号官舱，虽有两个舱位，单只住了他一个人。他拉了吴迟生的手进到舱里，把房门关上之后，忽觉得有一种神秘的感觉，同电流似的，在他的脑里经过了。在电灯下他的肩下坐定的迟生，也觉得有一种不可思议的感情发生，尽俯着首默默地坐在那里。质夫看着迟生的同蜡人似的脸色，感情竟压止不住了，就站起来紧紧的捏住了他的两手，面对面的对他幽幽的说：

"迟生，你同我去罢，你同我上 A 地去罢。"这话还没有说出之先，质夫正在那里想：

"二十一岁的青年诗人兰勃（*Arthur Rimbaud*[1]）。一八七二年的佛尔兰（*Paul Verlaine*[2]）。白儿其国的田园风景。两个人的纯洁的爱……"

这些不近人情的空想，竟变了一句话，表现了出来。质夫的心里实在想邀迟生和他同到 A 地去住几时，一则可以安慰他自家的寂寞，一则可以看守迟生的病体。迟生听了质夫的话，呆呆的对质夫看了一忽，好像心里有两个主意，在那里战争，一霎时解决不下的样子。质夫看了他这一副形容，更加觉得有一种热情，涌上他的心来，便不知不觉的逼进一步说：

"迟生你不必细想了，就答应了我罢。我们就同乘了这一只船去。"

听了这话，迟生反恢复了平时的态度，便含着了他固有的微笑说：

"质夫，我们后会的日期正长得很，何必如此呢？我希望你到了 A 地之后，能把你日常的生活，和心里的变化，详详细细的写信来通报我，我也可以一样的写信给你，这岂不和同住在一块一样么？"

"话原是这样说，但是我只怕两人不见面的时候，感情就要疏冷下去。到了那时候我对你和你对我的目下的热情，就不得不被第三者夺去了。"

"要是这样，我们两个便算不得真朋友。人之相知，贵相知心，你难道还不能了解我的心么？"

听了这话，看看他那一双水盈盈的瞳人，质夫忽然觉得感情激动起来，便把头低下去，搁在他的肩上说：

"你说什么话，要是我不能了解你，那我就不劝你同我去了。"

讲到这里，他的语声同小孩悲咽时候似的发起颤来了。他就停着不再说下去、一边却把他的眼睛，伏在迟生的肩上。迟生觉得有两道同热水似的热气浸透了他的鱼白大衫和蓝绸夹袄，传到他的肩上去。迟生也觉得忍不住了，轻轻的举起手来，在面上揩了一下，只呆呆的坐在那里看那十烛光的电灯。这夜里的空气，觉得沉静得同在坟墓里一样。舱外舷上忽有几声水手呼唤声和起重机滚船索的声音传来，质夫知道船快开了，他想马上站起来送迟生上船去，但是心里又觉得这悲哀的甘味是不可多得的，无论如何总想多尝一忽。照原样的头靠在迟生的肩上，一动也不动的坐了几分钟，质夫听见房门外有人在那里敲门。他抬起头来问了一声是谁，门外的人便应声说：

"船快开了。送客的先生请上岸去罢。"

迟生听了，就慢慢的站了起来，质夫也默默的不作一声跟在迟生的后面，同他走上岸去。在灰黑的电灯光下同游水似的走到船侧的跳板上的时候，迟生忽然站住了。质夫抢上了一步，又把迟生的手紧紧的捏住，迟生脸上起了两处红晕，幽幽扬扬的说：

"质夫，我终究觉得对你不起，不能陪你在船上安慰你的长途的寂寞……"

"你不要替我担心思了，请你自家保重些。你上北京去的时候，千万请你写信来通知我。"

质夫一定要上岸来送迟生到码头外的路上。迟生怎么也不肯，质夫只能站在船侧，张大了两眼，看迟生回云。迟生转过了码头的堆栈，影子就小了下去，成了一点白点，向北在街灯光里出没了几次。那白点渐渐远了，更小了下去，过了六七分钟，站在船舷上的质夫就看不见迟生了。

质夫呆呆的在船舷上站了一会、深深的呼了一口空气，仰起头来看见了几颗明星在深蓝的天空里摇动，胸中忽然觉得悲惨起来。这种悲哀的感觉，就是质夫自身也不能解说，他自幼在日本留学，习惯了漂泊的生活，生离死别的情景，不知身尝了几多，照理论来，这一次与相交未久的吴迟生的离别，当然是没有什么悲伤的，但是他看看黄浦江上的夜景，看看一点一点小下去的吴迟生的瘦弱的影子，觉得将亡未亡的中国，将灭未灭的人类，茫茫的长夜，耿耿的秋星，都是伤心的种子。在这茫然不可捉摸的思想中间，他觉得他自家的黑暗的前程和吴迟生的纤弱的病体，更有使他泪落的地方。在船舷的灰色的空气中站了一会，他就慢慢的走到舱里去了。

二

长江轮船里的生活，虽然没有同海洋中间那么单调，然而与陆地隔绝后的心境，到底比平时平静。况且开船的第二天，天又降下了一天黄雾，长江两岸的风景，如烟如梦的带起伤惨的颜色来。在这悲哀的背景里，质夫把他过去几个月的生活，同手卷中的画幅一般回想出来了。

三月前头住在东京病院里的光景，出病院后和那少妇的关系，和污泥一样的他的性欲生活，向善的焦躁与贪恶的苦闷，逃往盐原温泉前后的心境，归国的决心。想到最后这一幕，他的忧郁的面上，忽然露出一痕微笑来，眼看着了江上午后的风景，背靠着了甲板上的栏杆，他便自言自语的说：

"泡影呀，昙花呀，我的新生活呀！唉！唉！"

这也是质夫的一种迷信，当他决计想把从来的腐败生活改善的时候，必要搬一次家，买几本新书或是旅行一次。半月前头，他动身回国的时候，也下了一次绝大的决心。他心里想：

"我这一次回国之后，必要把旧时的恶习改革得干干净净。戒烟戒酒戒女色。自家的品性上，也要加一段锻炼，使我的朋友全要惊异说我是与前相反了。……"

到了上海之后，他的生活仍旧是与从前一样，烟酒非但不戒下，并且更加加深了。女色虽然还没有去接近，但是他的性欲，不过变了一个方向，依旧在那里伸张。想到了这一个结果，他就觉得从前的决心，反成了一段讽刺，所以不觉叹气微笑起来。叹声还没存发完，他忽听见人在他的左肩下问他说：

"Was seufzen Sie, Monsieur?"

（你为什么要发叹声？）

转过头来一看，原来这船的船长含了微笑，站在他的边上好久了，他因为尽在那里想过去的事情，所以没有觉得。这船长本来是丹麦人，在德国的留背克住过几年，所以德文讲得很好。质夫今天早晨在甲板上已经同他讲过话，因此这身材矮小的船长也把质夫当作了朋友。他们两人讲了些闲话，质夫就回到自己的舱里来了。

吃过了晚饭，在官舱的起坐室里看了一回书，他的思想又回到过去的生活上去，这一回的回想，却集中在吴迟生一个人的身上。原来质夫这一次回国来，本来是为转换生活状态而来，但是他正想动身的时候，接着了一封他的同学邝海如的信说：

"我住在上海觉得苦得很。中国的空气是同癞病院的空气一样，渐渐的使人腐烂下去。我不能再住在中国了。你若要回来，就请你来替了我的职，到此地来暂且当几个月编辑罢。万一你不愿意住在上海，那么 A 省的法政专门学校要聘你去做教员去。"

所以他一到上海，就住在他同学在那里当编辑的 T 书局的编辑所里。有一天晚上，他同邝海如在外边吃了晚饭回来的时候，在编辑所里遇着了一个瘦弱的青年，他听了这青年的同音乐似的话声，就觉得被他迷住了。这青年就是吴迟生呀！过了几天，他的同学邝海如要回到日本去，他和吴迟生及另外几个人在汇山码头送邝海如的行，船开之后，他同吴迟生就同坐了电车，回到编辑所来。他看看吴迟生的苍白的脸色和他的纤弱的身体，便问他说：

"吴君，你身体好不好？"

吴迟生不动神色的回答说：

"我是有病的，我害的是肺病。"

质夫听了这话，就不觉张大了眼睛惊异起来。因为有肺病的人，大概都不肯说自家的病的，但是吴迟生对了才遇见过两次的新友，竟如旧交一般的把自家的秘密病都讲了。质夫看了迟生的这种态度，心里就非常爱他，所以就劝他说：

"你若害这病，那么我劝你跟我上日本去养病去。"

他讲到这里，就把乔其慕亚的一篇诗想了出来，他的幻想一霎时的发展开来了。

"日本的郊外杂树丛生的地方，离东京不远，坐高架电车不过四五十分钟可达的地方，我愿和你两个人去租一间草舍儿来住。草舍的前后，要有青青的草地，草地的周围，要有一条小小的清溪。清溪里要有几尾游鱼。晚春时节，我好和你拿了锄耜，把花儿向草地里去种。在蔚蓝的天盖下，在和暖的熏风里，我与你躺在柔软的草上，好把那西洋的小曲儿来朗诵。初秋晚夏的时候，在将落未落的夕照中间，我好和你缓步逍遥，把落叶儿来数。冬天的早晨你未起来，我便替你做早饭，我不起来，你也好把早饭先做。我礼拜六的午后从学校里回来，你好到冷静的小车站上来候我。我和你去买些牛豚香片，便可作一夜的清谈，谈到礼拜的日中。书店里若有外国的新书到来，我和你省几日油盐，可去买一本新书来消那无聊的夜永……"

质夫坐在电车上一边作这些空想，一边便不知不觉的把迟生的手捏住了。他捏捏迟生的柔软的小手，心里又起了一种别样的幻想。面上红了一红，把头摇了一摇，他就对迟生问起无关紧要的话来：

"你的故乡是在什么地方？"

"我的故乡是直隶乡下，但是现在住在苏州了。"

"你还有兄弟姊妹没有？"

"有是有的，但是全死了。"

"你住在上海干什么？"

"我因为北京天气太冷，所以休了学，打算在上海过冬。并且这里朋友比较得多一点，所以觉得住在上海比北京更好些。"

这样的问答了几句，电车已经到了大马路外滩了。换了静安寺路的电车在跑马厅尽头处下车之后，质夫就邀迟生到编辑所里来闲谈。从此以后，他们两人的交际，便渐渐儿的亲密起来了。

质夫的意思以为大地间的情爱，除了男女的真真的恋爱外，以友情为最美。他在日本漂流了十来年，从未曾得着一次满足的恋爱，所以这一次遇见了吴迟生，觉得他的一腔不可发泄的热情，得了一个可以自由灌注的目标，说起来虽是他平生的一大快事，但是亦是他半生沦落未曾遇着一个真心女人的哀史的证明。有一天晴朗的晚上，迟生到编辑所来和他谈到夜半，质夫忽然想去洗澡去。邀了迟生和另外的两个朋友出编辑所走到马路上的时候，质夫觉得空气冷凉得很。他便问迟生说：

"你冷么？你若是怕冷，就钻到我的外套里来。"

迟生听了，在苍白的街灯光里，对质夫看了一眼，就把他那纤弱的身体倒在质夫的怀里。质夫觉得有一种不可名状的快感，从迟生的肉体传到他的身上去。

他们出浴堂已经是十二点钟了。走到三岔路口，要和迟生分手的时候，质夫觉得怎么也不能放迟生一个人回去，所以他就把迟生的手捏住说：

"你不要回去了，今天同我们上编辑所去睡罢。"

迟生也像有迟疑不忍回去的样子，质夫就用了强力把他拖来了。那一天晚上他们谈到午前五点钟才睡着。过了两天，Ａ地就有电报来催，要质夫上Ａ地的法政专门学校去当教员。

三

质夫登船后第三天的午前三点钟的时候，船到了Ａ地。在昏黑的轮船码头上，质夫辨不出方向来，但看见有几颗淡淡的明星印在清冷的长江波影里。离开了码头上的嘈杂的群众，跟了一个法政专门学校里托好在那里招待他的人上岸之后，他觉得晚秋的凉气，已经到了这长江北岸的省城了。在码头近旁一家同十八世纪的英国乡下的旅舍似的旅馆里住下之后，他心里觉得孤寂得很。他本来是在大都会里生活惯的人，在这夜静更深的时候，到了这一处不闹热的客舍内，从微明的洋灯影里，看看这客室里的粗略的陈设，心里当然是要惊惶的。一个招待他的酣睡未醒的人，对他说了几句话，从他的房里出去之后，他真觉得是闯入了龙王的水牢里的样子，他的脸上不觉有两颗珠泪滚下来了。

"要是迟生在这里，那我就不会这样的寂寞了。啊，迟生，这时候怕你正在电灯底下微微的笑着，在那里做好梦呢！"

在床上横靠了一忽，质夫看见格子窗一格一格的亮了起来，远远的鸡鸣声也听得见了。过了一会，有一部运载货物的单轮车，从窗外推过了，这车轮的仆独仆独的响声，好像是在那里报告天晴的样子。

侵旦，旅馆里有些动静的时候，从学校里差来接他的人也来了。把行李交给了他，质夫就坐了一乘人力车上学校里去。沿了长江，过了一条店家还未起来的冷清的小街，质夫的人力车就折向北去。车并着了一道城外的沟渠，在一条长堤上慢慢前进的时候，他就觉得元气恢复起来了。看看东边，以浓蓝的天空作了背景的一座白色的宝塔，把半规初出的太阳遮在那里。西边是一道古城，城外环绕着长沟，远近只有些起伏重叠的低岗和几排鹅黄疏淡的杨柳点缀在那里。他抬起头来远远见了几家如装在盆景假山上似的草舍。看看城墙上孤立在那里的一排电杆和电线，又看看远处的地平线和一湾苍茫无际的碧落，觉得在这自然的怀抱里，他的将来的成就定然是不少的。不晓是什么原因，不知不觉他竟起了一种感谢的心情。过了一忽，他忽然自言自语的说：

"这谦虚的情！这谦虚的情！就是宗教的起源呀！淮尔特（*Wilde*³）呀，佛尔兰（*Verlaine*）呀！你们从狱里叫出来的'要谦虚'（*Be humble*）的意思我能了解了。"

车到了学校里，他就通名刺进去。跟了门房，转了几个弯，到了一处门上挂着"教务长"牌的房前的时候，他心里觉得不安得很。进了这房他看见一位三十上下的清瘦的教务长迎了出来。这教务长带着一副不深的老式近视眼镜，口角上有两丛微微的胡须黑影，讲一句话，眼睛必开闭几次。质夫因为是初次见面，所以应对非常留意，格外的拘谨。讲了几句寻常套话之后，他就领质夫上正厅上去吃早饭。在早膳席上，他为质夫介绍了一番。质夫对了这些新见的同事，胸中感得一种异常的压迫，他一个人心里想：

"新媳妇初见姑嫂的时候，她的心理应该同我一样的。唉，在山泉水清，出山泉水浊，我还不如什么事也不干，一个人回到家里去贪懒的好。"

吃了早膳，把行李房屋整顿了一下，姓倪的那教务长就把功课时间表拿了过来。却好那一天是礼拜，质夫就预备第二日去上课。倪教务长把编讲义上课的情形讲了一遍之后，便轻轻的对质夫说：

"现在我们校里正是五风十雨的时候，上课时候的讲义，请你用全副精神来对付。礼拜三用的讲义，是要今天发才赶得及，请你快些预备罢。"

他出去停了两个钟头，又跑上质夫那边来，那时候质夫已有一页讲义编好了。倪教务长拿起这页讲义来看的时候，神经过敏而且又是自尊心颇强的质夫，觉得被他侮辱了。但是一边心里又在那里恐惧，这种复杂的心理状态，怕没有就过事的人是不能了解的。他看了讲义之后，也不说好，也不说不好，但是质夫的纤细的神经却告诉质夫说：

"可以了，可以了，他已经满足了。"

恐惧的心思去了之后，质夫的自尊心又长了一倍，被侮辱的心思比从前也加一倍抬起头来，但是一种自然的势力，把这自尊心压了下去，教他忍受了。这教他忍受的心思，大约就是卑鄙的行为的原动力，若再长进儿级，就不得不变成奴隶性质。现在社会上的许多成功者，多因为有这奴隶性质，才能成功，质夫初次的小成功，大约也是靠他这时候的这点奴隶性质而来的。

这一天晚上质夫上床的时候，却有两种矛盾的思想，在他的胸中来往。一种是恐惧的心思，就是怕学生不能赞成他。一种是喜悦的心思，就是觉得自家是专门学校的教授了。正在那里想的时候，他觉得有一个人钻进他的被来，他闭着眼睛，伸手去一摸，却是吴迟生。他和吴迟生颠颠倒倒的讲了许多话。到了第二天的早晨，斋夫进房来替他倒洗面水，他被斋夫惊醒的时候，才知道是一场好梦，他醒来的时候，两只手还紧紧的抱住在那里。

第二次上课钟打后，质夫跟了倪教务长去上课去。倪教务长先替他向学生介绍了几句，出课堂门去了，质夫就踏上讲坛去讲。这一天因为没有讲义稿子，所以他只空说了两点钟。正在那里讲的时候，质夫觉得有一种想博人欢心的虚伪的态度和言语，从他的面上口里流露出来。他心里一边在那里鄙笑自家，一边却怎么也禁不住这一种态度和这一种言语。大约这一种心理和前节所说的忍受的心理就是构成奴隶性质的基础罢？

好容易破题儿的第一天过去了。到了晚上九点钟的时候，倪教务长的苍黄的脸上浮着了一脸微笑，跑上质夫房里来。质夫匆忙站起来让他坐下之后，倪教务长便用了日本话，笑嘻嘻的对质夫说：

"你成功了。你今天大成功，你所教的几班，都来要求加钟点了。"

质夫心里虽然非常喜欢，但是面上却只装着一种漠不相关的样子。倪教务长到了这时候，也没有什么隐瞒了，便把学校里的内情全讲了出来。

"我们学校里，因为陆校长今年夏天同军阀李星狼、麦连邑打了一架，并反对违法议员和驱逐李麦的走狗韩省长的原因，没有一天不被军阀所仇视。现在李麦和那些议员出了三千元钱，买收了几个学生，想在学校里捣乱。所以你没有到的几天，我们是一夕数惊，在这里防备的。今年下半年新聘了几个先生，又是招怪，都不能得学生的好感。所以要是你再受他们学生的攻击，那我们在教课上就站不住了。一个学校中，若聘的教员，不能得学生的好感，教课上不能铜墙铁壁的站住，风潮起来的时候，那你还有什么法子？现在好了，你总站得住了，我也大可以放心了。呵呵呵呵（底下又用了一句日本话），你成功了呀！"

质夫听了这些话，因为不晓得这 A 省的情形，所以也不十分明了，但是倪教务长对质夫是很满足的一件事情，质夫明明在他的言语态度上可以看得出来。从此质夫当初所怀着的那一种对学生对教务长的恐惧心，便一天一天的减少下去了。

四

学校内外浮荡着的暗云，一层一层的紧迫起来。本来是神经质的倪教务长和态度从容的陆校长常常在那里作密谈。质夫因为不谙那学校的情形，所以也没有什么惧怕，尽在那里干他自家一个人的事。

初到学校后二三天的紧张的精神，渐渐的弛缓下去的时候，质夫的许久不抬头的性欲，又露起头角来了。因为时间与空间的关系，吴迟生的印象一天一天在他的脑海里消失下去。于是代此而兴，支配他的全体精神的欲情，便分成了二个方向一起作用来。一种是纯一的爱情，集中在他的一个年轻的学生身上。一种是间断偶发的冲动。这种冲动发作的时候，他竟完全成了无理性的野兽，非要到城里街上，和学校附近的乡间的贫民窟里去乱跑乱跳走一次，偷看几个女性，不能把他的性欲的冲动压制下去。有一天晚上，正是这冲动发作的时候，倪教务长不声不响的走进他的房里来忠告他说：

"质夫，你今天晚上不要跑出去。我们得着了一个消息，说是几个被李麦买取了的学生，预备今晚起事，我们教职员还是住在一处，不要出去的好。"

质夫在房里电灯下坐着，守了一个钟头，觉得苦极了。他对学校的风潮，还未曾经验过，所以并没有什么害怕，并且因为他到这学校不久，缠绕在这学校周围的空气，不能明白，所以更无危惧的心思。他听了倪教务长的话之后，只觉得有一种看热闹的好奇心起来，并没有别的观念。同西洋小孩在圣诞节的晚上盼望圣诞老人到来的样子，他反而一刻一刻的盼望这捣乱事件快些出现。等了一个钟头，学校里仍没有什么动静，他的好奇心，竟被他原有的冲动的发作压倒了。他从座位里站了起来，在房里走了几圈，又坐了一忽，又站起来走了几圈，觉得他的兽性，终究压不下去。换了一套中国衣服，他便悄悄的从大门走了出去。浓蓝的天影里，有几颗游星，在那里开闭。学校附近的郊外的路上黑得可怕。幸亏这一条路是沿着城墙沟渠的，所以黑暗中的城墙的轮廓和黑沉沉的城池的影子，还当作了他的行路的目标。他同瞎子似的在不平的路上跌了几脚，踏了几次空，走到北门城门外的时候，忽然想起城门是快要闭了。若或进城去，他在城里又无熟人，又没有法子弄得到一张出城券，事情是不容易解决的。所以在城门外迟疑了一会，他就回转了脚，一直沿了向北的那一条乡下的官道跑去。跑了一段，他跑到一处狭的街上了。他以为这样的城外市镇里，必有那些奇形怪状的最下流的妇人住着，他的冲动的目的物，正是这一流妇人。但是他在黄昏的小市上，跑来跑去跑了许多时候，终究寻不出一个妇人来。有时候虽有一二个蓬头的女子走过，却是人家的未成年的使婢。他在街上走了一会，又穿到漆黑的侧巷里去走了一会，终究不能达到他的目的。在一条无人通过的漆黑的侧巷里站着，他仰起头来看看幽远的天空，便轻轻的叹着说：

"我在外国苦了这许多年数，如今到中国来还要吃这样的苦。唉！我何苦呢，可怜我一生还未曾得着女人的爱惜过。啊，恋爱呀，你若可以学识来换的，我情愿将我所有的知识，完全交出来，与你换一个有血有泪的拥抱。啊。恋爱呀，我恨你是不能糊涂了事的。我恨你是不能以资格地位名誉来换的。我要灭这一层烦恼，我只有自杀……"

讲到了这里，他的面上忽然滚下了两粒粗泪来。他觉得站在这里，终究不是长久之计，就又同饿犬似的走上街来了。垂头丧气的正想回到校里来的时候，他忽然看见一家小小的卖香烟洋货的店里，有一个二十五六的女人坐在灰黄的电灯下，对了账簿算盘在那里结账。他远远的站在街上看了一忽，走来走去的走了几次，便不声不响的踱进了店去。那女人见他进去，就丢下了账目来问他：

"要买什么东西？"

先买了几封香烟，他便对那女人呆呆的看了一眼。由他这时候的眼光看来，这女人的容貌却是商家所罕有的。其实她也只是一个平常的女人，不过身材生得小，所以俏得很，衣服穿得还时髦，所以觉得有些动人的地方。他如饿犬似的贪看了一二分钟，便问她说：

"你有针卖没有？"

"是缝衣服的针么？"

"是的，但是我要一个用熟的针，最好请你卖一个新针给我之后，将拿新针与你用熟的针交换一下。"

那妇人便笑着回答说：

"你是拿去煮在药里的么？"

他便含糊的答应说：

"是的是的，你怎么知道？"

"我们乡下的仙方里，老有这些玩意儿的。"

"不错不错，这针倒还容易办得到，还有一件物事，可真是难办。"

"是什么呢？"

"是妇人们用的旧手帕，我一个人住在这里，又无朋友，所以这物事是怎么也求不到的，我已经决定不再去求了。"

"这样的也可以的么？"

一边说，一边那妇人从她的口袋里拿了一块洋布的旧手帕出来。质夫一见，觉得胸前就乱跳起来，便涨红了脸说："你若肯让给我，我情愿买一块顶好的手帕来和你换。""那请你拿去就对了，何必换呢。"

"谢谢，谢谢，真真是感激不尽了。"

质夫得了她的用旧的针和手帕，就跌来碰去的奔跑回家。路上有一阵凉冷的西风，吹上他的微红的脸来，那时候他觉得爽快极了。

回到了校内，他看看还是未曾熄灯。幽幽的回到房里，闩上了房门，他马上把骗来的那用旧的针和手帕从怀中取了出来。在桌前椅子上坐下，他就把那两件宝物掩在自家的口鼻上，深深地闻了一回吞气。他又忽然注意到了桌上立在那里的那一面镜子，心里就马上想把现在的他的动作一一的照到镜子里去。取了镜子，把他自家的痴态看了一忽，他觉得这用旧的针子，还没有用得适当。呆呆的对镜子看了一二分钟。他就狠命的把针子向颊上刺了一针。本来为了兴奋的缘故，变得一块红一块白的面上，忽然滚出了一滴同玛瑙珠似的血来。他用那手帕揩了之后，看见镜子里的面上又滚了一颗圆润的血珠出来。对着了镜子里的面上的血珠，看看手帕上的腥红的血迹，闻闻那旧手帕和针子的香味，想想那手帕的主人公的态度，他觉得一种快感，把他的全身都浸遍了。

不多一忽，电灯熄了，他因为怕他现在所享受的快感，要被打断，所以动也不动的坐在黑暗的房里，还在那里贪尝那变态的快味。打更的人打到他的窗下的时候，他才同从梦里头醒来的人一样，抱着了那针子和手帕摸上他的床上去就寝。

五

清秋的好天气一天一天的连续过去，Ａ地的自然景物，与质夫生起情感来了。学生对质夫的感情，也一天一天的浓厚起来，吃过晚饭之后，在学校近旁的菱湖公园里，与一群他所爱的青年学生，看看夕阳返照在残荷枝上的暮景，谈谈异国的流风遗韵，确是平生的一大快事。质夫觉得这一般智识欲很旺的青年，都成了他的亲爱的兄弟了。

有一天也是秋高气爽的晴朗的早晨，质夫与雀鸟同时起了床。盥洗之后，便含了一枝伽利克，缓缓的走到菱湖公园去散步去。东天角上，太阳刚才起程，银红的天色渐渐的向西薄了下去，成了一种淡青的颜色。远近的泥田里，还有许多荷花的枯干同鱼栅似的立在那里。远远的山坡上，有几只白色的山羊同神话里的风景似的在那里吃枯草。他从学校近旁的山坡上，一直沿了一条向北的田塍细路走了过去，看看四周的田园清景，想想他目下所处的境遇，质夫觉得从前在东京的海岸酒楼上，对着了夕阳发的那些牢骚，不知消失到什么地方去了。

"我也可以满足了，照目下的状态能够持续得一二十年，那我的精神，怕更要发达呢。"

穿过了一条红桥，在一个空亭里立了一会，他就走到公园中心的那条柳荫路上去。回到学校之后，他又接着了一封从上海来的信，说他著的一部小说集已经快出版了。

这一天午后他觉得精神非常爽快，所以上课的时候竟多讲了十分钟，他看看学生的面色，也都好像是很满足的样子。正要下课堂的时候，他忽听见前面寄宿舍和事务室的中间的通路上，有一阵摇铃的声音和学生喧闹的声音传了过来。他下了课堂，拿了书本跑过去一看，只见一群学生围着了一个青脸的学生在那里吵闹。那青脸的学生，面上带着一味杀气。他的颊下的一条刀伤痕更形容得他的狞恶。一群围住他的学生都摩拳擦掌的要打他。质夫看了一会，不晓得是怎么一回事，正在疑惑的时候，看见他的同乡教体操的王先生，从包围在那里的学生丛中，辟开了一条路，挤到那被包围的青脸学生面前，不问皂白，把那学生一把拖了到教员的议事厅上去。一边质夫又看见他的同事的监学唐伯名温温和和的对一群激愤的学生说：

"你们不必动气，好好儿的回到自修室去罢，对于江杰的捣乱，我们自有办法在这里。"

一半学生回自修室去了，一半学生跟在那青脸的学生后面叫着说：

"打！打！"

"打！打死他。不要脸的。受了李麦的金钱，你难道想卖同学么？"

质夫跟了这一群学生，跑到议事厅上，见他的同事都立在那里。同事中的最年长者，带着一副墨眼镜，头上有一块秃的许明先，见了那青脸的学生，就对他说：

"你是一个好好的人，家里又还可以，何苦要干这些事呢？开除你的是学校的规则，并不是校长。钱是用得完的，你们年轻的人还是名誉要紧。李麦能利用你来捣乱学校，也定能利用别人来杀你的，你何苦去干这些事呢？"

许明先还没有说完，门外站着的学生都叫着说：

"打！"

"李麦的走狗！"

"不要脸的，摇一摇铃三十块钱，你这买卖真好啊。"

"打打！"

许明先听了门外学生的叫唤，便出来对学生说：

"你们看我面上，不要打他，只要他能悔过就对了。"

许明先一边说一边就招那青脸的学生——名叫江杰——出来，对众谢罪。谢罪之后，许明先就护送他出门外，命令他以后不准再来，江杰就垂头丧气的走了。

江杰走后，质夫从学生和同事的口头听来，才知道这江杰本来也是校内的学生，因为闹事的缘故，在去年开除的。现在他得了李麦的钱，以要求复学为名，想来捣乱，与校内八九个得钱的学生约好，用摇铃作记号，预备一齐闹起来的。质夫听了心里反觉得好笑，以为像这样的闹事，便闹死也没有什么。

过了三四天，也是一天晴朗的早晨十点钟的时候，质夫正在预备上课，忽然听见几个学生大声哄号起来。质夫出来一看，见议事厅上有八九个长大的学生，吃得酒醉醺醺头向了天，带着了笑容，在那里哄号。不过一二分钟，教职员全体和许多学生都向议事厅走来。那八九个学生中间的一个最长的人便高声的对众人说：

"我们几个人是来搬校长的行李的。他是一个过激党，我们不愿意受过激党的教育。"

八九个中的一个矮小的人也对众人说：

"我们既然做了这事，就是不怕死的。若有人来拦阻我们，那要对他不起。"

说到这里，他在马褂袖里，拿了一把八寸长的刀出来。质夫看着门外站在那里的学生起初同蜂巢里的雄蜂一样，还有些喃喃呐呐的声音，后来看了那矮小的人的小刀，就大家静了下去。质夫心里有点不平，想出来讲几句话，但是被他的同乡教体操的王先生拖住了。王先生对他说：

"事情到了这样，我与你站出去也压不下来了。我们都是外省人，何苦去与他们为难呢？他们本省的学生，尚且在那里旁观。"

那八九个学生一霎时就打到议事厅间壁的校长房里去，却好这时候校长还不在家，他们就把校长的铺盖捆好了。因为那一个拿刀的人在门口守着。所以另外的人一个人也不敢进到校长房里去拦阻他们。那八九个学生同做新戏似的笑了一声，最后跟着了那个拿刀的矮子，抬了校长的被褥，就慢慢的走出门去。等他们走了之后，倪教务长和几个教员都指挥其余的学生，不要紊乱秩序，依旧去上课去。上了两个钟头课，吃午膳的时候，教职员全体主张停课一二天以观大势。午后质夫得了这闲空时间，倒落得自在，便跑上西门外的大观亭去玩去了。

大观亭的前面是汪洋的江水。江中靠右的地方，有几个沙渚浮在那里。阳光射在江水的微波上，映出了几条反射的光线来。洲渚上的苇草，也有头白了的,也有作青黄色的,远远望去,同一片平沙一样。后面有一方湖水,映着了青天,静静的躺在太阳的光里。沿着湖水有几处小山,有几处黄墙的寺院。看了这后面的风景,质夫忽然想起在洋画上看见过的瑞士四林湖的山水来了。一个人逛到傍晚的时候,看了西天日落的景色,他就回到学校里来。一进校门,遇着了几个从里面出来的学生,质夫觉得那几个学生的微笑的目光,都好像在那里哀怜他的样子。他胸里感着一种不快的情怀,觉得是回到了不该回的地方来了。

吃过了晚饭,他的同事都锁着了眉头,议论起那八九个学生搬校长铺盖时候的情形和解决的方法来。质夫脱离了这议论的团体,私下约了他的同乡教体操的王亦安,到菱湖公园去散步去。太阳刚才下山,西天还有半天金赤的余霞留在那里。天盖的四周,也染了这余霞的返照,映出一种紫红的颜色来。天心里有大半规月亮白洋洋地挂着,还没有放光。田塍路的角里和枯荷枝的脚上,都有些薄暮的影子看得出来了。质夫和亦安一边走一边谈,亦安把这次风潮的原因细细的讲给了质夫听:

"这一次风潮的历史,说起来也长得很。但是它的原因,却伏在今年六月里,当李星狼麦连邑杀学生蒋可奇的时候。那时候陆校长讲的几句话是的确厉害的。因为议员和军阀杀了蒋可奇,所以学生联合会有澄清选举反对非法议员的举动。因为有了这举动,所以不得不驱逐李麦的走狗,想来召集议员的省长韩士成。因这几次政治运动的结果,军阀和议员的怨恨,都结在陆校长一人的身上。这一次议员和军阀想趁新省长来的时候,再开始活动,所以首先不得不去他们的劲敌陆校长。我听见说这几个学生从议员处得了二百元钱一个人。其余守中立的学生,也有得着十元十五元的。他们军阀和议员,连警察厅都买通了的,我听见说,今天北门站岗的巡警一个人还得着二元贿赂呢。此外还有想夺这校长做的一派人,和同陆校长倪教务长有反感的一派人也加在内,你说这风潮的原因复杂不复杂?"

穿过了公园西北面的空亭,走上园中大路的时候,质夫邀亦安上东面水田里的纯阳阁里去。

夜阴一刻一刻的深了起来,月亮也渐渐的放起光来了。天空里从银红到紫蓝,从紫蓝到淡青的变了好几次颜色。他们进纯阳阁的时候,屋内已经漆黑了。从黑暗中摸上了楼。他们看见有一盏菜油灯点在上首的桌上。从这一粒微光中照出来的红漆的佛座,和桌上的供物,及两壁的幡对之类,都带着些神秘的形容。亦安向四周看了一看,对质夫说:

"纯阳祖师的签是非常灵的，我们各人求一张罢。"

质夫同意了，得了一张三十八签中吉。

他们下楼，走到公园中间那条大路的时候，星月的光辉，已经把道旁的杨柳影子印在地上了。

闹事之后，学校里停了两天课。到了礼拜六的下午，教职员又开了一次大会，决定下礼拜一暂且开始上课一礼拜，若说官厅没有适当的处置，再行停课。正是这一天的晚上八点钟的时候，质夫刚在房里看他的从外国寄来的报，忽听见议事厅前后，又有哄号的声音传了过来。他跑出去一看，只见有五六个穿农夫衣服，相貌狰狞恶的人，跟了前次的八九个学生，在那里乱跳乱叫。当质夫跑近他们身边的时候，八九个人中最长的那学生就对质夫拱拱手说：

"对不起，对不起，请老师不要惊慌，我们此次来，不过是为搬教务长和监学的行李来的。"

质夫也着了急，问他们说：

"你们何必这样呢？"

"实在是对老师不起！"

那一个最长的学生还没有说完，质夫看见有一个农夫似的人跑到那学生身边说：

"先生，两个行李已经搬出去了，另外还有没有？"

那学生却回答说：

"没有了，你们去罢。"

这样的下了一个命令，他又回转来对质夫拱了一拱手说：

"我们实在也是出于不得已，只有请老师原谅原谅。"

又拱了拱手，他就走出去了。

这一天晚上行李被他们搬去的倪教务长和唐监学二人都不在校内。闹了这一场之后，校内同暴风过后的海上一样，反而静了下去。王亦安和质夫同几个同病相怜的教员，合在一处谈议此后的处置。质夫主张马上就把行李搬出校外，以后绝对的不再来了。王亦安光着眼睛对质夫说：

"不能不能，你和希圣怎么也不能现在搬出去。他们学生对希圣和你的感情最好。现在他们中立的多数学生，正在那里开会，决计留你们几个在校内，仍复继续替他们上课。并且有人在大门口守着，不准你们出去。"

中立的多数学生果真是像在那里开会似的，学校内弥漫着一种紧迫沉默的空气，同重病人的房里沉默着的空气一样。几个教职员大家合议的结果，议决方希圣和于质夫二人，于晚上十二点钟乘学生全睡着的时候出校，其余的人一律于明天早晨搬出去。

天潇潇的下起雨来了。质夫回到房里，把行李物件收拾了一下，便坐在电灯下连连续续的吸起烟来。等了好久，王亦安轻轻的来说：

"现在可以出去了。我陪你们两个人出去，希圣立在桂花树底下等你。"

他们三人轻轻的走到门口的时候，门房里忽然走出了一个学生来问说：

"三位老师难道要出么？我是代表多数同学来求三位老师不要出去的。我们总不能使他们几个学生来破坏我们的学校，到了明朝，我们总要想个法子，要求省长来解决他们。"

讲到这里，那学生的眼睛已有一圈红了。王亦安对他作了一揖说：

"你要是爱我们的，请你放我们走罢，住在这里怕有危险。"

那学生忽然落了一颗眼泪，咬了一咬牙齿说：

"既然这样，请三位老师等一等，我去寻几位同学来陪三位老师进城，夜深了，怕路上不便。"

那学生跑进去之后，他们三人马上叫门房开了门，在黑暗中冒着雨就走了。走了三五分钟，他们忽听见后面有脚步声在那里追逐，他们就放大了脚步赶快走来，同时后面的人却叫着说：

"我们不是坏人，请三位老师不要怕，我们是来陪老师们进城的。"

听了这话，他们的脚步便放小来。质夫回头来一看，见有四个学生拿了一盏洋油行灯，跟在他们的后面。其中有二个学生，却是质夫教的一班里的。

六

第二天的午后，从学校里搬出来的教职员全体，就上省长公署去见新到任的省长。那省长本来是质夫的胞兄的朋友，质夫与他亦曾在西湖上会过的。历任过交通司法总长的这省长，讲了许多安慰教职员的话之后，却作了一个"总有办法"的回答。

质夫和另外的几个教职员，自从学校里搬出来之后，便同丧家之犬一样，陷到了去又去不得留又不能留的地位。因为连续的下了几天雨，所以质夫只能蛰居在一家小客栈里，不能出去闲逛。他就把他自己与另外的几个同事的这几日的生活，比作了未决囚的生活。每自嘲自慰的对人说：

"文明进步了，目下教员都要蒙尘了。"

性欲比人一倍强盛的质夫，处了这样的逆境，当然是不能安分的。他竟瞒着了同住的几个同事，到娼家去进出起来了。

从学校里搬出来之后，约有一礼拜的光景。他恨省长不能速行解决闹事的学生，所以那一天晚上吃晚饭的时候就多喝了几杯酒。这兴奋剂一下喉，他的兽性又起作用来，就独自一个走上一位带有家眷的他的同事家里去。那一位同事本来是质夫在 A 地短时日中所得的最好的朋友。质夫上他家去，本来是有一种漠然的预感和希望怀着，坐谈了一会，他竟把他的本性显露了出来，那同事便用了英文对他说：

"你既然这样的无聊，我就带你上班子里逛去。"

穿过了几条街巷，从一条狭而又黑的巷口走进去的时候，质夫的胸前又跳跃起来，因为他虽在日本经过这种生活，但是在他的故国，却从没有进过这些地方。走到门前有一处卖香烟橘子的小铺和一排人力车停着的一家墙门口，他的同事便跑了进去。他在门口仰起头来一看，门楣上有一块白漆的马口铁写着鹿和班的三个红字，挂在那里，他迟了一步，也跟着他的同事进去了。

坐在门里两旁的几个奇形怪状的男人，看见了他的同事和他，便站了起来，放大了喉咙叫着说：

"引路！荷珠姑娘房里。吴老爷来了！"

他的同事吴风世不慌不忙的招呼他进了一间二丈来宽的房里坐下之后，便用了英文问他说：

"你要怎么样的姑娘？你且把条件讲给我听，我好替你介绍。"

质夫在一张红木椅上坐定后，便也用了英文对吴风世说：

"这是你情人的房么？陈设得好精致，你究竟是一位有福的嫖客。"

"你把条件讲给我听罢，我好替你介绍。"

"我的条件讲出来你不要笑。"

"你且讲来罢。"

"我有三个条件，第一要她是不好看的，第二要年纪大一点，第三要客少。"

"你倒是一个老嫖客。"

讲到这里，吴风世的姑娘进房来了。她头上梳着辫子，皮色不白，但是有一种婉转的风味。穿的是一件虾青大花的缎子夹衫，一条玄色素缎的短脚裤。一进房就对吴风世说：

"说什么鬼话，我们不懂的呀！"

"这一位于老爷是外国来的，他是外国人，不懂中国话。"

质夫站起来对荷珠说：

"假的假的，吴老爷说的是谎，你想我若不懂中国话，怎么还要上这里来呢？"

荷珠笑着说：

"你究竟是不是中国人？"

"你难道还在疑信么？"

"你是中国人，你何以要穿外国衣服？"

"我因为没有钱做中国衣服。"

"做外国衣服难道不要钱的么？"

吴风世听了一忽，就叫荷珠说：

"荷珠，你给于老爷荐举一个姑娘罢。"

"于老爷喜欢怎么样的？碧玉好不好？春红？香云？海棠？"吴风世听了海棠两字，就对质夫说：

"海棠好不好？"

质夫回答说：

"我又不曾见过，怎么知道好不好呢？海棠与我提出的条件合不合？"

风世便大笑说：

"条件悉合，就是海棠罢。"

荷珠对她的假母说：

"去请海棠姑娘过来。"

假母去了一忽来回说：

"海棠姑娘在那里看戏，打发人去叫去了。"

从戏院到那鹿和班来回总有三十分钟，这三十分钟中间，质夫觉得好像是被悬挂在空中的样子，正不知如何的消遣才好。他讲了些闲话，一个人觉得无聊，不知不觉，就把两只手抱起膝来。吴风世看了他这样子。就马上用了英文警告他说：

"不行不行，抱膝的事，在班子里是大忌的。因为这是闲空的象征。"

质夫听了，觉得好笑，便也用了英文问他说：

"另外还有什么礼节没有？请你全对我说了罢，免得被她们姑娘笑我。"

正说到这里，门帘开了，走进了一个年约二十二三，身材矮小的姑娘来。她的青灰色的额角广得很，但是又低得很，头发也不厚，所以一眼看来，觉得她的容貌同动物学上的原始猴类一样。一双鲁钝挂下的眼睛，和一张比较长狭的嘴，一见就可以知道她的性格是忠厚的。她穿的是一件明蓝花缎的夹袄，上面罩着一件雪色大花缎子的背心，底下是一条雪灰的牡丹花缎的短脚裤。她一进来，荷珠就替她介绍说：

"对你的是这一位于老爷，他是新从外国回来的。"

质夫心里想，这一位大约就是海棠了。她的面貌却正合我的三个条件，但是她何以会这样一点儿娇态都没有。海棠听了荷珠的话，也不做声，只呆呆的对质夫看了一眼。荷珠问她今天晚上的戏好不好，她就显出了一副认真的样子，说今晚上的戏不好，但是新上台的小放牛却好得很，可惜只看了半出，没有看完。质夫听了她那慢慢的无娇态的话，心里觉得奇怪得很，以为她不像妓院里的姑娘。吴风世等她讲完了话之后，就叫她说：

"海棠！到你房里去罢，这一位于老爷是外国人，你可要待他格外客气才好。"

质夫风世和荷珠三人都跟了海棠到她房里去。质夫一进海棠的房，就看见一个四十上下的女人，鼻上起了几条皱纹，笑嘻嘻的迎了出来。她的青青的面色，和角上有些吊起的一双眼睛，薄薄的淡白的嘴唇，都使质夫感着一种可怕可恶的印象，她待质夫也很殷勤，但是质夫总觉得她是一个恶人。

在海棠房里坐了一个多钟头，讲了些无边无际的话，质夫和风世都出来了。一出那条狭巷，就是大街，那时候街上的店铺都已闭门，四围静寂得很，质夫忽然想起了英文的 "*dead city*[4]" 两个字来，他就幽幽的对风世说：

"风世！我已经成了一个 *living corpse*[5] 了。"

走到十字路口，质夫就和风世分了手。他们两个各听见各人的脚步声渐渐儿的低了下去，不多一忽，这入人心脾的足音，也被黑暗的夜气吞没下去了。

一九二二年二月。

[原载1922年3月15日《创造》季刊第1卷第1期。]

注释

1. 兰勃：法国象征主义诗人阿尔杜尔·兰波（1854—1891）。
2. 佛尔兰：法国象征主义诗人保尔·魏尔兰（1844—1896）。
3. 淮尔特：英国唯美主义作家奥斯卡·王尔德（1854—1900）。
4. 英文 *dead city*：死亡之城。
5. 英文 *living corpse*：行尸走肉。

导读

　　《茫茫夜》作于 1922 年 2 月。从于质夫与吴迟生在黄浦江码头告别，写到 A 城（安庆）法政学校的风潮；从北门外洋货店与少妇闲话，到在妓院结识丑女海棠，小说通篇看起来就像是郁达夫本人在安庆生活的散记。主人公于质夫作为青年留学生，不仅精通日文，而且精通英文和德文，对西方近现代的思想文化也都有所涉猎和了解。归国前，"当他决计想把从来的腐败生活改善的时候，（质夫）必要搬一次家，买几本新书或是旅行一次"。"到了上海之后，他的生活仍旧与从前一样，烟酒非但不戒下，并且更加加深了。女色虽然还没有接近，但是他的性欲，不过改变了一个方向，依旧在那里伸张"。小说就从于质夫归国后的精神际遇和生活状态写起，寂寞孤独的旅程，奇怪的自尊，变态的欲望，混乱的日子，显然，于质夫对改变自己生活方式的期望已经落空。这篇小说除了对于质夫这个人物的心理刻画很深入以外，还翔实地记录了安庆学潮的起因和经过。从而使个人的命运起伏与时代的风云变幻成为一种叙事上的互文。

　　其实，五四以来，文学研究会的作家一直大力倡导"为人生，为社会"的文学，以关注现实人生的"问题小说"著称。而以郁达夫为代表的创造社则以"为艺术"的文学作为旗帜。文研会和创造社旷日持久的论争即由此而来。综观郁达夫小说的创作，虽然以浪漫主义的抒情为主，但是从未离开人生这一主题，部分篇章还清晰地显示出他的现实关怀、革命意识和社会理想。《茫茫夜》就是其中的代表性作品。

　　《茫茫夜》以归国留学生于质夫的个人经历为主线，因为生计问题，于质夫决定离开上海去 A 地的法政专门学校教书。其实在他到那里之前，学校已经风声鹤唳，矛盾日益激化。此后，学潮愈演愈烈，校长与军阀，进步学生与被军阀收买的学生之间的斗争也不断升级，终于导致于质夫书也教不下去，甚至人身安全也难以保障，最后只好仓皇出逃。由于内心的苦闷以及青春的躁动，于质夫只好以扭曲的性体验或逛妓院打发日子。小说重点展开的是于质夫来到 A 地后的教学、生活和心理状态。大背景则是学潮。山雨欲来的时局从于质夫来到学校第一天就感觉到了，忍受着自尊心受伤的郁闷，备课，上课，不能不说是一种提心吊胆的状态。从小说第三节开始，郁达夫用了大约 4000 余字的篇幅记述了学潮的起因与经过。随着"学校内外浮荡着的暗云，一层一层的紧迫起来"开始，很受学生欢迎的教师于质夫也卷入了学潮，过着"一夕数惊"的生活。这一段描述接近郁达夫本人的亲身经历。郁达夫 1921 年秋曾到安庆法专当英文教习，并于第二年 1 月离开安庆回上海。1922 年 9 月又回法专工作，直至 1923 年春季。就在郁达夫抵达安庆之前，安庆发生了现代史上著名的"六二"运动，学生反军阀请愿遭到屠杀。这一历史事件是五四运动在安徽的延续，当年以小说的方式严肃反映现实，详述学潮经过，揭示纷乱的社会现实中知识分子的人生遭际和内心波澜的，只有一向主张艺术至上的郁达夫。同时，《茫茫夜》有着复杂的人生、社会和文化的悲剧色彩。在郁达夫众多的"自叙传小说"以及一系列的"零余者"形象中，《茫茫夜》中的于质夫最具有典型性，以及深刻的现实意义和象征意义。作为一个同性恋者、恋物癖者、性变态者，缺少感情的慰藉和人世的温暖支撑，见证了那个黑暗的时代对青年人心灵的摧残和扭曲；作为一个有思想有理想的进步知识分子，没有一个安静的讲台，没有一张安静的书桌，可以研究学问，可以实践自己的精神追求，这一社会和人生的"零余者"，是五四以后处于军阀混战中的苦闷彷徨的青年知识分子的代言人，其心理变异的过程也意味着青年知识分子精神追求失败的历史投影。

综观郁达夫的全部生活和创作，爱国主义与人道主义贯穿始终。作为一个痛感祖国衰弱的留学生，《沉沦》写出了一代青年人的内心呼喊；作为一个时代大潮中随波逐流找不到人生彼岸的知识分子，《茫茫夜》写出了矛盾挣扎的痛苦，以及爱与被爱的渴望。《茫茫夜》笼罩的依旧是悲剧色彩——社会的悲剧、个人的悲剧、爱欲的悲剧。而其中，扭曲的心理和变异的行为是一步步展开和深入的。

小说开篇写送别场面，吴迟生在于质夫的眼中，是如此娇美动人，"他的面貌清秀得很。他那柔美的眼睛，和他那不大不小的嘴唇，有使人不得不爱他的魔力……"吴迟生是个肺病患者，在郁达夫小说中，肺病患者很多，这也是那个时代的共性，然而这个肺病患者不仅身体羸弱，而且心理上具有女性化特点，作为于质夫性幻想的对象，吴迟生这一形象的隐喻意味也是很明显的。郁达夫擅长挖掘人物的内心世界，并且以情景交融的方式，把内心深处的混乱与外在世界相对照，借景抒情，融情于景。《茫茫夜》是以安庆为背景的，小说从景物写起，晚秋的长江，疏朗的晨星、古城、宝塔、亭阁，黑沉沉的夜，荒凄凄的街，无不透露出一股苍劲寂寥荒凉的韵味，生命的悲剧意识昭然若揭。衬着这荒凉的景象，小说里反复写到于质夫内心的孤寂，他渴望爱情，渴望温情，"恋爱呀，你若可以学识来换的，我情愿将我所有的知识，完全交出来，与你换一个有血有泪的拥抱。啊。恋爱呀，我恨你是不能糊涂了事的。我恨你是不能以资格地位名誉来换的。我要灭这一层烦恼，我只有自杀……"自杀只是想想，并不会真的去实行。这种渴望和幻想无以为凭，最终导致性变态和性放纵。

因为理想不能实现，周遭的气氛又十分压抑，于质夫在本能的驱使下成了一个无理性的躁郁症患者。但作为一个知识分子，他内心有着各种制约和挣扎，不得不压抑自己的本能。就是在这样纷扰的思绪里，于质夫漫无目的地走上大街，在洋货店骗了那女人用旧的针和手帕，然后以自虐的方式使内心淤积的欲望得以舒缓。"他就狠命的把针子向颊上刺了一针。本来为了兴奋的缘故，变得一块红一块白的面上，忽然滚出了一滴同玛瑙珠似的血来。他用那手帕揩了之后，看见镜子里的面上又滚了一颗圆润的血珠出来。对着了镜子里的面上的血珠，看看手帕上的腥红的血迹，闻闻那旧手帕和针子的香味。想想那手帕的主人公的态度，他觉得一种快感，把他的全身都浸遍了"。《茫茫夜》结尾，写到身处逆境，生活苦闷和社会苦闷重重压在于质夫的身上，朋友吴风世看他实在是无聊，就带他去逛妓院。终究无法排遣内心苦闷的于质夫，走进金钱巷的鹿和班寻花问柳。不过，在挑选妓女这个环节，于质夫表现出了与众不同之处，他提出了觅妓的三个条件。"第一要她是不好看的，第二要年纪大一点，第三要客少"，根据条件，他认识了外表不美、性格木讷的妓女海棠。他找海棠的目的似乎只是"只求有一个女性，和她谈谈就够了"。由此可以看出，于质夫在放浪形骸的表面之下，依旧恪守着自己的边界，一方面他要释放内心的压力，发泄生理的本能；另一方面，他又是自责的，即使在鹿和班，他也无法把无聊的人生完全变成欢畅的时光，对这样一种人生状态始终保持着隐约抗拒。于质夫对海棠的态度在续篇《秋柳》里表现得更充分，他同情她，体谅她，尽管不爱她，却又不肯伤害她。这就是这个软弱无力的知识分子所能表达的最高的人道主义了。

正因为个性忧郁感伤，对世事有着不同于他人的内在的热切，所以形成了郁达夫反叛和压抑的双重性格。《茫茫夜》是对那个时代的概括，是对那个时代小知识分子找不到方向和道路的人生状态的概括，长夜茫茫何所寄，惟有醉酒上青楼。郁达夫写出了失意人生的颓唐，欲望沉沦的迷醉，也写出了自我放纵之后的空虚和自悔，而最能打动我们的，是清醒之后无可奈何的满怀悲凉。

秋　柳

一

一间黑漆漆的不大不小的地房里，搭着几张纵横的床铺。与房门相对的北面壁上有一口小窗，从这窗里射进来的十月中旬的一天晴朗的早晨的光线，在小窗下的床上照出了一个二十五六岁的青年的睡容来。这青年的面上带着疲倦的样子，本来没有血色的他的睡容，因为房内的光线不好，更苍白得怕人。他的头上的一头漆黑粗长的头发，便是他的唯一的美点，蓬蓬的散在一个白布的西洋枕上。房内还有两张近房门的床铺，被褥都已折叠得整整齐齐，每日早起惯的这两张床的主人，不知已经往什么地方去了。这三张床铺上都是没有蚊帐的。

房里有的两张桌子，一张摆在北面的墙壁下，靠着那青年睡着的床头，一张系摆在房门边上的。两张桌子上摊着些肥皂盒子，镜子，纸烟罐，文房具，和几本定庵全集《唐诗选》之类。靠着北面墙壁的那张桌子，大约是睡在床上的青年专用的，因为在那些杂乱的罐盒书籍的中间有一册红皮面的洋书和一册淡绿色的日记，在那黑暗的室内放异样的光彩。日记上面记着两排横字，"一九二一年日记""于质夫"。洋书的名目是 *The Earthly Paradise "By William Morris[1]"* 。

这地方只有一扇朝南的小门，门外就是阶檐，檐外便是天井。

从天井里射进来的太阳光线，渐渐的照到地房里来，地房里浮动着的尘埃在太阳光线里看得出来了。

床上睡着的青年开了半只眼睛，向门外一望，觉得阳光强烈，射得眼睛开不开来。朝里翻了一转身，他又嘶嘶的睡着了。正是早晨九点三五十分的样子，在僻静的巷内的这家小客栈里，现在却当最静寂的时候，所以那青年得尽意贪他的安睡。

过了半点多钟，一个体格壮大，年约四十五六，戴一副墨色小眼镜，头上有一块秃的绅士跑了进来，走近青年的床边叫着说：

"质夫！你昨晚上到什么地方去了？睡到此刻还没有起？"青年翻过身，擦擦眼睛，一边打呵欠，一边说：

"噢！明先！你走来得这样早！"

"已经快十点钟了，还要说早哩！你昨晚在什么地方？"

"我昨晚在吴风世家里讲闲话，一直坐到十二点钟才回来的。省长说开除闹事的几个学生，究竟怎么样了？"

"怕还有几天好等呢！"

听了这一句话，质夫就从他那蓝色纺绸被里坐了起来。披了一件留学时候做的大袖寝袍，他跑出了房门，便上后面厨房里去洗面刷牙去。

质夫眼看着高爽的青天，一面刷牙，一面在那里想昨晚上和吴风世上班子里去的冒险事情。他洗完了面，回到房里来换洋服的时候，明先正坐在房门口的桌上看《唐诗选》。质夫换好了洋服，便对明先说：

"明先！我真等得不耐烦起来了，我们是来教书，并不是来避难的。这样在空中悬挂的状态，若再经过一两个礼拜，怕我要变成极度的神经衰弱症呢！"

依质夫讲来，这一次法政专门学校的风潮，是很容易解决的。开除几个闹事的学生，由省长或教育厅长迎接校长教职员全体回校上课，就没有事了。而这一次风潮竟延宕至一星期多，还不能解决，都是因为省长无决断的缘故。他一边虽在这样的气愤，一边心里却有些希望这事件再延长几天的心思。因为法政学校远在城外，万一事件解决，搬回学校之后，白天他若要进城上班子里去，颇非容易，晚上进城，因城门早闭，进出更加不便，昨天晚上，吴风世替他介绍的那姑娘海棠，脸儿虽则不好，但是她总是一个女性。目下断绝女人有两三月之久的质夫，只求有一个女性，和她谈谈就够了，还要问什么美丑。况且昨晚上看见的那海棠，又好像非常忠厚似的，质夫已动了一点怜惜的心情，此后若海棠能披心沥胆的待他，他也想尽他的力量，报效她一番。

质夫和明先谈了一番闲话，便跑上大街上去闲逛去了。

二

长江北岸的秋风，一天一天的凉冷起来。法政学校风潮解决以后，质夫搬回校内居住又快一礼拜了，闹事的几个学生，都已开除，陆校长因为军阀李麦总不肯仍复让他在那里做教育界的领袖，所以为学校的前途计，他自家便辞了职。那一天正是陆校长上学校最后的一日。

陆校长自到这学校以后，事事整顿，非但 A 地的教育界里的人都仰慕他，便是这一次闹事的几个学生，心里也是佩服的。一般中立的大多数的学生，当风潮发生的时候，虽不出来力争，但对陆校长却个个都畏之若父，爱之若母，一听他要辞职，便都变成失了牧童的迷羊，正不知道怎么才好。这几日来，学校的寄宿舍里，正同冷灰堆一样，连闲来讲话的时候，都没有一个发高声的人了。教职员中，大半都是陆校长聘请来的人，经了这一次风潮，并且又见陆校长去了，也都是点兔死狐悲的哀感。大家因为继任的校长，是同事中最老实的许明先的缘故，不能辞职，但是各人的心里都无执意，大约离散也不远了。

陆校长这一天一早就上了两个钟头课，把未完的讲义分给了一二两班的学生，退堂的时候对学生说：

"我为学校本身打算，还不如辞职的好，你们此后应该刻意用功，不要使人家说你们不成样子，那就是你们爱戴我的最好的表示。我现在虽已经辞职，但是你们的荣辱，我还在当作自家的荣辱看的。"

说了这几句话，一二两班里的学生眼圈都红了。

敲十点钟的时候，全校的学生齐集在大讲堂上，听陆校长的训话。

从容旷达的陆校长，不改常时的态度，挺着了五尺八寸长的身体，放大了洪钟似的喉音对学生说：

"这一次风潮的始末，想来诸君都已知道，不要我再说了。但是我在这里，李麦总不肯甘休。与其为我个人的缘故，使李麦来破坏这学校，倒还不如牺牲了我个人，保全这学校的好。我当临去的时候，三件事情，希望诸君以后能够守着，第一就是要注意秩序。没有秩序是我们中国人的通病，以后我希望诸君无论在什么时候，都能维持秩序。秩序能维持，那无论什么事情都能干了。第二是要保重身体，我们中国不讲究体育，所以国民大抵未老先衰，不能成就大事业，以后希望诸君能保重身体，使健全的精神很有健全的依附之所，那我们中国就有希望了。第三是要尊重学问。我们在气愤的时候，虽则学问无用，正人君子，反遭毒害，但是九九归原，学问究竟是我们的根基，根基不固，终究不能成大事创大业的。"

陆校长这样简单的说了几句，悠悠下来的时候，大讲堂里有几处啼泣的声音，听得出来了。质夫看了陆校长的神色不动的脸色，看了他这一种从容自在的殉教者的态度，又被大讲堂内静肃的空气一压，早就有一种感伤的情怀存在了，及听了学生的暗泣声音，他立刻觉得眼睛酸痛起来。不待大家散会，质夫却一个人先跑回了房里。

陆校长去校的那一天，质夫心里只觉得一种悲愤，无处可以发泄，所以下半天他也请了半天假，跑进城来，他在大街上走了一会，总觉得无聊之极，不知不觉，他的两脚就向了官娼聚集着的金鳟巷走去。到了鹿和班的门口，正在迟疑的时候，门内站着的几个男人，却大声叫着说：

"引路！海棠姑娘房里！"

质夫听了这几声叫声，就不得不马上跑进去。海棠的矮小的假母，鼻子打了几条皱纹笑嘻嘻的走了出来。质夫进房，看见海棠刚在那里吃早饭的样子。她手里捏了饭碗，从桌子上站了起来。今天她的装饰与前次不同。头上梳了一条辫子，穿的是一件蓝缎子的棉袄，罩着一件青灰竹布的单衫，底下穿的是一条蟹青湖绉裤子。她大约是刚才起来，脸上的血色还没有流通，所以比前次更觉得苍白，新梳好的光泽泽的辫子，添了她一层可怜的样子。质夫走近她的身边问她说：

"你吃的是早饭还是中饭？"

"我们天天是这时候起床，没有什么早饭中饭的。"

这样讲了一句，她脸上露了一脸悲寂的微笑，质夫忽而觉得她可爱起来，便对她说：

"你吃你的罢，不必来招呼我。"

她把饭碗收起来后，又微微笑着说：

"我吃好了，今天吴老爷为什么不来？"

"他还有事情，大约晚上总来的。"

假母拿了一枝三炮台来请质夫吸，质夫接了过来就对她说：

"谢谢！"

质夫在床沿上坐下之后，假母问他说：

"于老爷，海棠大人在等你，你怎么老是不来？吴老爷是天天晚上来的。"

"他住在城里，我住在城外，我当然是不能常同他同来的。"

海棠在旁边只是呆呆的听质夫和她假母讲闲话。既不来插嘴，也不朝质夫看一眼。她收住了一双倒挂下的眼睛，尽在那里吸一枝纸烟。

假母讲得没有话讲了，就把班子里近来生意不好，一月要开销几多，海棠不会待客的事情，断断续续的说了出来。质夫本来是不喜欢那假母，听了这些话更不快活了。所以他就丢下了她，走近海棠身边去，对海棠说：

"海棠，你在这里想什么？"

一边说一边质夫就伸出手向她面上摘了一把。海棠慢慢举起了她那迟钝的眼睛，对质夫微微的笑了一脸，就也伸出手来把质夫的手捏住了。假母见他两人很火热的在那里玩，也就跑了出去。质夫拉了海棠的手，同她上床去打横睡倒。两人脸朝着外面，头靠在床里叠好的被上。质夫对海棠看了一眼，她的两眼还是呆呆的在看床顶。质夫把自家的头靠上了她的胸际，她也只微微的笑了一脸。质夫觉得没有话好同她讲，便轻轻的问她说：

"你妈待你怎么样？"

她只回他说：

"没有什么。"

正这时候，一个长大肥胖的乳母抱了一个七八个月大的小娃娃进来了。质夫就从床上站起来，走上去看那小娃娃，海棠也跟了过来，质夫问她说：

"是你的小孩么？"

她摇着头说：

"不是，是我姊姊的。"

"你姊姊上什么地方去了？"

"不知道。"

这样的问答了几句，质夫把那小孩抱出来看了一遍，乳母就走往后间的房里去了。后间原来就是乳母的寝室。

质夫坐了一回，说了几句闲话，就从那里走了出来。他在狭隘的街上向南走了一阵，看看时间已经不早，便一个人走上一家清真菜馆里去吃夜饭。这家姓杨的教门馆，门面虽则不大，但是当柜的一个媳妇儿，生得俊俏得很，所以质夫每次进城，总要上那菜馆去吃一次。

质夫一进店门，他的一双灵活的眼睛就去寻那媳妇，但今天不知她上哪里去了，楼下总寻不出来。质夫慢慢的走上楼的时候，楼上听差的几个回子一齐招呼了他一声，他抬头一看，门头却遇见了那媳妇儿。那媳妇儿对他笑了一脸，质夫倒红脸起来，因为他是穿洋服的，所以店里的人都认识他，他一上楼，几个听差的人就让他上那一间里边角上的小屋里去了。一则今天早晨的郁闷未散，二则午后去看海棠，又觉得她冷落得很，质夫心里总觉得快快不乐。得了那回回的女人的一脸微笑，他心里虽然轻快了些，但总觉得有点寂寞。写了一张请单，去请吴风世过来共饮的时候，他心里只在那里追想海外咖啡店里的情趣：

"要是在外国的咖啡店里，那我就可以把那媳妇儿拉了过来，抱在膝上。也可以口对口接送几杯葡萄酒，也可以摸摸她的上下。唉，我托生错了，我不该生在中国的。"

"请客的就要回来了，点几样什么菜？"一个中年回子又来问了一声。

"等客来了再和你说！"

过了一刻，吴风世来了。一个三十一二，身材纤长的漂亮绅士，我们一见，就知道他是在花柳界有艳福的人。他的清秀多智的面庞，潇洒的衣服，讲话的清音，多有牵引人的迷力。质夫对他看了一眼，相形之下，觉得自家在中国社会上应该是不能占胜利的。风世一进质夫的那间小屋，就问说：

"质夫！怎么你一个人便跑上这里来？"

质夫就把刚才上海棠家去，海棠怎么怎么的待他，他心里想得没趣，就跑到这里来的情节讲了一遍。风世听了笑着说：

"你好大胆，在白日青天的底下竟敢一个人跑上班子里去。海棠那笨姑娘，本来是如此的，并不是冷遇。因为她不能对付客人，所以近来客人少得很。我因为爱她的忠厚，所以替你介绍的，你若不喜欢，我就同你上另外的班子里去找一个罢。"

质夫听了这话，回想一遍，觉得刚才海棠的态度确是她的愚笨的表现，并不是冷遇，且又听说她近来客少，心里却起了一种侠义心，便自家对自家起誓说：

"我要救世人，必须先从救个人入手。海棠既是短翼差池的赶人不上，我就替她尽些力罢。"

质夫喝了几杯酒对吴风世发了许多牢骚，为他自家的悲凉激越的语气所感动，倒滴落了几滴自伤的清泪。讲到后来，他便放大了嗓子说：

"可怜那鲁钝的海棠，也是同我一样，貌又不美，又不能媚人，所以落得清苦得很。唉，侬未成名君未嫁，可怜俱是不如人²。"

念到这里，质夫忽拍了一下桌子叫着说：

"海棠海棠，我以后就替你出力罢，我觉得非常爱你了。侬今葬花人笑痴，他年葬侬知是谁³！"

点灯时候，吃完了晚饭，质夫马上想回学校去，但被风世劝了几次，他就又去到鹿和班里。那时候他还带着些微醉，所以对了海棠和风世的情人荷珠并荷珠的侄女清官人碧桃，讲了许多义侠的话。同戏院里唱武生的一样，质夫胸前一拍，半真半假的叫着说：

"老子原是仗义轻财的好汉，海棠！你也不必自伤孤冷，明朝我替你去贴一张广告，招些有钱的老爷来对你罢了！"

海棠听了这话，也对他啐了一声，今年才十五岁的碧桃，穿着男孩的长袍马褂，看得质夫的神气好笑，便跑上他的身边来叫他说：

"喂，你疯了么？"

质夫看看碧桃的形状，忽而感到了与他两月不见的吴迟生的身上去。所以他便跑上她的后面，把身子伏在她背上，要她背了到床上去和风世荷珠说话。

今晚上风世劝质夫上鹿和班海棠这里来，原来是替质夫消白天的气的。所以一进班子，风世就跟质夫走上了海棠房里。风世的情人荷珠和荷珠的侄女碧桃，因为风世在那里，所以也跑了过来。风世因为质夫说今晚晚饭吃了太饱，不能消化，所以就叫海棠的假母去买了一块钱鸦片烟，在床上烧着，质夫不能烧烟，就风世手里吸了一口，便从床上站了起来，和海棠碧桃在那里演那义侠的滑稽话剧。质夫伏在碧桃背上，要碧桃背上床沿之后，就拉了碧桃，睡倒在烟盘的这边，对面是风世，打侧睡在那里烧烟，荷珠伏在风世的身上，在和他幽幽的说话。质夫拉碧桃睡倒之后，碧桃却骑在他的身上，问起种种不相干的事物来。质夫认真的说明给她听，她也认真的在那里听着。讲了一忽，风世和荷珠的密语停止了。质夫听得他们密语停止后，倒觉得自家说的话说得太多了，便朝对面的荷珠看了一眼，荷珠也正呆呆在那里看他和碧桃，两人的视线接触的时候，荷珠便喷笑了出来。这是荷珠特有的爱娇，质夫倒被她笑得脸红了。荷珠一面笑着，一面便对质夫说：

"你们倒像是要好的两弟兄！于老爷你也就做了我的侄儿罢！"

质夫仰起头来，对呆呆坐在床前椅子上的海棠说：

"海棠！荷珠要认我做侄儿，你愿意不愿意她做你的姑母？"

海棠听了也只微微的笑了一脸，就走到床沿上来坐下了。

质夫这一晚在海棠房里坐到十二点钟打后才出来，从温软光明的妓女房里，走到黑暗冷清的外面街上的时候，质夫忽而打了一个冷痉。他仰起头看看青天。从狭隘的街上只看见了一条长狭的茫茫无底的天空，浮了几颗明星，高高的映在清澄的夜气上面。一种欢乐后的孤寂的悲感，忽而把质夫的心地占领了。风世要留质夫住在城里，质夫怎么也不肯。向风世要了一张出城券，质夫就坐了人力车，从人家睡绝后的街上，跑向北门的城门下来。守城门的警察，看看质夫的洋装姿势，便默默的替他开了门。质夫下车出了城门，在一条高低不平的乡下道上，跌来碰去的走回家校里去。他的四周都是黑沉沉的夜气，仰起头来只见得一弯蓝黑无穷的碧落，和几颗明灭的秋星。一道城墙的黑影，和怪物似的盘踞在他的右手城壕的上面，从远处飞来的几声幽幽的犬吠声，好像是在城下唱送葬的挽歌的样子。质夫回到了学校里，轻轻叫开了门。摸到自家房里，点着了洋烛，把衣服换好睡下的时候，远处已经有鸡啼声叫得见了。

三

A 城外的秋光老了。法政学校附近的菱湖公园里，凋落成一片的萧瑟景像，道旁的杨柳榆树之类，在清冷的早上，虽然没有微风，萧萧的黄叶也沙啦沙啦的飞坠下来。微寒的早晨，觉得温软的重衾可恋起来了。

天生的好恶性，与质夫的宣传合作了一处，近来游荡的风气竟在 A 地法政专门学校的教职员中间流行起来。

有一天，质夫和倪龙庵、许明先在那里谈东京的浪漫史的时候，忠厚的许明先红了脸，发了一声叹声说：

"人生的聚散，真奇怪得很！五六年前，我正在放荡的时候，有一个要好的妓女，不意中我昨天在朋友的席上遇见了。坏妓女在五六年前，总要算是 A 地第一个阔窑子，后来跟了一个小白脸跑走了，失了踪迹。昨天席上我忽然见了她那一种憔悴的形容，倒吃了一惊。她说那小白脸已经死了，现在她改名翠云，仍在鹿和班里接客，她看了我的粗布衣服，好像也很为我担忧似的，问我现在怎么样，我故意垂头丧气的说'我也潦倒得不堪'，倒难为她为我洒了一点同情的眼泪，并且教我闲空的时候上她那里去逛去。"

质夫听了这话也长叹了一声，含了悲凉的微笑，对明先念着说：

"尚有绨袍赠，应怜范叔寒，不知天下士，犹作布衣看⁴。"

许明先走开之后，质夫便轻轻的对龙庵说：

"那鹿和班里，我也有一个女人在那里，几时带你去逛去罢，顺便也可以探探翠云皇后的消息。"

　　原来许明先接了陆校长的任，他们同事都比他作赵匡胤。这一次的风潮，他们叫作陈桥兵变。因此质夫就把许明先的旧好称作了皇后。

　　这一次风潮之后，学校里的空气变得灰颓得很。教职员见了学生的面，总感着一种压迫。

　　质夫上课的时候，觉得学生的目光都在那里说——你还在这里么！我们都不在可怜你，你也要走了吗？——因此质夫一听上课的钟响之后，心里总觉得迟迟不进，与风潮前的勇跃的心思却成了一个反对，有几天他竟有怕与学生见面的日子。一下课堂，他便觉得同从一种苦役放免了的人一样，感到几分轻快，但一想明天又要去上课，又要去看那些学生的不关心的脸色，心里就苦闷起来。到这时候，他就不得不跑进城去，或上那姓杨的教门馆去谋一个醉饱，或到海棠那里去消磨半夜光阴。所以风潮结束，第二次搬进学校之后，质夫总每天不得不进城去。看看他的同事，他也觉得他们是同他一样的在那里受精神上的苦痛。

　　质夫听了许明先的话，不知不觉对倪龙庵宣传了游荡的福音，并促他也上鹿和班去探探翠云的消息。倪龙庵听了却装出了一副惊恐的样子来对质夫说：

　　"你真好大的胆子，万一被学生撞见了，你怎么好？"

　　质夫回答他说：

　　"色胆天样的大。我教员可以不做，但是我的自由却不愿意被道德来束缚。学生能嫖，难道先生就嫖不得么？那些想以道德来攻击我们的反对党，你若仔细去调查调查，恐怕更下流的事情，他们也在那里干哟！"

　　这几句话说得倪龙庵心动起来，他那苍黄瘦长的脸上，也露了一脸微笑说：

　　"但是总应该隐秘些。"

　　第二天是星期六，下午没有课的。质夫吃完了午饭便跑进龙庵的房里去，悄悄地对龙庵说：

　　"今晚上我约定在海棠房里替她打一次牌，你也算一个搭子罢。一个是吴风世，一个是风世的朋友，我们叫他侄女婿的程叔和，你认得他不认得？现在我进城去了，在风世家里等你，你吃过晚饭，马上就进城来！"

　　日短的冬天下午六点钟的时候，Ａ城的市街上已完全呈出夜景来了。最热闹的大街上，两面的店家都点上了电灯，掌柜的大口里唧唧的嚼着饭后的余粒，呆呆的站在柜台的周围，在那里看来往的行人。有一个女人走过的时候、他们就交头接耳的谈笑起来。从乡下初到省城里来的人，手里捏了烟管，慢慢的在四五尺宽的街上东望西看的走。人力车夫接铃接铃的响着车铃，一边放大了嗓子叫让路，骂人，一边拼命的在那里跑。车上坐的若是女人或妓女，他们叫得更加响，跑得更加快，可怜他们的变态性欲，除了这一刻能得着真真的满足之外，大约只有向病毒很多的上娼家去发泄的。狭斜的妓馆巷里，这时候正堆叠着人力车，在黄灰色的光线里，呈出活跃的景像来。菜馆的使者拿了小小的条子来之后，那些调和性欲的活佛，就装得光彩耀人，坐上人力车飞也似的跑去。有饮食店的街上，两边停着几乘杂乱的人力车，空气里散满了油煎鱼肉的香味，在那里引诱游情的中产阶级，进去喝酒调娼。有几处菜馆的窗里，映着几个男女的影画，在悲凉的胡琴弦管的声音，和清脆的肉声传到外边寒冷灰黄的空气里来。底下站着一群无产的肉欲追求者，在那里隔水闻香。也有作了认真的面色，站着尝那肉声的滋味的，也有叫一声绝望的好，就慢慢走开的。

正是这时候，质夫和吴风世、倪龙庵慢慢的走下了长街，在金钱巷口，向四面看了一回，便匆匆的跑进去了。他们进巷走了两步，兜头遇着了一乘飞跑的人力车。质夫举头一看，却是碧桃、荷珠两人。碧桃穿着银灰缎子的长袍，罩着一件黑色的铁机缎的小背心，歪戴了一顶圆形的瓜皮帽，坐在荷珠的身上，她那长不长方不方的小脸上，常有一层红白颜色浮着，一双目光射人的大眼睛，在这黑暗的夜色里同枭乌似的尽在那里凝视过路的人。质夫一则因为她年纪尚小，天真烂漫，二则因为她有些地方很像吴迟生，本来是比海棠还要喜欢她，在这地方遇着，一见了这种样子，更加觉得痛爱，所以就赶上前去，一把拉住了那人力车叫着说：

"碧桃，你上什么地方去？"

碧桃用了她的还没有变浊的小孩的喉音说："哦，你来了么？先请家去坐一坐，我们现在上第一春去出局去，就回来的。"

质夫听了她那小孩似的清音，更舍不得放她走，便用手去拉着她说："碧桃你下来，叫荷珠一个人去就对了，你下来同我上你家去。"

碧桃也伸出了一只小手来把质夫的手捏住说：

"对不起，你先去罢，我就回来的，最多请你等十五分钟。"

质夫没有办法，把她的小手拿到嘴边上轻轻的咬了一口，就对她说：

"那么你快回来，我有要紧的话要和你说。"

质夫和倪吴二人到了海棠房里，她的床上已经有一个烟盘摆好在那里。

他们三人在床上烧了一会烟，程叔和也来了。叔和的年纪约在三十内外，也是一个瘦长的人，脸上有几颗红点，带着一副近视眼镜，嘴角上似有若无的常含着些微笑，因为他是荷珠的侄女清官人碧桃的客人，所以大家都叫他作侄女婿。原来这鹿和班里最红的姑娘就是荷珠。其次是碧桃，但是碧桃的红不过是因荷珠而来的。质夫看了荷珠那俊俏的面庞，似笑非笑的形容，带些红黑色的强壮的肉色，不长不短的身材，心里虽然爱她，但是因她太红了，所以他的劫富济贫的精神，总不许他对荷珠怀着好感。吴风世是荷珠微贱时候的老客，进出已经有五六年了，非但荷珠对他有特别的感情，就是鹿和班里的主人，对他也有些敬畏之心。所以荷珠是鹿和班里最红的姑娘，吴风世是鹿和班里最有势力的嫖客，为此二层原因，鹿和班里的绰号，都是以荷珠、风世作中心点拟成的。这就是程叔和的绰号侄女婿的来历。

程叔和到后，风世就命海棠摆好桌子来打牌。正在摆桌子的时候，门外忽发了一阵乱喊的声音，碧桃跳进海棠的房里来了。碧桃刚跳出来，质夫同时也跑了过去，把她紧紧的抱住。一步一步的抱到床前，质夫就把碧桃推在程叔和身上说：

"叔和，究竟碧桃是你的人，刚才我在路上撞见，叫她回来，她怎么也不肯，现在你一到这里，你看她马上就跳了回来。"

程叔和笑着问碧桃说：

"你在什么地方出局？"

"第一春。"

"是谁叫的？"

"金老爷。"

质夫接着说：

"荷珠回来没有？"

碧桃光着眼睛，尖了嘴，装着了怒容用力回答说：

"不晓得！"

桌子摆好了，吴风世、倪龙庵、程叔和就了席坐了。质夫本来不喜欢打牌，并且今晚想和碧桃讲讲闲话，所以就叫海棠代打。

他们四人坐下之后，质夫就走上坐在叔和背后的碧桃身边轻轻的说：

"碧桃，你还在气我么？"

这样说着，质夫就把两手和身体伏上碧桃的肩上去。碧桃把身子向左边一避，质夫却按了一个空，倒在叔和的背上，大家都笑起来。碧桃也笑得坐不住了，就站了起来逃，质夫追了两圈，才把她捉住。拿住了她的一只手，质夫就把她拖上床去，两个身体在叠着烟盘的一边睡下之后，质夫便轻轻的对她说：

"碧桃你是真的发了气呢还是假的？"

"真的便怎么样？"

"真的么？"

"嗳！真的，由你怎么样来弄我罢！"

"是真的么？那么我就爱死你了。"

这样的说了一句，质夫就狠命的把她紧抱了一下，并且把嘴拿近碧桃的脸上，重重的咬了一口，他脸上忽然挂下了两滴眼泪来。碧桃被他咬了一口，想大声地叫起来，但是朝他一看，见那灵活的眼睛里，含住了一泓清水，并且有两滴眼泪已经流在颊上，倒反而吃了一惊，就呆住了。质夫和她呆看了一忽，就轻轻的叫她说：

"碧桃，我有许多话要和你说，伹是总觉得说不出来。"

又停了一忽，质夫就一句一句幽幽的对她说：

"我三岁的时候，父亲就死了。那时候我们家里没有钱，穷得很。我在书房里念书，因为先生非常痛我的缘故，常要受学伴的欺，我哩，又没有气力，打他们不过，受了他们的欺之后，总老是一个人哭起来。我若去告诉先生哟，那么先生一定要罚他们啦，好，你若去告诉一次罢，下次他们欺侮我，一定得更厉害些。我若去告诉母亲哩，那么本来在伤心的可怜的我的娘，老要同我俩一道哭起来。为此我受了欺，也只能一个人把眼泪吞下肚子里去。我从那时候起，就一天一天的变成了一个小胆，没出息，没力量的人。十二岁的时候我见了一个我们街坊的女儿，心里我可是非常爱她，但是我吓，只能远远的看看她的影子，因为她一近我的身边，我就同要死似的难过。我每天想每晚想的想了她二年，可是没有面对面的看过她一次。和她说话的时候，不消说是没有了，你说奇怪不奇怪？后来她同我的一位学伴要好了，大家都说她的坏话，我心里还常常替她辩护。现在她又嫁了另外的一个男人，听说有三四个小孩子生下了。十四岁进了中学校，又被同学欺得不得了。十八岁跟了我哥哥上日本去，只是跑来跑去的跑了七八年。他们日本人呀，欺我可更厉害了。到了今年秋天我才拖了这一个，你瞧罢，半死的身体回中国来。在上海哩，不意中遇着了一个朋友，他也是姓吴，他的样子同你不差什么，不魁人还要比你小些。他病了，他的脸儿苍白得很，但是也很好看，好像透明的白玻璃似的。他说话的时候呀，声音也和你一样。同他在上海玩了半个月，我才知道以后我是少他不来了。但是和他一块儿住上不几天，这儿的朋友又打电报来催我上这儿来，我就不得不和他分开。我上船的那一天晚上，他来送我上船的时候，你猜怎么着，我们两人哪，这样的抱住了，整哭了半夜啊。到了这儿两个月多，忙也忙得很，干的事情也没有味儿，我还没有写信去给他。现在天气冷了，我怕他的病又要坏起来呢！半个月前头由吴老爷替我介绍，我才认得海棠和你。海棠相貌又不美，人又笨，客人又没有，我心里虽在痛她，想帮她一点忙，可是我也没有许多的钱，可以赎她出去。你这样的乖，这样的可爱，我看见了你，就仿佛见我的朋友姓吴的似的，但是你呀，你又不是我的人。因为你和海棠在一个班子里，我又不好天天来找你说什么话，你又是很忙的，我就是来也不容易和你时常见面，今天难得和你遇见了，你又是这样的有气了，你说我难受不难受？"

质夫悠悠扬扬的诉说了一番，说得碧桃也把两只眼睛合了下去。质夫看了她这副小孩似的悲哀的样子，心里更觉得痛爱，便又拼命的紧紧抱了一回。质夫正想把嘴拿上她脸上去的时候，坐在打牌的四个人，忽而大叫了起来。碧桃和质夫两人也同时跳出大床，走近打牌的桌子边上去。原来程叔和赢了一副三番的大牌，大家都在那里喝采。

不多一忽荷珠回来了。吴风世就叫她代打，他同质夫走上烟铺上睡倒了。质夫忽想起了许明先说的翠云，就问着说：

"风世，这班子里有一个翠云，你认识不认识？"

吴风世呆了一呆说：

"你问她干什么？"

"我打算为龙庵去叫她过来。"

"好极好极！"

吴风世便命海棠的假母去请翠云姑娘过来。

翠云半老了，脸色苍黄，一副憔悴的形容，令人容易猜想到她的过去的浪漫史上去。纤长的身体，瘦得很，一双狭长的眼睛里常有盈盈的两泓清水浮着，梳妆也非常潦草，有几条散乱的发丝挂在额上，穿的是一件天青花缎的棉袄，花样已不流行了，底下是一条黑缎子的大脚裤。她进海棠房里之后，质夫就叫碧桃为龙庵代了牌，自家作了一个介绍，让龙庵和翠云倒在烟铺上睡下。质夫和翠云、龙庵、风世讲了几句闲话，便走到碧桃的背后去看她打牌。海棠的假母拿了一张椅子过来让他坐了。质夫坐下看了一忽，渐渐把身体靠了过去，过了十五六分钟，他却和碧桃坐在一张椅子上了。他用一只手环抱着碧桃的腰部，一只手在那里帮她拿牌，不拿牌的时候质夫就把那只手摸到她的身上去，碧桃只作不知，默默的不响。

打牌打到十一点钟，大家都不愿意再打下去。收了场摆好一桌酒菜，他们就坐拢来吃。质夫因为今天和碧桃讲了一场话，心里觉得凄凉，又觉得痛快，就拼命的喝起酒来，这也奇怪，他今天晚上愈喝酒愈觉得神经清敏起来，怎么也喝不醉，大家喝了几杯，就猜起拳来。今天质夫是东家，所以先由质夫打了一个通关。碧桃叫了三拳，输了三拳，质夫看她不会喝酒，倒替她喝了两杯。海棠输了两拳，质夫也替她代了一杯酒。喝酒喝得差不多了，质夫就叫拿稀饭来。各人吃了一二碗稀饭，席就散。躺在床上的烟盘边上，抽了两口烟，质夫就说：

"今天龙庵第一次和翠云相会，我们应该到翠云房里去坐一忽儿。"

大家赞成了，就一同上翠云房里去。说了一阵闲话，程叔和走了。质夫和龙庵、风世正要走的时候，荷珠的假母忽来对质夫说：

"于老爷，有一件事情要同你商量，请你上海棠姑娘房里来一次。"

质夫莫名其妙，就跟上她上海棠房里去，质夫一走进房，海棠的假母就避开了。荷珠的假母先笑了一脸，慢慢的对质夫说：

"于老爷，我今晚有一件事情要对你说，不晓得你肯不肯赏脸？"

"你说出来罢！"

"我想替你做媒，请你今晚上留在这里过夜。"

质夫正在惊异，没有作答的时候，她就笑着说：

"你已经答应了，多谢多谢！"

听了这话，海棠的假母也走了出来，匆匆忙忙的对质夫说：

"于老爷，谢谢，我去对倪老爷吴老爷说一声，请他们先回去。"

质夫听了这话，看她三脚两步的走出门去了。心里就觉得不快活起来。质夫叫等一等，她却同不听见一样，径自出门去了。质夫就站了起来，想追出去，却被荷珠的假母一把拖住说：

"你何必出去，由他们回去就对了。"

质夫心里着起急来，想出去又难以为情，想不去又觉得不好。正在苦闷的时候，龙庵却同风世走了进来。风世笑微微的问质夫说：

“你今晚留在这里么？”

质夫急得脸红了，便格格的回答说：

“那是什么话，我定要回去的。”

荷珠的假母便制着质夫说：

“于老爷，你不是答应我了么？怎么又要变卦？”

质夫又格格的说：

“什么话，什么话，我……我何尝答应你来。”

龙庵青了脸跑到质夫面前，用了日本话对质夫说：

“质夫，我同你是休戚相关的，你今晚怎么也不应该在这里过夜。第一我们的反对党可怕得很，第二在这等地方，总以不过夜为是，免得人家轻笑你好色。”

质夫听了这话，就同大梦初醒的一样，决心要回去，一边用了英文对风世说：

“这是一种侮辱，他们太看我不起了。难道我对海棠那样的姑娘，还恋她的姿色不成？”

风世听了便对质夫好意的说：

“这倒不是这样的，人家都知道你对海棠是一种哀怜。你要留宿也没有什么大问题的，你若不愿意，也可以同我们一同回去的。”

龙庵又用了日本话对质夫说：

“我是负了责任来劝你的，无论如何请你同我回去。”

海棠的假母早已看出龙庵的样子来了，便跑出去把翠云叫了过来，托翠云把龙庵叫开去。龙庵与翠云跑出去后，质夫一边觉得被人家疑作了好色者，心里感着一种侮辱，一边却也有些好奇心，想看看中国妓女的肉体。他正脸涨得绯红，决不定主意的时候，龙庵又跑了进来，这一闪龙庵却变了态度。质夫举眼对他一看。用了目光问他计策的时候，他便说：

“去留由你自家决定罢。但是你若要在这里过夜，这事千万要守秘密。”

质夫也含糊答应说：

“我只怕两件事情，第一就是怕病，第二就是怕以后的纠葛。”

龙庵又用了日本话回答说：

“竹杠她是不敢敲的。你明天走的时候付她二十块钱就对了。她以后要你买什么东西，你可以不答应的。”

质夫红了脸失了主意，迟疑不决的正在想的时候，荷珠的假母，海棠的假母和翠云就把风世龙庵两人拉了出去，一边海棠走进了房，含着了一脸忠厚的微笑，对着质夫坐下了。

四

海棠房里只剩下质夫海棠二人。质夫因为刚才的去留问题，神经已被他们搅乱了，所以不愿意说话。鲁钝的海棠也只呆呆的坐着，不说一句话，质夫只听见房外有几声脚步声，和大门口有几声叫唤声传来。被这沉默的空气一压，质夫的脑筋觉得渐渐镇静下去。停了一忽，海棠的假母走进房来轻轻的对质夫说：

"于老爷，对不起得很，间壁房里有海棠的一个客人在那里打牌，请你等一忽，等他去了再睡。"

质夫本来是小胆，并且有虚荣心的人，听了这话，故意装了一种恬淡的样子说：

"不要紧，迟一忽睡有什么。"

质夫默默地坐了三十分钟，觉得无聊起来，便命海棠的假母去拿鸦片烟来烧。他一个人在烧鸦片烟的时候，海棠就出去了。烧来烧去，质夫终究烧不好，好容易烧好了一口，吸完之后，海棠跑了进来对假母幽幽的说：

"他去了。"

假母就催说：

"于老爷，请睡罢。"

把烟盘收好，被褥铺好之后，那假母就带上了门出去了。

质夫看看海棠，尽是呆呆的坐在那里，他心里却觉得不快，跑上去对她说了一声。他就一个人把衣服脱了来睡了。海棠只是不来睡，坐了一会，却拿了一副骨牌出来，好像在那里卜卦的样子。质夫看了她这一种愚笨的迷信，心里又好气，又好笑。

"大约她是不愿意的，否则何以这样的不肯睡呢。"

质夫心里这样一想，就忽而想得她可怜起来。

"可怜你这皮肉的生涯！这皮肉的生涯！我真是以金钱来蹂人的禽兽呀！"

他就决定今晚上在这里陪她过一夜，绝对不去蹂躏她的肉体。过了半点钟，她也脱下衣服来睡了，质夫让她睡好之后，用了围巾替她颈项围得好好，把她爱抚了一回，就叫她睡。自家却把头朝开了。过了三十分钟的样子，质夫心中觉得自家高尚得很，便想这样的好好睡一夜，永不去侵犯她的肉体。但是他愈这样的想愈睡不着，又过了一忽，他心里却起了冲突来了。

"我这样的高尚，有谁晓得，这事讲出去，外边的人谁能相信。海棠那蠢物，你在怜惜她，她哪里能够了解你的心。还是做俗人罢。"

心里这样一想，质夫就朝了转来，对海棠一看，这时候海棠还开着眼睛向天睡在那里。质夫觉得自家脸上红了一红，对她笑了一脸，就把她的两只手压住了。她也已经理会了质夫的心，轻轻的把身体动了一动。

本来是变态的质夫，并且曾经经过沧海的他，觉得海棠的肉体，绝对不像个妓女。她的脸上仍旧是无神经似的在那里向上呆看。不过到后来她的眼睛忽然连接的开闭了几次，微微的吐了几口气。那时窗外已经白灰灰的亮起来了。

五

久旱的天气，忽下了一阵微雨。灰黑的天空，呈出寒冬的气像来。北风吹到半空的电线上的时候，呜呜的响声，刺入人的心骨里去，无棉衣的穷民，又不得不起愁闷的时候到了。

质夫自从那一晚在海棠那里过夜之后，觉得学校的事情，愈无趣味。一边因为怕人家把自己疑作色鬼，所以又不愿再上鹿和班去，并且怕纯洁的碧桃，见了他更看他不起，所以他同犯罪的人一样，不得不在他那牢狱似的房里蛰居了好几天。

那一天午后，天气忽然开朗起来，悠悠的青天仍复蓝碧得同秋空一样。他看看窗外的和煦的冬日，心里觉得怎么也不得不出去一次。但是一进城去，意志薄弱的他，又非要到金钱巷去不可。他正在那里想得无聊的时候，忽听见门房传进了几个名片来，他们原来是城内工业学校和第一中学校的学生，正在发行一种文艺旬刊，前几天曾与质夫通过两次信的。质夫一看了他们的名片，觉得现在的无聊，可以消遣了，就叫门房快请他们进来。

几个青年，都是很有精神。质夫听了他们那些生气横溢的谈话，觉得自家惭愧得很。及看到他们的一种向仰的样子，质夫真想跪下去，对他们忏悔一番。

"你们这些纯洁的青年呀！你们何苦要上我这里来。你们以为我是你们的指导者么？你们错了。你们错了。我有什么学问？我有什么见识？啊啊，你们若知道了我的内容，若知道了我的下流的性癖，怕大家都要来打我杀我呢！我是违反道德的叛逆者，我是戴假面的知识阶级，我是着衣冠的禽兽！"

他心里虽在这样的想，面上却装了一副严正的样子，同他们在那里谈文艺社会各种问题。谈了一个钟头，他们去了。质夫总觉得无聊，所以就换了衣服跑进城去。

原来 A 城里有两个研究文艺的团体，一个是刚才来过的这几个青年的一团，一个是质夫的几个学生和几个已在学校卒业在社会上干事的人的团体。前者专在研究文艺，后者是带着宣传文化事业的性质的。质夫因为学校的关系和个人的趣味上，与后者的一团人接触的机会比较多些，所以他们的一团人，竟暗暗里把质夫当作了一个指导者看。近来质夫因为放荡的结果，许久不把他们的一团人摆在心里了，刚才见了那几个工业和一中的青年学生，他心里觉得有些对那一团人不起的地方，所以就打算进城去看看他们。其实这也不过是他自家欺骗自家的口实，他的朦胧的意识里，早有想去看看碧桃、海棠的心思存在了。

到了城里，上他们一团人的本部，附设在一高等小学里的新文化书店里去坐了一忽，他就自然而然的走上金钱巷去。

在海棠房里坐了一忽，已经是上灯的时刻了。质夫问碧桃在不在家，海棠的假母说：

"她上游艺会去唱戏去了。"

这几天来华洋义赈会为募集捐款的缘故，办了一个游艺会。

女校书唱戏，也是游艺会里的一种游艺，年纪很轻，喜欢出出风头的碧桃，大约对这事是一定很热心的。

质夫听碧桃上游艺会去了，就也想去看看热闹，所以对海棠说：

"今晚我带你上游艺会去逛去罢。"

海棠喜欢得不了得。便梳头擦粉的准备起来，一边假母却去做了几碗菜来请质夫吃夜饭。质夫吃完了夜饭，与海棠约定了去游艺会的旧戏场的左廊里相会，一个人就先走了。

质夫一路走进了游艺会场，遇见了许多红男绿女，心里忽觉得悲寂起来。走到各女学校的贩卖场的时候，他看见他的一个学生正在与一个良家女子说话。他呆呆的立了一忽，马上就走开了，心里却在说：

"年轻的男女呀，要快乐正是现在，你们都尽你们的力量去寻快乐去罢。人生值得什么；不于少年时求些快乐，等得秋风凋谢的时候，还有什么呢！你们正在做梦的青年男女呀，愿上帝都成就了你们的心愿。我半老了，我的时代过去了。但愿你们都好，都美，都成眷属。不幸的事，不美的人，孤独，烦闷，都推上我的身来，我愿意为你们负担了去。横竖我是没有希望的了。"

这样的想了一遍，他却悔恨自己的青年时代白白的断送在无情的外国。

"如今半老归来，那些莺莺燕燕，都要远远地避我了。"

他的伤感的情怀，一时又征服了他的感情的全部，他便觉得自家是坐在一只半破的航船上，在日暮的大海中漂泊，前面只有黑云大浪，海的彼岸便是"死"。

在灿烂的电灯光里，喧扰的男女中间，他一个人尽在自伤孤独。

他先上女校书唱戏场去看了一回，却不见碧桃的影子。他的孤独的情怀又进了一层，便慢慢的走上旧戏场的左边去，向四边一看，海棠还没有来，他推进了座位，坐下去听了一忽戏，台上唱的正是琼林宴，他看到了姓范的什么人醉倒，鬼怪出来的时候，不觉笑了起来，以为中国人的神秘思想，却比西洋的还更合于实用。看得正出神的时候，他觉得肩上被人拍了一下。他回过头来一看，见碧桃和海棠站在他背后对他在那里微笑，他马上站了起来问她们说：

"你们几时来的？"

她们听不清楚，质夫就叫她们走出戏场来。在质夫周围看戏的人，都对了她们和质夫侧目的看起来了。质夫就俯了首，匆匆的从人丛中跑了出来。一跑到宽旷的园里，他仰起头来看看寒冷的碧天，现有一道电灯光线红红的射在半空中。他头朝着了天，深深的吐了一口，慢慢的跟在他后面的海棠、碧桃也来了。海棠含了冷冷的微笑说：

"我和碧桃都还没有吃饭呢！"

质夫就回答说：

"那好极了，我正想陪你们去喝一点酒。"

他们三人上场内宴春楼坐下之后，质夫偷看了几次碧桃的脸色，因为质夫自从那一晚在海棠那里过夜之后，还是第一次遇见碧桃，他怕碧桃待他要与从前变起态度来。但是碧桃却仍是同小孩子一样，与他要好得很。他看看碧桃那种无猜忌的天真，一边感着一种失望，一边又有一种羞愧的心想起来。

他心里似乎说：

"像这样无邪思的人，我不该以小人之心待她的。"

质夫因为刚才那孤独的情怀，还没有消失，并且又遇着了碧桃，心里就起了一种特别的伤感，所以一时多喝了几杯酒。吃完了饭，碧桃说要回去，质夫留她不住，只得放她走了。

质夫陪着海棠从菜馆下来的时候，已觉得有些昏昏欲睡的样子，胡乱的跟海棠在会场里走了一转，觉得疲倦起来，所以就对海棠说：

"你在这里逛逛，我想先回家去。"

"回什么地方去？"

"出城去。"

"那我同你出去，你再上我们家去坐一会罢。"

质夫送她上车，自家也雇了一乘人力车上金钱巷去。一到海棠房里他就觉得想睡。说了二句闲话，就倒在海棠床上和衣睡着了。

质夫醒来，已经是十一点十分的样子。假母问他要不要什么吃，他也觉得有些饿了，便托她去叫了两碗鸡丝面来。质夫看看外面黑的很，一个人跑出城去有些怕人，便听了假母的话，又留在海棠那里过夜了。

六

妓家的冬夜渐渐地深起来了。质夫吃了面，讲了几句闲话，与海棠对坐在那里玩骨牌，忽听见后头房里一阵哄笑声和爆竹声传了过来。质夫吃了一惊，问是什么。海棠幽幽的说：

"今天是菊花的生日，她老爷替她放爆竹。"

质夫听了这话，看看海棠的悲寂的面色，倒替海棠伤心起来。

因为这班子里客最少的是海棠，现在只有一个质夫和另外一个年老的候差的人。那候差的人现在钱也用完了，听说不常上海棠这里来。质夫也是于年底下要走的。一年中间最要用钱的年终，海棠怕要一个客也没有。质夫想到这里，就不得不为海棠担起忧来。将近二点的时候，假母把门带上了出去，海棠质夫脱衣睡了。

正在现实与梦寐的境界上浮游的时候，质夫忽听见床背后有霍霍的响声，和竹木的爆裂声音传过来。他一开眼睛，觉得房内帐内都充满了烟雾，塞得吐气不出，他知道不好了，用力把海棠一把抱起，将她衣裤拿好，质夫就以命令似的声音对她说：

"不要着忙，先把裤子衣服穿好来，另外的一切事情，有我在这里，不要紧，不要着忙！"

他话没有讲完，海棠的假母也从门里跌了进来，带了哭声叫着说：

"海棠，不好了，快起来，快起来！"

质夫把衣服穿好之后，问海棠说：

"你的值钱的物事摆在什么地方的？"

海棠一边指着那床前的两只箱子，一边发抖哭着说：

"我的小宝宝，我的小宝宝，小宝宝呢？"

质夫一看海棠的样子，就跳到里间房里去，把那乳母的小宝宝拉了出来，那时的火焰已经烧到了里间屋里了，质夫吩咐乳母把小孩抱出外面去。他就马上到床上把一条被拿了下来摊在地板上，把海棠的几件挂在那里的皮袄和枕头边上的一个首饰丢在被里，包作了一包，与一只红漆的皮箱一并拖了出去。外边已经有许多杂乱的人冲来冲去的搬箱子包袱，质夫出了死力的奔跑，才把一只箱子和一个被包搬到外面。他回转头来一看，看见海棠和她的假母一边哭着，一边抬了一床帐子跟在后面。质夫把两件物事摆下，吐了一口气，忽见边上有一乘人力车走过，他就拉住了人力车，把箱子摆了上去，叫海棠和一个海棠房外使用的男人跟了车子向空地里看着。

质夫又同假母回进房来，搬第二次的东西，那时候黑烟已经把房内包紧了。质夫和假母抬了第二次东西出来的时候，门外忽遇着了翠云。她披散了头发在那哭喊。质夫问她，怎么样？她哭着说：

"菊花的房同我的连着，我一点东西也没有拿出来，烧得干干净净了。"

质夫就把假母和东西丢下，再跑到翠云房里去一看，她房里的屋橡已经烧着坍了下来，箱子器具都炎炎的燃着了。质夫不得已就空手的跑了出来，再来寻翠云，又寻她不着，质夫跑到碧桃房里去一看，见她房里有四个男人坐着说：

"碧桃、荷珠已经往外边去了。她们的东西由我们在这里守着，万一烧过来的时候，我们会替她搬的，请于老爷放心。"

原来荷珠、碧桃的房在外边，与菊花、翠云的房隔两个天井，所以火势不大，可以不搬的，质夫听了便放了心，走出来上空地里去找海棠去。质夫到空地里的时候，就看见海棠尽呆呆的站在那里。

因为她太出神了，所以质夫走上她的背后，她也并不知道。质夫也不去惊动她，便默默的站在她的背后。过了三五分钟，一个四十五六，面貌瘦小，鼻头红红的男人走近了海棠的身边问她说：

"我们的小孩子呢？"

海棠被他一问，倒吃了一惊，一见是他，便含了笑容指着乳母说：

"你看！"

"你惊骇了么？"

"没有什么。"

质夫听了，才知道这便是那候差的人，那小娃娃就是他与海棠的种子，质夫看看那男人，觉得他的面貌，卑鄙得很，一联想到他与海棠结合的事情，竟不觉打起冷痉来。他摇了一摇头，对海棠的背后丢了一眼轻笑的眼色，就默默的走了。

那一天因为没有风，并且因为救火人多，质夫出巷外的时候火已经灭了。东方已有一线微明，鸡叫的声音有几处听得出来。质夫一个人冒了清早的寒冷空气，从灰黑清冷的街上一步一步的走上北门城下去。他的头脑，为夜来的淫乐与搬火时候的杂闹搅乱了，觉得思想混杂得很，但是在这混杂的思想里，他只见一个红鼻头的四十余岁的男子的身体和海棠矮小灰白的肉体合在一处，浮在他的眼前。他在游艺场中感得的那一种孤独的悲哀，和一种后悔的心思混在一块，笼罩上他的全心。

七

第二天寒空里忽又萧萧的下起雨来，倪龙庵感冒了风寒，还睡在床上，质夫一早就跑上龙庵的房，将昨晚失火的事情讲给了他听，他也叹着说：

"翠云真是不幸呀！可惜我又病了，不能去看她，并且现在身边钱也没有。不能为她尽一点力。"

质夫接着说：

"我想要明先出五十元，你出五十元，我出五十元，送她。教她好做些更换的衣服。下半天课完之后，打算再进城去看她，海棠的东西我都为她搬出了，大约损失也是不多的。"

这一天下午，质夫冒雨进城去一看，鹿和班只烧去了菊花、翠云的两间房子和海棠的里半间小屋。海棠的房间，已经用了木板修盖好，海棠一家，早已搬进去住好了。质夫想问翠云的下落，海棠的假母只说不知道，不肯告诉质夫，质夫坐了一会出来的时候，却遇见了碧桃。碧桃红了一红脸，笑质夫说：

"你昨晚上没有惊出病来么？"

质夫跑上前去把她一把拖住说：

"你若再讲这样的话，我又要咬你的嘴了。"

她讨了饶，质夫才问她翠云住在什么地方。她领了质夫走上巷口的一间同猪圈似的屋里去。一间潮湿不亮的丈五尺长的小屋里坐满了些假母妓女在那里吊慰翠云。翠云披散了头发，眼睛哭得红肿，坐在她们的中间。质夫进去叫了一声：

"翠云！"

觉得第二句话说不出来，鼻子里也有些酸起来了。翠云见了质夫，就又哭了起来。那些四周坐着的假母妓女走散之后，翠云才断断续续的哭着说：

"于老爷，我……我……我……怎么，……怎么好呢！现在连被褥都没有了。"

质夫默坐在了好久，才慢慢地安慰她说：

"偏是龙庵这几天病了，不能过来看你。但我已经同他商量过，大约他与许明先总能帮你的忙的。"

质夫看看她的周围，觉得连梳头的镜盒都没有，就问她说：

"你现在有零用钱没有？"

她又哭着摇头说：

"还……还有什么！我有八十几块的钞票全摆在箱子里烧失了。"

质夫开开皮包来一看里面还有七八张钞票存在，便拿给了她说：

"请你收着，暂且当作零用罢。你另外还有什么客人能帮你的忙？"

"另外还有一二个客人，都是穷得同我一样。"

质夫安慰了她一番，约定于明天送五十块钱过来，便走回学校内去。

八

耶稣的圣诞节近了。一九二一年所余也无几了。晴不晴，雨不雨的阴天连续了几天，寒空里堆满了灰黑的层云。今年气候说比往年暖些，但是Ａ城外法政专门学校附近的枯树电杆，已在寒风里发起颤来了。

质夫的学校里，为考试问题与教职员的去留问题，空气紧张起来。学生向校长许明先提出了一种要求，把某某某某的几个教员要去，某某某某的几个教员要留的事情，非常强硬的说了，质夫因为是陆校长聘来的教员，并且明年还不得不上日本去将卒业论文提出，所以学生来留的时候，确实的覆绝了。

其中有一个学生，特别与质夫要好，大家推他来留了几次，质夫只讲了些伤心的话，与他约了后会，宛转的将不能再留的话说给他听。

那纯洁的学生听了质夫的殷殷的别话，就在质夫面前哭了起来，质夫的灰颓的心，也被他打动了。但是最后质夫终究对他说：

"要答应你再来也是不难，但现在虽答应了你，明年若不能来，也是无益的。这去留的问题，我们暂且不讲罢。"

同事中间，因为明年或者不能再会的缘故，大家轮流请起酒来，这几日质夫的心里，为淡淡的离情充满了。

有一个星期六晚上，质夫喝醉了酒，又与龙庵、风世上鹿和班去，那时候翠云的房间也修益好了。烧烧鸦片烟，讲讲闲话，已经到了十二点钟，质夫想同海棠再睡一夜，就把他今晚不回去的话说了。龙庵、风世走后，海棠的假母匆匆促促地对质夫说：

"今晚对不起得很，海棠要上别处去。"

质夫一时涨红了脸，心里气愤得不堪，但是胆量很小虚荣心很大的质夫，也只勉强的笑了一脸，独自一个人从班子里出来，上寒风很紧的长街上走回学校里去。本来是生的闷汰儿的他，因想尝尝那失恋的滋味，故意车也不坐，在冷清的街上走向北门城下去。他一路走一路想：

"连海棠这样丑的人都不要我了。啊啊，我真是世上最孤独的人了，真成了世上最孤独的人了啊！"

这些自伤自悼的思想，他为想满足自家的感伤的怀抱，当然是比事实还更夸大的。

学校内考试也完了。学生都已回家去了，质夫因为试卷没有看完，所以不得不迟走几天，约定龙庵于三日后乘船到上海去。

到了要走的前晚，他总觉得海棠人还忠厚，那一晚的事情，全是那假母弄的鬼。虽然知道天下最无情的便是妓女，虽然知道海棠还有一个同她生小孩的客在，但是生性柔弱的质夫，觉得这样的别去，太是无情。况且同吴迟生一样的那纯洁的碧桃，无论如何，总要同她话一话别。况这一回别后，此生能否再见，事很渺茫，即便能够再见，也不知更在何日。所以那一晚质夫就作了东，邀龙庵、风世、碧桃、荷珠、翠云、海棠在小蓬莱菜馆里吃饭。

质夫看看海棠那愚笨的样子，与碧桃的活泼，荷珠的娇娆，翠云的老练一比，更加觉得她可怜。喝了几杯无聊的酒，质夫就招海棠出席来，同她讲话。他自家坐在一张藤榻上，教海棠坐在他怀里。他拿了三张十元的钞票，轻轻的塞在她的袋里。把她那只小的乳头捏弄了一回，正想同她亲一亲嘴走开的时候，那红鼻子的卑鄙的面貌，又忽然浮在他的眼前。

质夫幽幽的向她耳跟前说了一句"你先回去罢"，就站了起来，走回到席上来了。海棠坐了一忽，就告辞了，质夫送了她到了房门口，想她再回转头来看一眼的，但是愚笨的海棠，竟一直的出去了。

海棠走后，质夫忽觉兴致淋漓起来，接连喝了二三杯酒，他就红了眼睛对碧桃说：

"碧桃，我真爱你，我真爱你那小孩似的样子。我希望你不要把自家太看轻了。办得到请你把你的天真保持到老，我因为海棠的缘故，不能和你多见几面，是我心里很不舒服的一件事情，可是你给我的印象，比什么更深，我若要记起忘不了的人来，那么你就是其中的一个。我这一次回上海后，不知道能不能和我的姓吴的好朋友相见，我若见了他，定要把你的事情讲给他听。我那一天晚上对你讲的那个朋友，你还想得起来么？"

质夫又举起杯干了一满杯，这一次却对翠云说：

"翠云，你真是糟糕。嫁了人，男人偏会早死，这一次火灾，你又烧在里头，但是……翠云……我们人是很容易老的，我说，翠云，你别怪我，还是早一点跟人罢！"

几句话说得翠云掉下眼泪来，一座的人都沉默了，吴风世觉得这沉默的空气压迫不过，就对质夫说：

"我们会少离多，今晚上应该快乐一点，我们请碧桃唱几出戏罢！"

大家都赞成了，碧桃还是呆呆的在那里注视质夫，质夫忽对碧桃说：

"碧桃，你看痴了么？唱戏呀！"

碧桃马上从她的小孩似的悲哀状态回复了转来，琴师进来之后，碧桃问唱什么戏，质夫摇头说：

"我不知道，由你自家唱罢！"

碧桃想了一想，就唱了一段打棍出箱，正是质夫在游艺会里听过的那一段。质夫听她唱了一句，就走上窗边坐下。他听听她的悲哀的清唱，看看窗外沉沉的暗夜，觉得一种莫名其妙的哀思忽而涌上心来。不晓是什么缘因，他今晚上觉得心里难过得很，听碧桃唱完了戏，胡乱的喝了几杯酒，也就别了碧桃、荷珠、翠云，跑回家来，龙庵、风世定要他上鹿和班去，他怎么也不肯，竟一个人走了。

九

一九二一年十二月二十八日的晚上，A城中的招商码头上到了一只最新的轮船，一点钟后，要开往上海去的。在上船下船的杂闹的人丛中，在黄灰灰的灯影里，质夫和龙庵立在码头船上和几个来送的人在那里讲闲话。围着龙庵的是一群学校里的同事和许明先，围着质夫的是一群青年，其中也有他的学生，也有A地的两个青年团体中的人。质夫一一与他们话别之后，就上舱里去坐了。不多一忽船开了，码头上的杂乱的叫唤声，也渐渐的听不见了。质夫跑上船舷上去一看，在黑暗的夜色里，只见A地的一排灯火，和许多人家的黑影，在一步一步的退向后边去，他呆呆的立了一会，见A省城只剩了几点灯影了。又看了一忽，那几点灯影也看不出来了。质夫便轻轻的说："人生也是这样的罢！吴迟生不知道在不在上海了。"

1922年7月初稿1924年10月改作。
[原载1924年12月14日、16日——24日北京《晨报副镌》。]

注释

1. 英文:威廉·莫理斯著《尘世天堂》。
2. 语出晚唐诗人罗隐《赠妓罗英》。
3. 语出《红楼梦》林黛玉《葬花词》。
4. 语出唐·高适《咏史》。

导读

《茫茫夜》与《秋柳》都创作于1922年，《茫茫夜》写于上海，《秋柳》

写于日本，都是以 A 城（安庆）为背景，主人公都是于质夫。前一篇叙事上更加随意松散，后一篇则情节相对比较集中。虽然也写到了法专风潮的一些情形，但主要笔墨还是用在金钱巷鹿和班的几个妓女形象的塑造上，木讷不美的海棠、清新活泼的碧桃、风情万种的荷珠、人近中年的翠云等，这些女子性格各异，大都身世可怜，处境堪忧。郁达夫以饱蘸同情的笔墨，描绘了她们的欢场卖笑，醉里偷欢，虚度光阴，未来无望的悲剧人生。其中，15 岁的清官人碧桃，乖巧可爱，清新美好，是于质夫内心真正热爱的女子，也是郁达夫小说中塑造得性格比较完整且形象丰满的女性。在这个人物身上，体现了郁达夫的人性理想。而在海棠、翠云这些处境更不幸的女子身上，我们不仅能看到郁达夫内心的温润多情，最重要的是他对弱者的同情，对社会现实的不满。

大概是因为《茫茫夜》发表后，读者和评论家有不少负面意见，《秋柳》虽然 1922 年 7 月创作于东京，但直到 1924 年 12 月才在《晨报副镌》上发表。这里面，当然也不乏由于质夫而对郁达夫的诋毁。在《茫茫夜》发表之后，郁达夫曾经极力为自己辩白："我对此第一不服的，就是读者好像把《茫茫夜》的主人公完全当作了我自家看。我平常作小说，虽极不爱架空的做作，但我的事实 Wahrheit 之中，也有些虚构 Dichturg 在内，并不是主人公的一举一动，完完全全是我自己的过去生活。读者若以读《五柳先生传》的心情，来读我的小说，那未免太过了。"不过，读者和研究者还是一致倾向把于质夫看成是作者本人。当然，在批评者那里，针对的重点却是题材。对此，郁达夫说："劳动者可以被我们描写，家庭间的关系可以被我们描写，那么为什么独有这一个烟花世界，我们不应当描写呢？……我们何以独对于妓女，要看她们不起呢？"郁达夫一向以大胆书写情欲著称，自然是为了打破僵死的旧道德，对传统伦理的蔑视和颠覆，这也是五四那个时代的共同呼声。又因为自身颇多压抑和郁积，也曾买醉寻欢，所以，他的创作眼光转向烟花柳巷自是必然。况且在那个时代以知识分子同情的心境和人道主义的思想去思考和表现那种生活的，毕竟也就是郁达夫一人，所以今天看来，那种大胆暴露不见得有多么久远的价值，而深切的同情则显出了更深刻的力量。

《秋柳》中的思想其实很复杂，一方面，于质夫对海棠饱含同情，对碧桃满心喜爱，对其他妓女也颇尊重，体现了把妓女当做人看的现代平等观念，这就是普遍定论的郁达夫的人道主义；而另一面，我们也不难看到文本背后的男性眼光和男权思想的深刻烙印。当于质夫知道海棠与一个候差的人生了孩子时，"竟不觉打起冷痉来"，感叹"天下最无情的便是妓女"，这里面的男性对女性的占有和轻视一目了然。还有，于质夫对海棠的感情基本上是一种居高临下的同情、怜悯和施舍。当然，也不乏同是天涯沦落人的惺惺相惜。

郁达夫自身就存在着文化双重性，他是一个传统文人，又是一个现代知识分子。身心沉沦，他时时可以自我解剖、忏悔和自省；流连青楼，他的眼光和心态还是传统士大夫的姿态。同时，伦理道德的绳索始终都紧缚其心，《秋柳》中多次出现"道德"一词，恰好反证了突围的困境，于质夫公开宣布"我教员可以不做，但是我的自由却不愿被道德来束缚"，这当然是一种反抗和叛逆，不过，其中的局限性也是非常明显的。

《秋柳》发表时，还有一篇《小序》，其中有段话："《秋柳》是《茫茫夜》的续篇，系两年前（一九二二年七月）在东京时做成的，正在做《风铃》之后的两三天内。这篇东西的广告，在没有做成之前，已在《创造》季刊第一期里登过，但后来觉得完全不能满意，终究没有发表。现在翻出这旧稿来一看，愈觉得不能满意，照我的艺术上的良心来讲，是应该把它烧毁的。但一面想想，当执笔此篇小说时，我的周围，正有许多年轻的男女朋友，在异国的都会里和我在一处瞎闹瞎逛。现在这些人或因天变，或因人事，死的死，散的散了。他们对我和我对他们的情感，如梦里的云烟，几乎消失得片缕无余，而今日偶尔翻着此稿，从头细读，觉得当时一边挥汗闲谈，一边对纸乱写的光景，又重新回到了眼前来。所以这篇东西，在艺术上虽没有半点价值，然而于我个人却有一点助我回忆过去的好处。"

郁达夫在《小序》中强调时隔两年后把《秋柳》拿出来发表的理由，不是这篇作品的艺术价值有多高，而是"于个人却有一点助我回忆过去的好处"。这"过去"，一是郁达夫的个人经历立此存照的意思；还有应该多少是人生的自省，对自心，对世事，和写作本身。《小序》承认小说本身写的不够好，我们今天看，《秋柳》也不是郁达夫小说中的上佳之作，但是这一篇有着格外动人之处。现实生活有太多不如意，放纵自我，也不可能获得拯救，于现实的改良并无意义，只是不可忘却的往事，却成了为了忘却的纪念。另外，《秋柳》中有关学潮的笔墨没有《茫茫夜》中那么多，不过，这一篇中交代出了学潮的结局。陆校长的"最后一课"悲壮慷慨，既是知识分子在黑暗时代抗争的写照，也是于质夫从此沉沦下去的缘起。于质夫诗意的人生理想不断幻灭，城中的浮华，城外的暗黑，那一段孤寂的乡道夜夜往返，黑沉沉的夜气，无穷的碧落，明灭的秋星，城墙的黑影，幽幽的犬吠，于质夫这一路上的行走，所思是那一代人的精神苦旅，所闻是那一个时代的挽歌。

从《茫茫夜》开篇，于质夫在上海黄浦码头与吴迟生依依惜别，到《秋柳》结尾，于质夫离开安庆回上海，依旧码头送行，于质夫心中默念："人生也是这样的罢！吴迟生不知道在不在上海了。"这两篇小说放在一起看，更像是一个首尾照应、结构完整的故事。

春风沉醉的晚上

一

在沪上闲居了半年，因为失业的结果，我的寓所迁移了三处。最初我住在静安寺路南的一间同鸟笼似的永也没有太阳晒着的自由的监房里。这些自由的监房的住民，除了几个同强盗小窃一样的凶恶裁缝之外，都是些可怜的无名文士，我当时所以送了那地方一个 *Yellow Grub Street*（黄种人的寒士街，寒士街是伦敦过去的一条街名）的称号。在这 *Grub Street* 里住了一个月，房租忽涨了价，我就不得不拖了几本破书，搬上跑马厅附近一家相识的栈房里去。后来在这栈房里又受了种种逼迫，不得不搬了，我便在外白渡桥北岸的邓脱路中间，日新里对面的贫民窟里，寻了一间小小的房间，迁移了过去。

邓脱路的这几排房子，从地上量到屋顶，只有一丈几尺高。我住的楼上的那间房间，更是矮小得不堪。若站在楼板上伸一伸懒腰，两只手就要把灰黑的屋顶穿通的。从前面的弄里踱进了那房子的门，便是房主的住房。在破布，洋铁罐，玻璃瓶，旧铁器堆满的中间，侧着身子走进两步，就有一张中间有几根横档跌落的梯子靠墙摆在那里。用了这张梯子往上面的黑黝黝的一个二尺宽的洞里一接，即能走上楼去。黑沉沉的这层楼上，本来只有猫额那样大，房主人却把它隔成了两间小房，外面一间是一个 N 烟公司的女工住在那里，我所租的是梯子口头的那间小房，因为外间的住者要从我的房里出入，所以我的每月的房租要比外间的便宜几角小洋。

我的房主，是一个五十来岁的弯腰老人。他的脸上的青黄色里，映射着一层暗黑的油光。两只眼睛是一只大一只小，颧骨很高，额上颊上的几条皱纹里满砌着煤灰，好像每天早晨洗也洗不掉的样子。他每日于八九点钟的时候起来，咳嗽一阵，便挑了一双竹篮出去，到午后的三四点钟总仍旧是挑了一双空篮回来的；有时挑了满担回来的时候，他的竹篮里便是那些破布，破铁器，玻璃瓶之类。像这样的晚上，他必要去买些酒来喝喝，一个人坐在床沿上瞎骂出许多不可捉摸的话来。

　　我与间壁的同寓者的第一次相遇，是在搬来的那天午后。春天的急景已经快晚了的五点钟的时候，我点了一支蜡烛，在那里安放几本刚从栈房里搬过来的破书。先把它们叠成了两方堆，一堆小些，一堆大些，然后把两个二尺长的装画的画架覆在大一点的那堆书上。因为我的器具都卖完了，这一堆书和画架白天要当写字台，晚上可当床睡的。摆好了画架的板，我就朝着了这张由书叠成的桌子，坐在小一点的那堆书上吸烟，我的背系朝着梯子的接口的。我一边吸烟，一边在那里呆看放在桌上的蜡烛火，忽而听见梯子口上起了响动，回头一看，我只见了一个自家的扩大的投射影子，此外什么也辨不出来，但我的听觉分明告诉我说："有人上来了。"我向暗中凝视了几秒钟，一个圆形灰白的面貌，半截纤细的女人的身体，方才映到我的眼帘上来。一见了她的容貌，我就知道她是我的间壁的同居者了。因为我来找房子的时候，那房主的老人便告诉我说，这屋里除了他一个人外，楼上只住着一个女工。我一则喜欢房价的便宜，二则喜欢这屋里没有别的女人小孩，所以立刻就租定了的。等她走上了梯子，我才站起来对她点了点头说：

　　"对不起，我是今朝才搬来的。以后要请你照应。"

　　她听了我这话，也并不回答，放了一双漆黑的大眼，对我深深的看了一眼，就走上她的门口去开了锁，进房去了。我与她不过这样的见了一面，不晓是什么原因，我只觉得她是一个可怜的女子。她的高高的鼻梁，灰白长圆的面貌，清瘦不高的身体，好像都是表明她是可怜的特征，但是当时正为了生活问题在那里操心的我，也无暇去怜惜这还未曾失业的女工，过了几分钟我又动也不动的坐在那一小堆书上看蜡烛光了。

　　在这贫民窟里过了一个多礼拜，她每天早晨七点钟去上工和午后六点多钟下工回来，总只见我呆呆的对着了蜡烛或油灯坐在那堆书上。大约她的好奇心被我那痴不痴呆不呆的态度挑动了罢，有一天她下了工走上楼来的时候，我依旧和第一天一样的站起来让她过去。她走到了我的身边忽而停住了脚，看了我一眼，吞吞吐吐好像怕什么似的问我说：

　　"你天天在这里看的是什么书？"

　　（她操的是柔和的苏州音，听了这一种声音以后的感觉，是怎么也写不出来的，所以我只能把她的言语译成普通的白话。）

　　我听了她的话，反而脸上涨红了。因为我天天呆坐在那里，面前虽则有几本外国书摊着，其实我的脑筋昏乱得很，就是一行一句也看不进去。有时候我只用了想像在书的上一行与下一行中间的空白里，填些奇异的模型进去。有时候我只把书里边的插画翻开来看看，就了那些插画演绎些不近人情的幻想出来。我那时候的身体因为失眠与营养不良的结果，实际上已经成了病的状态了。况且又因为我的惟一的财产的一件棉袍子已经破得不堪，白天不能走出外面去散步和房里全没有光线进来，不论白天晚上，都要点着油灯或蜡烛的缘故，非但我的全部健康不如常人，就是我的眼睛和脚力，也局部的非常萎缩了。在这样状态下的我，听了她这一问，如何能够不红起脸来呢？所以我只是含含糊糊的回答说：

“我并不在看书，不过什么也不做呆坐在这里，样子一定不好看，所以把这几本书摊放着的。”

她听了这话，又深深的看了我一眼，作了一种不了解的形容，依旧的走到她的房里去了。

那几天里，若说我完全什么事情也不去找，什么事情也不曾干，却是假的。有时候，我的脑筋稍微清新一点下来，也曾译过几首英法的小诗，和几篇不满四千字的德国的短篇小说，于晚上大家睡熟的时候，不声不响的出去投邮，寄投给各新开的书局。因为当时我的各方面就职的希望，早已经完全断绝了，只有这一方面，还能靠了我的枯燥的脑筋，想想法子看。万一中了他们编辑先生的意，把我译的东西登了出来，也不难得着几块钱的酬报。所以我自迁移到邓脱路以后，当她第一次同我讲话的时候，这样的译稿已经发出了三四次了。

二

在乱昏昏的上海租界里住着，四季的变迁和日子的过去是不容易觉得的。我搬到了邓脱路的贫民窟之后，只觉得身上穿在那里的那件破棉袍子一天一天的重了起来，热了起来，所以我心里想：

“大约春光也已经老透了罢！”

但是囊中很羞涩的我，也不能上什么地方去旅行一次，日夜只是在那暗室的灯光下呆坐。有一天，大约是午后了，我也是这样的坐在那里，间壁的同住者忽而手里拿了两包用纸包好的物件走了上来，我站起来让她走的时候，她把手里的纸包放了一包在我的书桌上说：

　　"这一包是葡萄浆的面包，请你收藏着，明天好吃的。另外我还有一包香蕉买在这里，请你到我房里来一道吃罢！"

　　我替她拿住了纸包，她就开了门邀我进她的房里去。共住了这十几天，她好像已经信用我是一个忠厚的人的样子。我见她初见我的时候脸上流露出来的那一种疑惧的形容完全没有了。我进了她的房里，才知道天还未暗，因为她的房里有一扇朝南的窗，太阳反射的光线从这窗里投射进来，照见了小小的一间房，由二条板铺成的一张床，一张黑漆的半桌，一只板箱，一只圆凳。床上虽则没有帐子，但堆着有二条洁净的青布被褥。半桌上有一只小洋铁箱摆在那里，大约是她的梳头器具，洋铁箱上已经有许多油污的点子了。她一边把堆在圆凳上的几件半旧的洋布棉袄，粗布裤等收在床上，一边就让我坐下。我看了她那殷勤待我的样子，心里倒不好意思起来，所以就对她说：

　　"我们本来住在一处，何必这样的客气。"

　　"我并不客气，但是你每天当我回来的时候，总站起来让我，我却觉得对不起得很。"

　　这样的说着，她就把一包香蕉打开来让我吃。她自家也拿了一只，在床上坐下，一边吃一边问我说：

　　"你何以只住在家里，不出去找点事情做做？"

　　"我原是这样的想，但是找来找去总找不着事情。"

　　"你有朋友吗？"

　　"朋友是有的，但是到了这样的时候，他们都不和我来往了。"

　　"你进过学堂吗？"

　　"我在外国的学堂里曾经念过几年书。"

　　"你家在什么地方？何以不回家去？"

　　她问到了这里，我忽而感觉到我自己的现状了。因为自去年以来，我只是一日一日的委靡下去，差不多把"我是什么人"，"我现在所处的是怎么一种境遇"，"我的心里还是悲还是喜"这些观念都忘掉了。经她这一问，我重新把半年来困苦的情形一层一层的想了出来。所以听她的问话以后，我只是呆呆的看她，半晌说不出话来。她看了我这个样子，以为我也是一个无家可归的流浪人，脸上就立时起了一种孤寂的表情，微微的叹着说：

　　"唉！你也是同我一样的吗？"

　　微微的叹了一声之后，她就不说话了。我看她的眼圈上有些潮红起来，所以就想了一个另外的问题问她说：

"你在工厂里做的是什么工作？"

"是包纸烟的。"

"一天作几个钟头工？"

"早晨七点钟起，晚上六点钟止，中午休息一个钟头，每天一共要作十个钟头的工。少作一点钟就要扣钱的。"

"扣多少钱？"

"每月九块钱，所以是三块钱十天，三分大洋一个钟头。"

"饭钱多少？"

"四块钱一月。"

"这样算起来，每月一个钟头也不休息，除了饭钱，可省下五块钱来。够你付房钱买衣服的吗？"

"哪里够呢！并且那管理人又……啊啊！……我……我所以非常恨工厂的。你吃烟的吗？"

"吃的。"

"我劝你顶好还是不吃。就吃也不要去吃我们工厂的烟。我真恨死它在这里。"

我看看她那一种切齿怨恨的样子，就不愿意再说下去。把手里捏着的半个吃剩的香蕉咬了几口，向四边一看，觉得她的房里也有些灰黑了，我站起来道了谢，就走回到了我自己的房里。她大约作工倦了的缘故，每天回来大概是马上就入睡的，只有这一晚上，她在房里好像是直到半夜还没有就寝。从这一回之后，她每天回来，总和我说几句话。我从她自家的口里听得，知道她姓陈，名叫二妹，是苏州东乡人，从小系在上海乡下长大的。她父亲也是纸烟工厂的工人，但是去年秋天死了。她本来和她父亲同住在那间房里，每天同上工厂去的，现在却只剩了她一个人了。她父亲死后的一个多月，她早晨上工厂去也一路哭了去，晚上回来也一路哭了回来的。她今年十七岁，也无兄弟姊妹，也无近亲的亲戚。她父亲死后的葬殓等事，是他于未死之前把十五块钱交给楼下的老人，托这老人包办的。她说：

"楼下的老人倒是一个好人，对我从来没有起过坏心，所以我得同父亲在日一样的去作工；不过工厂的一个姓李的管理人却坏得很，知道我父亲死了，就天天想戏弄我。"

她自家和她父亲的身世，我差不多全知道了，但她母亲是如何的一个人，死了呢还是活在那里，假使还活着，住在什么地方等等，她却从来还没有说及过。

三

天气好像变了。几日来我那独有的世界，黑暗的小房里的腐浊的空气，同蒸笼里的蒸气一样，蒸得人头昏欲晕。我每年在春夏之交要发的神经衰弱的重症，遇了这样的气候，就要使我变成半狂。所以我这几天来，到了晚上，等马路上人静之后，也常常走出去散步去。一个人在马路上从狭隘的深蓝天空里看看群星，慢慢的向前行走，一边作些漫无涯涘的空想，倒是于我的身体很有利益。当这样的无可奈何，春风沉醉的晚上，我每要在各处乱走，走到天将明的时候才回家里。我这样的走倦了回去就睡，一睡直可睡到第二天的日中，有几次竟要睡到二妹下工回来的前后方才起来。睡眠一足，我的健康状态也渐渐的回复起来了。平时只能消化半磅面包的我的胃部，自从我的深夜游行的练习开始之后，进步得几乎能容纳面包一磅了。这事在经济上虽则是一大打击，但我的脑筋，受了这些滋养，似乎比从前稍能统一。我于游行回来之后，就睡之前，却做成了几篇 Allan Poe[1] 式的短篇小说，自家看看，也不很坏。我改了几次，抄了几次，一一投邮寄出之后，心里虽然起了些微细的希望，但是想想前几回的译稿的绝无消息，过了几天，也便把它们忘了。

邻住者的二妹，这几天来，当她早晨出去上工的时候，我总在那里酣睡，只有午后下工回来的时候，有几次有见面的机会。但是不晓是什么原因，我觉得她对我的态度，又回到从前初见面的时候的疑惧状态去了。有时候她深深的看我一眼，她的黑晶晶，水汪汪的眼睛里，似乎是满含着责备我、规劝我的意思。

我搬到这贫民窟里住后，约摸已经有二十多天的样子。一天午后我正点上蜡烛，在那里看一本从旧书铺里买来的小说的时候，二妹却急急忙忙的走上楼来对我说：

"楼下有一个送信的在那里，要你拿了印子去拿信。"

她对我讲这话的时候，她的疑惧我的态度更表示得明显，她好像在那里说："啊啊，你的事件是发觉了啊！"我对她这种态度，心里非常痛恨，所以就气急了一点，回答她说：

"我有什么信？不是我的！"

她听了我这气愤愤的回答，更好像是得了胜利似的，脸上忽涌出了一种冷笑说：

"你自家去看罢！你的事情，只有你自家知道的！"

同时我听见楼底下门口果真有一个邮差似的人在催着说：

"挂号信！"

我把信取来一看，心里就突突的跳了几跳，原来我前回寄去的一篇德文短篇的译稿，已经在某杂志上发表了，信中寄来的是五元钱的一张汇票。我囊里正是将空的时候，有了这五元钱，非但月底要预付的来月的房金可以无忧，并且付过房金以后，还可以维持几天食料。当时这五元钱对我的效用的广大，是谁也不能推想得出来的。

第二天午后，我上邮局去取了钱，在太阳晒着的大街上走了一会，忽而觉得身上就淋出了许多汗来。我向我前后左右的行人一看，复向我自家的身上一看，就不知不觉的把头低俯了下去。我颈上头上的汗珠，更同盛雨似的，一颗一颗的钻出来了。因为当我在深夜游行的时候，天上并没有太阳，并且料峭的春寒，于东方微白的残夜，老在静寂的街巷中留着，所以我穿的那件破棉袍子，还觉得不十分与节季违异。如今到了阳和的春日晒着的这日中，我还不能自觉，依旧穿了这件夜游的敝袍，在大街上阔步，与前后左右的和节季同时进行的我的同类一比，我哪得不自惭形秽呢？我一时竟忘了几日后不得不付的房金，忘了囊中本来将尽的些微的积聚，便慢慢的走上了闸路的估衣铺去。好久不在天日之下行走的我，看看街上来往的汽车人力车，车中坐着的华美的少年男女，和马路两边的绸缎铺金银铺窗里的丰丽的陈设，听听四面的同蜂衙似的嘈杂的人声，脚步声，车铃声，一时倒也觉得是身到了大罗天上的样子。我忘记了我自家的存在，也想和我的同胞一样的欢歌欣舞起来，我的嘴里便不知不觉的唱起几句久忘了的京调来了。这一时的涅槃幻境，当我想横越过马路，转入闸路去的时候，忽而被一阵铃声惊破了。我抬起头来一看，我的面前正冲来了一乘无轨电车，车头上站着的那肥胖的机器手，伏出了半身，怒目的大声骂我说：

"猪头三！侬（你）艾（眼）睛勿散（生）咯！跌杀时，叫旺（黄）够（狗）抵侬（你）命噢！"

我呆呆的站住了脚，目送那无轨电车尾后卷起了一道灰尘，向北过去之后，不知是从何处发出来的感情，忽而竟禁不住哈哈哈哈的笑了几声。

等得四面的人注视我的时候，我才红了脸慢慢的走向了闸路里去。

我在几家估衣铺里，问了些夹衫的价钱，还了他们一个我所能出的数目。几个估衣铺的店员，好像是一个师父教出的样子，都摆下了脸面，嘲弄着说：

"侬（你）寻萨咯（什么）凯（开）心！马（买）勿起好勿要马（买）咯！"

一直问到五马路边上的一家小铺子里，我看看夹衫是怎么也买不成了，才买定了一件竹布单衫，马上就把它换上。手里拿了一包换下的棉袍子，默默的走回家来。一边我心里却在打算着："横竖是不够用了，我索性来痛快的用它一下罢。"同时我又想起那天二妹送我的面包香蕉等物。不等第二次的回想，我就寻着了一家卖糖食的店，进去买了一块钱巧格力，香蕉糖，鸡蛋糕等杂食。站在那店里，等店员在那里替我包好来的时候，我忽而想起我有一月多不洗澡了，今天不如顺便也去洗一个澡罢。

洗好了澡，拿了一包棉袍子和一包糖食，回到邓脱路的时候，马路两旁的店家，已经上电灯了。街上来往的行人也很稀少，一阵从黄浦江上吹来的日暮的凉风，吹得我打了几个冷痉。我回到了我的房里，把蜡烛点上，向二妹的房门一照，知道她还没有回来。那时候我腹中虽则饥饿得很，但我刚买来的那包糖食怎么也不愿意打开来，因为我想等二妹回来同她一道吃。我一边拿出书来看，一边口里尽在咽唾液下去。等了许多时候，二妹终不回来，我的疲倦不知什么时候出来战胜了我，就靠在书堆上睡着了。

四

二妹回来的响动把我惊醒的时候，我见我面前的一支十二盎司一包的洋蜡烛已经点去了二寸的样子，我问她是什么时候了？她说：

"十点的汽管刚刚放过。"

"你何以今天回来得这样迟？"

"厂里因为销路大了，要我们作夜工。工钱是增加的，不过人太累了。"

"那你可以不去做的。"

"但是工人不够，不做是不行的。"

她讲到这里，忽而滚了两粒眼泪出来，我以为她是作工作得倦了，故而动了伤感，一边心里虽在可怜她，但一边看了她这同小孩似的脾气，却也感着了些儿快乐。把糖食包打开，请她吃了几颗之后，我就劝她说：

"初作夜工的时候不惯，所以觉得困倦，作惯了以后，也没有什么的。"

她默默的坐在我的半高的由书叠成的桌上，吃了几颗巧格力，对我看了几眼，好像是有话说不出来的样子。我就催她说：

"你有什么话说？"

她又沉默了一会，便断断续续的问我说：

"我……我……早想问你了，这几天晚上，你每晚在外边，可在与坏人作伙友吗？"

我听了她这话，倒吃了一惊，她好像在疑我天天晚上在外面与小窃恶棍混在一块。她看我呆了不答，便以为我的行为真的被她看破了，所以就柔柔和和的连续着说：

"你何苦要吃这样好的东西，要穿这样好的衣服？你可知道这事情是靠不住的。万一被人家捉了去，你还有什么面目做人。过去的事情不必去说它，以后我请你改过了罢。……"

我尽是张大了眼睛，张大了嘴，呆呆的在看她，因为她的思想太奇突了，使我无从辩解起。她沉默了数秒钟，又接着说：

"就以你吸的烟而论，每天若戒绝了不吸，岂不可省几个铜子。我早就劝你不要吸烟，尤其是不要吸那我所痛恨的 N 工厂的烟，你总是不听。"

她讲到了这里，又忽而落了几滴眼泪。我知道这是她为怨恨 N 工厂而滴的眼泪，但我的心里，怎么也不许我这样的想，我总要把它们当作因规劝我而洒的。我静静儿的想了一会，等她的神经镇静下去之后，就把昨天的那封挂号信的来由说给她听，又把今天的取钱买物的事情说了一遍，最后更将我的神经衰弱症和每晚何以必要出去散步的原因说了。她听了我这一番辩解，就信用了我，等我说完之后，她颊上忽而起了两点红晕，把眼睛低下去看着桌上，好像是怕羞似的说：

"噢，我错怪你了，我错怪你了。请你不要多心，我本来是没有歹意的。因为你的行为太奇怪了，所以我想到了邪路里去。你若能好好儿的用功，岂不是很好么？你刚才说的那——叫什么的——东西，能够卖五块钱，要是每天能做一个，多么好呢？"

我看了她这种单纯的态度，心里忽而起了一种不可思议的感情，我想把两只手伸出去拥抱她一回，但是我的理性却命令我说：

"你莫再作孽了！你可知道你现在处的是什么境遇！你想把这纯洁的

处女毒杀了吗？恶魔，恶魔，你现在是没有爱人的资格的呀！"

我当那种感情起来的时候，曾把眼睛闭上了几秒钟，等听了理性的命令以后，才把眼睛开了开来，我觉得我的周围，忽而比前几秒钟更光明了。对她微微的笑了一笑，我就催她说：

"夜也深了，你该去睡了罢！明天你还要上工去的呢！我从今天起，就答应你把纸烟戒下来罢！"

她听了我的话，就站了起来，很喜欢的回到她的房里去睡了。

她去之后，我又换上一支洋蜡烛，静静儿的想了许多事情：

"我的劳动的结果，第一次得来的这五块钱已经用去了三块了。连我原有的一块多钱合起来，付房钱之后，只能省下二三角小洋来，如何是好呢！

"就把这破棉袍子去当罢！但是当铺里恐怕不要。

"这女孩子真是可怜，但我现在的境遇，可是还赶她不上，她是不想作工而工作要强迫她做，我是想找一点工作，终于找不到。

"就去作筋肉的劳动罢！啊啊，但是我这一双弱腕，怕吃不下一部黄包车的重力。

"自杀！我有勇气，早就干了。现在还能想到这两个字，足证我的志气还没有完全消磨尽哩！

"哈哈哈哈！今天的那无轨电车的机器手！他骂我什么来？

"黄狗，黄狗倒是一个好名词。

"……"

我想了许多零乱断续的思想，终究没有一个好法子，可以救我出目下的穷状来。听见工厂的汽笛，好像在报十二点钟了，我就站了起来，换上了白天脱下的那件破棉袍子，仍复吹熄了蜡烛，走出外面去散步。

贫民窟里的人已经睡眠静了。对面日新里的一排临邓脱路的洋楼里，还有几家点着了红绿的电灯，在那里弹巴拉拉衣加[2]，一声二声清脆的歌音，带着哀调，从静寂的深夜的冷空气里传到我的耳膜上来，这大约是俄国的漂泊的少女，在那里卖钱的歌唱。天上罩满了灰白的薄云，同腐烂的尸体似的沉沉的盖在那里。云层破处也能看得出一点两点星来，但星的近处，黝黝看得出来的天色，好像有无限的哀愁蕴藏着的样子。

1923年7月15日。

[原载1924年2月28日的创造季刊第2卷第2期。]

注释

1. 英文*Allan Poe*：爱伦·坡，美国作家。
2. 巴拉拉衣加：俄语*Балалайка*的译音，俄罗斯民间的一种三弦的三角琴。

导读

　　随着革命形势的发展，郁达夫不断接触马克思主义思想。他的目光也开始从先前较多地注视知识分子狭小的圈子，转向关注更广大的劳动人民。在作品中，他开始有意识地表现下层劳动者，描绘他们的苦难，表现他们的抗争，歌颂他们的品德，揭示他们不幸遭遇的根源。《春风沉醉的晚上》是其中的代表作。这篇小说作于1923年7月。讲述了一个下层知识分子和一个烟厂女工同住在贫民区，两人交往的一段过程。在郁达夫笔下，男主人公彷徨无路中，总要遭遇一些现代都市里的沦落女子，或为妓女，或旅馆侍女，或酒馆当垆女，显然承袭了中国传统的"倡优士子"模式，不免使人联想起白居易的《琵琶行》等诗词与马致远的《青衫泪》等元杂剧。《春风沉醉的晚上》里，古代的倡优变成了现代工厂的女工，她不仅仍然常受猥亵，而且时刻面临着失业的威胁，与小说中实际上已沦为都市流浪汉的"我"，同是"无家可归"。文中写到她以孤寂的表情，微微地叹着说："唉！你也是同我一样的么？"那种女性的包容和心灵的感喟是如此动人。"同是天涯沦落人"的千古绝唱被赋予了鲜明的"现代"意义，而且同样具有震撼人心的艺术感染力。

　　1922年，郁达夫由日本回到国内，对国内的黑暗现实有了更多切肤的体验，他的笔触开始由"性的苦闷"转向"生的苦闷"，物质上的困窘与精神上的苦痛作为他写作的两个基点，由个体生存状态出发，观照和思考整体的社会现实问题。《春风沉醉的晚上》就写在这一时期。小说以两个不同身份但同时挣扎在社会下层的男女主人公的遭遇，引申开去，让我们看到了那个时代的概貌：资本家的剥削和残暴，走狗的贪婪和无耻，工人的不幸和仇恨，以及知识分子找不到工作，没有用武之地，甚至不能自保的处境。

　　女主人公陈二妹是一个17岁的烟厂女工，每天从早到晚，要站在机器旁干十几个小时的活，有时还要被迫加班，得到的报酬却十分低微。父亲刚刚去世，她成了一个无依无靠的孤女，工厂的管理人总想戏弄她。生存对她来说，不仅是艰辛的，而且是随时要受辱的。首先，女工陈二妹有着敏感的自尊和个性。对剥削和妄图侮辱她的资本家及其走狗恨之入骨，为此，她劝阻别人不要买他们厂出产的香烟，表现出了自发的反抗意识和朦胧的阶级观念。其次，陈二妹善良正直，富有道义感和同情心。穷困潦倒的知识分子"我"的处境引起了她的深切同情和关心。"我"因得点稿酬买些食品与她同吃，又因衣履破败只得晚上出去散步，陈二妹对这一切产生了误解和怀疑，并好言规劝"我"要走正路，勿入邪途，体现出了一个普通底层女性的美好品质。在陈二妹身上，既饱含着作者郁达夫的社会批判意识，也传达出郁达夫的伦理理想。

男主人公是一个知识分子，颇具才华，可惜潦倒困顿，性情忧郁，长期神经衰弱失眠，对黑暗的社会现实满怀愤慨。小说以男主人公的视角看社会，思考人生，既写出了深刻的阶级矛盾，反映了底层人民的不幸生活，他们自发的反抗意识，以及纯洁美好的心灵；同时也写出了知识分子与穷苦工人之间的相互关怀和真挚友情。反抗、批判和同情自怜等复杂情感都交融在春风轻拂的夜晚，更显出生的艰难和坚韧。小说结尾写道："自杀！我有勇气，早就干了。现在还能想到这两个字，足证我的志气还没有完全消磨尽哩！""天上罩满了灰白的薄云，同腐烂的尸体似的沉沉的盖在那里。"残酷的生，一步之隔就是死亡。"云层破处也能看得出一点两点星来，但星的近处，黝黝看得出来的天色，好像有无限的哀愁蕴藏着的样子。"这是主人公也就是作者眼里的时代、社会和生活。

在中国新文学史上，郁达夫以他的"自我暴露"和"颓废美学"引人注目，也因之备受责难。不过，正如李初梨所言："达夫是模拟的颓唐派，本质的清教徒。"欲望宣泄的背后，深刻影响着他伦理观念的依旧是儒家教化。诸如"发乎情止乎礼"，理智节制情欲，情理平衡等观念，与五四那个时代的个性解放、张扬自我的要求，在郁达夫身上彼此纠结。

在《春风沉醉的晚上》中，已看不到郁达夫早期小说直露的苦闷宣泄，虽然抒情的味道依旧浓郁，但深广的社会生活背景，淡化了主人公的内心郁结，小说的叙述和抒情更舒缓从容，阶级间的对立仇视和人世间的温情关切，都体现出作者深厚的人道主义情怀。面对陈二妹的纯洁和善良，"我"忍不住心动而且情动，"我想把两只手伸出去拥抱她一回，但是我的理性却命令我说：'你莫再作孽了！你可知道你现在处的是什么境遇！你想把这纯洁的处女毒杀了么？恶魔，恶魔，你现在是没有爱人的资格的呀！'我当那种感情起来的时候，曾把眼睛闭上了几秒钟，等听了理性的命令以后，才把眼睛开了开来，我觉得我的周围，忽而比前几秒钟更光明了。"其实这份感情并不纯粹，同情，还有孤独，这些都不是真正的爱，只能算是爱的起因而已。

这个知识分子最终凭借内在的理性力量，战胜了瞬间的感情冲动，克制了身体欲求，而获得了心灵的净化和灵魂的提升。也因此，小说的思想内涵更厚重更深刻了。

郁达夫的小说和散文兼美，而他本质上更是个诗人。郁达夫的小说中，不仅有着诗一样的语言，而且常常还有着整体的诗境和诗韵。他擅长写景，且长于寓情于景，万千心绪往往由一星一月，一花一叶就可看出。风动水波，原是内心涟漪，飞红落艳，都是人世感怀。他的欢欣与苦痛，压抑与渴求，皆在诗意盎然的字里行间，或低回婉转，或淋漓尽致。

《春风沉醉的晚上》从小说之题就可领略淡雅悠远的诗意。虽然生之艰辛，心中苦楚，然而窗外的春风依旧；尽管长夜无眠恨不能时间停顿，世事依旧春花秋叶流转不息。小说由生活实录，到内心剖白，再到景物虚描，一波三折，余韵未尽。缓慢流淌的感伤失意之河，与温暖温饱生活的热切渴求，一首清歌的两个主旋律，彼此缠绕。"深深的看我一眼，她的黑晶晶，水汪汪的眼睛里，似乎是满含着责备我、规劝我的意思。""我尽是张大了眼睛，张大了嘴，呆呆的在看她，因为她的思想太奇突了，使我无从辩解起。""一声二声清脆的歌音，带着哀调，从静寂的深夜的冷空气里传到我的耳膜上来。"人物的心理和神态，精微细致；还有对话，景物描写，诗意盎然，一切都恰到好处。

《春风沉醉的晚上》是郁达夫较早描写工厂生活和工人心理的代表作，也是中国新文学中最早表现工人生活的作品之一。无论在思想上，艺术上都具有较高的成就。

薄　奠

上

　　一天晴朗的春天的午后，我因为天气太好，坐在家里觉得闷不过，吃过了较迟的午饭，带了几个零用钱，就跑出外面去逛去。北京的晴空，颜色的确与南方的苍穹不同。在南方无论如何晴快的日子，天上总有一缕薄薄的纤云飞着，并且天空的蓝色，总带着一道很淡很淡的白味。北京的晴空却不是如此，天色一碧到底，你站在地上对天注视一会，身上好像能生出两翼翅膀来，就要一扬一摆的飞上空中去的样子。这可是单指不起风的时候而讲，若一起风，则人在天空下眼睛都睁不开，更说不到晴空的颜色如何了。那一天的午后，空气非常澄清，天色真青得可怜。我在街上夹在那些快乐的北京人士中间，披了一身和暖的阳光，不知不觉竟走到了前门外最热闹的一条街上。踏进了一家卖灯笼的店里，买了几张奇妙的小画，重新回上大街缓步的时候，我忽而听出了一阵中国戏园特有的那种原始的锣鼓声音来。我的两只脚就受了这声音的牵引，自然而然地踏了进去。听戏听到了第三出，外面忽而起了呜呜的大风，戏园的屋顶也有些儿摇动。戏散之后，推来让去的走出戏园，扑面就来一阵风沙。我眼睛闭了一忽，走上大街来雇车，车夫都要我七角六角大洋，不肯按照规矩折价。那时候天虽则还没有黑，但因为风沙飞满在空中，所以沉沉的大地上，已经现出了黄昏前的急景。店家的电灯，也都已上火，大街上汽车马车洋车挤塞在一处。一种车铃声叫唤声，并不知从何处来的许多杂音，尽在那里奏错乱的交响乐。大约是因为夜宴的时刻逼近，车上的男子定是去赴宴会，奇装的女子想来是去陪席的。

　　一则因为大风，二则因为正是一天中间北京人士最繁忙的时刻，所以我雇车竟雇不着，一直的走到了前门大街。为了上举的两种原因，洋车夫强索昂价，原是常有的事情，我因零用钱花完，袋里只有四五十枚铜子，不能应他们的要求，所以就下了决心，想一直走到西单牌楼再雇车回家。

走下了正阳桥边的步道，被一辆南行的汽车喷满了一身灰土，我的决心，又动摇起来，含含糊糊的向道旁停着的一辆洋车问了一句，"嗳！四十枚拉巡捕厅儿胡同拉不拉？"那车夫竟恭恭敬敬的向我点了点头说：

"坐上罢，先生！"

坐上了车，被他向北的拉去，那么大的风沙，竟打不上我的脸来，我知道那时候起的是南风了。我不坐洋车则已，若坐洋车的时候，总爱和洋车夫谈闲话，想以我的言语来缓和他的劳动之苦；因为平时我们走路，若有一个朋友和我们闲谈着走，觉得不费力些。我从自己的这种经验着想，老是在实行浅薄的社会主义，一边高踞在车上，一边向前面和牛马一样在奔走的我的同胞攀谈些无头无尾的话。这一天，我本来不想开口的，但看看他的弯曲的背脊，听听他嘿嘿的急喘，终觉得心里难受，所以轻轻的对他说：

"我倒不忙，你慢慢的走罢，你是哪儿的车？"

"我是巡捕厅胡同西口儿的车。"

"你在哪儿住家吓？"

"就在那南顺城街的北口，巡捕厅胡同的拐角儿上。"

"老天爷不知怎么的，每天刮这么大的风。"

"是啊！我们拉车的也苦，你们坐车的老爷们也不快活，这样的大风天气，真真是招怪吓！"

这样的一路讲，一路被他拉到寄住的寓舍门口的时候，天已经快黑了。下车之后，我数铜子给他，他却和我说起客气话来，他一边拿出了一条黑黝黝的手巾来擦头上身上的汗，一边笑着说：

"您带着罢，我们是街坊，还拿钱么？"

被他这样的一说，我倒觉得难为情了，所以虽只应该给他四十枚桐子的，而到这时候却不得不把尽我所有的四十八枚铜子都给他。他道了谢，拉着空车在灰黑的道上向西边他的家里走去，我呆呆的目送了他一程，心里却在空想他的家庭。——他走回家去，他的女人必定远远的闻声就跑出来接他。把车斗里的铜子拿出，将车交还了车行，他回到自己屋里打一盆水洗洗手脸，吸几口烟，就可在洋灯下和他的妻子享受很健康的夜膳。若他有兴致，大约还要喝一二个铜子的白干。喝了微醉，讲些东西南北的废话，他就可以抱了他的女人小孩，钻进被去酣睡。这种酣睡，大约是他们劳动阶级的惟一的享乐。

"啊啊！……"

空想到了此地，我的伤感病又发了。

"啊啊！可怜我两年来没有睡过一个整整的夜！这倒还可以说是因病所致，但是我的远隔在三千里外的女人小孩，又为了什么，不能和我在一处享受吃苦呢？难道我们是应该永远隔离的么！难道这也是病么？……总之是我不好，是我没有能力养活妻子。啊啊，你这车夫，你这向我道谢，被我怜悯的车夫，我不如你吓，我不如你！"

我在门口灰暗的空气里呆呆的立了一会，忽而想起了自家的身世，就不知不觉的心酸起来，红润的眼睛，被我所依赖的主人看见，是大不好的，因此我就复从门口走了下来，远远的跟那洋车走了一段。跟它转了弯，看那车夫进了胡同拐角上的一间破旧的矮屋，我又走上平则门大街去跑了一程，等天黑了，才走回家来吃晚饭。

自从这一回后，我和他的洋车，竟有了缘分，接连的坐了它好几次。他和我渐渐的熟起来了。

中

平则门外，有一道城河。河道虽比不上朝阳门外的运河那么宽，但春秋雨霁，绿水粼粼，也尽可以浮着锦帆，乘风南下。两岸的垂杨古道，倒影入河水中间，也大有板渚随堤的风味。河边隙地，长成一片绿芜，晚来时候，老有闲人在那里调鹰放马。太阳将落未落之际，站在这城河中间的渡船上，往北望去，看得出西直门的城楼，似烟似雾的，溶化成金碧的颜色，飘扬在两岸垂杨夹着的河水高头。春秋佳日，向晚的时候，你若一个人上城河边上来走走，好像是在看后期印象派的风景画，几乎能使你忘记是身在红尘十丈的北京城外。西山数不尽的诸峰，又如笑如眠，带着紫苍的暮色，静躺在绿荫起伏的春野西边；你若叫它一声，好像是这些远山，都能慢慢的走上你身边来的样子。西直门外有几处养鹅鸭的庄园，所以每天午后，城河里老有一对一对的白鹅在那里游泳。夕阳最后的残照，从杨柳荫中透出一两条光线来，射在这些浮动的白鹅背上时，愈能显得这幅风景的活泼鲜灵，别饶风致。我一个人渺焉一身，寄住在人海的皇城里，衷心郁郁，老感着无聊。无聊之极，不是从城的西北跑往城南，上戏园茶楼，娼寮酒馆，去夹在许多快乐的同类中间，忘却我自家的存在，和他们一样的学习醉生梦死，便独自一个跑出平则门外，去享受这本地的风光。玉泉山的幽静，大觉寺的深邃，并不是对我没有魔力，不过一年有三百五十九日穷的我，断没有余钱，去领略它们的高尚的清景。五月中旬的有一天午后，我又无端感着了一种悲愤，本想上城南的快乐地方，去寻些安慰的，但袋里连几个车钱也没有了，所以只好走出平则门外，去坐在杨柳荫中，尽量地呼吸呼吸西山的爽气。我守着西天的颜色，从浓蓝变成了淡紫，一忽儿，天的四周围又染得深红了，远远的法国教会堂的屋顶和许多绿树梢头，刹那间返射了一阵赤赭的残光，又一忽儿空气就变得澄苍静肃，视野内招唤我注意的物体，什么也没有了。四周的物影，渐渐散乱起来，我也感着了一种日暮的悲哀，无意识地滴了几滴眼泪，就慢慢的真是非常缓慢，好像在梦里游行似的，走回家来。进平则门往南一拐，就是南顺城街，南顺城街路东的第一条胡同便是巡捕厅胡同。我走到胡同的西口，正是进胡同的时候，忽而从角上的一间破屋里漏出几声大声来。这声音我觉得熟得很，稍微用了一点心力，回想了一想，我马上就记起那个身材瘦长，脸色黝黑，常拉我上城南去的车夫来。我站住静听了一会，听得他好像在和人拌嘴。我坐过他许多次数的车，他的脾气是很好的，所以听到他在和人拌嘴，心里倒很觉得奇怪。看他的样子，好像有五十多岁的光景，但他自己说今年只有四十二岁。他平常非常沉默寡言，不过你和他说话的时候，他却总来回答你一句两句。他身材本来很高，但是不晓是因为社会的压迫呢，还是因他天生的病症，背脊却是弯着，看去好像不十分高。他脸上浮着的一种谨慎的劳动者特有的表情，我怎么也形容不出来，他好像是在默想他的被社会虐待的存在是应该的样子，又好像在这沉默的忍苦中间，在表示他的无限的反抗，和不断的挣扎的样子。总之，他那一种沉默忍受的态度，使人家见了便能生出无限的感慨来。况且是和他社会的地位相去无几，而受的虐待又比他更甚的我，平常坐他的车，和他谈话的时候，总要感着一种抑郁不平的气，横上心来；而这种抑郁不平之气，他也无处去发泄，我也无处去发泄，只好默默的闷受着，即使闷受不过，最多亦只能向天长啸一声。有一天我在前门外喝醉了酒，往一家相识的人家去和衣睡了半夜，醒来的时候，已经是下弦月上升的时刻了。我从韩家潭雇车雇到西单牌楼，在西单牌楼换车的时候，又遇见了他。半夜酒醒，从灰白死寂，除了一乘两乘汽车飞过搅起一阵灰来，此外别无动静的长街上，慢慢被拖回家来。这种悲哀的情调，已尽够我消受的了，况又遇着了他，一路上听了他许多不堪再听的话……他说这个年头儿真教人生存不得。他说洋车价涨了一个两个铜子，而煤米油盐，都要各涨一倍。他说洋车出租的东家，真会挑剔，一根骨子弯了一点，一个小钉不见了，就要赔很多钱。他说他一天到晚拉车，拉来的几个钱还不够供洋车租主的绞榨，皮带破了，弓子弯了的时候，更不必说了。他说他的女人不会治家，老要白花钱。他说他的大小孩今年八岁，二小孩今年三岁了。……我默默的坐在车上，看看天上惨澹的星月，经过了几条灰黑静寂的狭巷，细听着他的一条条的诉说，觉得这些苦楚，都不是他一个人的苦楚。我真想跳下车来，同他抱头痛哭一场，但是我着在身上的一件竹布长衫，和盘在脑里的一堆教育的绳矩，把我的真率的情感缚住了。自从那一晚以后，我心里就存了一种怕与他相见的思想，所以和他不见了半个多月。这一天日暮，我自平则门走回家来，听了他在和人吵闹的声音，心里竟起了一种自责的心思，好像是不应该躲避开这个可怜的朋友，至半月之久的样子。我静听了一忽，才知道他吵闹的对手，是他的女人。一时心情被他的悲惨的声音所挑动，我竟不待回思，一脚就踏进了他住的那所破屋。他的住屋，只有一间小屋，小屋的一半，却被一个大炕占据了去。在外边天色虽还没有十分暗黑，但在他矮小的屋内，却早已黑影沉沉，辨不出物体来了。他一手插在腰里，一手指着炕上缩成一堆，坐在那里的一个妇人，一声两声的在那里数骂。两个小孩爬在炕的里边。我一进去时，只见他自家一个站着的背影，他的人和小孩都看不出来。后来招呼了他，向他手指着的地方看去，才看出了一个女人，又站了一忽，我的眼睛在黑暗里经惯了，重复看出了他的两个小孩。我进去叫了他一声，问他为什么要这样的动气，他就把手一指，指着炕沿上的那女人说：

"这臭东西把我辛辛苦苦积下来的三块多钱，一下子就花完了，去买了这些捆尸体的布来。……"说着他用脚一踢，地上果然滚了一包白色的布出来。他一边向我问了寒暄话，一边就蹙紧了眉头说：

"我的心思，她们一点儿也不晓得，我要积这几块钱干什么？我不过想自家去买一辆旧车来拉，可以免掉那车行的租钱呀！天气热了，我们穷人，就是光着脊肋儿，也有什么要紧？她却要去买这些白洋布来做衣服。你说可气不可气啊？"

这听了这一段话，心里虽则也为他难受，但口上只好安慰他说：

"做衣服倒也是要紧的，积几个钱，是很容易的事情，你但须忍耐着，三四块钱是不难再积起来的。"

我说完了话，忽而在沉沉的静寂中，从炕沿上听出了几声暗泣的声音来。这时候我若袋里有钱，一定要全部拿出来给他，请他息怒。但是我身边一摸，却摸不出一个铜银的货币。呆呆的站着，心里打算了一会，我觉得终究没有方法好想。正在着恼的时候，我里边小褂袋里唧唧响着的一个银表的针步声，忽而敲动了我的耳膜。我知道若在此时，当面把这银表拿出来给他，他是一定不肯受的。迟疑了一会，我想出一个主意，乘他不注意的时候，悄悄的把表拿了出来；和他讲着些慰劝他的话，一边我走上前去了一步，顺手把表搁在一张半破的桌上。随后又和他交换了几句言语，我就走出来了。我出到了门处，走进胡同，心里感得的一种沉闷，比午后上城外去的时候更甚了。我只恨我自家太无能力，太没有勇气。我仰天看看，在深沉的天空里，只看出了几颗星来。

第二天的早晨，我刚起床，正在那里刷牙漱口的时候，听见门外有人打门，出去一看，就看见他拉着车站在门口。他问了我一声好，手向车斗里一摸，就把那个表拿出来，问我说：

"先生，这是你的罢？你昨晚上掉下的罢？"

我听了脸上红了一红。马上就说：

"这不是我的，我并没有掉表。"

他连说了几声奇怪，把那表的来历说了一阵，见我坚不肯认，就也没有方法，收起了表，慢慢的拉着空车向东走了。

下

夏至以后，北京接连下了半个多月的雨。我因为一天晚上，没有盖被睡觉，惹了一场很重的病，直到了二礼拜前才得起床。起床后第三天的午后，我看看久雨新霁，天气很好，就拿了一根手杖踏出门去。因为这是病后第一次的出门，所以出了门就走往西边，依旧想到我平时所爱的平则门外的河边边去闲行。走过那胡同角上的破屋的时候，我只看见门口立了一群人，在那里看热闹。屋内有人在低声啜泣。我以为那拉车的又在和他的女人吵闹了，所以也就走了过去，去看热闹，一边我心里却暗暗的想着：

"今天若他们再因金钱而争吵，我却可以解决他们的问题。"

因为那时候我家里寄出来为作医药费的钱还没有用完，皮包里还有几张五元钱的钞票收藏在哩。我踏近前去一看，破屋里并没有拉车的影子，只有他的女人坐在炕沿上哭，一个小一点的小孩，坐在地上他母亲的脚跟前，也在陪着她哭。看了一会，我终摸不着头脑，不晓得她为什么要哭。和我一块儿站着的人，有的唧唧的在那里叹息，有的也拿来出手巾来在擦眼泪说："可怜哪，可怜哪！"我向一个立在我旁边的中年妇人问了一番，才知道她的男人，前几天在南下洼的大水里淹死了。死了之后，她还不晓得，直到第二天的傍晚，由拉车的同伴认出了他的相貌，才跑回来告诉她。她和她的两个儿子，得了此信，冒雨走上南横街南边的尸场去一看，就大哭了一阵。后来她自己也跳在附近的一个水池里自尽过一次，经她儿子的呼救，附近的居民，费了许多气力，才把她捞救上来。过了一会，由那地方的慈善家，出了钱把她的男人埋葬完毕，且给了她三十斤面票，八十吊铜子，方送她回来。回来之后，她白天晚上只是哭，已经哭了好几天了。我听了这一番消息，看了这一场光景，心里只是难受。同一两个月前头，半夜从前门回来，坐在她男人的车上，听他的诉说时一样，觉得这些光景，决不是她一个人的。我忽而想起了我的可怜的女人，又想起了我的和那在地上哭的小孩一样大的儿女，也觉得眼睛里热起来痒起来了。我心理正在难受，忽而从人丛里挤来了一个八九岁的小孩赤足袒胸地跑了进来。他小手里拿了几个铜子蹑手蹑脚的对她说：

"妈，你瞧，这是人家给我的。"

看热闹的人，看了他那小脸上的严肃的表情，和他那小手的滑稽的样子，有几个笑着走了，只有两个以手巾擦着眼泪的老妇人，还站在那里。我看看周围的人数少了，就也踱也进去问她说：

"你还认得我么？"

她举起肿红的眼睛来，对我看了一眼，点了一点头，仍复伏倒头在哀哀地哭着。我想叫她不哭，但是看看她的情形，觉得是不可能的，所以只好默默的站着，眼睛看见她的瘦削的双肩一起一缩的在抽动。我这样的静立了三五分钟，门外又忽挤出许多人拢来看我。我觉得被他们看得不耐烦了，就走出了一步对他们说：

"你们看什么热闹？人家死了人在这里哭，你们有什么好看？"

那八岁的孩子，看我心里发了恼，就走上门口，把一扇破门关上了。喀丹一响，屋里忽而暗了起来。他的哭着的母亲，好像也为这变化所惊动，一时止住哭声。擎起眼来看她的孩子和离门不远呆立着的我。我乘此机会，就劝他说：

"看养孩子要紧，你老是哭也不是道理，我若可以帮你的忙，我总没有不为你出力的。"

她听了这话，一边啜泣，一边断断续续的说：

"我……我……别的都不怪，我……只……只怪他何以死的那么快。也……也不知他……他是自家沉河的呢，还是……"

她说了这一句又哭起来了，我没有方法，就从袋里拿出了皮包，取了一张五块钱的钞票递给她说：

"这虽然不多，你拿着用罢！"

她听了这话，又止住了哭，啜泣着对我说：

"我……我们……是不要钱用，只……只是他……他死得……死得太可怜了。……他……他活着的时候，老……老想自己买一辆车，但是……但是这心愿儿终究没有达到。……前天我，我到冥衣铺去定一辆纸糊的洋车，想烧给他，那一家掌柜的要我六块多钱，我没有定下来。你……你老爷心好，请你，请你老爷去买一辆好，好的纸车来烧给他罢！"

说完她又哭了。我听了这一段话，心里愈觉得难受，呆呆的立了一忽，只好把刚才的那张钞票收起，一边对她说："你别哭了罢！他是我的朋友，那纸糊的洋车，我明天一定去买了来，和你一块去烧到他的坟前去。"

又对两个小孩说了几句话，我就打开门走出来。我从来没有办过丧事，所以寻来寻去，总寻不出一家冥衣铺来定那纸糊的洋车。后来直到四牌楼附近，找定了一家，付了他钱，要他赶紧为我糊一辆车。

二天之后，那纸洋车糊好了，恰巧天气也不下雨，我早早吃了午饭，就雇了四辆洋车，同她及两个小孩一道去上她男人的坟。车过顺治门内大街的时候，因为我前面的一乘人力车上只载着一辆纸糊的很美丽的洋车和两包锭子，大街上来往的红男绿女只是凝目的在看我和我后面车上的那个眼睛哭得红肿，衣服褴褛的中年妇人。我被众人的目光鞭挞不过，心里起了一种不可抑遏的反抗和诅咒的毒念，只想放大了喉咙向着那着红男绿女和汽车中的贵人狠命的叫骂着说：

"猪狗！畜生！你们看什么？我的朋友，这可怜的拉车者，是为你们所逼死的呀！你们还看什么？"

一九二四年八月十四日作于北京。
[原载1924年12月5日《太平洋》第四卷第九号。]

导读

《薄奠》写于1924年8月，是一篇"人力车夫"的挽歌，是郁达夫同情关怀底层人民生活的代表作，体现出作者深厚的人道主义情怀。虽然文中依然笼罩着郁达夫式的忧郁气息，不过，对社会不公和现实黑暗的理性批判开始浮出水面，郁达夫逐渐走出心灵苦闷的阴霾，看到并且写出了更广阔更丰富的社会生活。

五四时期，人力车夫作为城市下层市民的代表，在残酷的剥削下过着极端贫困的悲惨生活。1917年后，"劳工神圣"的口号在知识界风行，五四新文学初始，由于环境所限，作家最经常见到的劳工，就是招之即来的人力车夫。于是新文学中出现了大量以人力车夫为题材的作品。胡适和沈尹默的同题诗作《人力车夫》，刘半农的《人力车夫歌》，鲁迅的《一件小事》，郁达夫的《薄奠》，此外还有顾颉刚的《春雨之夜》，陈南士的《走路》，冯文炳《洋车夫的儿子》，王统照的《生与死的一行列》等，形成了新文学表现人力车夫的第一个高潮。由于主客观两方面的限制，这些作品大都并未深入到底层人民的实际生活中去。他们观察车夫的主要视角是"坐车"，集中于车夫生活的某个较易看到的侧面，即辛劳与贫困，独特一些的也仅涉及到某些车夫的品行。这其中，郁达夫的《薄奠》以情感的真诚，叙事的丰盈和思想的深度，成为这一时期"人力车夫文学"的经典之作。

及至30年代，人力车夫仍是作家们最关注的劳动者群体之一，如闻一多的《飞毛腿》，臧克家的《洋车夫》，以及欧阳予倩的《车夫之家》，老舍的《骆驼祥子》等。五四退潮后，人道主义的激情也渐渐平淡，冷静的剖析社会和理性的现实批判成为作家们新的创作取向。作家不再把人力车夫当成人道精神的传声筒，而是借人力车夫的阶级身份和生存处境，来全面展示现实生活，深刻剖析社会。这一阶段"人力车夫文学"的最高成就，是我们熟悉的老舍的《骆驼祥子》。40年代，随着作家对抗日战争和解放战争的普遍关注，家国主题、阶级斗争和历史叙事成为文学主流，对个体的人的关注随之弱化。九叶诗人郑敏的《人力车夫》成为新文学传统中"人力车夫文学"的最后回响。她在诗中所表达的是一种内在的精神关怀，她所探寻的是为这些城市贫民寻找一条精神解放的出路，进而在文化观念上思考中国变动的目标和方向。

郁达夫的《薄奠》通过一个人力车夫的生死写出了那个时代的生存悲剧。借对人力车夫及其一家悲惨生活的描写，愤怒地控诉了吃人的社会制度，表达了作者作为知识分子对劳动人民苦难生活饱含的深切同情。小说塑造了一个受剥削、受压迫而勤劳、质朴、善良的人力车夫形象。这位人力车夫，有一妻两子，一间小屋。他身材本来很高，但因为社会的压迫，穷苦的折磨，"背脊却是弯着，看去好像不十分高"。他本来只有42岁，"看他的样子，好像有五十多岁的光景"。尽管如此，他还是不断地挣扎着。为了摆脱车行的残酷剥削，他辛勤拉车，省吃俭用，想积下钱来买一辆旧车。当他的女人不忍心见他光着脊背拉车，而动用了他"辛辛苦苦积下来的三块多钱"，买了些白洋布为他做衣服时，他居然大发雷霆："天气热了，就是光着脊肋儿，也没有什么要紧。"小说对夫妻吵架没有过多铺排笔墨，却让我们清晰地看到了底层生存的艰辛血泪。虽然风里来雨里去，一天从早到晚拉个不停，但得来的几个钱还是不够车主的压榨，买车的理想终于成了泡影。这个勤劳、善良的人力车夫，终于未能买上一辆旧车以摆脱被车主剥削的命运，在"南下洼的大水里淹死了"，留下了比他更为可怜的一妻二子。他死后，他的女人想买一辆纸糊车在祭奠时烧给他，但连这点钱也拿不出。为了完成死者生前想买一辆车的心愿，"我"在"一家冥衣铺里定了一辆纸糊的洋车"，"同她及两个小孩一道去上她男人的坟"，算是生者对死者的"薄奠"，以慰车夫在天之灵。作品结尾，"我"的那种"不可抑遏的反抗和诅咒的毒念"，是作者内心沉痛的情感的外化，也是对这个冷漠的人世间的犀利批判。小说以人力车夫这一生存个体面对的残酷现实为依托，揭示了整个时代和社会的黑暗。小说还写到了人力车夫的品格。人力车夫尽管穷，但他为人正派，不图不义之财。当"我"看见他家经济困难时，有意将一只银表搁在他家桌子上，而他第二天一清早就拿着表亲自登门送还。由此我们看到，郁达夫在现实观照和社会批判的基础上，还有一个伦理道德的视角，他不是把人力车夫作为怜悯的对象来描述，而是以饱含同情的笔墨，多侧面揭示其人生状态和内心世界，贫困的境况，微薄的希冀，恪守的本分，还有对家人的责任，这样一个满怀生活希望和道德自觉的人，最终只有死路一条，更加深了小说的悲剧意味。

《薄奠》通过主人公的自我剖白，写出了一代知识分子找不到方向的精神悲剧。在人力车夫和知识分子这两种身份之间，本来存在着巨大的沟壑，一个是拉车的，一个是坐车的，截然的两个阶层。在五四新文学叙事里，多半选取的是俯视的视角，即使如鲁迅《一件小事》写出了知识分子的渺小和自省，那种仰视也还是知识分子眼中的车夫，而且多半有着鲁迅个人冷眼看知识分子的态度在里面。郁达夫的《薄奠》要来得自然诚恳得多。小说在锐利的批判背后，有一种平和的温情深藏其中。人力车夫是黑暗现实吞噬的牺牲品，而小说中的知识分子同样在那个黑暗的现实里挣扎沉浮无法突围。应该说，生的苦闷，性的压迫，心灵的苦闷始终笼罩着郁达夫的文字，即使偶尔写到梦想和希望，也是茫茫海上的一点儿渔火，微渺而难以真正触及。写作《薄奠》时期的郁达夫，生存虽然不成问题，不过生计窘迫时时缠绕，对未来的方向也总感茫然。就像小说中所写："总要感着一种抑郁不平的气，横上心来，而这种抑郁不平之气，他也无处发泄，我也无处去发泄，只默默的闷受着。"于是不免浩叹人生的孤寂和怅惘。同时，在文中也写到了主人公醉生梦死的堕落、生存的困窘、心境的苍凉和精神的压抑，鲜明地揭示出大时代里渺小的个人必须面对和背负的一切。

人力车夫和知识分子，一个是衣食不济的处境，一个是孤愤悲怆的心境，复杂感受纠缠在一起，两个人物，两条线索，相互交错，展示了那个时代社会生活的多个侧面，小说既具有真实的感染力，又具有强烈的震撼力。这也是郁达夫小说艺术上的过人之处，锋刃向己，内心剖白凛冽深邃；反身向外，拥抱尘世温暖诚挚。

过　去

　　空中起了凉风，树叶煞煞的同雹片似的飞掉下来，虽然是南方的一个小港市里，然而也像能够使人感到冬晚的悲哀的一天晚上，我和她，在临海的一间高楼上吃晚饭。

　　这一天的早晨，天气很好，中午的时候，只穿得住一件夹衫。但到了午后三四点钟，忽而由北面飞来了几片灰色的层云，把太阳遮住，接着就刮起风来了。

　　这时候，我为疗养呼吸器病的缘故，只在南方的各港市里流寓。十月中旬，由北方南下，十一月初到了 C 省城；恰巧遇着了 C 省的政变，东路在打仗，省城也不稳，所以就迁到 H 港去住了几天。后来又因为 H 港的生活费太昂贵，便又坐了汽船，一直的到了这 M 港市。

　　说起这 M 港，大约是大家所知道的，是中国人应许外国人来互市的最初的地方的一个，所以这港市的建筑，还带着些当时的时代性，很有一点中古的遗意。前面左右是碧油油的海湾，港市中，也有一座小山，三面滨海的通衢里，建筑着许多颜色很沉郁的洋房。商务已经不如从前的盛了，然而富室和赌场很多，所以处处有庭园，处处有别墅。沿港的街上，有两列很大的榕树排列在那里。在榕树下的长椅上休息着的，无论中国人外国人，都带有些舒服的态度。正因为商务不盛的原因，这些南欧的流人，寄寓在此地的，也没有那一种殖民地的商人的紧张横暴的样子。一种衰颓的美感，一种使人可以安居下去，于不知不觉的中间消沉下去的美感，在这港市的无论哪一角地方都感觉得出来。我到此港不久，心里头就暗暗地决定"以后不再迁徙了，以后就在此地住下去罢"。谁知住不上几天，却又偏偏遇见了她。

　　实在是出乎意想以外的奇遇，一天细雨蒙蒙的日暮，我从西面小山上的一家小旅馆内走下山来，想到市上去吃晚饭去。经过行人很少的那条 P 街的时候，临街的一间小洋房的棚门口，忽而从里面慢慢的走出了一个女人来。她身上穿着灰色的雨衣，上面张着洋伞，所以她的脸我看不见。大约是在棚门内，她已经看见了我了——因为这一天我并不带伞——所以我在她前头走了几步，她忽而问我：

"前面走的是不是李先生？李白时先生！"

我一听了她叫我的声音，仿佛是很熟，但记不起是哪一个了，同触了电气似的急忙回转头来一看，只看见了衬映在黑洋伞上的一张灰白的小脸。已经是夜色朦胧的时候了，我看不清她的颜面全部的组织；不过她的两只大眼睛，却闪烁得厉害，并且不知从何处来的，和一阵冷风似的一种电力，把我的精神摇动了一下。

"你……？"我半吞半吐地问她。

"大约认不清了罢！上海民德里的那一年新年，李先生可还记得？"

"噢！唉！你是老三么？你何以会到这里来的？这真奇怪！这真奇怪极了！"

说话的中间，我不知不觉的转过身来逼进了一步，并且伸出手来把她那只带轻皮手套的左手握住了。

"你上什么地方去？几时来此地的？"她问。

"我打算到市上去吃晚饭去，来了好几天了，你呢？你上什么地方去？"

她经我一问，一时间回答不出来，只把嘴颚往前面一指，我想起了在上海的时候的她的那种怪脾气，所以就也不再追问，和她一路的向前边慢慢地走去。两人并肩默走了几分钟，她才幽幽的告诉我说：

"我是上一位朋友家去打牌去的，真想不到此地会和你相见。李先生，这两三年的分离，把你的容貌变得极老了，你看我怎么样？也完全变过了罢？"

"你倒没什么，唉，老三，我吓，我真可怜，这两三年来……"

"这两三年来的你的消息，我也知道一点。有的时候，在报纸上就看见过一二回你的行踪。不过李先生，你怎么会到此地来的呢？这真太奇怪了。"

"那么你呢？你何以会到此地来的呢？"

"前生注定是吃苦的人，譬如一条水草，浮来浮去，总生不着根，我的到此地来，说奇怪也是奇怪，说应该也是应该的。李先生，住在民德里楼上的那一位胖子，你可还记得？"

"嗯，……是那一位南洋商人不是？"

"哈，你的记性真好！"

"他现在怎么样了？"

"是他和我一道来此地呀！"

"噢！这也是奇怪。"

"还有更奇怪的事情哩！"

"什么？"

"他已经死了！"

"这……这么说起来，你现在只剩了一个人了啦？"

"可不是么！"

"唉！"

两人又默默地走了一段，走到去大市街不远的三叉路口了。她问我住在什么地方，打算明天午后来看我。我说还是我去访她，她却很急促的警告我说：

"那可不成，那可不成，你不能上我那里去。"

出了 P 街以后，街上的灯火已经很多，并且行人也繁杂起来了，所以两个人没有握一握手，笑一笑的机会。到了分别的时候，她只约略点了一点头，就向南面的一条长街上跑了进去。

经了这一回奇遇的挑拨，我的平稳得同山中的静水湖似的心里，又起了些波纹。回想起来，已经是三年前的旧事了，那时候她的年纪还没有二十岁，住在上海民德里我在寄寓着的对门的一间洋房里。这一间洋房里，除了她一家的三四个年轻女子以外，还有二楼上的一家华侨的家族在住。当时我也不晓得谁是房东，谁是房客，更不晓得她们几个姐妹的生计是如何维持的。只有一次，是我和他们的老二认识以后，约有两个月的时候，我在他们的厢房里打牌，忽而来了一位穿着很阔绰的中老绅士，她们为我介绍，说这一位是他们的大姐夫。老大见他来了，果然就抛弃了我们，到对面的厢房里去和他攀谈去了，于是老四就坐下来替了她的缺。听她们说，她们都是江西人，而大姐夫的故乡却是湖北。他和她们大姐的结合，是当他在九江当行长的时候。

我当时刚从乡下出来，在一家报馆里当编辑。民德里的房子，是报馆总经理友人陈君的住宅。当时因为我上海情形不熟，不能另外去租房子住，所以就寄住在陈君的家里。陈家和她们对门而居，时常往来，因此我也于无意之中，和她们中间最活泼的老二认识了。

听陈家的底下人说："她们的老大，仿佛是那一位银行经理的小。她们一家四口的生活费，和她们一位弟弟的学费，都由这位银行经理负担的。"

她们姐妹四个，都生得很美，尤其活泼可爱的，是她们的老二。大约因为生得太美的原因，自老二以下，她们姐妹三个，全已到了结婚的年龄，而仍找不到一个适当的配偶者。

我一边在回想这些过去的事情，一边已经走到了长街的中心，最热闹的那一家百货商店的门口了。在这一个黄昏细雨里，只有这一段街上的行人还没有减少。两旁店家的灯火照耀得很明亮，反照出些离人的孤独的情怀。向东走尽了这条街，朝南一转，右手矗立着一家名叫望海的大酒楼。这一家的三四层楼上，一间一间的小室很多，开窗看去，看得见海里的帆樯，是我到 M 港后去得次数最多的一家酒馆。

我慢慢的走到楼上坐下，叫好了酒菜，点着烟卷，朝电灯光呆看的时候，民德里的事情又重新开展在我的眼前。

她们姐妹中间，当时我最爱的是老二。老大已经有了主顾，对她当然更不能生出什么邪念来，老三有点阴郁，不像一个年轻的少女，老四年纪和我相差太远——她当时只有十六岁——自然不能发生相互的情感，所以当时我所热心崇拜的，只有老二。

她们的脸形，都是长方，眼睛都是很大，鼻梁都是很高，皮色都是很细白，以外貌来看，本来都是一样的可爱的。可是各人的性格，却相差得很远。老大和蔼，老二活泼，老三阴郁，老四——说不出什么，因为当时我并没有对老四注意过。

老二的活泼，在她的行动，言语，嬉笑上，处处都在表现。凡当时在民德里住的年纪在二十七八上下的男子，和老二见过一面的人，总没一个不受她的播弄的。

她的身材虽则不高，然而也够得上我们一般男子的肩头，若穿着高底鞋的时候，走路简直比西洋女子要快一倍。说话不顾什么忌讳，比我们男子的同学中间的日常言语还要直率。若有可笑的事情，被她看见，或在谈话的时候，听到一句笑话，不管在她面前的是生人不是生人，她总是露出她的两列可爱的白细牙齿，弯腰捧肚，笑个不了，有时候竟会把身体侧倒，扑倚上你的身来。陈家有几次请客，我因为受她的这一种态度的压迫受不了，每有中途逃席，逃上报馆去的事情。因此我在民德里住不上半年，陈家的大小上下，却为我取了一个别号，叫我作老二的鸡娘。因为老二像一只雄鸡，有什么可笑的事情发生的时候，总要我做她的倚柱，扑上身来笑个痛快。并且平时她总拿我来开玩笑，在众人的面前，老喜欢把我的不灵敏的动作和我说错的言语重述出来作哄笑的资料。不过说也奇怪，她像这样的玩弄我，轻视我，我当时不但没有恨她的心思，并且还时以为荣耀，快乐。我当一个人在默想的时候，每把这些琐事回想出来，心里倒反非常感激她，爱慕她。后来甚至于打牌的时候，她要什么牌，我就非打什么牌给她不可。

万一我有违反她命令的时候，她竟毫不客气地举起她那只肥嫩的手，拍拍的打上我的脸来。而我呢，受了她的痛责之后，心里反感到一种不可名状的满足，有时候因为想受她这一种施与的原因，故意地违反她的命令，要她来打，或用了她那一只尖长的皮鞋脚来踢我的腰部。若打得不够踢得不够，我就故意的说："不痛！不够！再踢一下！再打一下！"她也就毫不客气地，再举起手来或脚来踢打。我被打得两颊绯红，或腰部感到酸痛的时候，才柔柔顺顺地服从她的命令，再来做她想我做的事情。像这样的时候，倒是老大或老三每在旁边喝止她，教她不要太过分了，而我这被打责的，反而要很诚恳的央告他们，不要出来干涉。

记得有一次，她要出门去和一位朋友吃午饭；我正在她们家里坐着闲谈，她要我去上她姐姐房里把一双新买的皮鞋拿来替她穿上。这一双皮鞋，似乎太小了一点，我捏了她的脚替她穿了半天，才穿上了一只。她气得急了，就举起手来向我的伏在她小腹前的脸上，头上，脖子上乱打起来。我替她穿好第二只的时候，脖子上已经有几处被她打得青肿了。到我站起来，对她微笑着，问她"穿得怎么样"的时候，她说："右脚尖有点痛！"我就挺了身子，很正经地对她说："踢两脚罢！踢得宽一点，或者可以好些！"

说到她那双脚，实在不由人不爱。她已经有二十多岁了，而那双肥小的脚，还同十二三岁的小女孩的脚一样。我也曾为她穿过丝袜，所以她那双肥嫩皙白，脚尖很细，后跟很厚的肉脚，时常要作我的幻想的中心。从这一双脚，我能够想出许多离奇的梦境来。譬如在吃饭的时候，我一见了粉白糯润的香稻米饭，就会联想到她那双脚上去。"万一这碗里，"我想，"万一这碗里盛着的，是她那双嫩脚，那么我这样的在这里咀咽，她必要感到一种奇怪的痒痛。假如她横躺着身体，把这一双肉脚伸出来任我咀咽的时候，从她那两条很曲的口唇线里，必要发出许多真不真假不假的喊声来。或者转起身来，也许狠命的在头上打我一下的……"我一想到此地饭就要多吃一碗。

像这样活泼放达的老二，像这样柔顺蠢笨的我，这两人中间的关系，在半年里发生出来的这两人中间的关系，当然可以想见得到。况我当时，还未满二十七岁，还没有娶亲，对于将来的希望，也还很有自负心哩！

当在陈家起坐室里说笑话的时候，我的那位友人的太太，也曾向我们说起过："老二，李先生若做了你的男人，那他就天天可以替你穿鞋着袜，并且还可以做你的出气洞，白天晚上，都可以受你的踢打，岂不很好么？"老二听到这些话，总老是笑着，对我斜视一眼说："李先生不行，太笨，他不会侍候人。我倒很愿意受人家的踢打，只教有一位能够命令我，教我心服的男子就好了。"在这样的笑谈之后，我心里总满感着忧郁，要一个人跑到马路去走半天，才能把胸中的郁闷遣散。

有一天礼拜六的晚上，我和她在大马路市政厅听音乐出来。老大老三都跟了一位她们大姐夫的朋友看电影去了。我们走到一家酒馆的门口，忽而吹来了两阵冷风。这时候正是九十月之交的晚秋的时候，我就拉住了她的手，颤抖着说："老二，我们上去吃一点热的东西再回去罢！"她也笑了一笑说："去吃点热酒罢！"我在酒楼上吃了两杯热酒之后，把平时的那一种木讷怕羞的态度除掉了，向前后左右看了一看，看见空洞的楼上，一个人也没有，就挨近了她的身边对她媚视着，一边发着颤声，一句一逗的对她说："老二！我……我的心，你可能了解？我，我，我很想……很想和你长在一块儿！"她举起眼睛来看了我一眼，又曲了嘴唇的两条线在口角上含着播弄人的微笑，回问我说："长在一块便怎么啦？"我大了胆，便摆过嘴去和她亲了一个嘴，她竟劈面的打了我一个嘴巴。楼下的伙计，听了拍的这一声大响声，就急忙的跑了上来，问我们："还要什么酒菜？"我忍着眼泪，还是微微地笑着对伙计说："不要了，打手巾来！"等到伙计下去的时候，她仍旧是不改常态的对我说："李先生，不要这样！下回你若再干这些事情，我还要打得凶哩！"我也只好把这事当作了一场笑话，很不自然地把我的感情压住了。

凡我对她的这些感情，和这些感情所催发出来的行为动作，旁人大约是看得很清楚的。所以老三虽则是一个很沉郁，脾气很特别，平时说话老是阴阳怪气的女子，对我与老二中间的事情，有时却很出力的在为我们拉拢。有时见了老二那一种打得我太狠，或者嘲弄得我太难堪的动作，也着实为我打过几次抱不平，极婉曲周到地说出话来非难过老二。而我这不识好丑的笨伯，当这些时候心里头非但不感谢老三，还要以为她是多事，出来干涉人家的自由行动。

　　在这一种情形之下，我和她们四姐妹，对门而住，来往交际了半年多。那一年的冬天，老二忽然与一个新自北京来的大学生订婚了。

　　这一年旧历新年前后的我的心境，当然是惑乱得不堪，悲痛得非常。当沉闷的时候，邀我去吃饭，邀我去打牌，有时候也和我去看电影的，倒是平时我所不大喜欢，常和老二两人叫她做阴私鬼的老三。而这一个老三，今天却突然的在这个南方的港市里，在这一个细雨蒙蒙的秋天的晚上，偶然遇见了。

　　想到了这里，我手里拿着的那枝纸烟，已经烧剩了半寸的灰烬，面前杯中倒上的酒，也已经冷了。糊里糊涂的喝了几口酒，吃了两三筷菜，伙计又把一盘生翅汤送了上来。我吃完了晚饭，慢慢的冒雨走回旅馆来，洗了手脸，换了衣服，躺在床上，翻来复去，终于一夜没有合眼。我想起了那一年的正月初二，老三和我两人上苏州去的一夜旅行。我想起了那一天晚上，两人默默的在电灯下相对的情形。我想起了第二天早晨起来，她在她的帐子里叫我过去，为她把掉在地下的衣服捡起来的声气。然而我当时终于忘不了老二，对于她的这种种好意的表示，非但没有回报她一二，并且简直没有接受她的余裕。两个人终于白旅行了一次，感情终于没有接近起来，那一天午后，就匆匆的依旧同兄妹似的回到上海来了。过了元宵节，我因为胸中苦闷不过，便在报馆里辞了职，和她们姐妹四人，也没有告别，一个人连行李也不带一件，跑上北京的冰天雪地里去，想去把我的过去的一切忘了。把我的全部烦闷葬了。嗣后两三年来，东飘西泊，却还没有在一处住过半年以上。无聊之极，也学学时髦，把我的苦闷写出来，做点小说卖卖。然而于不知不觉的中间，终于得了呼吸器的病症。现在飘流到了这极南的一角，谁想得到再会和这老三相见于黄昏的路上的呢！啊，这世界虽说很大，实在也是很小，两个浪人，在这样的天涯海角，也居然再能重见，你说奇也不奇。我想前想后，想了一夜，到天色有点微明，窗下有早起的工人经过的时候，方才昏昏地睡着。也不知睡了几久，在梦里忽而听到几声咯咯的叩门声。急忙夹着被条，坐起来一看，夜来的细雨，已经晴了，南窗里有两条太阳光线，灰黄黄的晒在那里。我含糊地叫了一声："进来！"而那扇房门却老是不往里开。再等了几分钟，房门还是不向里开，我才觉得奇怪了，就披上衣服，走下床来。等我两脚刚立定的时候，房门却慢慢的开了。跟着门进来的，一点儿也不错，依旧是阴阳怪气，含着半脸神秘的微笑的老三。

"啊，老三！你怎么来得这样早？"我惊喜地问她。

"还早么？你看太阳都斜了啊！"

说着，她就慢慢地走进了房来，向我的上下看了一眼，笑了一脸，就仿佛害羞似的去窗面前站住，望向窗外去了。窗外头夹一重走廊，遥遥望去，底下就是一家富室的庭园，太阳很柔和的晒在那些未凋落的槐花树和杂树的枝头上。

她的装束和从前不同了。一件芝麻呢的女外套里，露出了一条白花丝的围巾来，上面穿的是半西式的八分短袄，裙子系黑印度缎的长套裙。一顶淡黄绸的女帽，深盖在额上，帽子的卷边下，就是那一双迷人的大眼，瞳人很黑，老在凝视着什么似的大眼。本来是长方的脸，因为有那顶帽子深覆在眼上，所以看去仿佛是带点圆味的样子。两三年的岁月，又把她那两条从鼻角斜拖向口角去的纹路刻深了。苍白的脸色，想是昨夜来打牌辛苦了的原因。本来是中等身材不肥不瘦的躯体，大约是我自家的身体缩矮了罢，看起来仿佛比从前高了一点。她背着我呆立在窗前。我看看她的肩背，觉得是比从前瘦了。

"老三，你站在那里干什么？"我扣好了衣裳，向前挨近了一步，一边把右手拍上她的肩去，劝她脱外套，一边就这样问她。她也前进了半尺，把我的右手轻轻地避脱，朝过来笑着说：

"我在这里算账。"

"一清早起来就算账？什么账？"

"昨晚上的赢账。"

"你赢了么？"

"我哪一回不赢？只有和你来的那回却输了。"

"噢，你还记得那么清？输了多少给我？哪一回？"

"险些儿输了我的性命！"

"老三！"

"……"

"你这脾气还没有改过，还爱讲这些死话。"

以后她只是笑着不说话，我拿了一把椅子，请她坐了，就上西角上的水盆里去漱口洗脸。

一忽儿她又叫我说：

"李先生！你的脾气，也还没有改过，老爱吸这些纸烟。"

"老三！"

"……"

"幸亏你还没有改过，还能上这里来。要是昨天遇见的是老二哩，怕她是不肯来了。"

"李先生，你还没有忘记老二么？"

"仿佛还有一点记得。"

"你的情义真好！"

"谁说不好来着！"

"老二真有福分！"

"她现在在什么地方？"

"我也不知道，好久不通信了，前二三个月，听说还在上海。"

"老大老四呢？"

"也还是那一个样子，仍复在民德里。变化最多的，就是我吓！"

"不错，不错，你昨天说不要我上你那里去，这又为什么来着？"

"我不是不要你去，怕人家要说闲话。你应该知道，阿陆的家里，人是很多的。"

"是的，是的，那一位华侨姓陆罢。老三，你何以又会看中了这一位胖先生的呢？"

"像我这样的人，那里有看中看不中的好说，总算是做了一个怪梦。"

"这梦好么？"

"又有什么好不好，连我自己都莫名其妙。"

"你莫名其妙，怎么又会和他结婚的呢？"

"什么叫结婚呀。我不过当了一个礼物，当了一个老大和大姐夫的礼物。"

"老三！"

"……"

"他怎么会这样的早死的呢？"

"谁知道他，害人的。"

因为她说话的声气消沉下去了，我也不敢再问。等衣服换好，手脸洗毕的时候，我从衣袋里拿出表来一看，已经是二点过了三个字了。我点上一枝烟卷，在她的对面坐下，偷眼向她一看，她那脸神秘的笑容，已经看不见一点踪影。下沉的双眼，口角的深纹，和两颊的苍白，完全把她画成了一个新寡的妇人。我知道她在追怀往事，所以不敢打断她的思路。默默的呼吸了半刻钟烟。她忽而站起来说："我要去了！"她说话的时候，身体已经走到了门口。我追上去留她，她脸也不回转来看我一眼，竟匆匆地出门去了。我又追上扶梯跟前叫她等一等，她到了楼梯底下，才把那双黑漆漆的眼睛向我看了一眼，并且轻轻地说："明天再来罢！"

自从这一回之后，她每天差不多总抽空上我那里来。两人的感情，也渐渐的融洽起来了。可是无论如何，到了我想再逼进一步的时候，她总马上设法逃避，或筑起城堡来防我。到我遇见她之后，约莫将十几天的时候，我的头脑心思，完全被她搅乱了。听说有呼吸器病的人，欲情最容易兴奋，这大约是真的。那时候我实在再也不能忍耐了，所以那一天的午后，我怎么也不放她回去，一定要她和我同去吃晚饭。

那一天早晨，天气很好。午后她来的时候，却热得厉害。到了三四点钟，天上起了云障，太阳下山之后，空中刮起风来了。她仿佛也受了这天气变化的影响，看她只是在一阵阵的消沉下去，她说了几次要去，我拼命的强留着她，末了她似乎也觉得无可奈何，就俯了头，尽坐在那里默想。

太阳下山了，房角落里，阴影爬了出来。南窗外看见的暮天半角，还带着些微紫色。同旧棉花似的一块灰黑的浮云，静静地压到了窗前。风声呜呜的从玻璃窗里传透过来，两人默坐在这将黑未黑的世界里，觉得我们以外的人类万有，都已经死灭尽了。在这个沉默的，向晚的，暗暗的悲哀海里，不知沉浸了几久，忽而电灯像雷击似的放光亮了。我站起了身，拿了一件她的黑呢旧斗篷，从后边替她披上，再伏下身去，用了两手，向她的胁下一抱，想乘势从她的右侧，把头靠向她的颊上去的，她却同梦中醒来似的蓦地站了起来，用力把我一推。我生怕她要再跑出门，跑回家去，所以马上就跑上房门口去拦住。她看了我这一种混乱的态度，却笑起来了。虽则兀立在灯下的姿势还是严不可犯的样子，然而她的眼睛在笑了，脸上的筋肉的紧张也松懈了，口角上也有笑容了。因此我就大了胆，再走近她的身边，用一只手夹斗篷的围抱住她，轻轻的在她耳边说：

"老三！你怕么？你怕我么？我以后不敢了，不再敢了，我们一道上外面去吃晚饭去罢！"

她虽是不响，一面身体却很柔顺地由我围抱着。我挽她出了房门，就放开手。由她走在前头，走下扶梯，走出到街上去。

我们两人，在日暮的街道上走，绕远了道，避开那条 P 街，一直到那条 M 港最热闹的长街的中心止，不敢并着步讲一句话。街上的灯火全都灿烂地在放寒冷的光，天风还是呜呜的吹着，街路树的叶子，息索息索很零乱的散落下来，我们两人走了半天，才走到望海酒楼的三楼上一间滨海的小室里坐下。

坐下来一看，她的头发已经为凉风吹乱；瘦削的双颊，尤显得苍白。她要把斗篷脱下来，我劝她不必，并且叫伙计马上倒了一杯白兰地来给她喝。她把热茶和白兰地喝了，又用手巾在头上脸上擦了一擦，静坐了几分钟，才把常态恢复。那一脸神秘的笑和炯炯的两道眼光，又在寒冷的空气里散放起电力来了。

"今天真有点冷啊！"我开口对她说。

"你也觉得冷的么？"

"怎么我会不觉得冷的呢？"

"我以为你是比天气还要冷些。"

"老三！"

"……"

"那一年在苏州的晚上，比今天怎么样？"

"我想问你来着！"

"老三！那是我的不好，是我，我的不好。"

"……"

她尽是沉默着不响，所以我也不能多说。在吃饭的中间，我只是献着媚，低着声，诉说当时在民德里的时候的情形。她到吃完饭的时候止，总共不过说了十几句话，我想把她的记忆唤起，把当时她对我的旧情复燃起来，然而看看她脸上的表情，却终于是不曾为我所动。到末了我被她弄得没法了，就半用暴力，半用含泪的央告，一定要求她不要回去，接着就同拖也似的把她挟上了望海酒楼间壁的一家外国旅馆的楼上。

夜深了，外面的风还在萧骚地吹着。五十支的电光，到了后半夜加起亮来，反照得我心里异常的寂寞。室内的空气，也增加了寒冷，她还是穿了衣服，隔着一条被，朝里床躺在那里。我扑过去了几次，总被她推翻了下来，到最后的一次她却哭起来了，一边哭，一边又断断续续的说：

"李先生！我们的……我们的事情，早已……早已经结束了。那一年，要是那一年……你能……你能够像现在一样的爱我，那我……我也……不会……不会吃这一种苦的。我……我……你晓得……我……我……这两三年来……！"

说到这里，她抽咽得更加厉害，把被窝蒙上头去，索性任情哭了一个痛快。我想想她的身世，想想她目下的状态，想想过去她对我的情节，更想想我自家的沦落的半生，也被她的哀泣所感动，虽则滴不下眼泪来，但心里也尽在酸一阵痛一阵的难过。她哭了半点多钟，我在床上默坐了半点多钟，觉得她的眼泪，已经把我的邪念洗清，心里头什么也不想。又静坐了几分钟，我听听她的哭声，也已经停止，就又伏过身去，诚诚恳恳地对她说：

"老三！今天晚上，又是我不好，我对你不起，我把你的真意误会了。我们的时期，的确已经过去了。我今晚上对你的要求，的确是卑劣得很。请你饶了我，噢，请你饶了我，我以后永也不再干这一种卑劣的事情了，噢，请你饶了我！请你把你的头伸出来，朝转来，对我说一声，说一声饶了我罢！让我们把过去的一切忘了，请你把今晚上的我的这一种卑劣的事情忘了。噢，老三！"

我斜伏在她的枕头边上，含泪的把这些话说完之后，她的头还是尽朝着里床，身子一动也不肯动。我静候了好久，她才把头朝转来，举起一双泪眼，好像是在怜惜我又好像是在怨恨我地看了我一眼。得到了她这泪眼的一瞥，我心里也不晓怎么的起了一种比死刑囚遇赦的时候还要感激的心思。她仍复把头朝了转去，我也在她的被外头躺下了。躺下之后，两人虽然都没有睡着，然而我的心里却很舒畅的默默的直躺到了天明。

早晨起来，约略梳洗了一番，她又同平时一样的和我微笑了，而我哩！脸上虽在笑着，心里头却尽是一滴哭泪一滴苦泪的在往喉头鼻里咽送。

两人从旅馆出来，东方只有几点红云罩着，夜来的风势，把一碧的长天扫尽了。太阳已出了海，淡薄的阳光晒着的几条冷静的街上，除了些被风吹堕的树叶和几堆灰土之外，也比平时洁净得多。转过了长街送她到了上她自家的门口，将要分别的时候，我只紧握了她一双冰冷的手，轻轻地对她说：

"老三！请你自家珍重一点，我们以后见面的机会，恐怕很少了。"我说出了这句话之后，心里不晓怎么的忽儿绞割了起来，两只眼睛里同雾天似的起了一层蒙障。她仿佛也深深地朝我看了一眼，就很急促地抽了她的两手，飞跑的奔向屋后去了。

这一天的晚上，海上有一弯眉毛似的新月照着，我和许多言语不通的南省人杂处在一舱里吸烟。舱外的风声浪声很大，大家只在电灯下计算着这海船航行的速度，和到 H 港的时刻。

一九二七年一月十日在上海。
[原载1927年2月1日《创造月刊》第1卷第6期。]

导读

    《过去》写于 1927 年 1 月，是郁达夫小说中最具人生哲理意味的作品。虽然在欲望描写上不及早期的《沉沦》惊世骇俗，在艺术技巧上也不及后期的《迟桂花》平和圆润，不过，《过去》在郁达夫小说创作中有着不可或缺的意义。写作这篇小说时的郁达夫无论在思想、生活，还是情感方面，都已经历了无数磨砺，青春已远，理想渺茫，他的内心更加沉郁悲凉，《过去》虽是写爱情，却是借爱情抒写人生感怀。日本学者竹内好认为，《过去》可以看出郁达夫从"诗人"到"作家"的发展，是郁达夫前后期创作风格转变的重要标志。

    小说写"我"过去与陈家三姊妹都有交往，其中老二泼辣大胆，但对追求她的男青年抱着戏谑玩弄的态度；"我"也狂热地追求过她，而真正爱着"我"的却是性格偏于忧郁的老三。老三默默地、真挚地爱着"我"，而"我"却忽略了她的爱。后来，"我"与老二无成，老三也嫁给了一个富商。3 年之后，"我"与死了丈夫的老三又重逢于 M 港市，二人都试图挽回失去的爱情；但过去的阴影笼罩在他们各自的心头，虽经百般努力，却再也无法燃起爱的激情。小说以"过去"为题，给这个看似平淡无奇的失恋故事增添了回味的余韵。人生就是一个不断过去的时间链条，在每一个瞬间，每一个环节上发生的故事，在当时可能并不觉得有什么意义，而当光阴已逝，人生迟暮，岁月渐老，那些往昔的情怀却再也无法挽回。

    《过去》的主人公李白时是一个报馆编辑，是郁达夫笔下常见的穷愁潦倒的文人。他和房东家的老二老三之间的感情纠葛是小说主线。"老大和蔼，老二活泼，老三阴郁，老四——说不出什么，因为当时我并没有对老四注意过"。当年，李白时狂热地追求老二，对深爱自己的老三颇不耐烦。这种情节其实也算不上多么传奇和浪漫，倒是韶华逝去异地他乡的重逢，让烂俗的情节和浮躁的情感，沉入人生深处，呈现出微带凉意的命运感和沉静的伤怀。新寡的老三和患病的李白时，这两个身心遭受折磨的故人，彼时都需要情感的支撑与慰藉，又有着当年的暗夜相对，理应重燃旧情，就此相伴。不过，小说超越了这个世俗的视角和烂俗的桥段，给出了惊喜的重逢，尴尬的相对和悲凉的别离。

郁达夫擅长写情，尤其是柔弱的苦恼的情欲纠缠，且能把微妙的身体感受精细地呈现出来。李白时对老二肉体的渴求以及受虐倾向，通过两个小小的细节表现出来，一是"我"对老二的脚的迷恋和想象，二是老二对"我"的踢打和"我"的反应。"她也就毫不客气地，再举起手来或脚来踢打。我被打得两颊绯红，或腰部感到酸痛的时候，才柔柔顺顺地服从她的命令，再来做她想我做的事情"。这里面，男性的位置放得很低，似乎老二身上体现出了新女性明确的自我认知。郁达夫塑造这一形象，并非要强调老二的精神自主和对男性世界的挑战；老二的活泼也并非是自觉的反叛，而是不乏性暗示的纵情任性。对于李白时来说，老二的不拘小节恰好构成了一种引诱，由此反衬出主人公渴望征服女性和喜欢被女性驱使的双重性心理。在两个女性的刻画中，尤其能看出鲜明的男性视角。老二的活泼，老三的阴郁，完全取决于对待男性的态度，而非其自身的精神世界的投影。而主人公的烦恼和焦虑，则可以看成是一种两性之间不确定性的表现。主体性建构和两性平等是五四时期的总主题，无论是直抒胸臆也好，袒露情欲私隐也好，最终都指向叙述主体整体性的自我想象，并且由这一路径出发，我们很容易进入郁达夫小说呈现的身体—自我—私情之外的那个想象的精神世界，受伤的，自虐的，然而又始终渴望解放自我的狂乱，这种时代的动荡，映照着个体的挣扎，完全的个人化写作才具有了丰富的历史叙事价值。

这篇小说采用了时空交错的构思，拓展了现实生活的表现视野，比较适合更丰富的情感蕴藉。当年大上海的种种情感纠葛，是青春岁月的迷恋和沦陷；灯红酒绿的生活场景活跃着摩登女郎老二；等到多年后，物是人非，在远离繁华青春谢幕的他乡，那个沉默寡言的老三从生活和记忆的深处浮现出来，刚好与已经远去的老二形成了新的对照。去除浮华的都市和青春光影，老三的沉郁和人到中年的感怀如此一致。新寡的身份不是那段情缘难以再续的最大障碍，彼此的感情错位带来的哲理思考，更富有深刻意味。老二是新时代摩登女性，与大学生订了婚，老三更像传统旧女性，嫁给了富商。老二和老三两种性格，代表了两种文化的走向。老二举手投足间所充满的叛离的朝气和生命的光彩，与老三眼中的黯淡和沉默的性情，在"我"的内心产生了两种截然不同的投影和回应，这种强烈的对照实质上隐含着新旧两种文化的冲突，"我"对于这两种情感的无从选择，既是属于个人的情感困境，也寓示了社会转型时期面对的新旧文化困境。

《过去》的时空交错叙事，还提供了都市现代性中某种新的感觉结构。所抒之情是传统的，提供的生命感觉却是现代的，由上海，苏州，北京，再到 M 地，几乎每一个城市都有身体感觉和生命意识在里面。在叙事上的起承转合，当然依据的不是现实主义的直观视角，内蕴其中的是一种生命流逝情怀不再的感觉。那一段"过去"发生在上海，虽然除了举办西洋音乐会的大马路市政厅之外，主人公的回忆中并没有出现灯红酒绿的上海滩特有的都市空间色调；这一段"现在"发生在 M 地，这座南方的港城，有一种相当衰颓的美感，沉静安宁，让人很容易想要一直生活下去。两种空间的对照，依旧是两种文化形态和生命感觉的隐喻。在繁华都市上海，主人公遭到了老二的断然拒绝，青春的热恋无以释放；在冷清港城 M 地，主人公又遭到了老三的委婉回绝，人近中年的孤寂无以慰安。小说在呈现苦涩的生命意味的同时，还隐含着 20 世纪肇始的有关现代"主体"想象中的某些重要问题。小说写到了情欲的升华，却没有上升到海阔天高的境界，主人公依旧满心的苦楚和绞痛，一个人再次踏上漂泊的人生旅程，这一结尾既隐现了人生的远景，同时也强化了小说感伤的整体氛围。

总之，《过去》在郁达夫的小说中，既没有早期自我暴露的峻急，也没有中期现实关怀的深切，也没有后期寄情山水的隐逸，不过这篇小说在艺术上，在生命韵味和文化隐喻上，却有着相当独特的意义和价值。

迟桂花

××兄:

　　突然间接着我这一封信，你或者会惊异起来，或者你简直会想不出这发信的翁某是什么人。但仔细一想，你也不在做官，而你的境遇，也未见得比我的好几多倍，所以将我忘了的这一回事，或者是还不至于的。因为这除非是要贵人或境遇很好的人才做得出来的事情。前两礼拜为了采办结婚的衣服家具之类，才下山去。有好久不上城里去了，偶尔去城里一看，真是像丁令威的化鹤归来，触眼新奇，宛如隔世重生的人。在一家书铺门口走过，一抬头就看见了几册关于你的传记评论之类的书。再踏进去一问，才知道你的著作竟积成了八九册之多了。将所有的你的和关于你的书全买将回来一读，仿佛是又接见了十余年不见的你那副音容笑语的样子。我忍不住了，一遍两遍的尽在翻读，愈读愈想和你通一次信，见一次面。但因这许多年数的不看报，不识世务，不亲笔砚的缘故，终于下了好几次决心，而仍不敢把这心愿来实现。现在好了，关于我的一切结婚的事情的准备，也已经料理到了十之七八，而我那年老的娘，又在打算着于明天一侵早就进城去，早就上床去躺下了。我那可怜的寡妹，也因为白天操劳过了度，这时候似乎也已经坠入了梦乡，所以我可以静静儿的来练这久未写作的笔，实现我这已经怀念了有半个多月的心愿了。

　　提笔写将下来，到了这里，我真不知将如何的从头写起。和你相别以后，不通闻问的年数，隔得这么的多，读了你的著作以后，心里头触起的感觉情绪，又这么的复杂；现在当这一刻的中间，汹涌盘旋在我脑里想和你谈谈的话，的确，不止像一部二十四史那么的繁而且乱，简直是同将要爆发的火山内层那么的热而且烈，急遽寻不出一个头来。

　　我们自从房州海岸别来，到现在总也约莫有十多年光景了罢！

我还记得那一天晴冬的早晨，你一个人立在寒风里送我上车回东京去的情形。你那篇《南迁》的主人公，写的是不是我？我自从那一年后，竟为这胸腔的恶病所压倒，与你再见一次面和通一封信的机会也没有，就此回国了。学校当然是中途退了学，连生存的希望都没有了的时候，哪里还顾得将来的立身处世？哪里还顾得身外的学艺修能？到这时候为止的我的少年豪气，我的绝大雄心，是你所晓得的。同级同乡的同学，只有你和我往来得最亲密。在同一公寓里同住得最长久的，也只有你一个人；时常劝我少用些功，多保养身体，预备将来为国家为人类致大用的，也就是你。每于风和日朗的晴天，拉我上多摩川上井之头公园及武藏野等近郊去散步闲游的，除你以外，更没有别的人了。那几年高等学校时代的愉快的生活，我现在只教一闭上眼，还历历透视得出来。看了你的许多初期的作品，这记忆更加新鲜了。我的所以愈读你的作品，愈想和你通一次信者，原因也就在这些过去的往事的追怀。这些都是你和我两人所共有的过去，我写也没有写得你那么好，就是不写你总也还记得的，所以我不想再说。我打算详详细细向你来作一个报告的，就是从那年冬天回故乡以后的十几年光景的山居养病的生活情形。

那一年冬天咯了血，和你一道上房州去避寒，在不意之中，又遇见了那个肺病少女——是真砂子罢？连她的名字我都忘了——无端惹起了那一场害人害己的恋爱事件。你送我回东京之后，住了一个多礼拜，我就回国来了。我们的老家在离城市有二十来里地的翁家山上，你是晓得的。回家住下，我自己对我的病，倒也没什么惊奇骇异的地方，可是我痰里的血丝，脸上苍白的，和身体的瘦削，却把我那已经守了好几年寡的老母急坏了，因为我那短命的父亲，也是患这同样的病而死去的。于是她就四处的去求神拜佛，采药求医，急得连粗茶淡饭都无心食用，头上的白发，也似乎一天一天的加多起来了。我哩！恋爱已经失败了，学业也已辍了，对于此生，原已没有多大的野心，所以就落得去由她摆布，积极地虽尽不得孝，便消极地尽了我的顺。初回家的一年中间，我简直门外也不出一步，各色各样的奇形的草药和各色各样的异味的单方，差不多都尝了一个遍。但是怪得很，连我自己都满以为没有希望的这致命的病症，一到了回国后经过的第二个夏天，竟似乎有神助似地忽然减轻了，夜热也不再发，盗汗也居然止住，痰里的血丝早就没有了。我的娘的喜欢，当然是不必说，就是在家里替我煮药缝衣，代我操作一切的我那位妹妹，也同春天的天气一样，时时展开了她的愁眉，露出了她那副特有的真真是讨人欢喜的笑容。到了初夏，我药也已经不服，有兴致的时候，居然也能够和她们一道上山前山后去采采茶，摘摘菜，帮她们去服一点小小的劳役了。是在这一年的——回家后第三年的——秋天，在我们家里，同时候发生了两件似喜而又可悲，说悲却也可喜的悲喜剧。第一，就是我那妹妹的出嫁，第二，就是我定在城里的那家婚约的解除。妹妹那年十九岁了，男家是只隔一支山岭的一家乡下的富家。他们来说亲的时候，原是因为我们祖上是世代读书的，总算是来和诗礼人来攀婚的意思。定亲已经定过了四五年了，起初我娘却嫌妹年纪太小，不肯马上准他们来迎娶，后来就因为我的病，一搁就又搁起了两三年。到了这一回，我的病总算已经恢复，而妹妹却早到了该结婚的年龄了。男家来一说，我娘也就应允了他们。也算完了她自己的一件心事。至于我的这家亲事呢，却是我父亲在死的前一年为我定下的，女家是城里的一家相当有名的旧家。那时候我的年纪虽还很小，而我们家里的不动产却着实还有一点可观。并且我又是一个才子，将来家里要培植我读书处世是无疑的，所以那一家旧家居然也应允了我的婚事。以现在的眼光看来，这门亲事，当然是我们去竭力高攀的，因为杭州人家的习俗，是吃粥的人家的女儿，非要去嫁吃饭的人家不可的。还有乡下姑姑，嫁往城里，倒是常事，城里的千金小姐，却不大会下嫁到乡下来的，所以当时的这个婚约，起初在根本上就有点儿不对。后来经我父亲的一死，我们家里，丧葬费用，就用去不少。嗣后年复一年，母子三人，只吃着家里的死饭。亲族戚属，少不得又要对我们孤儿寡妇，时时加以一点剥削。母亲又忠厚无用，在出卖田地山场的时候，也不晓得市价的高低，大抵是任凭族人在勾搭。就因这种种关系的结果，到我考取了官费，上日本去留学的那一年，我们这一家世代读书的翁家山上的旧家，已经只剩得一点仅能维护衣食的住屋山场和几块荒田了。当我初次出国的时候，承蒙他们不弃，我那未来的亲家，还送了我些赆仪路费。后来由于寒假暑假回国的期间，也曾央原媒来催过完姻。可是接着就是我那致命的病症的发生，与我的学业的中辍，于是两三年中，他们和我们的中间，便自然而然的断绝了交往。到了这一年的晚秋，当我那妹妹嫁后不久的时候，女家忽而又央了原媒来对母亲说："你们的大少爷，有病在身，婚娶的事情，当然是不大相宜的，而他家的小姐，也已经下了绝大的决心，立志终身不嫁了，所以这一个婚约，还是解除了的好。"说着就打开包裹，将我们传红时候交去的金玉如意，红绿帖子等，拿了出来，退还了母亲。我那忠厚老实的娘，人虽则无用，但面子却是死要的，一听了媒人的这一番说话，目瞪口僵，立时就滚下几颗眼泪来。幸亏我在旁边，做好做歹的对娘劝慰了好久，她才含着眼泪，将女家的回礼及八字全帖等检出，交还了原媒。媒人去后，她又上山后我父亲的坟边去大哭一场。直到傍晚，我和同族邻人等一道去拉她回来，她在路上，还流着满脸的眼泪鼻涕，在很伤心地呜咽。这一出赖婚的怪剧，在我只有高兴，本来是并没有什么大不了的，可是由头脑很旧的她看来，却似乎是翁家世代的颜面家声都被他们剥尽了。自此以后，一直下来，将近十年，我和她母子二人，就日日的寡言少笑，相对茕茕，直到前年的冬天，我那妹夫死去，寡妹回来为止，两人所过的，都是些在炼狱里似的沉闷的日子。

　　说起我那寡妹，她真也是前世不修。人虽则很长大，身体虽则很强壮，但她的天性，却永远是一个天真活泼的小孩子。嫁过去那一年，来回郎的时候，她还是笑嘻嘻地如同上城里去了一趟回来了的样子，但双满月之后，到年下边回来的时候，从来不晓得悲泣的她，竟对我母亲掉起眼泪来了。她们夫家的公公虽则还好，但婆婆的繁言吝啬，小姑的刻薄尖酸和男人的放荡凶暴，使她一天到晚不得一刻安闲自在的生活。工作操劳本系是她在家里的时候所惯习的，倒并不以为苦，所最难受的，却是多用一枝火柴，也要受婆婆责备的那一种俭约到不可思议的生活状态。还有两位小姑，左一句尖话，右一句毒语，仿佛从前我娘的不准他们早来迎娶，致使她们的哥哥染上游荡的恶习，在外面养起了女人这一件事情，完全是妹妹的罪恶。结婚之后，新郎的恶习，仍旧改不过来，反而是在城里他那旧情人家里过的日子多，在新房里过的日子少。这一笔账，当然又要写在我妹妹的身上。婆婆说她不会侍奉男人，小姑们说她不会劝，不会骗。有时候公公看得难受，替她申辩一声，婆婆就尖着喉咙，要骂上公公的脸去；"你这老东西！脸要不要，脸要不要，你这扒灰老！"因为那妹夫，过的是这一种不自然的生活，所以前年夏天，就染了急病死掉了，于是我那妹妹又多了个克夫的罪名。妹妹年轻守寡，公公少不得总要对她客气一点，婆婆在这里就算抓住了扒灰的证据，三日一场吵，五日一场闹，还是小事，有几次在半夜里，两老夫妇还会大哭大骂的喧闹起来。我妹妹于有一回被骂被逼得特别厉害的争吵之后，就很坚决地搬回到了家里来住了。自从她回来之后，我的娘非但得到了一个很大的帮手，就是我们家里的沉闷的空气，也缓和了许多。

这就是和你别后，十几年来，我在家里所过的生活的大概。平时非但不上城里去走走，当风雪盈途的冬季，我和我娘简直有好几个月不出门外的时候。我妹妹回来之后，生活又约略变过了。多年不做的焙茶事业，去年也竟出产了一二百斤。我的身体，经了十几年的静养，似乎也有一点把握了。从今年起，我并且在山上的晏公祠里参加入了一个训蒙的小学，居然也做了一位小学教师。但人生是动不得的，稍稍一动，就如滚石下山，变化便要接连不断的簇生出来。我因为在教教书，而家里头又勉强地干起了一点事业，今年夏季居然又有人来同我议婚了。新娘是近邻乡村里的一位老处女，今年二十七岁，家里虽称不得富有，可也是小康之家。这位新娘，因为从小就读了些书，曾在城里进过学堂，相貌也还过得去——好几年前，我曾经在一处市场上看见过她一眼的——故而高不凑，低不就，等闲便度过了她的锦样的青春。我在教书的学校里的那位名誉校长——也是我们的同族——本来和她是旧亲，所以这位校长就在中间做了个传红线的冰人。我独居已经惯了，并且身体也不见得分外强健，若一结婚，难保得旧病的不会复发，故而对这门亲事，当初是断然拒绝了的。可是我那年老的母亲，却仍是雄心未死，还在想我结一头亲，生下几个玉树芝兰来，好重振重振我们的这已经坠落了很久的家声，于是这亲事又同当年生病的时候服草药一样，勉强地被压上我的身上来了。我哩，本来也已经入了中年了，百事原都看得很穿，又加以这十几年的疏散和无为，觉得在这世上任你什么也没甚大不了的事情，落得随随便便的过去，横竖是来日也无多了。只教我母亲喜欢的话，那就是我稍稍牺牲一点意见也使得。于是这婚议，就在很短的时间里，成熟得妥妥贴贴，现在连迎娶的日期也已经拣好了，是旧年九月十二。

是因为这一次的结婚，这才进城里去买东西，才发现了多年不见的你这老友的存在，所以结婚之日，我想请你来我这里吃喜酒，大家来谈谈过去的事情。你的生活，从你的日记和著作中看来，本来也是同云游的僧道一样的。让出一点工夫来，上这一区僻静的乡间来住几日，或者也是你所喜欢的事情。你来，你一定来，我们又可以回顾回顾一去而不复返的少年时代。

我娘的房间里，有起响动来了，大约天总就快亮了罢。这一封信，整整地费了我一夜的时间和心血，通宵不睡，是我回国以后十几年来不曾有过的经验，你单只看取了我的这一点热忱，我想你也不好意思不来。

啊，鸡在叫了，我不想再写下去了，还是让我们见面之后再来谈罢！

一九三二年九月翁则生上

刚在北平住了个把月，重回到上海的翌日，和我进出的一家书铺里，就送了这一封挂号加邮托转交的厚信来。我接到了这信，捏在手里，起初还以为是一位我认识的作家，寄了稿子来托我代售的。但翻转信背一看，却是杭州翁家山的翁某某所发，我立时就想起了那位好学不倦，面容妩媚，多年不相闻问的旧同学老翁。他的名字叫翁矩，则生是他的小名。人生得矮小娟秀，皮色也很白净，因而看起来总觉得比他的实际年龄要小五六岁。在我们的一班里，算他的年纪最小，操体操的时候，总是他立在最后的，但实际上他也只不过比我小两岁。那一年寒假之后，和他同去房州避寒，他的左肺尖，已经被结核菌损蚀得很厉害了。住不上几天，一位也住在那边养肺病的日本少女，很热烈地和他要好了起来，结果是那位肺病少女因兴奋而病剧，他也就同失了舵的野船似地迁回到了中国。以后一直十多年，我虽则在大学里毕了业，但关于他的消息，却一向还不曾听见有人说起过。拆开了这封长信，上书室去坐下，从头到尾细细读完之后，我呆视着远处，茫茫然如失了神的样子，脑子里也触起了许多感慨与回想。我远远的看出了他的那种柔和的笑容，听见了他的沉静而又清澈的声气。直到天将暗下去的时候，我一动也不动，还坐在那里呆想，而楼下的家人却来催吃晚饭了。在吃晚饭的中间，我就和家里的人谈起了这位老同学，将那封长信的内容约略说了一遍。家里的人，就劝我落得上杭州去旅行一趟，像这样的秋高气爽的时节，白白地消磨在煤烟灰土很深的上海，实在有点可惜，有此机会，落得去吃吃他的喜酒。

　　第二天仍旧是一天晴和爽朗的好天气，午后二点钟的时候，我已经到了杭州城站，在雇车上翁家山去了。佢这一天，似乎是上海各洋行与机关的放假的日子，从上海来杭州旅行的人，特别的多。城站前面停在那里候客的黄包车，都被火车上下来的旅客雇走了，不得已，我就只好上一家附近的酒店去吃午饭。在吃酒的当中，问了问堂倌以去翁家山的路径，他便很详细地指示我说：

　　"你只教坐黄包车到旗下的陈列所，搭公共汽车到四眼井下来走上去好了。你又没有行李，天气又这么的好，坐黄包车直去是不上算的。"

　　得到了这一个指数，我就从容起来了，慢慢的喝完了半斤酒，吃了两大碗饭，从酒店出来，便坐车到了旗下。恰好是三点前后的光景，湖六段的汽车刚载满了客人，要开出去。我到了四眼井下车，从山下稻田中间的一条石板路走进满觉陇的时候，太阳已经平西到了三五十度斜角度的样子，是牛羊下来，行人归舍的时刻了。在满觉陇的狭路中间，果然遇见了许多中学校的远足归来的男女学生的队伍。上水乐洞口去坐下喝了一碗清茶，又拉住了一位农夫，问了声翁则生的名字，他就晓得得很详细似地告诉我说：

　　"是山上第二排的朝南的一家，他们那间楼房顶高，你一上去就可以看得见的。则生要讨新娘子了，这几天他们正在忙着收拾。这时候则生怕还在晏公祠的学堂里哩。"

　　谢过了他的好意，付过了茶钱，我就顺着上烟霞洞去的石级，一步一步的走上了出去。渐走渐高，人声人影是没有了，在将暮的晴天之下，我只看见了许多树影。在半山亭里立住歇了一歇，回头向东南一望，看得见的，只有些青葱的山和如云的树，在这些绿树丛中又是些这儿几点，那儿一簇的屋瓦和白墙。

"啊啊，怪不得他的病会得好起来了，原来翁家山是在这样的一个好地方。"

烟霞洞我儿时也曾来过的，但当这样晴爽的秋天，于这一个西下夕阳东上月的时刻，独立在山中的空亭里，来仔细赏玩景色的机会，却还不曾有过。我看见了东天的已经满过半弓的月亮，心里正在羡慕翁则生他们老家的处地的幽深，而从背后又吹来了一阵微风，里面竟含满着一种说不出的撩人的桂花香气。

"啊……"

我又惊异了起来：

"原来这儿到这时候还有桂花？我在以桂花著名的满觉陇里，倒不曾看到，反而在这一块冷僻的山里面来闻吸浓香，这可真也是奇事了。"

这样的一个人独自在心中惊异着，闻吸着，赏玩着，我不知在那空亭里立了多少时候。突然从脚下树丛深处，却幽幽的有晚钟声传过来了；东嗡、东嗡地这钟声实在真来得缓慢而凄清，我听得耐不住了，拔起脚跟，一口气就走上了山顶，走到了那个山下农夫曾经教过我的烟霞洞西面翁则生家的近旁。约莫离他家还有半箭路远时候，我一面喘着气，一面就放大了喉咙向门里面叫了起来：

"喂，老翁！老翁！则生！翁则生！"

听见了我的呼声，从两扇关在那里的腰门里开出来答应的，却不是被我所唤的翁则生自己，而是我从来也没有见过的，比翁则生略高三五分的样子，身体强健，两颊微红，看起来约莫有二十四五的一位女性。

她开出了门，一眼看见了我，就立住脚惊疑似地略呆了一呆。同时我看见她脸上却涨起了一层红晕，一双大眼睛眨了几眨，深深地吞了一口气。她似乎已经镇静下去了，便很腼腆地对我一笑。在这一脸柔和的笑容里，我立时就看到了翁则生的面相与神气，当然她是则生的妹妹无疑了，走上了一步，我就也笑着问她说：

"则生不在家么？你是他的妹妹不是？"

听了我这一句问话，她脸上又红了一红，柔和地笑着，半俯了头，她方才轻轻地回答我说：

"是的，大哥还没有回来，你大约是上海来的客人罢？吃中饭的时候，大哥还在说哩！"

这沉静清澈的声气，也和翁则生的一色而没有两样。

"是的，我是从上海来的。"

我接着说：

"我因为想使则生惊骇一下，所以电报也不打一个来通知，接到他的信后，马上就动身来了。不过你们大哥的好日也太逼近了，实在可也没有写一封信来通知的时间余裕。"

"你请进来罢，坐坐吃碗茶，我马上去叫了他来。怕他听到了你来，真要惊喜得像疯了一样哩。"

走上台阶，我还没有进门，从客堂后面的侧门里，却走出了一位头发雪白，面貌清癯，大约有六十内外的老太太来。她的柔和的笑容，也是和她的女儿的笑容一色一样的。似乎已经听见了我们在门口交换过的谈话了，她一开口就对我说：

"是郁先生么？为什么不写一封快信来通知？则生中上还在说，说你若要来，他打算进城上车站去接你去的。请坐，请坐，晏公祠只有十几步路，让我去叫他来罢，怕他真要高兴得像什么似的哩。"

说完了，她就朝向了女儿，吩咐她上厨下去烧碗茶来。她自己却踏着很平稳的脚步，走出大门，下台阶去通知则生去了。

"你们老太太倒还轻健得很。"

"是的，她老人家倒还好。你请坐罢，我马上起了茶来。"

她上厨下去起茶的中间，我一个人，在客堂里倒得了一个细细观察周围的机会。则生他们的住屋，是一间三开间而有后轩后厢房的楼房。前面阶沿外走落台阶，是一块可以造厅造厢楼的大空地。走过这块数丈见方的空地，再下两级台阶，便是村道了。越村道而下，再低数尺，又是一排人家的房子。但这一排房子，因为都是平屋，所以挡不杀翁则生他们家里的眺望。立在翁则生家的空地里，前山后山的山景，是依旧历历可见的。屋前屋后，一段一段的山坡上，都长着些不大知名的杂树，三株两株夹在这些杂树中间，树叶短狭，叶与细枝之间，满撒着锯末似的黄点的，却是木犀花树。前一刻在半山空亭里闻到的香气，源头原来就系出在这一块地方的。太阳似乎已下了山，澄明的光里，已经看不见日轮的金箭，而山脚下的树梢头，也早有一带晚烟笼上了。山上的空气，真静得可怜，老远老远的山脚下的村里，小儿在呼唤的声音，也清晰得地听得出来。我在空地里立了一会，背着手又踱回到了翁家的客厅，向四壁挂在那里的书画一看，却使我想起了翁则生信里所说的事实。琳琅满目，挂在那里的东西，果然是件件精致，不像是乡下人家的俗恶的客厅。尤其使我看得有趣的，是陈豪写的一堂"归去来辞"的屏条，墨色的鲜艳，字迹的秀腴，有点像董香光而更觉得柔媚。翁家的世代书香，只须上这客厅里来一看就可以知道了。我立在那里看字画还没有看得周全，忽而背后门外老远的就飞来了几声叫声：

"老郁！老郁！你来得真快！"

翁则生从小学校里跑回来了，平时总很沉静的他，这时候似乎也感到了一点兴奋。一走进客堂，他握住了我的两手，尽在喘气，有好几秒钟说不出话来。等落在后面的他娘走到的时候，三人才各放声大笑了起来。这时候他妹妹也已经将茶烧好，在一个朱漆盘里放着三碗搬出来摆上桌子来了。

"你看，则生这小孩，他一听见我说你到了，就同猴子似的跳回来了。"他娘笑着对我说。

"老翁！说你生病生病，我看你倒仍旧不见得衰老得怎么样，两人比较起来，怕还是我老得多哩？"

我笑说着，将脸朝向了他的妹妹，去征她的同意。她笑着不说话，只在守视着我们的欢喜笑乐的样子。则生把头一扭，向她娘指一指，就接着对我说：

"因为我们的娘在这里，所以我不敢老下去呀。并且媳妇儿也还不曾娶到，一老就得做老光棍了，那还了得！"

经他这么一说，四个人重又大笑起来了，他娘的老眼里几乎笑出了眼泪。则生笑了一会，就重新想起了似的替他妹妹介绍说：

"这是我的妹妹，她的事情，你大约是晓得的罢？我在那信里是写得很详细的。"

"我们可不必你来介绍了，我上这儿来，头一个见到的就是她。"

"噢，你们倒是有缘啊！莲，你猜这位郁先生的年纪，比我大呢，还是比我小？"

他妹妹听了这一句话，面色又涨红了，正在嗫嚅困惑的中间，她娘却止住了笑，问我说：

"郁先生，大约是和则生上下年纪罢？"

"那里的话，我要比他大得多哩。"

"娘，你看还是我老呢，还是他老？"

则生又把这问题转向了他的母亲。他娘仔细看了我一眼，就对他笑骂般的说：

"自然是郁先生来得老成稳重，谁更像你那样的不脱小孩脾气呢！"

说着，她就走近了桌边，举起茶碗来请我喝茶。我接过来喝了一口，在茶里又闻到了一种实在是令人欲醉的桂花香气。掀开了茶碗盖，我俯首向碗里一看，果然在绿莹莹的茶水里散点着有一粒一粒的金黄的花瓣。则生以为我在看茶叶，自己拿起了一碗喝了一口，他就对我说：

"这茶叶是我们自己制的，你说怎么样？"

"我并不在看茶叶，我只觉这触鼻的桂花香气，实在可爱得很。"

"桂花吗？这茶叶里的还是第一次开的早桂，现在在开的迟桂花，才有味哩！因为开得迟，所以日子也经得久。"

"是的是的，我一路上走来，在以桂花著名的满觉陇里，倒闻不着桂花的香气。看看两旁的树上，都只剩了一簇一簇的淡绿的桂花托子了，可是到了这里，却同做梦似地，所闻吸的尽是这种浓艳的气味。老翁，你大约是已经闻惯了，不觉得什么罢？我……我……"

说到了这里，我自家也忍不住笑了起来。则生尽管在追问我，"你怎么样？你怎么样？"到了最后，我也只好说了：

"我，我闻了，似乎要起性欲冲动的样子。"

则生听了，马上就大笑了起来，他的娘和妹妹虽则并没有明确地了解我们的说话的内容，但也晓得我们是在说笑话，母女俩便含着微笑，上厨下去预备晚饭去了。

我们两人在客厅上谈谈笑笑，竟忘记了点灯，一道银样的月光，从门里洒进来了。则生看见了月亮，就站起来想去拿煤油灯，我却止住了他，说：

"在月光底下清谈，岂不是很好么？你还记不记得起，那一年在井之头公园里的一夜游行？"

所谓那一年者，就是翁则生患肺病的那一年秋天。他因为用功过度，变成了神经衰弱症。有一天，他课也不去上，竟独自一个在公寓里发了一天的疯。到了傍晚，他饭也不吃，从公寓里跑出去了。我接到了公寓主人的注意，下学回来，就远远地在守视着他，看他走出了公寓，就也追踪着他，远远地跟他一道到了井之头公园。从东京到井之头公园去的高架电车，本来是有前后的两乘，所以在电车上，我和他并不遇着。直到下车出车站之后，我假装无意中和他冲见了似的同他招呼了。他红着双颊，问我这时候上这野外来干什么，我说是来看月亮的，记得那一晚正是和这天一样地有月亮的晚上。两人笑了一笑，就一道的在井之头公园的树林里走到了夜半方才回来。后来听他的自白，他是在那一天晚上想到井之头公园去自杀的，但因为遇见了我，谈了半夜，胸中的烦闷，有一半消散了，所以就同我一道又转了回来。"无限胸中烦闷事，一宵清话又成空！"他自白的时候，还念出了这两句诗来，借作解嘲。以后他就因伤风而发生肺炎，肺炎愈后，就一直的为结核菌所压倒了。

谈了许多怀旧谈后，话头一转，我就提到了他的这一回的喜事。

"这一回的喜事么？我在那信里也曾和你说过。"

谈话的内容，一从空想追怀转向了现实，他的声气就低下了去，又回复了他旧日的沉静的态度。

"在我是无可无不可的，对这事情最起劲的，倒是我的那位年老的娘，这一回的一切准备麻烦，都是她老人家在替我忙的。这半个月中间，她差不多日日跑城里。现在是已经弄得完完全全，什么都预备好了，明朝一日，就要来搭灯彩，下午是女家送嫁妆来，后天就是正日。可是老郁，有一件事情，我觉得很难受，就是莲儿——这是我妹妹的小名——近来，似乎是很不高兴的样子，她话虽则不说，但因为她是很天真的缘故，所以在态度上表情上处处我都看得出来。你是初同她见面，所以并不觉得什么，平时她着实要活泼哩，简直活泼得同现代的那些共产女郎一样，不过她的活泼是天性的纯真，而那些现代女郎，却是学来的时髦。……按说哩，这心绪的恶劣，也是应该的，她虽则是一个纯真的小孩子，但人非木石，究竟总有一点感情，看到了我们这里的婚事热闹，无论如何，总免不得要想起她自己的身世凄凉的。并且还有一个最重要的动机，仿佛是她觉得自己以后的寄身无处。这儿虽是娘家，但她却是已经出过嫁的女儿了，哥哥讨了嫂嫂，她还有什么权利再寄食在娘家呢？所以我当这婚事在谈起的当初，就一次两次的对她说过了，不管她怎样，她总是我的妹妹，除非她要再嫁，则没有话说，要是不然的话，那她是一辈子有和我同居，和我对分财产的权利的，请她千万不要自己感到难过。这一层意思，她原也明白，我的性情，她是晓得的，可是不晓得怎么，她近来似乎总有点不大安闲的样子。你来得正好，顺便也可以劝劝她。并且明天发嫁妆结灯彩之类的事情，怕她看了又要想到自己的身世，我想明朝一早就叫她陪你出去玩去，省得她在家里一个人在暗中受苦。"

"那好极了，我明天就陪她出去玩一天回来。"

"那可不对，假使是你陪她出去玩的话，那是形迹更露，愈加要使她难堪了。非要装作是你要她去作陪不行。仿佛是你想出去玩，但我却没有工夫陪你，所以只好勉强请她和你一道出去。要这样，她才安逸。"

"好，好，就这么办，明天我要她陪我去逛五云山去。"

正谈到这里，他的那位老母从客室后面的那扇侧门里走出来了，看到了我们坐在微明灰暗的客室里谈天，她又笑了起来说：

"十几年不见的一段总账，你们难道想在这几刻功夫里算它清来么？有什么话谈得那么起劲，连灯都忘了点一点？则生，你这孩子真像是疯了，快立起来，把那盏保险灯点上。"

说着她又跑回到了厨下，去拿了一盒火柴出来。则生爬上桌子，在点那盏悬在客室正中的保险灯的时候，她就问我吃晚饭之先，要不要喝酒。则生一边在点灯，一边就从肩背上叫他娘说：

"娘，你以为他也是肺痨病鬼么？郁先生是以喝酒出名的。"

"那么你快下来去开坛去罢，今天挑来的是那两坛酒，不晓得好不好，请郁先生尝尝看。"

他娘听了他的话后，就也昂起了头，一面在看他点灯，一则在催他下来去开酒去。

"幸而是酒，请郁先生先尝一尝新，倒还不要紧，要是新娘子，那可使不得。"

他笑说着从桌子上跳了下来，他娘眼睛望着了我，嘴唇却朝着了他啐了一声说：

"你看这孩子，说话老是这样不正经的！"

"因为他要做新郎官了，所以在高兴。"

我也笑着对他娘说了一声，旋转身就一个踱出了门外，想看一看这翁家山的秋夜的月明，屋内且让他们母子俩去开酒去。

月光下的翁家山，又不相同了。从树枝里筛下来的千条万条银线，像电影里的白天的外景。不知躲在什么地方的许多秋虫的鸣唱，骤听之下，满以为在下急雨。白天的热度，日落之后，忽然收敛了，于是草木很多的这深山顶上，就也起了一层白茫茫的透明雾障。山上电灯线似乎还没有接上，远近一家一家看得见的几点煤油灯光，仿佛是大海湾里的渔灯野火。

一种空山秋夜的沉默的感觉，处处在高压着人，使人肃然会起一种畏敬之思。我独立在庭前的月光亮里看不小几分钟，心里就有点寒竦竦的怕了起来，回身再走回客室，酒茶杯筷，都已热气蒸腾的摆好在那里候客了。

四个人当吃晚饭的中间，则生又说了许多笑话。因为在前回听取一番他所告诉我的衷情之后，我于举酒杯的瞬间，偷眼向她妹妹望望，觉得在她的柔和的笑脸上，的确似乎是有一种说不出的悲寂的表情流露那里的样子。这一餐晚饭，吃尽了许多时间，我因为白天走路走得不少，而谈话之后又感到了一点兴奋，肚子有点饿了，所以酒和菜，竟吃得比平时要多一倍。到了最后将快吃完的当儿，我就向则生提出说：

"老翁，五云山我倒还没有去玩过，明天你可不可以陪我一道去玩一趟？"

则生仍复以他的那种滑稽的口吻回答我说：

"到了结婚的前一日，新郎官哪里走得开呢，还是改天再去罢。等新娘子来了之后，让新郎新娘抬了你去烧香，也还不迟。"

我却仍复主张着说，明天非去不行。则生就说：

"那么替你去叫一顶轿子来，你坐了轿子去，横竖是明天轿夫会来的。"

"不行不行，游山玩山，我是喜欢走的。"

"你认得路么？"

"你们这一种乡下的僻路，我哪里会认得呢？"

"那就怎么办呢？……"

则生抓着头皮，脸上露出了一脸为难的神气。停了一二分钟，他就举目向他的妹妹说：

"莲，你怎么样！你是一位女豪杰，走路又能走，地理又熟悉，你替我陪了郁先生去怎么样？"

他妹妹也笑了起来，举起眼睛来向她娘看了一眼。接着她娘就说：

"好的，莲，还是你陪了郁先生去罢，明天你大哥是走不开的。"

我一看她脸上的表情，似乎已经有了答应的意思了，所以又追问了她一声说：

"五云山可着实不近哩，你走得动的么？回头走到半路，要我来背，那可办不到。"

她听了这话，就真同从心坎里笑出来的一样笑着说：

"别说五云山，就是老东岳，我们也一天要往返两次哩。"

从她的红红的双颊，挺突的胸脯，和肥圆的肩臂看来，这句话也决不是她夸的大口。吃完晚饭，又谈了一阵闲天，我们因为明天各有忙碌的操作在前，所以一早就分头到房里去睡了。

山中的清晓，又是一种特别的情景。我因为昨天夜里多喝了一点酒，上床去一睡，就同大石头掉下海里似的，一直就酣睡到了天明。窗外面吱吱唧唧的鸟声喧噪得厉害，我满以为还是夜半，月明将野鸟惊醒了，但睁开眼掀开帐子来一望，窗内窗外已饱浸着晴天爽朗的清晨光线，窗子上面的一角，却已经有一楼朝阳的红箭射到了。急忙滚出了被窝，穿起衣服，跑下楼去一看，他们母子三人，也已梳洗得妥妥服服，说是已经做了个把钟头的事情之后，平常他们总是于五点钟前后起床的。这一种日出而作，日入而息的山中住民的生活秩序，又使我对他们感到了无穷的敬意。四人一道吃过了早餐，我和则生的妹妹，就整了一整行装，预备出发。临行之际，他娘又叫我等一下子，她很迅速地跑上楼去取了一枝黑漆手杖下来，说，这是则生生病的时候用过的，走山路的时候，用它来撑扶撑扶，气力要省得多。我谢过了她的好意，就让则生的妹妹上前带路，走出了他们的大门。

早晨的空气，实在澄鲜得可爱。太阳已经升高了，但它的领域，还只限于屋檐，树梢，山顶等突出的地方。山路两旁的细草上，露水还没有干，而一味清凉触鼻的绿色草气，和入在桂花香味之中，闻了好像是宿梦也能摇醒的样子。起初还在翁家山村内走着，则生的妹妹，对村中的同姓，三步一招呼，五步一立谈的应接得忙不暇给。走尽了这村子的最后一家，沿了入谷的一条石板路走上下山路的时候，遇见的人也没有了，前面眺望，也转换了一个样子。朝我们去的方向看去，原又是冈峦的起伏和别墅的纵横，但稍一住脚，掉头向东面一望，一片同呵了一口气的镜子似的湖光，却躺在眼下了。远远从两山之间的谷顶望去，并且还看得出一角城里的人家，隐约藏躲在尚未消尽的湖雾当中。

我们的路先朝西北，后又向西南，先下了山坡，后又上了山背，因为今天有一天的时间，可以供我们消磨，所以一离了村境，我就走得特别的慢，每这里看看，那里看看的看个不住。若看见了一件稍可注意的东西，那不管它是风景里的一点一堆，一山一水，或植物界的一草一木与动物界的一鸟一虫，我总要拉住了她，寻根究底的问得她仔仔细细。说也奇怪，小时候只在村里的小学校里念过四年书的她——这是她自己对我说——对于我所问的东西，却没有一样不晓得的。关于湖上的山水古迹，庙宇楼台哩，那还不要去管它，大约是生长在西湖附近的人，个个都能够说出一个大概来的，所以她的知道得那么详细，倒还在情理之中，但我觉得最奇怪的，却是她的关于这西湖附近的区域之内的种种动植物的知识。无论是如何小的一只鸟，一个虫，一株草，一棵树，她非但各能把它们的名字叫出来，并且连几时孵化，几时他迁，几时鸣叫，几时脱壳，或几时开花，几时结实，花的颜色如何，果的味道如何等，都说得非常有趣而详尽，使我觉得仿佛是在读一部活的桦候脱（*G.White*）的《赛儿鹏自然史》（*Natural History and Antiquities of Selborne*）。而桦候脱的书，却决没有叙述得她那么朴质自然则富于刺激，因为听听她那种舒徐清澈的语气，看看她那一双天生成像饱施过耐吻胭脂棒的红唇，更加上以她所特有的那一脸微笑，在知识分子之外还不得不添一种情的成分上去，于书的趣味之上更要兼一层人的风韵在里头。我们慢慢的谈着天，走着路，不上一个钟头的光景，我竟恍恍惚惚，像又回复了青春时代似的完全为她迷倒了。

她的身体，也真发育得太完全，穿的虽是一件乡下裁缝做的不大合式的大绸夹袍，但在我的前面一步一步的走去，非但她的肥突的后部，紧密的腰部，和斜圆的胫部的曲线，看得要簇生异想，就是她的两只圆而且软的肩膊，多看一歇，也要使我贪鄙起来。立在她的前面和她讲话哩，则那一双水泷泷的大眼，那一个隆正的尖鼻，那一张红白相间的椭圆嫩脸，和因走路走得气急，一呼一吸涨落得特别快的那个高突的胸脯，又要使我恼杀。还有她那一头不曾剪去的黑发哩，梳的虽然是一个自在的懒髻，但一映到了她那个圆而且白的额上，和短而且腴的颈际，看起来，又格外的动人。总之，我在昨天晚上，不曾在她身上发见的康健和自然的美点，今天因这一回的游山，完全被我观察到了。此外我又在她的谈话之中，证实了翁则生也和我曾经讲到过的她的生性的活泼与天真。譬如我问她今年几岁了？她说，二十八岁。我说这真看不出，我起初还以为你只有二十三四岁，她说，女人不生产是不大会老的。我又问她，对于则生这一回的结婚，你有点什么感触？她说，另外也没有什么，不过以后长住在娘家，似乎有点对不起大哥和大嫂。像这一类的纯粹真率的谈话，我另外还听取了许多许多，她的朴素的天性，真真如翁则生之所说，是一个永久的小孩子的天性。

爬上了龙井狮子峰下的一处平坦的山顶，我于听了一段她所讲的如何栽培茶叶，如何摘取焙烘，与那时候的山家生活的如何紧张而有趣的故事之后，便在路旁的一块大岩石上坐下了。遥对着在晴天下太阳光里躺着的杭州城市，和近水遥山，我的双眼只凝视着苍空的一角，有半晌不曾说话。

一边在我的脑里，却只在回想着德国的一位名延生（*Jenson*）的作家所著的一部小说《野紫薇爱立喀》（*Die Braune Erika*）。这小说后来又有一位英国的作家哈特生（*Hodson*）摹仿了，写了一部《绿阴》（*Green Mansions*）。两部小说里所描写的，都是一个极可爱的生长在原野里的天真的女性，而女主人公的结果后来都是不太好的。我沉默着痴想了许久，她却从我背后用了她那只肥软的右手很自然地搭上了我的肩膀。

"你一声也不响的在那里想什么？"

我就伸上手去把她的那只肥手捏住了，一边就扭转了头微笑着看入了她的那双大眼，因为她是坐在我的背后的。我捏住了她的手又默默地对她注视了一分钟，但她的眼里脸上却丝毫也没有羞惧兴奋的痕迹出现，她的微笑，还依旧同平时一点儿也没有什么的笑容一样。看了我这一种奇怪的形状，她过了一歇，反又很自然的问我说：

"你究竟在那里想什么？"

倒是我被她问得难为情起来了，立时觉得两颊就潮热了起来。先放开了那只被我捏住在那儿的她的手，然后干咳了两声，最后我就鼓动了勇气，发了一声同被绞出来似的笑语：

"我……我在这儿想你！"

"是在想我的将来如何的和他们同住么？"

她的这句反问，又是非常的率真而自然，满以为我是在为她设想的样子。我只好沉默着把头点了几点，而眼睛里却酸溜溜的觉得有点热起来了。

"啊，我自己倒并没有想得什么伤心，为什么，你，你却反而为我流起眼泪来了呢？"

她像吃了一惊似的立了起来问我，同时我也立起来了，且在将身体起立的行动当中，乘机拭去了我的眼泪。我的心地开朗了，欲情也净化了，重复向南慢慢走上岭去的时候，我就把刚才我所想的心事，尽情告诉了她。我将那两部小说的内容讲给了她听，我将我自己的邪心说出来，我对于我刚才所触动的那一种自己的心情，更下了一个严正的批判，末后，便这样的对她说：

"对于一个洁白得同白纸似的天真小孩，而加以玷污，是不可赦免的罪恶。我刚才的一念邪心，几乎要使我犯下这个大罪了。幸亏是你的那颗纯洁的心，那颗同高山上的深雪似的心，却救我出了这一个险。不过我虽则犯罪的形迹没有，但我的心，却是已经犯过罪的。所以你要罚我的话，就是处我以死刑，我也毫无悔恨。你若以为我是那样卑鄙，而将来永没有改善的希望的话，那今天晚上回去之后，向你大哥母亲，将我的这一种行为宣布了也可以。不过你若以为这是我的一时糊涂，将来是永也不会再犯的话，那请你相信我的誓言，以后请你当我作你大哥一样那么的看待，你若有急有难，有不了的事情，我总情愿以死来代替着你。"

当我在对她作这些忏悔的时候，两人起初是慢慢在走的，后来又在路旁坐下了。说到了最后的一节，倒是她反同小孩子似的发着抖，捏住了我的两手，倒入了我的怀里，呜呜咽咽的哭了起来。我等她哭了一阵之后，就拿出了一块手帕来替她揩干了眼泪，将我的嘴唇轻轻地搁到了她的头上。两人偎抱着沉默了好久，我又把头俯了下去，问她，我所说的这段话的意思，究竟明白了没有。她眼看着了地上，把头点了几点。我又追问了她一声：

"那么你承认我以后做你的哥哥了不是？"

她又俯视着把头点了几点，我撒开了双手，又伸出去把她的头捧了起来，使她的脸正对着了我。对我凝视了一会，她的那双泪珠还没有收尽的水汪汪的眼睛，却笑起来了。我乘势把她一拉，就同她挽着手并立了起来。

"好，我们是已经决定了，我们将永久地结作最亲爱最纯洁的兄妹。时候已经不早了，让我们快一点走，赶上五云山去吃午饭去。"

我这样说着，挽着她向前一走，她也恢复了早晨刚出发的时候的元气，和我并排着走向了前面。

两人沉默着向前走了几十步之后，我侧眼向她一看，同奇迹似的忽而在她的脸上看出了一层一点儿忧虑也没有的满含着未来的希望和信任的圣洁的光耀来。这一种光耀，却是我在这一刻以前的她的脸上从没有看见过的。我愈看愈觉得对她生起敬爱的心思来了，所以不知不觉，在走路的当中竟接连着看了她好几眼。本来只是笑嘻嘻地在注视着前面太阳光里的五云山的白墙头的她，因为我的脚步的迟乱，似乎也感觉到了我的注意力的分散了，将头一侧，她的双眼，却和我的视线接成了两条轨道。她又笑起来了，同时也放慢了脚步。再向我看了一眼，她才腼腆地开始问我说：

"那我以后叫你什么呢？"

"你叫则生叫什么，就叫我也叫什么好了。"

"那么——大哥！"

大哥的两字,是很急速的紧连着叫出来的,听到了我的一声高声的"啊"的应声之后，她就涨红了脸，撒开了手，大笑着跑上前面去了。一面跑，一面她又回转头来，"大哥！""大哥！"的接连叫了我好几声。等我一面叫她别跑，一面我自己也跑着追上了她背后的时候，我们的去路已经变成了一条很窄的石岭，而五云山的山顶，看过去也似乎是很近了。仍复了平时的脚步，两人分着前后，在那条窄岭上缓步的当中，我才觉得真真是成了她的哥哥的样子，满含着了慈爱，很正经地吩咐她说：

"走得小心，这一条岭多么险啊！"

走到了五云山的财神殿里，太阳刚当正午，庙里的人已经在那里吃中饭了。我们因为在太阳底下的半天行路，口已经干渴得像旱天的树木一样，所以一进客堂去坐下，就教他们先起茶来，然后再开饭给我们吃。洗了一个手脸，喝了两三碗清茶，静坐了十几分钟，两人的疲劳兴奋，都已平复了过去，这时候饥饿却抬起头来了，于是就又催他们快点开饭。这一餐只我和她两人对食的五云山上的中餐，对于我正敌得过英国诗人所幻想着的亚力山大王的高宴。若讲到心境的满足，和谐，与食欲的高潮亢进，那恐怕亚力山大王还不及当时的我。

吃过午饭，管庙的和尚又领我们上前后左右去走了一圈。这五云山，实在是高，立在庙中阁上，开窗向东北一望，湖上的群山，都像是青色的土堆了。本来西湖的山水的妙处，就在于它的比舞台上的布景又真实伟大一点，而比各处的名山大川又同盆景似的整齐渺小一点这地方。而五云山的气概，却又完全不同了。以其山之高与境的僻，一般脚力不健的游人是不会到的，就在这一点上，五云山已略备着名山的资格了，更何况前面远处，蜿蜒盘曲在青山绿野之间的，是一条历史上也着实有名的钱塘江水呢？所以若把西湖的山水，比作一只锁在铁笼子里的白熊来看，那这五云山峰与钱塘江水，便是一只深山的野鹿。笼里的白熊，是只能满足满足胆怯无力者的冒险雄心的；至于深山的野鹿，虽没有高原的狮虎那么雄壮，但一股自由奔放之情，却可以从它那里摄取得来。

我们在五云山的南面又看了一会钱塘江上的帆影与青山，就想动身上我们的归路了，可是举起头来一望，太阳还在中天，只西偏了没有几分。从此地回去，路上若没有耽搁，是不消两个钟头就能到翁家山上的；本来是打算出来把一天光阴消磨过去的我们，回去得这样的早，岂不是辜负了这大好的时间了么？所以走到五云山西南角的一条狭路边上的时候，我就又立了下来，拉着了她的手亲亲热热地问了她一声：

"莲，你还走得动走不动？"

"起码三十里路总还可以走的。"

她说这句话的神气，是富有着自信和决断，一点也不带些夸张卖弄的风情，真真是自然到了极点，所以使我看了不得不伸上手去，向她的下巴底下拨一拨。她怕痒，缩着头颈笑起来了，我也笑开了大口，对她说：

"让我们索性上云栖去罢！这一条是去云栖的便道，大约走下去，总也没有多少路的，你若是走不动的话，我可以背你。"

两人笑着说着，似乎只转瞬之间，已经把那条狭窄的下山便道走尽了大半了。山下面尽是些绿玻璃似的翠竹，西斜的太阳晒到了这条坞里，一种又清新又寂静的淡绿色的光同清水一样，满浸在附近的空气里在流动。我们到了云栖寺里坐下，刚喝完了一碗茶，忽而前面的大殿上，有嘈杂的人声起来了，接着就走进了两位穿着分外宽大的黑布和尚衣的老僧来，知客僧便指着他们夸耀似的对我们说：

"这两位高僧，是我们方丈的师兄，年纪都快八十岁了，是从城里某公馆里回来的。"

城里的某巨公，的确是一位佞佛的先锋，他的名字，我本也听见过的，但我以为同和尚来谈这些俗天，也不大相称，所以就把话头扯了开去，问和尚大殿上的嘈杂的人声，是为什么而起的。知客僧轻鄙似的笑了一笑说：

"还不是城里的轿夫在敲酒钱，轿钱是公馆里付了来的，这些穷人心实在太凶。"

这一个伶俐世俗的知客僧的说话，我实在听得有点厌起来了，所以就要求他说：

"你领我们上寺前寺后去走走罢？"

我们看过了"御碑"及许多石刻之后，穿出大殿，那几个轿夫还在咕噜着没有起身。我一半也觉得走路走得太多了，一半也想给那个知客僧以一点颜色看看，所以就走了上去对轿夫说：

"我给你们两块钱一个人，你们抬我们两人回翁家山去好不好？"

轿夫们喜欢极了，同打过吗啡针后的鸦片嗜好者一样，立时将态度一变，变得有说有笑了。

知客僧又陪我们到了寺外的修竹丛中，我看了竹上的或刻或写在那里的名字诗句之类，心里倒有点奇怪起来，就问他这是什么意思。于是他也同轿夫他们一样，笑迷迷地对我说了一大串话。我听了他的解释，倒也觉得非常有趣，所以也就拿出了五元纸币，递给了他，说：

"我们也来买两枝竹放放生罢!"

说着我就向立在我旁边的她看了眼,她却正同小孩子得到了新玩意儿还不敢去抚摸的一样,微笑着靠近了我的身边轻轻地问我:

"两枝竹上,写什么名字好?"

"当然是一枝上写你的,一枝上写我的。"

她笑着摇摇头说:

"不好,不好,写名字也不好,两个人分开了写也不好。"

"那么写什么呢?"

"只教把今天的事情写下去就对。"

我静立着想了一会,恰好那知客僧向寺里去拿的油墨和笔也已经拿到了。我拣取了两株并排着的大竹,提起笔来,就各写上了"郁翁兄妹放生之竹"的八个字。将年月日写完之后,我搁下了笔,回头来问她八个字怎么样,她真像是心花怒放似的笑着,不说话而尽在点头。在绿竹之下的这一种她的无邪的憨态,又使我深深地,深深地受到了一个感动。

坐上轿子,向西向南的在竹荫之下走了六七里坂道,出梵村,到闸口西首,从九溪口折入九溪十八涧的山坳,登杨梅岭,到南高峰下的翁家山的时候,太阳已经悬在北高峰与天竺山的两峰之间了。他们的屋里,早已挂上了满堂的灯彩,上面的一对红灯,也已经点尽了一半的样子。嫁妆似乎已经在新房里摆好,客厅上看热闹的人,也早已散了。我们轿子一到,则生和他的娘,就笑着迎了出来,我付过轿钱,一踱进门槛,他娘就问我说:

"早晨拿出去的那枝手杖呢?"

我被她一问,方才想起,便只笑着摇摇头对她慢声的说:

"那一枝手杖么——做了我的祭礼了。"

"做了你的祭礼?什么祭礼?"

则生惊疑似的问我。

"我们在狮子峰下,拜过天地,我已经和你妹妹结成了兄妹了。那一枝手杖,大约是忘记在那块大岩石的旁边的。"

正在这个时候,先下轿而上楼去换了衣服下来的他的妹妹,也嬉笑着,走到了我们的旁边。则生听了我的话后,就也笑着对他的妹妹说:

"莲,你们真好!我们倒还没有拜堂,而你和老郁,却已经在狮子峰拜过天地了,并且还把我的一枝手杖忘掉,作了你们的祭礼。娘!你说这事情应怎么罚罚他们?"

　　经他这一说，说得大家都笑了起来，我也情愿自己认罚，就认定后日馈房，算作是我一个人的东道。

　　这一晚翁家请了媒人，及四五个近族的人来吃酒，我和新郎官，在下面奉陪。做媒人的那位中老乡绅，身体虽则并不十分肥胖，但相貌态度，却也是很裕富的样子。我和他两人干杯，竟干满了十八九杯。因酒有点微醉，而日里的路，也走得很多，所以这一晚睡得比前一晚还要沉熟。

　　九月十二的那一天结婚正日，大家整整忙了一天。婚礼虽系新旧合参的仪式，但因两家都不喜欢铺张，所以百事也还比较简单。午后五时，新娘轿到，行过礼后，那位好好先生的媒人硬要拖我出来，代表来宾，说几句话。我推辞不得，就先把我和则生在日本念书时候的交情说了一说，末了我就想起了则生同我说的迟桂花的好处，因而就抄了他的一段来恭祝他们：

　　“则生前天对我说，桂花开得愈迟愈好，因为开得迟，所以经得日子久。现在两位的结婚，比较起平常的结婚年龄来，似乎是觉得大一点了，但结婚结得迟，日子也一定经得久。明年迟桂花开的时候，我一定还要上翁家山来。我预先在这儿计算，大约明年来的时候，在这两株迟桂花的中间，总已经有一株早桂花发出来了。我们大家且等着，等到明年这个时候，再一同来吃他们的早桂的喜酒。”

　　说完之后，大家就坐拢来吃喜酒。猜猜拳，闹闹房，一直闹到了半夜，各人方才散去。当这一日的中间，我时时刻刻在注意偷看则生的妹妹的脸色，可是则生所说而我也曾看到过的那一种悲寂的表情，在这一日当中却终日没有在她的脸上流露过一丝痕迹。这一日，她笑的时候，真是乐得难耐似的完全是很自然的样子。因了她的这一种心情的反射的结果，我当然可以不必说，就是则生和他的母亲，在这一日里，也似乎是愉快到了极点。

　　因为两家都喜欢简单成事的缘故，所以三朝回郎等繁缛的礼节，都在十三那一天白天行完了，晚上馈房，总算是我的东道。则生虽则很希望我在他家多住几日，可以和他及他的妹妹谈谈笑笑，但我一则因为还有一篇稿子没有做成，想另外上一个更僻静点的地方去做文章，二则我觉得这一次吃喜酒的目的也已经达到了，所以在馈房的翌日，就离开翁家山去乘早上的特别快车赶回上海。

　　送我到车站的，是翁则生和他的妹妹两个人。等开车的信号钟将吹，而火车的机头上在吐白烟的时候，我又从车窗里伸出了两手，一只捏着了则生，一只捏着了他的妹妹，很重很重的捏了一回。汽笛鸣后，火车微动了，他们兄妹又随车前走了许多步，我也俯出了头，叫他们说：

"则生！莲！再见，再见！但愿得我们都是迟桂花！"

火车开出了老远老远，月台上送客的人都回去了，我还看见他们兄妹俩直立在东面月台篷外的太阳光里，在向我挥手。

一九三二年十月在杭州写。

[原载1932年12月1日《现代》月刊第2卷第2期。]

读者注意！这小说中的人物事迹，当然都是虚拟的，请大家不要误会。

导读

《迟桂花》是郁达夫后期小说代表作。最初发表于 1932 年 12 月 1 日《现代》2 卷 2 期，后收入 1933 年 2 月上海天马书店版《忏余集》。小说写出身书香门第的翁则生青年时代曾经满怀壮志留学日本。后家道中落，自己又患病辍学，婚姻受挫，从此在杭州老家归隐田园静心养病，终至人淡如菊之境。恢复健康后，当了小学教师。因为母亲督促，决定娶妻。筹备婚事时，想起 10 多年没见的旧友老郁，写了一封长信邀其来参加他的婚礼，小说就从这封长信写起。信中，翁则生详细介绍了自己的经历和心境，以及妹妹翁莲的遭遇。老郁接受邀请来到杭州，陶然于翁家山的美景，对新寡在家的翁莲产生了复杂的情感。二人同游山水的旅途中，老郁欲念纷纭，翁莲的纯洁和善良，宛如山中的迟桂花那样清丽脱俗，深深感染了他，最终老郁平息了心中的欲望，心灵得到净化，情感得以升华。小说构思精巧，富有诗意，堪称郁达夫小说创作中思想和艺术上最成熟的一篇。

《迟桂花》与早期的《沉沦》相比，情感表达来得舒缓柔和，明净美好，没有了青年时代的抑郁和峻急，呈现的是中年人的沉静和淡泊。郁达夫早期小说有一种急迫的倾诉欲望，被压抑的苦闷四处寻找宣泄的出口；中期的那些被称之为关注社会现实贴近底层人生的作品，也很容易看出刻意为之的痕迹；而作为后期代表作，《迟桂花》在风格上更加清新优美，在艺术上更加圆熟通达，对自然人性与自然天性的向往，平和淡远不着痕迹。

首先，小说表达了作者对自然美的欣赏和依恋。

翁家山的自然美景，不仅治愈了翁则生的疾病，而且平复了他的心灵创伤。采菊东篱、复归自然的心境，隐约呈现了郁达夫本人的精神追求。对老郁来说，离开喧闹的大上海，进入翁家山，无异于是一种生命复返自然的纯净呼吸。小说中对老郁初上山时感受到的宁静的月色，清幽的花香，晴爽的秋风，幽婉的钟声，光色澄明，晚烟笼翠的轻描淡写，已经为我们营造了世外桃源的宁静幽雅；及至雾重更深，秋虫放鸣，月色如洗，几点灯火，空山秋夜的彩绘，更让我们身临其境，有万千星下同醉人间的旷达和悠远；后面和翁莲同游五云山，对晨光清露，青碧草木，湖光山色的勾勒同样出神入化。小说以自然之美为底色，浓墨淡彩，意境清幽，诗意盎然，回味无穷。人物的性情、心情和感情都与大自然之美完美融合，在人与自然的和鸣中，我们领略到了作者内心的诗情画意。小说中的翁家山四时之景不同，视觉，听觉，触觉和味觉各异，作者移步换景，以时间的流逝转换观照的视角，引领我们由山野景色进入禅境的人生体悟。那些尘世的挣扎和磨难，那些世俗的爱恨和纠葛，在这永恒不变永不枯竭的大自然的美面前，都是转瞬即逝的烟云。郁达夫在这篇小说中，借山林之美写出了生命的内在光辉，经由感性的美的映照，抵达禅境的心的安放。

其次，小说表达了作者对自然人性的歌咏和向往。

翁莲是小说中最丰满的人物形象，美丽善良，活泼率真，尽管在婆家遭受冷遇，丈夫死后成了寡妇，却依然没有怨恨之心，也无悲戚之痛，依然对生活和尘世保有纯净的爱意和热情。作者通过正面描写和侧面讲述，为我们塑造了一个身心健康美好的年轻女性形象。翁莲的美好心灵，净化了主人公的欲望。正是她的美丽、沉静和乐观，与大自然的博大雍容相呼应，拥抱了世俗欲海中沉浮的老郁，带给他强烈的心灵震撼和精神感染，纯净的翁莲和如洗的山风一起，涤荡了老郁沾满世俗污浊的灵魂，最终他也融为澄静大自然中的一部分。就像迟桂花被赋予了丰富的象征意蕴一样，翁莲也不仅仅是一个年轻女性，某种意义上，翁莲和迟桂花，和翁家山，和大自然，是同一的。而叙事人老郁，翁则生，还有作者郁达夫也是同一的，对翁莲的关注和赞美其实是内心归宿的一种映照，是对自然人性的向往。小说虽然也不乏现实关怀，却没有把笔墨停留在对女性道路的探求上，苦难命运的折磨没有在翁莲身上留下创伤，且在大自然中，获得了彻底的心灵解放。小说还写到了老郁路遇的堂倌和农夫，都朴实真诚，善良热情。则生的母亲也温厚包容，这种美好的人情人性和优美的景色交织在一起，构成了一幅完美和谐的画卷。

再次，小说表达了作者对人生的深刻理解和思索。

小说以"迟桂花"为题，有着丰富的象征意蕴。迟开的桂花，不如初开的娇嫩和明妍，却多了一份秋风里的宁静和深邃。"迟桂花"作为行文的线索贯穿全篇，既是翁家山秀美自然的象征，也是翁莲纯净心灵的象征，更是作者人生理想的象征。小说中多次写到迟桂花。第一次，老郁去烟霞洞的路上，在半山亭中，感受到一阵微风从背后吹来，满含着撩人的桂花浓香，山的清冷和花的浓香，反衬出老郁内心的喜悦。第二次，和则生一家人喝桂花茶时，再次感叹桂花香气实在可爱得很，翁则生则赞美迟桂花是因为开得迟，所以日子也经得久。第三次，在婚礼上，老郁以迟桂花喻翁则生迟来的婚姻，虽然有些迟，但却更长久；最后一次，是老郁离开翁家，车站送别，对则生和翁莲喊出"但愿我们都是迟桂花！"由花到茶，再到婚姻和人生，小说中始终弥漫着迟桂花的香气，这种晚开的花给寂寞的山林，平淡的日子，漫长的人生，都带来了美好的韵味。

知识分子对底层女性始乱终弃的叙事古今中外都很常见。如《德伯家的苔丝》中的少爷和苔丝，《复活》中的聂赫留朵夫和玛丝洛娃等。《迟桂花》在这一欲突破情的临界点上，凭借自然情怀和纯净性情获得心灵救赎，走出情欲深渊，使一出即将上演的悲剧成为暖色调的生命哲思。或许，这就是人生之于郁达夫的改变，我们读到了一个锋锐灵魂的老去，但同样读出了人生的必然所终。也感受到了"境由心生而高于心，情自人发而先于人"的属于郁达夫的成熟和沉静。这一切仅仅是顺其自然流淌在他笔尖上的命途而已。虽然韶华远逝，激情不再，当年那个呐喊与纠结的五四青年，终于渐渐老去，而他依旧以晚秋深山里的馥郁花香，以饱受尘世折磨的人生历练，以全副的成长与凋零在启示人间，用最后的优雅与锋利为我们敞开了一个沉溺而又超脱的世界。

《迟桂花》与《东梓关》《瓢儿和尚》同作于1932年，在表现形式上也与它们极为相似，过去常常被视为一类的作品。实际上，《迟桂花》因为塑造了莲这个特异的人物形象而与上述两篇小说有了根本的不同，代表着郁达夫小说的另一种倾向。"迟桂花"不是在现代都市人生中败下阵来的知识分子的形象，而是在自然淳朴的生活环境中形成的一块未经雕琢的璞玉。她的生命力没有受到过都市人生的强力摧残，因而她的精神特征不是疲弱无力的，而是昂扬蓬勃的，虽不具有意志强毅的崇高美，但却圆润晶莹，呈现着自然人性的优美。总之，《迟桂花》是一篇小说，也是一篇散文，或者一首长诗。郁达夫不是一个特别会讲故事的人，却是一个真诚袒露自我，不断自我拷问和自我提升的作家，这篇小说让我们看到了郁达夫的敏感细腻和率真性情，还有他灵动卓异的才情。由此，称《迟桂花》是郁达夫在艺术上最精致成熟的小说，抑或中国现代文学史上不可多得的具有浓郁抒情味的小说之一，亦不为过。

迷　羊

第一章

一九××年的秋天，我因为脑病厉害，住在长江北岸的Ａ城里养病。正当江南江北界线上的Ａ城，兼有南方温暖的地气和北方亢燥的天候，入秋以后，天天只见蓝蔚的高天，同大圆幕似的张在空中。东北西三面城外高低的小山，一例披着了翠色，在阳和的日光里返射，微凉的西北风吹来，往往带着些秋天干草的香气。我尤爱西城外和长江接着的一个菱形湖水旁边的各处小山。早晨起来，拿着几本爱读的书，装满了一袋花生水果香烟，我每到这些小山中没有人来侵犯的地方去享受静瑟的空气。看倦了书，我就举起眼睛来看山下的长江和江上的飞帆。有时候深深地吸一口烟，两手支在背后，向后斜躺着身体，缩小了眼睛，呆看着江南隐隐的青山，竟有三十分钟以上不改姿势的时候。有时候伸着肢体，仰卧在和暖的阳光里，看看无穷的碧落，一时会把什么思想都忘记，我就同一片青烟似的不自觉着自己的存在，悠悠的浮在空中。像这样的懒游了一个多月，我的身体渐渐就强壮起来了。

中国养脑病的地方很多，何以庐山不住，西湖不住，偏要寻到这一个交通不十分便利的Ａ城里来呢？这是有一个原因的。自从先君去世以后，家景萧条，所以我的修学时代，全仗北京的几位父执倾囊救助，父亲虽则不事生产，潦倒了一生，但是他交的几位朋友，却都是慷慨好义，爱人如己的君子。所以我自十几岁离开故乡以后，他们供给我的学费，每年至少也有五六百块钱的样子。这一次有一位父亲生前最知己的伯父，在Ａ省驻节，掌握行政全权。暑假之后，我由京汉车南下，乘长江轮船赴上海，路过Ａ城，上岸去一见，他居然留我在署中作伴，并且委了我一个挂名的咨议，每月有不劳而获的两百块钱俸金好领。这时候我刚在北京的一个大学里毕业，暑假前因为用功过度，患了一种失眠头晕的恶症，见他留我的意很殷诚，我也就猫猫虎虎的住下了。

　　A 城北面去城不远，有一个公园。公园的四周，全是荷花水沼。园中的房舍，系杂筑在水荇青荷的田里，天候晴爽，时有住在城里的富绅闺女和苏扬的幺妓，来此闲游。我因为生性孤僻，并且想静养脑病，所以在 A 地住下之后，马上托人关说，就租定了一间公园的茅亭，权当寓舍，然而人类是不喜欢单调的动物，独居在湖上，日日与清风明月相周旋，也有时要感到割心的不快。所以在湖亭里蛰居了几天，我就开始作汗漫的闲行，若不到西城外的小山丛里去俯仰看长江碧落，便也到城中市上，去和那些闲散的居民夹在一块，寻一点小小的欢娱。

　　是到 A 城以后，将近两个月的一天午后，太阳依旧是明和可爱，碧落依旧是澄清高遥，在西城外各处小山上跑得累了，我就拖了很重的脚，走上接近西门的大观亭去，想在那里休息一下，再进城上酒楼去吃晚饭。原来这大观亭，也是 A 城的一处名所，底下有明朝一位忠臣的坟墓，上面有几处高敞的亭台。朝南看去，越过飞逸的长江，便可看见江南的烟树。北面窗外，就是那个三角形的长湖，湖的四岸，都是杂树低冈，那一天天色很清，湖水也映得格外的沉静，格外的蓝碧。我走上大观亭楼上的时候，正厅及槛旁的客座已经坐满了，不得已就走入间壁的厢厅里，靠窗坐下。在躺椅上躺了一忽，半天的疲乏，竟使我陷入了很舒服的假寐之境。处了不晓多少时候，在似梦非梦的境界上，我的耳畔，忽而打来了几声女孩儿的话声。虽听不清是什么话，然而这话声的主人，的确不是 A 城的居民，因为语音粗硬，仿佛是淮扬一带的腔调。

　　我在北京，虽则住了许多年，但是生来胆小，一直到大学毕业，从没有上过一次妓馆。平时虽则喜欢读读小说，画画洋画，然而那些文艺界艺术界里常常听见的什么恋爱，什么浪漫史，却与我一点儿缘分也没有。可是我的身体构造，发育程序，当然和一般的青年一样，血管里也有热烈的血在流动，官能性器，并没有半点缺陷。二十六岁的青春，时时在我的头脑里筋肉里呈不稳的现象，对女性的渴慕，当然也是有的。并且当出京以前，还有几个医生，将我的脑病，归咎在性欲的不调，劝我多交几位男女朋友，可以消散消散胸中堆积着的忧闷。更何况久病初愈，体力增进，血的循环，正是速度增加到顶点的这时候呢？所以我在幻梦与现实的交叉点上，一听到这异性的喉音，神经就清醒兴奋起来了。

　　从躺椅上站起，很急速地擦了一擦眼睛，走到隔一重门的正厅里的时候，我看到厅前门外回廊的槛上，凭立着几个服色奇异的年轻的幼妇。

　　她们面朝着槛外，在看扬子江里的船只和江上的斜阳，背形服饰，一眼看来，都是差不多的。她们大约都只有十七八岁的年纪，下面着的，是刚在流行的大脚裤，颜色仿佛全是玄色，上面的衣服，却不一样。第二眼再仔细看时，我才知道她们共有三人，一个是穿紫色大团花缎的圆角夹衫，一个穿的是深蓝素缎，还有一个是穿着黑华丝葛的薄棉袄的。中间的那个穿蓝素缎的，偶然间把头回望了一望，我看出一个小小的椭圆形的嫩脸，和她的同伴说笑后尚未收敛起的笑容。她很不经意地把头朝回去了，但我却在脑门上受了一次大大的棒击。这清冷的 A 城内，拢总不过千数家人家，除了几个妓馆里的放荡的幺妓而外，从未见过有这样豁达的女子，这样可爱的少女，毫无拘束地，三五成群，当这个晴和的午后，来这个不大流行的名所，赏玩风光的。我一时风魔了理性，不知不觉，竟在她们的背后，正厅的中间，呆立了几分钟。

　　茶博士打了一块手巾过来，问我要不要吃点点心，同时她们也朝转来向我看了，我才涨红了脸，慌慌张张的对茶博士说："要一点！要一点！有什么好吃的？"大约因为我的样子太仓皇了罢？茶博士和她们都笑了起来。我更急得没法，便回身走回厢厅的座里去。临走时向正厅上各座位匆匆的瞥了一眼，我只见满地的花生瓜子的残皮，和几张桌上的空空的杂乱摆着的几只茶壶茶碗，这时候许多游客都已经散了。"大约在这一座亭台里流连未去的，只有我和这三位女子了罢！"走到了座位，在昏乱的脑里，第一着想起来的，就是这一个思想。茶博士接着跟了过来，手里肩上，搭着几块手巾，笑眯眯地又问我要不要什么吃的时候，我心里才镇静了一点，向窗外一看，太阳已经去小山不盈丈了，即便摇了摇头，付清茶钱，同逃也似的走下楼来。

　　我走下扶梯，转了一个弯走到楼前向下降的石级的时候，举头一望，看见那三位少女，已经在我的先头，一边谈话，一边也在循了石级，走回家去。我的稍稍恢复了一点和平的心里，这时候又起起波浪来了，便故意放慢了脚步，想和她们离开远些，免得受了人家的猜疑。

　　毕竟是日暮的时候，在大观亭的小山上一路下来，也不曾遇见别的行人。可是一到山前的路上，便是一条西门外的大街，街上行人很多，两旁尽是小店，尽跟在年轻的姑娘们的后面，走进城去，实在有点难看。我想就在路上雇车，而这时候洋车夫又都不知上哪里去了，一乘也没有瞧见；想放大胆子，率性赶上前去，追过她们的头，但是一想起刚才在大观亭上的那种丑态，又恐被她们认出，再惹一场笑话。心里忐忑不安，诚惶诚恐地跟在她们后面，走进西门的时候，本来是黝暗狭小的街上，已经泛流着暮景，店家就快要上灯了。

西门内的长街，往东一直可通到城市的中心最热闹的三牌楼大街，但我因为天已经晚了，不愿再上大街的酒馆去吃晚饭，打算在北门附近横街上的小酒馆里吃点点心，就出城回到寓舍里去，正在心中打算，想向西门内大街的叉路里走往北去，她们三个，不知怎么的，已经先我转弯，往北走上坡去了。我在转弯路口，又迟疑了一会，便也打定主意，往北的弯了过去。这时候我因为已经跟她们走了半天了，胆量已比从前大了一点，并且好奇心也在开始活动，有"率性跟她们一阵，看她们到底走上什么地方去"的心思。走过了司下坡，进了青天白日的旧时的道台衙门，往后门穿出，由杨家拐拐往东去，在一条横街的旅馆门口，她们三人同时举起头来对了立在门口的一位五十来岁的姥姥笑着说："您站在这儿干嘛？"这是那位穿黑衣的姑娘说的，的确是天津话。这时候我已走近她们的身边了，所以她们的谈话，我句句都听得很清楚。那姥姥就拉了那黑衣姑娘说，"台上就快开锣了，老板也来催过，你们若再迟回来一点儿，我就想打发人来找你们哩，快吃晚饭去罢！"啊啊，到这里我才知道她们是在行旅中的髦儿戏子，怪不得她们的服饰，是那样奇特，行动是那样豁达的。天色已经黑了，横街上的几家小铺子里，也久已上了灯火。街上来往的人迹，渐渐的稀少了下去，打人家的门口经过，老闻得出油煎蔬菜的味儿和饭香来，我也觉着有点饥饿了。

说到戏园，这斗大的 A 城里，原有一个，不过常客很少的这戏园，在 A 城的市民生活上，从不占有什么重大的位置，有一次，我从北门进城来，偶尔在一条小小的巷口，从澄清的秋气中听见了几阵锣鼓声音，顺便踏进去一看，看了一间破烂的屋里，黑黝黝的聚集了三四十人坐在台前。坐的桌子椅子，当然也是和这戏园相称的许多白木长条。戏园内光线也没有，空气也不通，我看了一眼，心里就害怕了，即便退了出来。像这样的戏园，当然聘不起名角的，来演的顶多大约是些行旅的杂凑班或是平常演神戏的水陆班子。所以我到了 A 城两个多月，竟没有注意过这戏园的角色戏目。这一回偶然遇到了那三个女孩儿，我心里却起了一种奇异的感想，所以在大街上的一家菜馆里坐定之后，就教伙计把今天的报拿了过来。一边在等着晚饭的菜，一边拿起报来就在灰黄的电灯下看上戏园的广告上去。果然在第二张新闻的后半封面上，用二号活字，排着"礼聘超等名角文武须生谢月英本日登台，女伶泰斗"的几个字，在同排上还有"李兰香著名青衣花旦"、"陈莲奎独一无二女界黑头"的两个配角。本晚她们所演的戏是最后一出《二进宫》。

我在北京的时候，胡同虽则不去逛，但是戏却是常去听的。那一天晚上一个人在菜馆里吃了一点酒，忽然动了兴致，付账下楼，就决定到戏园里去坐它一坐。日间所见的那几位姑娘，当然也是使我生出这异想来的一个原因。因为我虽在那旅馆门口，听见了一二句她们的谈话。然而究竟她们是不是女伶呢？听说寄住在旅馆里的娼妓也很多，她们或许也是卖笑者之流罢？并且若是她们果真是女伶，那么她们究竟是不是和谢月英在一班的呢？若使她们真是谢月英一班的人物，那么究竟谁是谢月英呢？这些无关紧要、没有价值的问题，平时再也不会上我的脑子的问题，这时候大约因为我过的生活太单调了，脑子里太没有什么事情好想了，一路上用牙签刮着牙齿，俯倒了头，竟接二连三的占住了我的思索的全部。在高低不平的灰暗的街上走着，往北往西的转了几个弯，不到十几分钟，就走到了那个我曾经去过一次的倒霉的戏园门口。

幸亏是晚上，左右前后的坍败情形，被一盏汽油灯的光，遮掩去了一点。到底是礼聘的名角登台的日子，门前卖票的栅栏口，竟也挤满了许多中产阶级的先生们。门外路上，还有许多游手好闲的第四阶级的民众，张开了口在那里看汽油灯光，看热闹。

我买了一张票，从人丛和锣鼓声中挤了进去，在第三排的一张正面桌上坐下了。戏已经开演了好久，这时候台上正演着第四出的《泗洲城》。那些女孩子的跳打，实在太不成话了。我就咬着瓜子，尽在看戏场内的周围和座客的情形。场内点着几盏黄黄的电灯，正面厅里，也挤满了二三百人的座客。厅旁两厢，大约是二等座位，那里尽是些穿灰色制服的军人。两厢及后厅的上面，有一层环楼，楼上只坐着女眷。正厅的一二三四排里，坐了些年纪很轻，衣服很奢丽的，在中国的无论哪一个地方都有的时髦青年。他们好像是常来这戏园的样子，大家都在招呼谈话，批评女角，批评楼上的座客，有时笑笑，有时互打瓜子皮儿，有时在窃窃作密语。《泗洲城》下台之后，台上的汽油灯，似乎加了一层光，我的耳畔，忽然起了一阵喊声，原来是《小上坟》上台了，左右前后的那些唯美主义者，仿佛在替他们的祖宗争光彩，看了淫艳的那位花旦的一举一动，就拼命的叫嚷起来，同时还有许多哄笑的声音。肉麻当有趣，我实在被他们弄得坐不住了，把腰部升降了好几次，想站起来走，但一边想想看，底下横竖没有几出戏了，且咬紧牙齿忍耐着，就等它一等罢！

好容易捱过了两个钟头的光景，台上的锣鼓紧敲了一下，冷了一冷台，底下就是最后的一出《二进宫》了。昊然不错，白天的那个穿深蓝素缎的姑娘扮的是杨大人，我一见她出台，就不知不觉的涨红了脸，同时耳畔又起了一阵雷也似的喊声，更加使我头脑昏了起来，她的扮相真不坏，不过有胡须带在那里，全部的脸子，看不清楚，但她那一双迷人的眼睛，时时往台下横扫的眼睛，实在有使这一班游荡少年惊魂失魄的力量。她嗓音虽不洪亮，但辨字辨得很清，气也接得过来，拍子尤其工稳。在这一个小小的Ａ城里，在这一个坍败的戏园里，她当然是可以压倒一切了。不知不觉的中间，我也受了她的催眠暗示，一直到散场的时候止，我的全副精神，都灌注在她一个人的身上，其他的两个配角，我只知道扮龙国太的，便是白天的那个穿紫色夹衫的姑娘，扮千岁爷的，定是那个穿黑衣黑裤的所谓陈莲奎。

她们三个人中间，算陈莲奎身材高大一点，李兰香似乎太短小了，不长不短。处处合宜的，还是谢月英，究竟是名不虚传的超等名角。

那一天晚上，她的扫来扫去的眼睛，有没有注意到我，我可不知道。但是戏散之后，从戏园子里出来，一路在暗路上摸出城去，我的脑子里尽在转念的，却是这几个名词：

"噢！超等名角！

"噢！文武须生！

"谢月英！谢月英！

"好一个谢月英！"

第二章

闲人的闲脑，是魔鬼的工场，我因为公园茅亭里的闲居生活单调不过。也变成了那个小戏园的常客了，诱引的最有力者，当然是谢月英。

这时候节季已经进了晚秋，那一年的Ａ城，因为多下了几次雨，天气已变得很凉冷了。自从那一晚以后，我天天早晨起来，在茅亭的南窗阶上躺着享太阳，一手里拿一杯热茶，一只手里拿一张新闻，第一注意阅读的，就是广告栏里的戏目，和那些 A 地的地方才子（大约就是那班戏园内拼命叫好的才子罢）所做的女伶身世和剧评。一则因为太没有事情干，二则因为所带的几本小说书，都已看完了，所以每晚闲来无事，终于还是上戏园去听戏，并且谢月英的唱做，的确也还过得去，与其费尽了脚力，无情无绪的冒着寒风，去往小山上奔跑，倒还不如上戏园去坐坐的安闲。于是在晴明的午后，她们若唱戏，我也没有一日缺过席，这是我见了谢月英之后，新改变的生活方式。

寒风一阵阵的紧起来，四周辽阔的这公园附近的荷花树木，也都凋落了。田塍路上的野草，变成了黄色，旧日的荷花池里，除了几根零残的荷根而外，只有一处一处的潴水在那里迎送秋阳，因为天气凉冷了的缘故，这十里荷塘的公园游地内，也很少有人来，在淡淡的夕阳影里，除了西飞的一片乌鸦声外，只有几个沉默的佃家，站在泥水中间挖藕的声音。我的茅亭的寓舍，到了这时候，已经变成了出世的幽栖之所，再往下去，怕有点不可能了。况且因为那戏园的关系，每天晚上，到了夜深，要守城的警察，开门放我出城，出城后，更要在孤静无人的野路上走半天冷路，实在有点不便，于是我的搬家的决心，也就一天一天的坚定起来了。

像我这样的一个独身者的搬家问题，当然是很简单，第一那位父执的公署里，就可以去住，第二若嫌公署里繁杂不过，去找一家旅馆，包一个房间，也很容易。可是我的性格，老是因循苟且，每天到晚上从黑暗里摸回家来，就决定次日一定搬家，第二天一定去找一个房间，但到了第二天的早晨，享享太阳，喝喝茶，看看报，就又把这事搁起了。到了午后，就是照例的到公署去转一转，或上酒楼去吃点酒，晚上又照例的到戏园子去，像这样的生活，不知不觉，竟过了两个多星期。

正在这个犹豫的期间里，突然遇着了一个意想不到的机会，竟把我的移居问题解决了。

大约常到戏园去听戏的人，总有这样的经验的罢？几个天天见面的常客，在不知不觉的中间，很容易联成朋友。尤其是在戏园以外的别的地方突然遇见的时候，两个就会老朋友似的招呼起来。有一天黑云飞满空中，北风吹得很紧的薄暮，我从剃头铺里修了面出来，在剃头铺门口，突然遇见一位衣冠很潇洒的青年。他对我微笑着点了一点头，我也笑了一脸，回了他一个礼。等我走下台阶，立着和他并排的时候，他又笑眯眯地问我说："今晚上仍旧去安乐园么？"到此我才想起了那个戏园——原来这戏园的名字叫安乐园——和在戏台前常见的这一个小白脸，往东和他走了二三十步路，同他谈了些女伶做唱的评话，我们就在三叉路口走分散了。那一天晚上，在城里吃过晚饭，我本不想再去戏园，但因为出城回家，北风刮得很冷，所以路过安乐园的时候，便也不自意识地踏了进去，打算权坐一坐，等风势杀一点后再回家去，谁知一入戏园，那位白天见过的小白脸就跑过来和我说话了。他问了我的姓名职业住址后，对我就恭维起来，我听了虽则心里有点不舒服，但遇在这样悲凉的晚上，又处在这样孤冷的客中，有一个本地的青年朋友，谈谈闲话，也算不坏，所以就也和他说了些无聊的话。等到我告诉他一个人独寓在城外的公园，晚上回去——尤其是像这样的晚上——真有些胆怯的时候，他就跳起来说："那你为什么不搬到谢月英住的那个旅馆里去呢？那地方去公署不远，去戏园尤其近。今晚上戏散之后，我就同你去看看，好么？顺便也可去看看月英和她的几个同伴。"

他说话的时候，很有自信，仿佛谢月英和他是很熟似的。我在前面也已经说过，对于逛胡同，访女优，一向就没有这样的经验，所以听了他的话，竟红起脸来。他就嘲笑不像嘲笑，安慰不像安慰似的说：

"你在北京住了这许多年，难道这一点经验都没有么？访问访问女戏子，算什么一回事？并不是我在这里对外乡人吹牛皮，识时务的女优到这里的时候，对我们这一辈人，大约总不敢得罪的。今晚上你且跟我去看看谢月英在旅馆里的样子罢！"

他说话的时候，很表现着一种得意的神情，我也不加可否就默笑着，注意到台上的戏上去了。

在戏园子里一边和他谈话，一边想到戏散之后，究竟还是去呢不去的问题，时间过去得很快，不知不觉的中间，七八出戏已经演完，台前的座客便嘈嘈杂杂的立起来走了。

台上的煤气灯吹熄了两张，只留着中间的一张大灯，还在照着杂役人等扫地，叠桌椅。这时候台前的座客也走得差不多了，锣鼓声音停后的这破戏园内的空气，变得异常的静默肃条。台房里那些女孩们嘻嘻叫唤的声气，在池子里也听得出来。

我立起身来把衣帽整了一整，犹豫未决地正想走的时候，那小白脸却拉着我的手说：

"你慢着，月英还在后台洗脸哩，我先和你上后台去瞧一瞧罢！"

说着他就拉了我爬上戏台，直走到后台房里去，台房里还留着许多扮演末一出戏的女孩们，正在黄灰灰的电灯光里卸装洗手脸。乱杂的衣箱，乱杂的盔帽，和五颜六色的刀枪器具，及花花绿绿的人头人面衣裳之类，与一种杂谈声，哄笑声紧挤在一块，使人一见便能感到一种不规则无节制的生活气氛来。我羞羞涩涩地跟了这一位小白脸，在人丛中挤过了好一段路，最后在东边屋角尽处，才看见了陈莲奎谢月英等的卸装地方。

原来今天的压台戏是《大回荆洲》，所以她们三人又是在一道演唱的。谢月英把袍服脱去，只穿了一件粉红小袄，在朝着一面大镜子擦脸。她腰里紧束着一条马带，所以穿黑裤子的后部，突出得很高。在暗淡的电灯光里，我一看见了她这一种形态，心里就突突的跳起来了，又哪里经得起那小白脸的一番肉麻的介绍呢？他走近了谢月英的身后，拿了我的右手，向她的肩上一拍，装着一脸纯肉感的嘻笑对她说：

"月英！我替你介绍一位朋友，这一位王先生，是我们省长舒先生的至戚，他久慕你的盛名了，今天我特地拉他来和你见见。"

谢月英回转头来，"我的妈吓"的叫了一声，佯嗔假喜的装着惊恐的笑容，对那小白脸说：

"陈先生，你老爱那么动手动脚，骇死我了。"

说着，她又回过眼来，对我斜视了一眼，口对着那小白脸，眼却瞟着我的说：

"我们还要你介绍么？天天在台前头见面，还怕不认得么？"我因为那所谓陈先生拿了我的手拍上她的肩去之后，一面感着一种不可名状的电气，心里同喝醉酒了似的在起混乱，一面听了她那一句动手动脚的话，又感到了十二分的羞愧。所以她的频频送过来的眼睛，我只涨红了脸，伏倒了头，默默的在那里承受。既不敢回看她一眼，又不敢说出一句话来。

一边在髦儿戏房里特别闻得出来的那一种香粉香油的气味，不知从何处来的，尽是一阵阵的扑上鼻来，弄得我吐气也吐不舒服。

我正在局促难安，走又不是，留又不是的当儿，谢月英仿佛想起了什么似的，和在她边上站着，也在卸装梳洗的李兰香咬了一句耳朵。李兰香和她都含了微笑，对我看了一眼。谢月英又朝李兰香打了一个招呼，仿佛是在促她承认似的。李兰香笑了笑，点了一点头后，谢月英就亲亲热热的对我说：

"王先生，您还记得么？我们初次在大观亭见面的那一天的事情？"说着她又笑了起来。

　　我涨红的脸上又加了一阵红，也很不自然地装了脸微笑，点头对她说：

　　"可不是吗？那时候是你们刚到的时候罢？"她们听了我的说话声音，三个人一齐朝了转来，对我凝视。那高大的陈莲奎，并已放了她同男人似的喉音，问我说：

　　"您先生也是北京人吗？什么时候到这儿来的？"

　　我嗫嚅地应酬了几句，实在觉得不耐烦了——因为怕羞得厉害——所以就匆匆地促那一位小白脸的陈君，一道从后门跑出到一条狭巷里来，临走的时候，陈君又回头来对谢月英说：

　　"月英，我们先到旅馆里去等你们，你们早点回来，这一位王先生要请你们吃点心哩！"手里拿了一个包袱，站在月英等身旁的那个姥姥，也装着笑脸对陈君说：

　　"陈先生！我的白干儿，你别忘记啦！"

　　陈君也呵呵呵呵的笑歪了脸，斜侧着身子，和我走了出来。一出后门，天上的大风，还在呜呜的刮着，尤其是漆黑漆黑的那狭巷里的冷空气，使我打了一个冷痉。那浓艳的柔软的香温的后台的空气，到这里才发生了效力，使我生出了一种后悔的心思，悔不该那么急促地就离开了她们。

　　我仰起来看看天，苍紫的寒空里澄练得同冰河一样，有几点很大很大的秋星，似乎在风中摇动。近边一只野犬，在那里迎着我们鸣叫。又呜呜的劈面来了一阵冷风，我们却摸出了那条高低不平的狭巷，走到了灯火清荧的北门大街上了。

　　街上的小店，都关上了门，间着很长很远的间隔，有几盏街灯，照在清冷寂静的街上。我们踏了许多模糊的黑影，向南的走往那家旅馆里去，路上也追过了几组和我们同方向走去的行人。这几个人大约也是刚从戏园子里出来，慢慢的走着，一边他们还在评论女角的色艺，也有几个在幽幽地唱着不合腔的皮簧的。

　　在横街上转了弯，走到那家旅馆门口的时候，旅馆里的茶房，好像也已经被北风吹冷，躲在棉花被里了。我们在门口寒风里立着，两个都默默的不说一句话，等茶房起来开大门的时候，只看见灰尘积得很厚的一盏电灯光，照着大新旅馆的四个大字，毫无生气，毫无热意的散射在那里。

　　那小白脸的陈君，好像真是常来此地访问谢月英的样子，他对了那个放我们进门之后还在擦眼睛的茶房说了几句话，那茶房就带我们上里进的一间大房里去了。这大房当然是谢月英她们的寓房，房里纵横叠着些衣箱洗面架之类。朝南的窗下有一张八仙桌摆着，东西北三面靠墙的地方，各有三张床铺铺在那里，东北角里，帐子和帐子的中间，且斜挂着一道花布的帘子。房里头收拾得干净得很，桌上的镜子粉盒香烟罐之类，也整理得清清楚楚，进了这房，谁也感得到一种闲适安乐的感觉。尤其是在这样的晚上，能使人更感到一层热意的，是桌上挂在那里的一盏五十支光的白热的电灯。

陈君坐定之后，叫茶房过来，问他有没有房间空着了。他抓抓头想了一想，说外进有一间四十八号的大房间空着，因为房价太大，老是没人来住的。陈君很威严的吩咐他去收拾干净来，一边却回过头来对我说：

"王君！今晚上风刮得这么厉害，并且吃点点心，谈谈闲话，总要到一两点钟才能回去。夜太深了，你出城恐怕不便，还不如在四十八号住它一晚，等明天老板起来，顺便就可以和他办迁居的交涉，你说怎么样？"

我这半夜中间，被他弄得昏头昏脑，尤其是从她们的后台房里出来之后，又走到了这一间娇香温暖的寝房，正和受了狐狸精迷的病人一样，自家一点儿主张也没有了，所以只是点头默认，由他在那里摆布。

他叫我出去，跟茶房去看了一看四十八号的房间，便又命茶房去叫酒菜。我们走回到后进谢月英的房里坐定之后，他又翻来翻去翻了些谢月英的扮戏照相出来给我看，一张和李兰香照的《武家坡》，似乎是在 A 地照的，扮相特别的浓艳，姿势也特别的有神气。我们正在翻看照相，批评她们的唱做的时候，门外头的车声杂谈声，哄然响了一下，接着果然是那个姥姥，背着包袱，叫着跑进屋里来了。

"陈先生！你们候久了罢！那可气的皮车，叫来叫去都叫不着，我还是走了回来的呢！倒还是我快，你说该死不该死？"

说着，她走进了房，把包袱藏好在东北角里的布帘里面，以手往后面一指说：

"她们也走进门来了！"

她们三人一进房来之后，房内的空气就不同了。陈君的笑话，更是层出不穷，说得她们三人，个个都弯腰捧肚的笑个不了。还有许多隐语，我简直不能了解的，而在她们，却比什么都还有趣。陈君只须开口题一个字，她们的正想收敛起来的哄笑，就又会勃发起来。后来弄得送酒菜来的茶房，也站着不去，在边上凑起热闹来了。

这一晚说说笑喝喝酒，陈君一直闹到两点多钟，方才别去，我就在那间四十八号的大房里，住了一晚。第二天起来，和账房办了一个交涉，我总算把我的迁居问题，就这么的在无意之中解决了。

第三章

这一间房间，倒是一间南房，虽然说是大新旅馆的最大的客房，然而实际上不过是中国旧式的五开间厅屋旁边的一个侧院。大约是因旅馆主人想省几个木匠板料的钱，所以没有把它隔断。我租定了这间四十八号房之后，心里倒也快活得很，因为在我看来，也算是很麻烦的一件迁居的事情，就可以安全简捷地解决了。

第二天早晨十点钟前后，从夜来的乱梦里醒了过来，看看房间里从阶沿上射进来的阳光，听听房外面时断时续的旅馆里的茶房等杂谈行动的声音，心里却感着一种莫名其妙的喜悦。所以一起来之后，我就和旅馆老板去办交涉，请他低减了房金，预付了他半个月的房钱，便回到城外公园的茅亭里去把衣箱书箱等件，搬移了过来。

这一天是星期六，安乐园午后本来是有日戏的，但我因为昨晚上和她们胡闹了一晚，心里实在有点害羞，怕和她们见面，终于不敢上戏园里去了，所以吃完中饭以后，上公署去转了一转，就走回了旅馆，在房间里坐着呆想。

晚秋的晴日，真觉得太挑人爱，天井里窥俯下来的苍空，和街市上小孩们的欢乐的噪声，尽在诱动我的游思，使我一个人坐在房里，感到了许多压不下去的苦闷。勉强的想拿出几本爱读的书来镇压放心，可是读不了几页，我的心思，就会想到北门街上的在太阳光里来往的群众，和在那戏台前头紧挤在一块的许多轻薄少年的光景上去。

在房里和囚犯似的走来走去的走了半天，我觉得终于是熬忍不过去了，就把桌上摆着的呢帽一拿，慢慢的踱出旅馆来。出了那条旅馆的横街，在丁字路口，正在计算还是往南呢往北的中间，后面忽而来了一只手，在我肩上拍了两拍，我骇了一跳，回头来一看，原来就是昨晚的那位小白脸的陈君。

他走近了我的身边，向我说了几句恭贺乔迁的套话以后，接着就笑说："我刚上旅馆去问过，知道你的行李已经搬过来了，真敏捷啊！从此你这近水楼台，怕有点危险了。"

呵呵呵呵的笑了一阵，我倒被他笑红起脸来了，然而两只脚却不知不觉的竟跟了他走向北去。

两人谈着，沿了北门大街，在向安乐园去的方面走了一段，将到进戏园去的那条狭巷口的时候，我的意识，忽而回复了转来，一种害羞的疑念，又重新罩住了我的心意，所以就很坚决的对陈君说：

"今天我可不能上戏园去，因为还有一点书籍没有搬来，所以我想出城再上公园去走一趟。"

说完这话，已经到了那条巷口了，锣鼓声音也已听得出来，陈君拉了我一阵，劝我戏散之后再去不迟，但我终于和他分别，一个人走出了北门，走到那荷田中间的公园里去。

大约因为是星期六的午后的原因，公园的野路上，也有几个学生及绅士们在那里游走。我背了太阳光走，到东北角的一间茶楼上去坐定，眼看着一碧的秋空，和四面的野景，心里尽在跳跃不定，仿佛是一件大事，将要降临到我头上来的样子。

卖茶的伙计，因为住久相识了，过来说了几句闲话之后。便自顾自的走下楼去享太阳去了，我一个人就把刚才那小白脸的陈君所说的话从头细想了一遍。

说到我这一次的搬家，实在是必然的事实，至于搬上大新旅馆去住，也完全是偶然的结果。谢月英她们的色艺，我并没有怎么样的倾倒佩服；天天去听她们的戏，也不过是一种无聊时的解闷的行为，昨天晚上的去访问，又不是由我发起，并且戏散之后，我原是想立起来走的。想到了这种种否定的事实，我心里就宽了一半，刚才那陈君说的笑话，我也以这几种事实来作了辩护。然而辩护虽则辩了，而心里的一种不安，一种想到戏园里去坐它一二个钟头的渴望，仍复在燃烧着我的心，使我不得安闲。

我从茶楼下来，对西天的斜日迎走了半天，看看公园附近的农家在草地上堆叠干草的工作，心里终想走回安乐园去，因为这时候谢月英她们恐怕还在台上，记得今天的报上登载在那里的是李兰香和谢月英的末一出《三娘教子》。

一边在作这种想头，一边竟也不自意识地一步一步走进了城来。沿北门大街走到那条巷口的时候，我竟在那里立住了。然而这时候进戏园去，第一更容易招她们及观客们的注意，第二又觉得要被那位小白脸的陈君取笑，所以我虽在巷口呆呆立着，而进的决心终于不敢下，心里却在暗暗抱怨陈君，和一般有秘密的人当秘密被人家揭破时一样。

在巷口立了一阵，走了一阵，又回到巷口去了一阵，这中间短促的秋日，就苍茫地晚了。我怕戏散之后，被陈君捉住，又怕当谢月英她们出来的时候，被她们看见，所以就急急的走回到旅馆旦来，这时候，街上的那些电力不足的电灯，也已经黄黄的上了火了。

在旅馆里吃了晚饭，我几次的想跑到后进院里去看她们回来了没有，但终被怕羞的心思压制了下去。我坐着吸了几枝烟，上旅馆门口去装着闲走无事的样子走了几趟，终于见不到她们的动静，不得已就只好仍复照旧日的课程，一个人慢慢从黄昏的街上走到安乐园去。

究竟是星期六的晚上，时候虽则还早，然而座客已经在台前挤满了。我在平日常坐的地方托茶房办了一个交涉插坐了进去，台上的戏还只演到了第三出。坐定之后，向四边看了一看，陈君却还没有到来。我一半是喜欢，喜欢他可以不来说笑话取笑我，一半也在失望，恐怕他今晚上终于不到这里来，将弄得台前头叫好的人少去一个，致谢月英她们的兴致不好。

戏目一出一出的演过了，而陈君终究不来，到了最后的一出《逼宫》将要上台的时候，我心里真同洪水暴发时一样，同时感到了许多羞惧，喜欢，懊恼，后悔等起伏的感情。

然而谢月英，陈莲奎终究上台了，我涨红了脸，在人家喝彩的声里瞪着两眼，在呆看她们的唱做。谢月英果然对我瞟了几眼，我这时全身就发了热，仿佛满院子的看戏的人都已经识破了我昨晚的事情在凝视我的样子，耳朵里嗡嗡的响了起来。锣鼓声杂噪声和她们的唱戏的声音都从我的意识里消失了过去，我只在听谢月英问我的那句话"王先生，您还记得么，我们初次在大观亭见面的那一天的事情？"接着又昏昏迷迷的想起了许多昨晚上她的说话，她的动作，和她的着服平常的衣服时候的声音笑貌来。罩罩罩罩的一响，戏演完了，我正同做了一场热病中的乱梦之后的人一样，急红了脸，夹着杂乱，一立起就拼命的从人丛中挤出了戏院的门。"她们今晚上唱的是什么？我应当走上什么地方去？现在是什么时候了？"的那些观念，完全从我的意识里消失了，我的脑子和痴呆者的脑子一样，已经变成了一个一点儿皱纹也没有的虚白的结晶。

在黑暗的街巷里跑来跑去不知跑了多少路，等心意恢复了一点平稳，头脑清醒一点之后，摸走回来，打开旅馆的门，回到房里去睡的时候，近处的雄鸡，的确有几处在叫了。

说也奇怪，我和谢月英她们在一个屋顶下住着，并且吃着一个锅子的饭，而自我那一晚在戏台上见她们之后，竟有整整的三天，没有见到她们。当然我想见她们的心思是比什么都还要热烈，可是一半是怕羞，一半是怕见了她们之后，又要兴奋得同那晚从戏园子里挤出来的时候一样，心里也有点恐惧，所以故意的在避掉许多可以见到她们的机会。自从那一晚后，我戏园里当然是不去了，那小白脸的陈君，也奇怪得很，在这三天之内，竟绝迹的没有上大新旅馆里来过一次。

自我搬进旅馆去后第四天的午后两点钟的时候，我吃完午饭，刚想走到公署里去，忽而在旅馆的门口遇到了谢月英。她也是一个人在想往外面走，可是有点犹豫不决的样子，一见了我，就叫我说：

"王先生！你上哪儿去呀？我们有几天不见了，听说你也搬上这儿来住了，真的么？"

我因为旅馆门口及厅上有许多闲杂人在立着呆看，所以脸上就热了起来，尽是含糊嗫嚅的回答她说"是！是！"她看了我这一种窘状，好像是很对我不起似的，一边放开了脚，向前走出门来，一边还在和我支吾着说话，仿佛是在教我跟上去的意思。我跟着她走出了门，走上了街，直到和旅馆相去很远的一处巷口转了弯，她才放松了脚步，和我并排走着，一边很切实地对我说：

"王先生！我想上街上买点东西，姥姥病倒了，不能和我出来，你有没有时间，可以和我一道去？"

我的被搅乱的神志，到这里才清了一清，听了她这一种切实的话，当然是非常喜欢的，所以走出巷口，就叫了两乘洋车，陪她一道上大街上去。

正是午后刚热闹的时候，大街上在太阳光里走着的行人也很拥挤，所以车走得很慢，我在车上，问了她想买的是什么，她就告诉说：

"天气冷了，我想新做一件皮袄，皮是带来了，可是面子还没有买好，偏是姥姥病了，李兰香也在发烧，是和姥姥一样的病，所以没有人和我出来，莲奎也不得不在家里陪她们。"说着我们的车，已经到了 A 城最热闹的那条三牌楼大街了。在一家绸缎洋货铺门口下了车，我给车钱的时候，她回过头来对我很自然地呈了一脸表示感谢的媚笑。我从来没有陪了女人上铺子里去买过东西，所以一进店铺，那些伙计们挤拢来的时候，我又涨红了脸。

她靠住柜台，和伙计在说话，我一个人尽是红了脸躲在她的背后不敢开口。直到缎子拿了出来，她问我关于颜色的花样等意见的时候，我才羞羞缩缩地挨了上去，和她并排地立着。

剪好了缎子，步出店门，我问她另外有没有什么东西买的时候，她又侧过脸来，对我斜视了一眼，笑着对我说：

"王先生！天气这么的好，你想上什么地方去玩去不想？我这几天在房里看她们的病可真看得闷起来了。"

听她的话，似乎李兰香和姥姥已经病了两三天了，病症仿佛是很重的流行性感冒。我到此地才想起了这几天报上不见李兰香配戏的事情，并且又发见了到大新旅馆以后三天不曾见她们面的原委，两人在热闹的大街上谈谈走走，不知不觉竟走到了出东门去的那条大街的口上。一直走出东门，去城一二里路，有一个名刹迎江寺立着，是Ａ城最大的一座寺院，寺里并且有一座宝塔凭江，可以拾级攀登，也算是Ａ城的一个胜景。我于是乎就约她一道出城，上这一个寺里去逛去。

第四章

迎江寺的高塔，返映着眩目的秋阳，突出了黄墙黑瓦的几排寺屋，倒影在浅淡的长江水里。无穷的碧落，因这高塔的一触，更加显出了它面积的浩荡，悠闲自在，似乎在笑祝地上人世的经营，在那里投散它的无微不至的恩赐。我们走出东门后，改坐了人力车，在寺前阶下落车的时候，早就感到了一种悠游的闲适气氛，把过去的愁思和未来的忧苦，一切都抛在脑后了。谢月英忘记了自己是一个女优，一个以供人玩弄为职业的妇人，我也忘记了自己是为人在客。从石级上一级一级走进山门去的中间，我们竟向两旁坐在石级上行乞的男女施舍了不少的金钱。

走进了四天王把守的山门，向朝江的那位布袋佛微微一笑，她忽而站住了，贴着我的侧面，轻轻的仰视着我问说：

"我们香也不烧，钱也不写，像这样的白进来逛，可以的么？"

"那怕什么！名山胜地，本来就是给人家游逛的地方，怕它干吗！"

穿过了大雄宝殿，走到后院的中间，那一座粉白的宝塔上部，就压在我们的头上了，月英同小孩子似的跳了起来，嘴里叫着，"我们上去罢！我们上去罢！"一边她的脚却向前跳跃了好几步。

塔院的周围，有几个乡下人在那里膜拜。塔的下层壁上，也有许多墨笔铅笔的诗词之类，题在那里。壁龛的佛像前头，还有几对小蜡烛和线香烧着，大约是刚由本地的善男信女们烧过香的。

塔弄得很黑。一盏终年不熄的煤油灯光，照不出脚下的行路来。我在塔前买票的中间，她似乎已经向塔的内部窥探过了，等我回转身子找她进塔的时候，她脸上却装着了一脸疑惧的苦笑对我说：

"塔的里头黑得很，你上前罢！我倒有点怕！"向前进了几步，在斜铺的石级上，被黑黝黝的空气包住，我忽然感到了一种异样的感情。在黑暗里，我觉得我的脸也红了起来，闷声不响，放开大步向前更跨了一步，啪嗒的一响，我把两级石级跨作了一级，踏了一脚空，竟把身子斜睡下来了。"小心！"的叫了一声，谢月英抢上来把我挟住，我的背靠在她的怀里，脸上更同火也似的烧了起来。把头一转，我更闻出了她"还好么！还好么！"在问我的气息。这时候，我的意识完全模糊了，一种羞愧，同时又觉得安逸的怪感情，从头上散行及我的脚上。我放开了一只右手，在黑暗里不自觉的摸探上她的支在我胸前的手上去。一种软滑的，同摸在面粉团上似的触觉，又在我的全身上通了一条电流。一边斜靠在壁上，一边紧贴上她的前胸，我默默的呆立了一二分钟。忽儿听见后面又有脚步声来了，把她的手紧紧地一捏，我才立起身来，重新向前一步一步的攀登上塔。走上了一层，走了一圈，我也不敢回过头来看她一眼，她也默默地不和我说一句话，尽在跟着我跑，这样的又是一层，又走了一圈。一直等走到第五层的时候，觉得后面来登塔的人，已经不跟在我们的后头了，我才走到了南面朝江的塔门口去站住了脚。她看我站住了，也就不跟过来，故意留在塔的外层，在朝西北看 A 城的烟户和城外的乡村。

太阳刚斜到了三十度的光景，扬子江的水面，颜色绛黄，绝似一线着色的玻璃，有许多同玩具似的帆船汽船，在这平稳的玻璃上游驶，过江隔岸，是许多同发也似的丛林，树林里也有一点一点的白色红色的房屋露着。在这些枯林房屋的背后，更有几处淡淡的秋山，纵横错落，仿佛是被毛笔画在那里的样子。包围在这些山影房屋树林的周围的，是银蓝的天盖，澄清的空气，和饱满的阳光。抬起头来也看得见一缕两缕的浮云，但晴天浩大，这几缕微云对这一幅秋景，终不能加上些儿阴影。从塔上看下来的这一天午后的情景，实在是太美满了。

我呆立了一会，对这四围的风物凝了一凝神，觉得刚才的兴奋渐渐儿的平静了下去。在塔的外层轻轻走了几步，侧眼看看谢月英，觉得她对了这落照中的城市烟景也似乎在发痴想。等她朝转头来，视线和我接触的时候，两人不知不觉的笑了一笑，脚步也自然而然地走了拢来。到了相去不及一二尺的光景，同时她也伸出了一只手来，我也伸出了一只手去。

在塔上不知逗留了多少时候，只见太阳愈降愈低了，俯看下去，近旁的村落里，也已经起了炊烟。我把她胛下夹在那里的一小包缎子拿了过来，挽住她的手，慢慢的走下塔来的时候，塔院里早已阴影很多，是仓皇日暮的样子了。

在迎江寺门前，雇了两乘人力车，走回城里来的当中，我一路上想了许多想头：

"已经是很明白的了，我对她的热情，当然是隐瞒不过去的事实。她对我也绝不似寻常一样的游戏般的播弄。好，好，成功，成功。啊啊！这一种成功的欢喜，我真想大声叫唤出来。车子进城之后，两旁路上在暮色里来往的行人，大约看了我脸上的笑容，也有点觉得奇怪，有几个竟立住了脚，在呆看着我和走在我前面的谢月英。我这时候羞耻也不怕，恐惧也没有，满怀的秘密，只想叫车夫停住了车，跳下来和他们握手，向他们报告，报告我这一回在塔上和谢月英两个人消磨过去的满足的半天。我觉得谢月英，已经是我的掌中之物了。我想对那一位小白脸的陈君，表示我在无意之中得到了他所想得而得不到的爱的左券。我更想在戏台前头，对那些拼命叫好的浮滑青年，夸示谢月英的已属于我。请他们不必费心。想到了这种种满足的想头，我竟忘记了身在车上，忘记了日暮的城市，忘记了我自己的同游尘似的未定的生活。等车到旅馆门口的时候，我才同从梦里醒过来的人似的回到了现实的世界，而谢月英又很急的从门口走了进去，对我招呼也没有招呼，就在我的面前消失了。手里捏了一包她今天下午买来的皮袄材料，我却和痴了似的又不得不立住了脚。想跟着送进去，只恐怕招李兰香她们的疑忌，想不送进云，又怕她要说我不聪明，不会侍候女人。在乱杂的旅馆厅上迟疑了一会，向进里进去的门口走进走出的走了几趟，我终究没有勇气，仍复把那一包缎子抱着，回到了我自己的房里。

电光已经亮了，伙计搬了饭菜进去。我要了一壶酒，在灯前独酌，一边也在作空想，"今天晚上她在台上，看她有没有什么表示。戏散之后，我应该再到她的戏房里去一次。……啊啊，她那一只柔软的手！"坐坐想想，我这一顿晚饭，竟吃了一个多钟头。因为到戏园子去还早，并且无论什么时候去，座位总不会没有的，所以我吃完晚饭之后，就一个人踱出了旅馆，打算走上北面城墙附近的一处空地里去，这空地边上有一个小池，池上也有一所古庙，庙的前后，却有许多杨柳冬青的老树生着，斗大的这 A 城里，总算这一个地方比较得幽僻点，所以附近的青年男女学生，老是上这近边来散步的。我因为今天日里的际遇实在好不过，一个人坐在房里，觉得有点可惜，所以想到这一个清静的地方去细细的享乐我日里的回想。走出了门，向东走了一段，在折向北去的小弄里，却遇见了许多来往的闲人。这一条弄，本来是不大有人行走的僻弄，今天居然有这许多人来往，我心里正在奇怪，想，莫非有什么事情发生了么？一走出弄，果然不错，前面弄外的空地里，竟有许多灯火，和小孩老妇，挤着在寻欢作乐。沿池的岸上，五步一堆，十步一集，铺着些小摊，布篷，和杂耍的围儿，在高声的邀客。池岸的庙里，点得灯火辉煌，仿佛是什么菩萨的生日的样子。

走近了庙里去一看，才晓得今天是旧历的十一月初一，是这所古庙里的每年的谢神之日。本来是不十分高大的这古庙廊下，满挂着了些红纱灯彩，庙前的空地上，也堆着了一大堆纸帛线香的灰火，有许多老妇，还拱了手，跪在地上，朝这一堆香火在喃喃念着经咒。

我挤进了庙门，在人丛中争取了一席地，也跪下去向上面佛帐里的一个有胡须的菩萨拜了几拜，又立起来向佛柜上的签筒里抽了一枝签出来。

香的烟和灯的焰，熏得我眼泪流个不住，勉强立起，拿了一枝签，摸向东廊下柜上去对签文的时候，我心里忽而起了一种不吉的预感，因为被人一推，那枝签竟从我的手里掉落了。拾起签来，到柜上去付了几枚铜货，把那签文拿来一读，果然是一张不大使人满意的下下签：

宋勒李使君灵签第八十四签 下下
银烛一曲太娇娇 肠断人间紫玉箫
漫向金陵寻故事 啼鸦衰柳自无聊

我虽解不通这签诗的辞句，但看了末结一句啼鸦衰柳自无聊，总觉得心里不大舒服。虽然是神鬼之事，大都含糊两可，但是既然去求问了它，总未免有一点前因后果。况且我这一回的去求签，系出乎一番至诚之心，因为今天的那一场奇遇，太使我满意了，所以我只希望得一张上上大吉的签，在我的兴致上再加一点锦上之花，到此刻我才觉得自寻没趣了。

怀了一个不满的心，慢慢的从人丛中穿过了那池塘，走到戏园子去的路上，我疑神疑鬼的又追想了许多次在塔上的她的举动——她对我虽然没有什么肯定的表示，但是对我并没有恶意，却是的的确确的。我对她的爱，她是可以承受的一点，也是很明显的事实。但是到家之后，她并不对我打一个招呼，就跑了进去，这又是什么意思呢？——想来想去想了半天，结果我还是断定这是她的好意，因为在午后出来的时候，她曾经看见了我的狼狈的态度的缘故。

想到了这里，我的心里就又喜欢起来了，签诗之类，只付之一笑，已经不在我的意中。放开了脚步，我便很急速地走到戏园子里去。

在台前头坐下，当谢月英没有上台的两三个钟头里面，我什么也没有听到，什么也没有看见，只在追求今天日里的她的幻影。

她今天穿的是一悠扬银红的外国呢的长袍，腰部做得很紧，所以样子格外的好看。头上戴着一顶黑绒的鸭舌女帽，是北方的女伶最喜欢戴的那一种帽子。长圆的脸上，光着一双迷人的大眼。双重眼睑上挂着的有点斜吊起的眉毛，大约是因为常扮戏的原因罢？嘴唇很弯很曲，颜色也很红。脖子似乎太短一点，可是不碍，因为她的头本来就不大，所以并没有破坏她全身的均称的地方。啊啊，她那一双手，那一双轻软肥白，而又是很小的手！手背上的五个指脊骨上的小孔。

我一想到这里，日间在塔上和她握手时那一种战栗，又重新逼上我的身来，摇了一摇头，举起眼来向台上一看，好了好了，是末后倒过来的第二出戏了。这时候台上在演的，正是陈莲奎的《探阴山》，底下就是谢月英的《状元谱》。我把那些妄念辟了一辟清，把头上的长发用手理了一理，正襟危坐。重把注意的全部，设法想倾注到戏台上去，但无论如何，谢月英的那双同冷泉并似的眼睛，总似在笑着招我，别的物事，总不能印到我的眼帘上来。

最后是她的戏了，她的陈员外上台了，台前头起了一阵叫声。她的眼睛向台下一扫，扫到了我的头上，昊然停了几秒钟。眼睛又扫向东边去了。东边就又起了一阵狂噪声。我脸涨红了，急等她再把眼睛扫回过来，可是等了几分钟，终究不来。我急起来了，听了那东边的几个浮薄青年的叫声，心里只是不舒服，仿佛是一锅沸水在肚里煎滚。那几个浮薄青年尽是叫着不已，她也眼睛只在朝他们看，这时候我心里真想把一只茶碗丢掷过去。可是生来就很懦弱的我，终于不敢放开喉咙来叫唤一声，只是张着怒目，在注视台上。她终于把眼睛回过来了，我一霎时就把怒容收起，换了一副笑容。像这样的悲哀喜乐，起伏交换了许多次数，我觉得心的紧张，怎么也持续不了了，所以不等她的那出戏演完，就站起来走出了戏园。

门外头依旧是寒冷的寒夜，微微的凉风吹上我的脸来，我才感觉到因兴奋过度而涨得绯红的两颊。在清冷的巷口，立了几分钟，我终于舍不得这样的和她别去，所以就走向了北，摸到通后台的那条狭巷里去。

在那条漆黑漆黑的狭巷里，果然遇见了几个下台出来的女伶，可是辨不清是谁，就匆匆的擦过了。到了后台房的门口，两扇板门只是虚掩在那里。门中间的一条狭缝，露出一道灯光来，那些女孩子们在台房里杂谈叫噪的声音，也听得很清。我几次想伸手出去，推开门来，可是终于在门上摸了一番，仍旧将双手缩了回来。又过了几分钟，有人自里边把门开了，我骇了一跳，就很快的躲开，走向西去。这时候我心里的一种愤激羞惧之情，比那天自戏园出来，在黑夜的空城里走到天亮的晚上，还要压制不住。不得已只好在漆黑不平的路上，摸来摸去，另寻了一条狭路，绕道走上了通北门的大道。绕来绕去，不知白走了多少路，好容易寻着了那大街，正拐了弯想走到旅馆中去的时候，后面一阵脚步声，接着就来了几乘人力车。我把身子躲开，让车过去，回转头来一看，在灰黄不明白的街灯光里，又看见了她——谢月英的一个侧面来。

本来我是打算今晚上于戏散之后把白天的那包缎子送去，顺便也去看看姥姥李兰香她们的病的，可是在这一种兴奋状态之下，这事情却不可能了，因为兴奋之极，在态度上言语上，不免要露出不稳的痕迹来。所以我虽则心里只在难过，只在妄想再去见她一面，而一双已经走倦了的脚，只在冷清的长街上慢步，慢慢的走回旅馆里去。

第五章

大约是几天来的睡眠不足，和昨晚上兴奋之后的半夜深夜游行的结果，早晨醒转来的时候，觉得头有点昏痛，天井里的淡黄的日光，已经射上格子窗上来了。鼻子往里一吸，只有半个鼻孔，还可以通气，其他的部分，都已塞得紧紧，和一只铁锈住的唧筒没有分别。朝里床翻了一个身，背脊和膝盖骨上下都觉得酸痛得很，到此我晓得是已经中了风寒了。

午前的这个旅馆里的空气，静寂得非常，除了几处脚步声和一句两句断续的话声以外，什么响动也没有。我想勉强起来穿着衣服，但又翻了一个身，觉得身上遍身都在胀痛，横竖起来也没有事情，所以就又昏昏沉沉的睡着了。非常不安稳的睡眠，大约隔一二分钟就要惊醒一次，在半睡半醒的中间，看见的尽是些前后不接的离奇的幻梦。我看见已故的父亲，在我的前头跑，也看见庙里的许多塑像，在放开脚步走路，又看见和月英两个人在水边上走路，月英忽而跌入了水里。直到旅馆的茶房，进房搬中饭脸水来的时候，我总算完全从睡眠里脱了出来。

头脑的昏痛，比前更加厉害了，鼻孔里虽则呼吸不自在，然而呼出来的气，只觉得烧热难受。

茶房叫醒了我，撩开帐子来对我一望，就很惊恐似的叫我说："王先生！你的脸怎么会红得这样？"

我对他说，好像是发烧了，饭也不想吃，叫他就把手巾打一把给我。他介绍了许多医生和药方给我，我告诉他现在还想不吃药，等晚上再说。我的和他说话的声气也变了，仿佛是一面敲破的铜锣，在发哑声，自家听起来，也有点觉得奇异。

他走出去后，我把帐门钩起，躺在枕上看了一看斜射在格子窗上的阳光，听了几声天井角上一棵老树上的小鸟的鸣声，头脑倒觉得清醒了一点。可是想起了昨天的事情，又有点糊涂懵懂，和谢月英的一道出去，上塔看江，和戏院内的种种情景，上面都像有一层薄纱蒙着似的，似乎是几年前的事情。咳嗽了一阵，想伸出头去吐痰，把眼睛一转，我却看见了昨天月英的那一包材料，还搁在我的枕头边上。

比较清楚地，再把昨天的事情想了一遍，我又不知几时昏昏的睡着了。

在半醒半睡的中间，我听见有人在外边叫门。起来开门出去，却看见谢月英含了微笑，说要出去。我硬是不要她出去，她似乎已经是属于我的人了。她就变了脸色，把嘴唇突了起来，我不问皂白，就一个嘴巴打了过去。她被我打后，转身就往外跑。我也拼命的在后边追。外边的天气，只是暗暗的，仿佛是十三四的晚上，月亮被云遮住的暗夜的样子。外面也清静得很，只有她和我两个在静默的长街上跑。转弯抹角，不知跑了多少时候，前面忽而来了一个人不是人，猿不像猿的野兽。这野兽的头包在一块黑布里，身上什么也不穿，可是长得一身的毛。它让月英跳过去后，一边就扑上我的身来。我死劲的挣扎了一回，大声叫了几声，张开眼睛来一看，月英还是静悄悄的坐我的床面前。

"啊！你还好么？"我擦了一擦眼睛，很急促地问了她一声。身上脸上，似乎出了许多冷汗，感觉得异常的不舒服。她慢慢的朝了转来，微笑着问我说：

"王先生，你刚才做了梦了罢？我听你在呜呜的叫着呢！"我又举起眼睛来看了看房内的光线，和她坐着的那张靠桌摆着的方椅，才把刚才的梦境想了过来，心里着实觉得难以为情。完全清醒以后，我就半羞半喜的问她什么时候进这房里来的？她们的病好些了么？接着就告诉她，我也感冒了风寒，今天不愿意起来了。

"你的那块缎子，"我又断续着说，"你这块缎子，我昨天本想送过来的，可是怕被她们看见了要说话，所以终于不敢进来。"

"暖暖，王先生，真对不起，昨儿累你跑了那么些个路，今天果然跑出病来了。我刚才问茶房来着，问他你的住房在哪一个地方，他就说你病了。觉得难受么？"

"谢谢，这一忽儿觉得好得多了，大约也是伤风罢。刚才才出了一身汗，发烧似乎不发了。"

"大约是这一忽儿的流行病罢，姥姥她们也就快好了，王先生，你要不要那一种白药片儿吃？"

"是阿斯匹林片不是？"

"好像是的，反正是吃了要发汗的药。"

"那恐怕是的，你们若有，就请给我一点，回头我好叫茶房照样的去买。"

"好，让我去拿了来。"

"喂，喂，你把这一包缎子顺便拿了去罢！"

她出去之后，我把枕头上罩着的一块干毛巾拿了起来，向头上身上盗汗未干的地方擦了一擦，神志清醒得多了。可是头脑总觉得空得很，嘴里也觉得很淡很淡。

月英拿了阿斯匹林片来之后，又坐落了，和我谈了不少的天。到此我才晓得她是李兰香的表妹，是皖北的原籍，像生长在天津的。陈莲奎本来是在天津搭班的时候的同伴，这一回因为在汉口和恩小枫她们合不来伙，所以应了这儿的约，三个人一道拆出来上Ａ地来的。包银每人每月贰百块。那姥姥是她们——李兰香和她——的已故的师傅的女人，她们自己的母亲——老姊妹两人，还住在天津，另外还有一个管杂务等的总管，系住在安乐园内的，是陈莲奎的养父。她们三人的到此地来，亦系由他一个人介绍交涉的，包银之内他要拿去二成。她们的合同，本来是三个月的期限，现在园主因为卖座卖得很多，说不定又要延长下去。但她很不愿意在这小地方久住，也许到了年底，就要和李兰香上北京去的，因为北京民乐茶园也在写信来催她们去合班。

在苦病无聊的中间，听她谈了些这样的天，实在比服药还要有效，到了短日向晚的时候，我的病已经有一大半忘记了。听见隔墙外的大挂钟堂堂的敲了五点，她也着了急，一边立起来走，一边还咕噜着说：

"这天真黑得快，你瞧，房里头不已经有点黑了么？啊啊，今天的废话可真说得太久了，王先生，你总不至于讨嫌罢？明儿见！"

我要起来送她出门，她却一定不许我起来，说：

"您躺着罢，睡两天病就可以好的，我有空再来瞧你。"

她出去之后，房里头只剩了一种寂寞的余温和将晚的黑影，我虽则躺在床上，心里却也感到了些寒冬日暮的悲哀。想勉强起来穿衣出去，但门外头的冷空气实在有点可怕，不得已就只好合上眼睛，追想了些她今天说话时的神情风度，来伴我的孤独。

她今天穿的，是一件酱色的棉袄，底下穿的，仍复是那条黑的大脚棉裤。头部半朝着床前，半侧着在看我壁上用图钉钉在那里的许多外国画片。我平时虽在戏台上看她的面形看得很熟，但在这样近的身边，这样仔细长久的看她卸装后的素面，这却是第一回。那天晚上在她们房里，因为怕羞的原故，不敢看她，昨天在塔上，又因为大自然的烟景迷人，也没有看她仔细，今天的半天观察，可把她面部的特征都读得烂熟了。

她的有点斜挂上去的一双眼睛，若生在平常的妇人的脸上，不免要使人感到一种淫艳恶毒的印象。但在她，因为鼻梁很高，在鼻梁影下的两只眼底又圆又黑的原故，看去觉得并不奇特。尤其是可以融和这一种感觉的，是她鼻头下的那条短短的唇中，和薄而且弯的两条嘴唇，说话的时候，时时会露出她的那副又细又白的牙齿来。张口笑的时候，左面大齿里的一个半藏半露的金牙，也不使人讨嫌。我平时最恨的是女人嘴里的金牙，以为这是下劣的女性的无趣味的表现，而她的那颗深藏不露的金黄小齿，反足以增加她嘻笑时的妩媚。从下嘴唇起，到喉头的几条曲线，看起来更耐人寻味，下嘴唇下是一个很柔很曲的新月形，喉头是一柄圆曲的镰刀背，两条同样的曲线，配置得很适当的重叠在那里。而说话的时候，这镰刀新月线上，又会起水样的微波。

她的说话的声气，绝不似一个会唱皮簧的歌人，因为声音很纾缓，很幽闲，一句话和一句话的中间，总有一脸微笑，和一眼斜视的间隔。你听了她平时的说话，再想起她在台上唱快板时的急律，谁也会惊异起来，觉得这二重人格，相差太远了。

经过了这半天的昵就，又仔细观察了她这一番声音笑貌的特征，我胸前伏着的一种艺术家的冲动，忽而激发了起来。我一边合上双眼，在追想她的全体的姿势所给与我的印像，一边心里在决心，想于下次见她面的时候，要求她为我来坐几次，我好为她画一个肖像。

电灯亮起来了，远远传过来的旅馆前厅的杂沓声，大约是开晚饭的征候。我今天一天没有取过饮食，这时候倒也有点觉得饥饿了，靠起身坐在被里，放了我叫不响的喉咙叫了几声，打算叫茶房进来，为我预备一点稀饭，这时候隔墙的那架挂钟，已经敲六点了。

第六章

本来以为是伤风小病，所以药也不服，万想不到到了第二天的晚上，体热又忽然会增高来的。心神的不快，和头脑的昏痛，比较第一日只觉得加重起来，我自家心里也有点惧怕。

这一天是星期六，安乐园照例是有日戏的，所以到吃晚饭的时候止，谢月英也没有来看我一趟。我心里虽则在十二分的希望她来坐在我的床边陪我，然而一边也在原谅她。替她辩解，昏昏沉沉的不晓睡到了什么时候了，我从睡梦中听见房门开响。

挺起了上半身，把帐门撩起来往外一看，黄冷的电灯影里，我忽然看见了谢月英的那张长圆的笑脸，和那小白脸的陈君的脸相去不远。她和他都很谨慎的怕惊醒我的睡梦似的在走向我的床边来。

"喔，戏散了么？"我笑着问他们。

"好久不见了，今晚上上这里来。听月英说了，我才晓得了你的病。"

"你这一向上什么地方去了？"

"上汉口去了一趟。你今天觉得好些么？"我和陈君在问答的中间，谢月英尽躲在陈君的背后在凝视我的被体热蒸烧得水汪汪的两只眼睛。我一边在问陈君的话，一边也在注意她的态度神情。等我将上半身伏出来，指点桌前的凳子请他们坐的时候，她忽而忙着对我说：

"王先生，您睡罢，天不早了，我们明天日里再来看你。您别再受上凉，回头倒反不好。"说着她就翻转身轻轻的走了，陈君也说了几句套话，跟她走了出去。这时候我的头脑虽已热得昏乱不清，可是听了她的那句"我们明天日里再来看你"的"我们"，和看了陈君跟她一道走出房门去的样子，心里又莫名其妙的起了一种怨愤，结果弄得我后半夜一睡也没有睡着。

大约是心病和外邪交攻的原因，我竟接连着失了好几夜的眠，体热也老是不退。到了病后第五日的午前，公署里有人派来看我的病了。他本来是一个在会计处办事的人，也是父执辈的一位远戚。看了我的消瘦的病容，和毫没有神气的对话，他一定要我去进病院。

这 A 城虽则也是一省城，但病院却只有由几个外国宣教师所立的一所。这所病院地处在 A 城的东北角一个小高岗上，几间清淡的洋房，和一丛齐云的古树，把这一区的风景，烘托得简洁幽深，使人经过其地，就能够感出一种宗教气味来。那一位会计科员，来回往复费了半日的工夫，把我的身体就很安稳的放置在圣保罗病院的一间特等房的床上了。

病房是在二层楼的西南角上，朝西朝南，各有两扇玻璃窗门，开门出去，是两条直角相遇的回廊。回廊槛外，西面是一个小花园，南面是一块草地，沿边种着些外国梧桐，这时候树叶已经凋落，草色也有点枯黄了。

进病院之后的三四天内，因为热度不退，终日躺在床上，倒也没有感到病院生活的无聊。到了进院后将近一个礼拜的一天午后，谢月英买了许多水果来看了我一次之后，我身体也一天一天的恢复原状起来，病院里的生活也一天一天的觉得寂寞起来了。

那一天午后，刚由院长的汉医生来诊察时，他看看我的体温表，听听我胸前背后的呼吸，用了不大能够了解的中国话对我说：

"我们，要恭贺你，恭贺你不久，就可以出去这里了。"

我问他可不可以起来坐坐走走，他说，"很好很好。"我于他出去之后，就叫看护生过来扶我坐起，并且披了衣裳，走出到玻璃门口的一张躺椅上坐着，在看回廊栏杆外面树梢上的太阳。坐了不久，就听见楼下有女人在说话，仿佛是在问什么的样子。我以病人的纤敏的神经，一听见就直觉的知道这是来看我的病的，因为这时候天气凉冷，住在这一所特等病房里的人没有几个，我所以就断定这一定是来看我的。不等第二回的思索，我就叫看护生去打个招呼，陪她进来。等到来一看，果然是她，是谢月英。

她穿的仍复是那件外国呢的长袍，颈项上围着一块黑白的丝围巾，黑绒的鸭舌帽底下，放着闪闪的两眼，见了我的病后的衰容，似乎是很惊异的样子。进房来之后，她手里捧着了一大包水果，动也不动的对我呆看了几分钟。

"啊啊，真想不到你会上这里来的！"我装着笑脸，举起头来对她说。

"王先生，怎么，怎么你会瘦得这一个样儿！"她说这一句话的时候，脸上的那脸常漾着的微笑也没有了，两只眼睛，尽是直盯在我的脸上。像这一种严肃的感伤的表情，我就是在戏台上当她演悲剧的时候，也还没有看见过。

我朝她一看，为她的这一种态度所压倒，自然而然的也收起了笑容，噤住了说话，对她看不上两眼，眼里就扑落落地滚下了两颗眼泪来。

她也呆住了，说了那一句感叹的话之后，仿佛是找不着第二句话的样子。两人沉默了一会，倒是我觉得难过起来了，就勉强的对她说：

"月英！我真对你不起。"

这时候看护生不在边上，我说着就摇摇颤颤的立起来想走到床上去。她看了我的不稳的行动，就马上把那包水果丢在桌上，跑过来扶我。我靠住了她的手，一边慢慢的走着，一边断断续续的对她说：

"月英！你知不知道，我这病，这病的原因，一半也是，也是为了你呀！"

她扶我上了床，帮我睡进了被窝，一句话也不讲的在我床边上坐了半天。我也闭上了眼睛，朝天的睡着，一句话也不愿意讲，而闭着的两眼角上，尽在流冰冷的眼泪。这样的沉默了不知多少时候，我忽而脸上感到了一道热气，接着嘴唇上，身上就来了一种重压。我和麻醉了似的，从被里伸出了两只手来，把她的头部抱住了。

两个紧紧的抱着吻着，我也不打开眼睛来看，她也不说一句话，动也不动的又过了几分钟，忽而门外面脚步声响了。再拼命的吸了她一口，我就把两手放开，她也马上立起身来很自在的对我说：

"您好好的保养罢，我明儿再来瞧你。"

等看护生走到我床面前送药来的时候，她已经走出房门，走在回廊上了。

自从这一回之后，我便觉得病院里的时刻，分外的悠长，分外的单调。第二天等了她一天，然而她终于不来，直到吃完晚饭以后，看见寒冷的月光，照到清淡的回廊上来了，我才闷闷的上床去睡觉。

这一种等待她来的心思，大约只有热心的宗教狂者，盼望基督再临的那一种热望，可以略比得上。我自从她来过后的那几日的情意，简直没有法子能够形容出来。但是残酷的这谢月英，我这样热望着的这谢月英，自从那一天去后，竟绝迹的不来了。一边我的病体，自从她来了一次之后，竟恢复得很快，热退后不上几天，就能够吃两小碗的干饭，并且可以走下楼来散步了。

　　医生许我出院的那一天早晨，北风刮得很紧，我等不到十点钟的会计课的出院许可单来，就把行李等件包好，坐在回廊上守候。捱一刻如一年的过了四五十分钟，托看护生上会计课去催了好几次，等出院许可单来，我就和出狱的罪囚一样，三脚两步的走出了圣保罗医院的门，坐人力车到大新旅馆门口的时候，我像同一个女人约定密会的情人赶赴会所去的样子，胸腔里心脏跳跃得厉害，开进了那所四十八号房，一股密闭得很久的房间里的闷气，迎面的扑上我的鼻来，茶房进来替我扫地收拾的中间，我心里虽则很急，但口上却吞吞吐吐的问他，"后面的谢月英她们起来了没有？"他听了我的问话，地也不扫了，把屈了的腰伸了一伸，仰起来对我说：

　　"王先生，你大约还没有晓得罢？这几天因为谢月英和陈莲奎吵嘴的原因，她们天天总要闹到天明才睡觉，这时候大约她们睡得正热火哩！"

　　我又问他，她们为什么要吵嘴。他歪了一歪嘴，闭了一只眼睛，作了一副滑稽的形容对我说：

　　"为什么呢！总之是为了这一点！"

　　说着，他又以左手的大指和二指捏了一个圈给我看。依他说来，似乎是为了那小白脸的陈君。陈君本来是捧谢月英的，但是现在不晓怎么的风色一转，却捧起陈莲奎来了。前几天，陈君为陈莲奎从汉口去定了一件绣袍来，这就是她们吵嘴的近因。听他的口气，似乎这几天谢月英的颜色不好，老在对人说要回北京去，要回北京去。可是合同的期间还没有满，所以又走不脱身。听了这一番话，我才明白了前几天她上病院里来的时候的脸色，并且又了解了她所以自那一天后，不再来看我的原因。

　　等他扫好了地，我简单地把房里收拾了一下，心里忐忑不安地朝桌子坐下来的时候，桌上靠壁摆着的一面镜子，忽而毫不假借地照出了我的一副清瘦的相貌来。我自家看了，也骇了一跳。我的两道眉毛，本来是很浓厚美丽的，而在这一次的青黄的脸上竖着，非但不能加上我以些须男性的美观，并且在我的脸上影出了一层死沉沉的阴气。眼睛里的灼灼的闪光，在平时原可以表示一种英明的气概的，可是在今天看起来，仿佛是特别的在形容颜面全部的没有生气了。鼻下嘴角上的胡影，也长得很黑，我用手去摸了一摸，觉得是杂杂粒粒的有声音的样子。失掉了第二回再看一眼的勇气，我就立起身来把房门带上。很急的出门雇车到理发铺里去。

　　理完了发，又上公署前的澡堂去洗了一个澡，看看太阳已经直了，我也便不回旅馆，上附近的菜馆去喝了一点酒，吃了一点点心，有意的把脸上醉得微红。我不待酒醒，就急忙的赶回到旅馆里来。进旅馆里，正想走进自己的房里去再对镜看一看的时候，那茶房却迎了上来，又歪了歪嘴，含着有意的微笑对我说：

　　"王先生，今天可修理得美了。后面的谢月英也刚起来吃过了饭，我告诉她以你的回来，她也好像急急乎要见你似的。哼，快去快去，快把这新修的白面去给她看看！"

　　我被他那么一说，心里又喜又气，在平时大约要骂他几句，就跑回到房里去躲藏着，不敢再出来，可是今天因为那几杯酒的力量，竟把我的这一种羞愧之心驱散，朝他笑了一脸，轻轻骂了一句"混蛋"，也就公然不客气地踏进了里进的门，去看谢月英去了。

第七章

　　进了谢月英她们的房里去一看，她们三人中间的空气，果然险恶得很。那一回和陈君到她们房里来的时候，我记得她们是有说有笑，非常融和快乐的，而今朝则月英还是默默的坐在那里托姥姥梳辫，陈莲奎背朝着床外斜躺在床上。李兰香一个人呆坐在对窗的那张床沿上打呵欠，看见我进去了，倒是她第一个立起来叫我，陈莲奎连身子也不朝过来。我看见了谢月英的梳辫的一个侧面，心里已经是混乱了，嘴里虽则在和李兰香攀谈些闲杂的天，眼睛却尽在向谢月英的脸上偷看。

　　我看见她的侧面上，也起了一层红晕，她的努力侧斜过来的视线，也对我笑了一脸。

　　和李兰香姥姥应答了几句，等我坐定了一忽，她的辫子也梳好了。回转身来对我笑了一脸，她第一句话就说：

　　"王先生，几天不看见，你又长得那么丰满了，和那一天的相儿，要差十岁年纪。"

　　"嗳嗳，真对不起，劳你的驾到病院里来看我，今天是特地来道谢的。"

　　那姥姥也插嘴说：

　　"王先生，你害了一场病，倒漂亮得多了。"

　　"真的么！那么让我来请你们吃晚饭罢，好作一个害病的纪念。"

我问她们几点钟到戏园里去，谢月英说今晚上她因为嗓子不好想告假。

在那里谈这些闲话的中间，我心里只在怨另外的三人，怨她们不识趣，要夹在我和谢月英的中间，否则我们两人早好抱起来亲一个嘴了。我以眼睛请求了她好几次，要求她给我一个机会，好让我们两个人尽情的谈谈衷曲。她也明明知道我这意思，可是和顽强不听话的小孩似的，她似乎故意在作弄我，要我着一着急。

问问她们的戏目，问问今天是礼拜几，我想尽了种种方法，才在那里勉强坐了二三十分钟，和她们说了许多前后不接的杂话，最后我觉得再也没有话好说了，就从座位里立了起来，打算就告辞出去。大约谢月英也看得我可怜起来了，她就问我午后有没有空，可不可以陪她出去买点东西。我的沉下去的心，立时跳跃了起来，就又把身子坐下，等她穿换衣服。

她的那件羊皮袄，已经做好了，就穿了上去，底下穿的，也是一条新做的玄色的大绸的大脚棉裤。那件皮袄的大团花的缎子面子，系我前次和她一道去买来的，我觉得她今天的特别要穿这件新衣，也有点微妙的意思。

陪她在大街上买了些化妆品类，毫无情绪的走了一段，我就提议请她去吃饭，先上一家饭馆去坐它一两个钟头，然后再着人去请李兰香她们来。我晓得公署前的一家大旅馆内，有许多很舒服的房间，是可以请客坐谈的，所以就和她走转了弯，从三牌楼大街，折向西去。

上大旅馆去择定了一间比较宽敞的餐室，我请她上去，她只在忸怩着微笑，我倒被她笑得难为情起来了，问她是什么意思。她起初只是很刁乖的在笑，后来看穿了我真是似乎不懂她的意思，她等茶房走出去之后，才走上我身边来拉着我的手对我说：

"这不是旅馆么？男女俩，白天上旅馆来干什么？"

我被她那么一说，自家觉得也有点不好意思，可是因为她说话的时候，眼角上的那种笑纹太迷人了，就也忘记了一切，不知不觉的把两手张开来将她的上半身抱住。一边抱着，一边我们两个就自然而然的走向上面的炕上去躺了下来。

几分钟的中间，我的身子好像淖在一堆红云堆里，把什么知觉都麻醉尽了。被她紧紧的抱住躺着，我的眼泪尽是止不住的在涌流出来。她和慈母哄孩子似的一边哄着，一边不知在那里幽幽的说些什么话。

最后的一重关突破了，我就觉得自己的一生，今后是无论如何和她分离不开了，我的从前的莫名其妙在仰慕她的一种模糊的观念，方才渐渐的显明出来，具体化成事实的一件一件，在我的混乱的脑里旋转。

她诉说这一种艺人生活的苦处，她诉说 A 城一班浮滑青年的不良，她诉说陈莲奎父女的如何欺凌侮辱她一个人，她更诉说她自己的毫无寄托的半生。原来她的母亲，也是和她一样的一个行旅女优，谁是她的父亲，她到现在还没有知道。她从小就跟了她的师傅在北京天津等处漂流。先在天桥的小班里吃了五六年的苦，后来就又换上天津来登场。她师傅似乎也是她母亲的情人中的一个，因为当他未死之前，姥姥是常和她母亲吵嘴相打的。她师傅死后的这两三年来，她在京津汉口等处和人家搭了几次班，总算博了一点名誉，现在也居然能够独树一帜了，她母亲和姥姥等的生活，也完全只靠在她一个人的身上。可是她只是一个女孩子，这样的被她们压榨，也实在有点不甘心。况且陈莲奎父女，这一回和她寻事，姥姥和李兰香胁于陈老儿的恶势，非但不出来替她说一句话，背后头还要来埋怨她，说她的脾气不好。她真不想再过这样的生活了，想马上离开 A 地到别处去。

我被她那么一说，也觉得气愤不过，就问她可愿意和我一道而去。她听了我这一句话，就举起了两只泪眼，朝我呆视了半天，转忧为喜的问我说：

"真的么？"

"谁说谎来？我以后打算怎么也和你在一块儿住。"

"那你的那位亲戚，不要反对你么？"

"他反对我有什么要紧。我自问一个人就是离开了这里，也尽可以去找事情做的。"

"那你的家里呢？"

"我家里只有我的一个娘，她跟我姊姊住在姊夫家里，用不着我去管的。"

"真的么？真的么？那我们今天就走罢！快一点离开这一个害人的地方。"

"今天走可不行，哪里有那么简单，你难道衣服铺盖都不想拿了走么？"

"几只衣箱拿一拿有什么？我早就预备好了。"我劝她不要那么着急，横竖着预备着走，且等两三天也不迟，因为我也要向那位父执去办一个交涉。这样的谈谈说说，窗外头的太阳，已经斜了下去，市街上传来的杂噪声，也带起向晚的景象来了。

那茶房仿佛是经惯了这一种事情似的，当领我们上来的时候，起了一壶茶，打了两块手巾之后，一直到此刻，还没有上来过。我和她站了起来，把她的衣服辫发整了一整，拈上了电灯，就大声的叫茶房进来，替我们去叫菜请客。

她因为已经决定了和我出走，所以也并不劝止我的招她们来吃晚饭，可是写请客单子写到了陈莲奎的名字的时候，她就变了脸色叱着说：

"这一种人去请她干吗！"

我劝她不要这样的气量狭小，横竖是要走了，大家欢聚一次，也好留个纪念。一边我答应她于三天之内，一定离开 A 地。

这样的两人坐着在等她们来的中间，她又跑过来狂吻了我一阵，并且又切切实实地骂了一阵陈莲奎她们的不知恩义。等不上三十分钟，她们三人就一道的上扶梯来了。

陈莲奎的样子，还是淡淡漠漠的，对我说了一声"谢谢"，就走往我们的对面椅子上去坐下了。姥姥和李兰香，看了谢月英的那种喜欢的样子，也在感情上传染了过去，对我说了许多笑话。

吃饭喝酒喝到六点多钟，陈莲奎催说要去要去，说了两次。谢月英本说要想临时告假的，但姥姥和我，一道的劝她勉强去应酬一次，若要告假，今晚上去说，等明天再告假不迟。结果是她们四个人先回大新旅馆，我告诉她们今晚上想到衙门去一趟办点公事，所以就在公署前头和她们分了手。

从黑阴阴的几盏电灯底下，穿过了三道间隔得很长的门道，正将走到办公室中去的时候，从里面却走出了那位前次送我进病院的会计科员来。他认明是我，先过来拉了我的手向我道贺，说我现在气色很好了。我也对他说了一番感谢的意思，并且问他省长还在见客么！他说今天因为有一所学校，有事情发生了，省长被他们学生教员纠缠了半天，到现在还没有脱身。我就问他可不可以代我递一个手折给他，要他马上批准一下。他问我有什么事情，我就把在此地仿佛是水土不服，想回家去看一看母亲，并且若有机会，更想到外洋去读几年书，所以先想在这里告了一个长假，临去的时候更要预支几个月薪水，要请他马上批准发给我才行等事情说了一说。我说着他就引我进去见了科长，把前情转告了一遍。科长听了，也不说什么，只教我上电灯底下去将手折缮写好来。

我在那里端端正正的写了一个多钟头，正将写好的时候，窗外面一声吆喝，说，"省长来了。"我正在喜欢这机会来得凑巧，手折可以自家亲递给他了，但等他进来一见，觉得他脸上的怒气，似乎还没有除去。他对科长很急促的说了几句话后，回头正想出去的时候，眼睛却看见了在旁边端立着的我。问了我几句关于病的闲话，他一边回头来又问科长说：

"王咨议的薪水送去了没有？"

说着他就走了。那最善逢迎的科长，听了这一句话，就当作了已经批准的面谕一样，当面就写了一张支票给我。

我拿了支票，写了一张收条，和手折一同留下，临走时并且对他们谢了一阵，出来走上寒空下的街道的时候，心里又莫名其妙的起了一种感慨。我觉得这是我在Ａ城衙门口走着的最后一次了，今后的飘泊，不知又要上什么地方去寄身。然而一想到日里的谢月英的那一种温存的态度，和日后的能够和她一道永住的欢情，心里同时又高兴了起来。

故意人力车也不坐，我慢慢的走着，一边在回想日里的事情，一边就在打算如何的和谢月英出奔，如何的和她偷上船去，如何的去度避世的生活，一种喜欢作恶的小孩子的爱秘密的心理，使我感到了加倍的浓情，加倍的满足。我觉得世界上的幸福，将要被我一个人来享尽的样子。

第八章

萧条的寒雨，凄其滴答，落满了城中。黄昏的灯火，一点一点的映在空街的水潴里，仿佛是泪人儿神瞳里的灵光。以左手张着了一柄洋伞，右手紧紧地抱住月英，我跟着前面挑行李的夫子，偷偷摸摸，走近了轮船停泊着的江边。

这一天午后，忙得坐一坐，说一句话的工夫都没有，乘她们三人不在的中间，先把月英的几只衣箱，搬上了公署前的大旅馆内。问定了轮船着岸的时刻，我便算清了大新旅馆的积账，若无其事的走出了大旅馆去。和月英约好了地点，叫她故意示以宽舒的态度，和她们一道吃完晚饭，等她们饭后出去，仍复上戏园去的时候，一个人悠悠自在的走出到大街上来等候。

我押了两肩行李，从省署前的横街里走出，在大街角上和她合成了一块。

因为路上怕被人瞥见，所以洋伞擎得特别的低，脚步也走得特别的慢，到了江边码头船上去站住，料理进舱的时候，我的额上却急出了一排冷汗。

嗡嗡扰扰，码头上的人夫的怒潮平息了。船前信号房里，丁零零零下了一个开船的命令，水夫在呼号奔走，船索也起了旋转的声音，汽笛放了一声沉闷的大吼。

我和她关上了舱门，向小圆窗里，头并着头的朝岸上看了些雨中的灯火，等船身侧过了Ａ城市外的一条横山，两人方才放下了心，坐下来相对着作会心的微笑。

"好了！"

"可不是么！真急死了我，吃晚饭的时候，姥姥还问我明天上不上台哩！"

"啊啊，月英……"

我叫还没有叫完，就把身子扑了过去，两人抱着吻着摸索着，这一间小小的船舱，变了地上的乐园，尘寰的仙境，弄得连脱衣解带，铺床叠被的余裕都没有。船过大通港口的时候，我们的第一次的幽梦，还只做了一半。

说情说意，说誓说盟，又说到了"这时候她们回到了大新旅馆，不晓得在那里干什么？""那小白脸的畜生，好抱了陈莲奎在睡觉了罢？""那姥姥的老糊涂，只配替陈莲奎烧烧水的。"我们的兴致愈说愈浓，不要说船窗外的寒雨，不能够加添我们的旅愁，即便是明天天会不亮，地球会陆沉，也与我们无干无涉。我只晓得手里抱着的是谢月英的养了十八年半的丰肥的肉体，嘴上吮吸着的，是能够使凡有情的动物都会风魔麻醉的红艳的甜唇，还有底下，还有底下……啊啊，就是现在教我这样的死了，我的二十六岁，也可以算不是白活。人家只知道是千金一刻，呸呸，就是两千金，万万金，要想买这一刻的经验，也哪里能够？

那一夜，我们似梦非梦，似睡非睡的闹到天亮，方才抱着了合了一合眼。等轮船的机器声停住，窗外船沿人声嘈杂起来的时候，听说船已经到了芜湖了。

上半天云停雨停，风也毫末不起，我和她只坐在船舱里从那小圆窗中在看江岸的黄沙枯树，天边的灰云层下，时时有旅雁在那里飞翔。这一幅苍茫黯淡的野景，非但不能够减少我们闲眺的欢情，我并且希望这轮船老是在这一条灰色的江上，老是像这样的慢慢开行过去，不要停着，不要靠岸，也不要到任何的目的地点，我只想和她，和谢月英两个，尽是这样的漂流下去，一直到世界的尽头，一直到我俩的从人世中消灭。

江行如梦，通过了许多曲岸的芦滩，看见了一两堆临江的山寨，船过采石矶头，已经是午后的时刻了。茶房来替我们收拾行李，月英大约是因为怕被他看出是女伶的前身，竟给了他五块钱的小账。

从叫嚣杂乱的中间，我俩在下关下了船。因为自从那一天决定出走到如今，我和她都还没有工夫细想到今后的处置，所以诸事不提暂且就到瀛台大旅社去开了一个临江的房间住下。

这是我和她在岸上旅馆内第一次同房，又过了荒唐的一夜。第二天天放晴了，我们睡到吃中饭的时候，方才蓬头垢面的走出床来。

她穿了那件粉红的小棉袄，在对镜洗面的时候，我一个人穿好了衣服鞋袜，仍复仰躺在波纹重叠的那条被上，茫茫然在回想这几天来的事情的经过。一想到前晚在船舱里，当小息的中间，月英对我说的那句"这时候她们回到了大新旅馆，不晓得在那里干什么？"的时候，我的脑子忽然清了一清，同喝醉酒的人，忽然吃到了一杯冰淇淋一样，一种前后联络，理路很清的想头，就如箭也似的射上我的心来了。我急速从床上立了起来，突然的叫了一声：

"月英！"

"喔唷，我的妈吓，你干吗？骇死我啦！"

"月英，危险危险！"

她回转头来看我尽是对她张大了两眼在叫危险危险，也急了起来，就收了脸上的那脸常在漾着的媚笑催着我说：

"什——么吓？你快说啊！"

我因为前后连接着的事情很多，一句话说不清楚，所以愈被她催，愈觉得说不出来，又叫了一声"危险危险"。她看了我这一副空着急而说不出话来的神气，忽而哺的一声笑了出来，一只手里还拿了那块不曾绞干的手巾，她忽而笑着跳着，走近了我的身边，抱了我的头吻了半天，一边吻一边问我，究竟是为了什么？

"喂，月英，你说她们会不会知道你是跟了我跑的？"

"知道了便怎么啦？"

"知道了她们岂不是要来追么？"

"追就由她们来追，我自己不愿意回去，她们有什么法子？"

"那就多么麻烦哩！"

"有什么麻烦不麻烦，我反正不愿意随她们回去！"

"万一她们去告警察呢！"

"那有什么要紧？她们能够管我么？"

"你老说这些小孩子的话，我可就没有那么简单，她们要说我拐了你走了。"

"那我就可以替你说，说是我跟你走的。"

"总之，事情是没有那么简单，月英，我们还得想一个法子才行。"

"好，有什么法子你想罢！"

说着她又走回镜台前头去梳洗去了。我又躺了下去，呆呆想了半天，等她在镜子前自己把半条辫子梳好的时候，我才坐起来对她说：

"月英，她们发见了你我的逃走，大约总想得到是坐下水船上这里来的，因为上水船要到天亮边才过Ａ地，并且我们走的那一天，上水船也没有。"

她头也不朝转来，一边梳着辫，一边答应了我一声"嗯"。

"那么她们若要赶来呢，总在这两天里了。"

"嗯。"

"我们若住在这里，岂不是很危险么？"

"嗯，你底下名牌上写的是什么名字？"

"自然是我的真名字。"

"那叫他们去改了就对了啦！"

"不行不行！"

"什么不行哩？"

"在这旅馆里住着，一定会被她们瞧见的，并且问也问得出来。"

"那我们就上天津去罢！"

"更加不行。"

"为什么更加不行哩？"

"你的娘不在天津么？她们在这里找我们不着，不也就要追上天津去的么？经她们四五个人一找，我们哪里还躲得过去？"

"那你说怎么办哩？"

"依我吓，月英，我们还不如搬进城去罢。在这儿店里，只说是过江去赶火车去的，把行李搬到了江边，我们再雇一辆马车进城去，你说怎么样？"

"好罢！"

这样的决定了计划，我们就开始预备行李了。两人吃了一锅黄鱼面后，从旅馆里出来把行李挑上江边的时候，太阳已经斜照在江面的许多桅船汽船的上面。午后的下关，正是行人拥挤，满呈着活气的当儿。前夜来的云层，被阳光风热吞没了去，清淡的天空，深深的覆在长江两岸的远山头上。隔岸的一排洋房烟树，看过去像西洋画里的背景，只剩了狭长的一线，沉浸在苍紫的晴空气里。我和月英坐进了一辆马车，打仪凤门经过，一直的跑进城去，看看道旁的空地疏林，听听车前那只瘦马的得得得得有韵律的蹄声，又把一切的忧愁抛付了东流江水，眼前只觉得是快乐，只觉得是光明，仿佛是走上了上天的大道了。

第九章

进城之后，最初去住的，是中正街的一家比较干净的旅馆。因为想避去和人的见面，所以我们拣了一间那家旅馆的最里一进的很谨慎的房间，名牌上也写了一个假名。

把衣箱被铺布置安顿之后，几日来的疲倦，一时发足了，那一晚，我们晚饭也不吃，太阳还没有落尽的时候，月英就和我上床去睡了。

快晴的天气，又连续了下去，大约是东海暖流混入了长江的影响罢，当这寒冬的十一月里，温度还是和三月天一样，真是好个江南的小春天气。进城住下之后我们就天天游逛，夜夜欢娱，竟把人世的一切经营俗虑，完全都忘掉了。

有一次我和她上鸡鸣寺去，从后殿的楼窗里，朝北看了半天斜阳衰草的玄武湖光。从古同泰寺的门楣下出来，我又和她在寺前寺后台城一带走了许多山路。正从寺的西面走向城堞上去的中间，我忽而在路旁发见一口枯草丛生的古井。

"啊！这或者是胭脂井罢！"

我叫着就拉了她的手走近了井栏圈去。她问我什么叫胭脂井，我就同和小孩子说故事似的把陈后主的事情说给她听：

"从前哪，在这儿是一个高明的皇帝住的，他相儿也很漂亮，年纪也很轻，做诗也做得很好。侍候他的当然有许多妃子，可是这中间，他所最爱的有三四个人。他在这儿就造了许多很美很美的宫殿给她们住。万寿山你去过了罢？譬如同颐和园一样的那么的房子，造在这儿，你说好不好？"

"好自然好的。"

"嗳，在这样美，这样好的房子里头啊，住的尽是些像你——"

说到了这里，我就把她抱住，咬上她的嘴去。她和我呫吸了一回，就催着说：

"住的谁呀？"

"住的啊，住的尽是些像你这样的小姑娘——"我又向她脸上摘了一把。

"她们也会唱戏的么？"

这一问可问得我喜欢起来了，我抱住了她，一边吻一边说：

"可不是么？她们不但唱戏，还弹琴舞剑，做诗写字来着。"

"那皇帝可真有福气！"

"可不是么？他一早起来呀，就这么着一边抱一个，喝酒，唱戏，做诗，尽是玩儿。到了夜里啦，大家就上火炉边上去，把衣服全脱啦，又是喝酒，唱戏的玩儿，一直的玩到天明。"

"他们难道不睡觉的么？"

"谁说不睡来着，他们在玩儿的时候，就是在那里睡觉的呀！"

"大家都在一块儿的？"

"可不是么？"

"她们倒不怕羞？"

"谁敢去羞她们？这是皇帝做的事情，你敢说一句么？说一句就砍你的脑袋！"

"啊唷喝！"

"你怕么？"

"我倒不怕，可是那个皇帝怎么会那样能干儿？整天的和那么些姑娘们睡觉，他倒不累么？"

"他自然是不累的,在他底下的小百姓可累死了。所以到了后来吓——"

"后来便怎么啦？"

"后来么，自然大家都起来反对他了啦，有一个韩擒虎带了兵就杀到了这里。"

"可是南阳关的那个韩擒虎？"

"我也不知道，可是那韩擒虎杀到了这里，他老先生还和那些姑娘们喝酒唱戏哩！"

"啊唷！"

"韩擒虎来了之后，你猜那些妃子们就怎么办啦？"

"自然是跟韩擒虎了！"

我听了她这一句话，心口头就好像被钢针刺了一针，噤住了不说下去，我却张大眼对她呆看了许多时候,她又哄笑了起来,催问我"后来怎么啦？"

我实在没有勇气说下去了，就问她说：

"月英！你怎么会腐败到这一个地步？"

"什么腐败呀？那些妃子们干的事情，和我有什么相干？"

"那些妃子们，却比你高得多，她们都跟了皇帝跳到这一口井里去死了。"

她听了我的很坚决的这一句话，却也骇了一跳，"啊——吓"的叫了一声，撒开了我的围抱她的手，竟踉踉跄跄的倒退了几步，离开了那个井栏圈，向后跑了。

我追了上去，又围抱住了她，看了她那惊恐的相貌，便也不知不觉的笑了起来，轻轻的慰扶着她的肩头对她说：

"你这孩子！在这样的青天白日的底下，你还怕鬼么？并且那个井还不知道是不是胭脂井哩！"

像这样的野外游行，自从我们搬进城去以后，差不多每天没有息过。南京的许多名山胜地如燕子矶、明孝陵、扫叶楼、莫愁湖等处，简直处处都走到了，所以觉得时间过去得很快，在城里住了一个礼拜，只觉得是过了二天三天的样子。

到了十一月也将完了的几天前，忽然吹来了几阵北风，阴森的天气，连续了两天，旧历的十二月初一，落了一天冷雨，到半夜里，就变了雪珠雪片了。

我们因为想去的地方都已经去过了，所以就在房里生了一盆炭火，打算以后就闭门不出，像这样的度过这个寒冬。头几天，为了北风凉冷，并且房里头炭火新烧，两个人围炉坐坐谈谈，或在被窝里歇歇午觉，觉得这室内的生活，也非常的有趣。可是到了五六天之后，天气老是不晴，门外头老是走不出去，月英自朝到晚，一点儿事情也没有，只是缩着手坐着，打着哈欠。在那里呆想，我看过去，她仿佛是在感着无聊的样子。

我所最怕看的，是她于午饭之后，呆坐在围炉边上，那一种拖长的冷淡的脸色，叫她一声，她当然还是装着微笑，抬起头来看我，可是她和我上船前后的那一种热情的紧张的表情，一天一天的稀薄下去了。

尤其是上床和我睡觉的时候，从前的那种燃烧，那种兴奋，那种热力，变成了一种做作的，空虚的低调和播动。我在船上看见的她那双黑宝石似的放光的眼睛，和她的同起了剧烈的痉挛似的肢体，不知消散到哪里去了。

我当阴沉的午后，在围炉边上，看她呆坐在那里，心里就会焦急起来，有一次我因为隐忍不过去了，所以就叫她说：

"月英吓！你觉得无聊得很罢？我们出去玩儿去罢？"

她对我笑着，回答我说：

"天那么冷，出去干吗？倒还不如在房里坐着烤火的好。这样下雨的天，上什么地方去呢？"

我闷闷的坐着，一个人就想来想去的想，想想出一个法子来使她高兴。晚上又只好老早的上床，和她胡闹了一晚，一边我又在想各种可以使她满足的方法。

第二天早晨她还睡在那里的时候，我一个人爬出了床，冒了寒风微雨，上大街上去买了一架留声机器来。

买的片子，当然都是合她的口味的片子，以老谭汪雨等的为主，中间也有几张刘鸿声孙菊仙汪笑侬的。

这一种计策，果然成功了，初买来的两天之中，她简直一停也不停地摇转了两天。到了第三天，她要我跟了片子唱，我以粗笨的喉音，不合拍的野调，竟哄她笑了一天。后来到了我也唱得有点合拍起来的时候，她却听厌了似的尽在边上袖手旁观，只看我拼命的在那里摇转，拼命的在那里跟唱。有的时候，当唱片里的唱音很激昂的高扬一次之后，她虽然也跟着把那颓拖下去的句子唱一二句，可是前两天的她那一种热情，又似乎没有了。

在玩这留声机器的把戏的当中，天气又变了晴正。寒气减退了下去，日中太阳出来的中间，刮风的时候很少，我们于日斜的午后，有时也上夫子庙前或大街上去走走。这一种街市上的散步，终究没有野外游行的有趣，大抵不过坐了黄包车去跑一两个钟头，回来就顺便带一点吃的物事和新的唱片回来，此外也一无所得。

过了几天，她脸上的那种倦怠的形容，又复原了，我想来想去，就又想出了一个方法来，就和她一道坐轻便火车出城去到下关去听戏。

下关的那个戏园，房屋虽则要比 A 地的安乐园新些，可是唱戏的人，实在太差了，不但内行的她，有点听不进去，就是不十分懂戏的我，听了也觉得要身上起粟。

我一共和她去了两趟，看了她临去的时候的兴高采烈，和回来的时候的意气消沉，心里又觉得重重的对她不起，所以于第二次自下关回来的途中，我因为想对她的那种萎蘼状态，给一点兴奋的原因，就对她说了一句笑话：

"月英，这儿的戏实在太糟了，你要听戏，我们就上上海去罢，到上海去听它两天戏来，你说怎么样？"

这一针兴奋针，实在打得有效，她的眼睛里，果然又放起那种射人的光来了。在灰暗的车座里，她也不顾旁边的有人没有人，把屁股紧紧的向我一挤，一只手又狠命的捏了我一把，更把头贴了过来，很活泼的向我斜视着，媚笑着，轻轻的但又很有力量的对我说：

"去罢，我们上上海去住它两天罢，一边可以听戏，一边也可以去买点东西。好，决定了，我们明天的早车就走。"

这一晚我总算又过了沉醉的一晚，她也回复了一点旧时的热意与欢情，因为睡觉的时候，我们还在谈着大都会的舞台里的名优的放浪和淫乱。

第十章

第二天又睡到日中才起来，她也似乎为前夜的没有节制的结果乏了力，我更是一动也不愿意动。

吃了午饭，两人又只是懒洋洋的躺着，不愿意起身，所以上海之行，又延迟了一日。

晚上临睡的时候，先和茶房约定，叫他于火车开前的一个半钟头就来叫醒我们，并且出城的马车，也叫他预先为我们说好。

月英的性急，我早已知道了，又加以这次是上上海去的寻快乐的旅行，所以于早晨四点钟的时候，她就发着抖，起来在电灯底下梳洗，等她来拉我起来的时候，东天也已经有点茫茫的白了。

忍了寒气，从清冷的长街上被马车拖出城来，我也感到了一种鸡声茅店的晓行的趣味，

买票上车，在车上也没有什么障碍发生，沿火车道两旁的晴天野景，又添了我们许多行旅的乐趣。车过苏州城外的时候，她并且提议，当我们于回去的途中，在苏州也下车来玩它一天，因为前番接连几天在南京的胜地巡游的结果，这些野游的趣味已经在她的脑里留下了很深的印像了。

十二点过后，车到了北站，她虽则已经在上海经过过一次，可是短短的一天耽搁，上海对她，还是同初到上海来的人一样，处处觉得新奇，事事觉得和天津不同。她看见道旁立着的高大的红头巡捕，就在马车里拉了

我的手轻轻的对我笑着说：

"这些印度巡捕的太太，不晓得怎么样的？"

我暗暗的在她腿上摘了一把，她倒哈哈的大笑了起来。到四马路一家旅馆里住定了身，我们不等午饭的菜蔬搬来，就叫茶房去拿了一份报来，两人就抢着翻看当日的戏目。因为在南京的时候，除吃饭睡觉时，我们什么报也不看，所以现在上海有哪几个名角在登台，完全是不晓得的。

看报的结果，我们非但晓得上海各舞台的情形，并且晓得洋冬至已到，大马路上四川路口的几家外国铺子，正在卖圣诞节的廉价。月英于吃完午饭之后，就要我陪她去买服饰用品去，我因为到上海来一看，看了她的那种装饰，也有点觉得不大合时宜了，所以马上就答应了她，和她一道出去。

在大马路上跑了半天，结果她买了一顶黑绒的法国女帽，和四周有很长很软的鸵鸟毛缝在那里的北欧各国女人穿的一件青呢外套。因为她的身材比外国女人矮小，所以在长袍子上穿起来，这外套正齐到脚背。她的高高的鼻梁，和北方人里面罕有的细白的皮色上，穿戴了这些外国衣帽，看起来的确好看，所以我就索性劝她买买周全，又为她买了几双肉色的长统丝袜和一双高底的皮鞋。穿高底皮鞋，这虽还是她的第一次，但因为舞台上穿高底靴穿惯的原因。她穿着答答的在我前头走回家来，觉得一点儿也没有不自然，一点儿也没有勉强的地方。

这半天来的购买，我虽则花去了一百多元钱，可是看了她很有神气的在步道上答答的走着，两旁的人都回过头来看她的光景，我心坎里也感到不少的愉快和得意，她自然更加不必说了，我觉得自从和她出奔以后，除了船舱里的一天一晚不算外，她的像这样喜欢满足的样子，这要算是第一次。

我和她走回旅馆里来的时候，旅馆里的茶房，也看得奇异起来了，他打脸汤水来之后，呆立着看了一忽对我说：

"太太穿外国衣服的时候真好看！"

我听了这一句话，心里更是喜欢得不得了，所以于茶房走出去后，就扑上她的身上，又和她吻了半天。

匆忙吃了一点晚饭，我先叫茶房去丹桂第一台定了两个座儿，晚饭后，又叫茶房去叫了梳头的人来，为月英梳了一个上海正在流行的头。

我到戏院去的时候，时间虽则还早，但座儿差不多已经满了。幸而是先叫茶房来打过招呼的，我们上楼去问了案目，就被领到了第一排的花楼去就座。这中间月英的那双答答的高底皮鞋又出了风头，前后的看戏者的眼睛，一时都射到了她的身上脸上来，她和初出台被叫好的时候一样，那双灵活的眼睛，也对大家扫了一扫，我看了她脸上的得意的媚笑，心里同时起了一种满足的嫉妒的感情。

那一晚最叫座的戏，是小楼的《安天会》，可是不懂戏的上海的听者，看小楼和梅兰芳下台之后，就纷纷的散了。在这中间，因为花楼的客座里起了动摇，池子里的眼睛，一齐转向了上来，我觉得这许多眼睛，似乎多在凝视我们，在批评我和美丽的月英的相称不相称。一想到此我倒也觉得有点难以为情，觉得脸上仿佛也红了一红。

戏散之后，我们上酒馆去吃了一点酒菜点心，从寒冷空洞，有许多电灯照着的长街上背月走回旅馆来，路上也遇见了许多坐包车的高等妓女。我私下看看她们，又回头来和月英一比，觉得月英的风格要比她们高出数倍。

到了旅馆里，我洗了手脸，觉得一天的疲倦，都积压上来了，所以不等着月英，就先上床睡去。后来月英进被来摇我醒来，已经是在我睡了一觉之后，我看了她的灵活的眼睛，知道她还没有睡过，"可怜你这乡下小丫头，初到城里来见了这繁华世界，就兴奋到这一个地步！"我一边这样的取笑她，一边就翻身转来，压上她的身去。

在上海住了三天，小楼等的戏接连听了两晚，到了第三天的早晨，我想催她回南京去了。可是她还似乎没有看足，硬要我再住几天。

我们就一天换一个舞台的更听了几天。至决定明天一定要回南京去的前一夜，因为月色很好，我就和她走上了 × 世界的屋顶，去看上海的夜景。

灯塔似的 S.W. 两公司的尖顶，照耀在中间，附近尽是些黑黝黝的屋瓦和几条纵横交错的长街。满月的银光，寒冷皎洁的散射在这些屋瓦长街之上。远远的黄浦滩头，有几处高而且黑的崛起的屋尖，像大海里的远岛，在指示黄浦江流的方向。

月英登了这样的高处，看了这样的夜景，又举起头来看看千家同照的月华，似乎想起了什么心事，在屋顶上动也不动，响也不响的立了许多时候。我虽则捏了她的手，站在她的边上，但从她的那双凝望远处的视线看来，她好像是已经把我的存在忘记了的样子。

一阵风来，从底下吹进了几声哀切的弦管声音到我们的耳里，她微微的抖了一抖，我就用一只手拍上她的肩头，一只手围抱着她说：

"月英！我们下去罢，这儿冷得很。底下还有坤戏哩，去听她们一听，好么？"

寻到了楼下的坤戏场里，她似乎是想起了从前在舞台上的时候的荣耀的样子，脸上的筋肉，又松懈欢笑了开来。本来我只想走一转就回旅馆去睡的，可是看了她的那种喜欢的样儿，又不便马上就走，所以就捱上台前头去拣了两个座位来坐下。

戏目上写在那里的，尽是些胡子的戏，我们坐下去的时候，一出半场的《别窑》刚下台，底下是《梅龙镇》了，扮正德的戏单上的名字是小月红。她看了这名字，用手向月字上一指，对我笑着说：

"这倒好像是我的师弟。"

等这小月红上台的时候，她用两手把我的手捏了一把，身子伏向前去，脱出了两只眼睛，看了个仔细，同时又很惊异的轻轻叫了一声：

"啊，这不是夏月仙么？"

她的这一种惊异的态度，触动了四边看戏的人的好奇心，大家都歪了头，朝她看起了，因而台上的小月红，也注意到了她。小月红的脸上，也一样的现了一种惊异的表情，向我们看了几眼，后来她们俩居然微微的点头招呼起来了。

她惊喜得同小孩子似的把上半身颤了几颤。一边笑着招呼着，一边也捏紧了我的两手尽在告诉我说："这夏月仙，是在天桥儿的时候，和我合过班的。真奇怪，真奇怪，她怎么会改了名上这儿来的呢？"

"噢！和你合过班的？真是他乡遇故知了，你可以去找她去。等她下台的时候，你去找她去罢！"

我也觉得奇怪起来，奇怪她们这一次的奇遇，所以又问她说：

"你说在天桥儿的时候是和她在一道的，那不已经是四五年前的事情了么？"

"可不是么？怕还不止四五年来着。"

"倒难得你们都还认得！"

"她简直是一点儿也没有改，还是那么小个儿的。"

"那么你自己呢？"

"那我可不知道。"

"大约总也改不了多少罢？她也还认得你，可是，月英，你和我的在一块儿，被她知道了，会不会有什么事情出来？"

"不碍,不碍,她从前和我是很要好的,教她不说,她决不会说出去的。"

这样的谈着笑着,她那出《梅龙镇》也竟演完了。我就和月英站了起来,从人丛中挤出,绕到后台房里去看夏月仙去,月英进后台房去的时候,我立在外面候着,听见几声她俩的惊异的叫声。候了不久,那卸装的小月红,就穿着一件青布的罩袍,后面跟一个跟包的小女孩,和月英一道走出台房来了。

走到了我的面前,月英就嘻笑着为我们两个介绍了一下。我因为和月英的这一番结识的结果,胆子也很大了,所以就叫月英请小月红到我们的旅馆里去坐去。出了 × 世界的门,她就和小月红坐了一乘车,我也和那跟包的小孩合坐了一乘车,一道的回到旅馆里来。

第十一章

那本名夏月仙的小月红,相貌也并不坏,可是她那矮小的身材,和不大说话,老在笑着的习惯,使我感到了一种畏惧。匆匆在旅馆里的一夕谈话,我虽看不出她的品性思虑来,可是和月英高谈了一阵之后,又戚促戚促的咬耳朵私笑的那种行为,我终竟有点心疑。她坐了二十多分钟,我请她和那跟包的小孩吃了些点心,就告辞走了。月英因此奇遇,又要我在上海再住一天,说明天早晨,她要上夏月仙家去看她,中午更想约她来一道吃饭。

第二天午前,太阳刚晒上我们的那间朝东南的房间窗上,她就起来梳了一个头。梳洗完后,她因为我昨夜来的疲劳未复,还不容易起来,所以就告诉我说,她想一个人出去,上夏月仙家去。并且拿了一枝笔过来,要我替她在纸上写一个地名,她叫人看了,教她的路。夏月仙的住址,是爱多亚路三多里的十八号。

她出去之后,房间里就静悄悄地死寂了下去。我被沉默的空气一压,心里就感到了一种莫名其妙的恐怖,"万一她出去了之后,就此不回来了,便怎么办呢?"因为我和她,在这将近一个月的当中,除上便所的时候分一分开外,行住坐卧,一刻也没有离开过。今朝被她这么一去,起初还带有几分游戏性质的这一种幻想,愈想愈觉得可能,愈觉得可怕了。本来想乘她出去的中间,安闲的睡它一觉的,然而被一个幻想来一搅,睡魔完全被打退了。

"不会的,不会的,哪里会有这样的事情呢?"像这样的自家的宽慰一番，自笑自的解一番嘲，回头那一个幻想又忽然会变一个形状，很切实的很具体的迫上心来。在被窝里躺着，像这样的被幻想扰恼，横竖是睡不着觉的，并且自月英起来以后，被窝也变得冰冷冰冷了，所以我就下了一个决心，走出床来，起来洗面刷牙。

洗刷完后，点心也不想吃，一个人踡着坐着，也无聊赖，不得已就叫茶房去买了一份报来读。把国内外的政治电报翻了一翻，眼睛就注意到了社会记事的本埠新闻上去。拢总只有半页的这社会新闻里，"背夫私逃"，"叔嫂通奸"，"下堂妾又遇前夫"等关于男女奸情的记事，竟有四五处之多。我一条一条的看了之后，脑里的幻想，更受了事实的衬托，渐渐儿的带起现实味来了。把报纸一丢，我仿佛是遇了盗劫似的帽子也不带便赶出了门来。出了旅馆的门，跳上门前停在那里兜卖的黄包车，我就一直的叫他拉上爱多亚路的三多里去，可是拉来拉去，拉了半天，他总寻不到那三多里的方向。我气得急了，就放大了喉咙骂了他几句，叫他快拉上 × 世界的附近去。这时在太阳光底下来往的路人很多，大约我脸上的气色有点不对罢，擦过的行人，都似乎在那里对我凝视。好容易拉到了 × 世界的近旁，向行人一问，果然知道了三多里就离此不远了。

到了三多里的那条狭小的弄堂门口，我从车上跳了下来。一边喘着气，按着心脏的跳跃，一边又寻来寻去的寻了半天第十八号的门牌。

在一间一楼一底的龌龊的小楼房门口，我才寻见了两个淡黑的数目18，字写在黄沙粉刷的墙上。急急的打门进去，拉住了一个开门出来的中老妇人，我就问她，"这儿可有一个姓夏的人住着？"她坚说没有。我问了半天，告诉她这姓夏的是女戏子，是在 × 世界唱戏的，她才点头笑着说，"你问的是小月红罢？她住在二楼上，可是我刚看见她同一位朋友走出去了。"我急得没法，就问她："楼上还有人么？"她说："她们是住在亭子间里的，和小月红同住的，还有一位她的师傅和一个小女孩的妹妹。"

我从黝黑的扶梯弄里摸了上去，向亭子间的朝扶梯开着的房门里一看，果然昨天那小女孩，还坐在对窗的一张小桌子边上吃大饼。这房里只有一张床。灰尘很多的一条白布帐子，还放落在那里。那小女孩听见了我的上楼来的脚步声音，就掉过头来，朝立在黑暗的扶梯跟前的我睨视了一回，认清了是我，她才立起来笑着说：

"姊姊和谢月英姊姊一道出去了，怕是上旅馆里去的，您请进来坐一忽儿罢！"

我听了这一句话,方才放下了心,向她点了一点头,旋转身就走下扶梯,奔回到旅馆里来。

跑进了旅馆门,跑上了扶梯,上我们的那间房门口去一看,房门还依然关在那里,很急促的对拿钥匙来开门的茶房问了一声:"夫人回来了没有?"茶房很悠徐的回答说,"太太还没有回来。"听了他这一句话,我的头上,好像被一块铁板击了一下。叫他仍复把房门锁上,我又跳跑下去,到马路上去无头无绪的奔走了半天。走到 S 公司的前面,看看那个塔上的大钟,长短针已将叠住在十二点钟的字上了,只好又同疯了似的走回到旅馆里来。跑上楼去一看,月英和夏月仙却好端端的坐在杯盘摆灯的桌子面前,尽在那里高声的说笑。

"啊!你上什么地方去了?"

我见了月英的面,一种说不出来的喜欢和一种马上变不过来的激情,只冲出了这一句问话来,一边也在急喘着气。

她看了我这感情激发的表情,止不住的笑着问我说:"你怎么着?为什么要跑了那么快?"

我喘了半天的气,拿出手帕来向头上脸上的汗擦了一擦,停了好一会,才回复了平时的态度,慢慢的问她说:

"你上什么地方去了?我怕你走失了路,出去找你来着。月英啊月英,这一回我可真上了你的当了。"

"又不是小孩子,会走错路走不回来的。你老爱干那些无聊的事情。"

说着她就斜睨了我一眼,这分明是卖弄她的媚情的表示,到此我们三人才含笑起来了。

月英叫的菜是三块钱的和菜,也有一斤黄酒叫在那里,三个人倒喝了一个醉饱。夏月仙因为午后还要去上台,所以吃完饭后就匆匆的走了。我们告诉她搭明天的早车回南京去,她临走就说明儿一早就上北站来送我们。

下午上街去买了些香粉雪花膏之类的杂用品后,因为时间还早,又和月英上半淞园去了一趟。

半淞园的树木,都已凋落了,游人也绝了迹。我们进门去后,只看见了些坍败的茶棚桥梁,和无人住的空屋之类。在水亭里走了一圈,爬上最高的假山亭去的中间,月英因为着的是高底鞋的原因,在半路上踸跌了一次,结果要我背了似的扶她上去。

毕竟是高一点儿的地方多风,在这样阳和的日光照着的午后,高亭上也觉得有点冷气逼人。黄浦江的水色，金黄映着太阳，四边的芦草滩弯曲的地方，只有静寂的空气，浮在那里促人的午睡。西北面老远的空地里，也看得见一两个人影，可是地广人稀，仍复是一点儿影响也没有。黄浦江里，远远的更有几只大轮船停着，但这些似乎是在修理中的破船，烟囱里既没有烟，船身上也没有人在来往，仿佛是这无生的大物，也在寒冬的太阳光里躺着，在那里假寐的样子。

月英向周围看了一圈，听枯树林里的小鸟宛转啼叫了两三声，面上表现着一种枯寂的形容，忽儿靠上了我的身子，似乎是情不自禁的对我说：

"介成！这地方不好，还没有 × 世界的屋顶上那么有趣。看了这里的景致，好像一个人就要死下去的样子，我们走罢。"

我仍复扶背了她，走下那小土堆来。更在半淞园的上山北面走了一圈，看了些枯涸了的同沟儿似的泥河和几处不大清洁的水渚，就和她走出园来，坐电车回到了旅馆。

若打算明天坐早车回南京，照理晚上是应该早睡的，可是她对上海的热闹中枢，似乎还没有生厌，吃了晚饭之后，仍复要我陪她去看月亮，上 × 世界去。

我也晓得她的用意，大约她因为和夏月仙相遇匆匆，谈话还没有谈足，所以晚上还想再去见她一面，这本来是很容易的事情，我所以也马上答应了她，就和她买了两张门票进去。

晚上小月红唱的是《珠帘寨》里的配角，所以我们走走听听，直到十一点钟才听完了她那出戏。戏下台后，月英又上后台房去邀了她们来，我们就在 × 世界的饭店里坐谈了半点多钟，吃了一点酒菜，谈次并且劝小月红明天不必来送。

月亮仍旧是很好，我们和小月红她们走出了 × 世界叙了下次再会的约话，分手以后，就不坐黄包车，步行踏月走了回来。

月英俯下头走了一程，忽而举起头来，眼看着月亮，嘴里却轻轻的对我说：

"介成，我想……"

"你想怎么啦？"

"我想……，我们，我们像这样的下去，也不是一个结局……"

"那怎么办呢？"

"我想若有机会，仍复上台去出演去。"

"你不是说那种卖艺的生活，是很苦的么？"

"那原是的，可是像现在那么的闲荡过去，也不是正经的路数。况且……"

我听到了此地，也有点心酸起来了，因为当我在 A 地于无意中积下来一点贮蓄，和临行时向 A 省公署里支来的几个薪水，也用得差不多了，若再这样的过去一月，那第二个月的生活就要发生问题，所以听她讲到了这一个人生最切实的衣食问题，我也无话可说，两人都沉默着，默默的走了一段路。等将到旅馆门口的时候，我就靠上了她的身边，紧紧捏住了她的手，用了很沉闷的声气对她说：

"月英，这一句话，让我们到了南京之后，再去商量罢。"

第二天早晨我们虽则没有来时那么的兴致，但是上了火车，也很满足的回了南京，不过车过苏州，终究没有下车去玩。

第十二章

从上海新回到南京来的几日当中，因为那种烦剧的印像，还粘在脑底，并且月英也为了新买的衣裳用品及留声机器唱片等所惑乱，旁的思想，一点儿也没有生长的余地，所以我们又和上帝初创造我们的时候一样，过了几天任情的放纵的生活。

几天过后，月英更因为想满足她那一种女性特有的本能，在室内征服了我还不够，于和暖晴朗的午后，时时要我陪了她上热闹的大街上，或可以俯视钓鱼巷两岸的秦淮河上的茶楼去显示她的新制的外套，新制的高跟皮鞋，和新学来的化妆技术。

她辫子不梳了，上海正在流行的那一种匀称不对，梳法奇特的所谓维奴斯——爱神——头，被她学会了。从前面看过去，左侧有一剪头发蓬松突起，自后面看去，也没有一个突出的圆球，只是稍为高一点的中间，有一条斜插过去的深纹的这一种头，看起来实在也很是好看。尤其是当外国女帽除下来后，那一剪左侧的头发，稍微下向，更有几丝乱发，从这里头拖散下来的一种风情，我只在法国的画集里，看见过一两次，以中国的形容词来说，大约只有"太液芙蓉未央柳"的一句古语，还比较得近些。

本来对东方人的皮肤是不大适合的一种叫"亚媲贡"的法国香粉，淡淡的扑上她的脸上，非但她本来的那种白色能够调活，连两颊的那种太姣艳的红晕，也受了这淡红带黄的粉末的辉映，会带起透明的情调来。

还有这一次新买来的黛螺，用了小毛刷上她的本来有点斜挂上去的眉毛上，和黑子很大的鼻底眼角上一点染，她的水晶晶的两只眼睛，只教转动一动，你就会从心底里感到一种要耸起肩骨来的凉意。

而她的本来是很曲很红的嘴唇哩，这一回又被她发见了一种同郁金香花的颜色相似的红中带黑的胭脂。这一种胭脂用在那里的时候，从她口角上流出来的笑意和语浪，仿佛都会带着这一种印度红的颜色似的。你听她讲话，只须看她的这两条嘴唇的波动，即使不听取语言的旋律，也可以了解她的真意。

我看了她这种种新发明的装饰；对她的肉体的要求，自然是日渐增高，还有一种从前所没有的即得患失的恐怖，更使我一刻也不愿意教她从我的怀抱里撕开，结果弄得她反而不能安居室内，要我跟着她日日的往外边热闹的地方去跑。

在人丛中看了她那种满足高扬，处处撩人的样子，我的嫉妒心又自然而然的会从肚皮里直沸起来，仿佛是被人家看一眼她身上的肉就要少一块似的。我老是上前落后的去打算遮掩她，并且对了那些饿狼似的道旁男子的眼光，也总装出很凶猛的敌对样子来反抗。而我的这一种嫉妒，旁人的那一种贪视，对她又仿佛是有很大的趣味似的，我愈是坐立不安的要催她回去，旁人愈是厚颜无耻的对她注视，她愈要装出那一种媚笑斜视和挑拨的举动来，增进她的得意。

我的身体，在这半个月中间，眼见得消瘦了下去，并且因为性欲亢进的结果，持久力也没有了。

有一次也是晴和可爱的一天午后，我和她上桃叶渡头的六朝揽胜楼去喝了半天茶回来。因为内心紧张，嫉妒激发的原因，我一到家就抱住了她，流了一脸眼泪，尽力的享受了一次我对她所有的权利。可是当我精力耗尽的时候，她却幽闲自在，毫不觉得似的用手向我的头里梳插着对我说：

"你这孩子，别那么疯，看你近来的样子，简直是一只疯狗。我出去走走有什么？谁教你心眼儿那么小？回头闹出病来，可不是好玩意儿。你怕我怎么样？我到现在还跑得了么？"

被她这样的慰抚一番，我的对她的所有欲，反而会更强起来，结果又弄得同每次一样，她反而发生了反感，又要起来梳洗，再装刷一番，再跑出去。

　　跑出去我当然是跟在她的后头，旁人当然又要来看她，我的嫉妒当然又不会止息的。于是晚上就在一家菜馆里吃晚饭，吃完晚饭回家，仍复是那一种激情的骤发和筋肉的虐使。

　　这一种状态，循环往复地日日继续了下去，我的神经系统，完全呈出一种怪现像来了。

　　晚上睡觉，非要紧紧地把她抱着，同怀胎的母亲似的把她整个儿的搂在怀中，不能合眼，一合眼上，就要梦见她的弃我而奔，或被奇怪的兽类，挟着在那里奸玩。平均起来，一天一晚，像这样的梦，总要做三个以上。

　　此外还有一件心事。

　　一年的岁月，也垂垂晚了，我的一点积贮和向 A 省署支来的几百块薪水，算起来，已经用去了一大半以上，若再这样的过去，非但月英的欲望，我不能够使她满足，就是食住，也要发生问题。去找事情哩，一时也没有眉目，况且在这一种心理状态之下，就是有了事情，又哪里能够安心的干下去？

　　这一件心事，在嫉妒完时，在乱梦觉后，也时时罩上我的心来，所以到了阴历十二月的底边，满城的炮竹，深夜里正放得热闹的时候，我忽然醒来，看了伏在我怀里睡着，和一只小肥羊似的月英的身体，又老要莫名其妙的扑落扑落的滚下眼泪来，神经的弱衰，到此已经达到了极点了。

　　一边看看月英，她的肉体，好像在嘲弄我的衰弱似的，自从离开 A 地以后，愈长愈觉得丰肥鲜艳起来了。她的从前因为熬夜不睡的原因，长得很干燥的皮肤，近来加上了一层油润，摸上去仿佛是将手浸在雪花膏缸里似的，滑溜溜的会把你的指头腻住。一头头发，也因为日夕的梳蓖和香油香水等的灌溉，晚上睡觉的时候，散乱在她的雪样的肩上背上，看起来像鸦背的乌翎，弄得你止不住的想把它们含在嘴里，或抱在胸前。

　　年三十的那一天晚上，她说明朝一早，就要上庙里去烧香，不准我和她同睡，并且睡觉之前，她去要了一盆热水来，要我和她一道洗洗干净。这一晚，总算是我们出走以来，第一次的和她分被而卧，前半夜我翻来覆去，怎么也睡不安稳。向她说了半天，甚至用了暴力把她的被头掀起，我想挤进去，挤进她的被里去，但她拼死的抵住，怎么也不答应我，后来弄得我的气力耗尽，手脚也软了，才让她一个睡在外床，自己只好叹一口气，朝里床躺着，闷声不响，装作是生了气的神情。

　　我在睡不着装生气的中间，她倒嘶嘶的同小孩子似的睡着了。我朝转来本想乘其不备，就爬进被去的，可是看了她那脸和平的微笑，和半开半团的眼睛，我的卑鄙的欲念，仿佛也受了一个打击。把头移将过去，只在她的嘴上轻轻地吻了一吻，我就为她的被盖了盖好，因而便好好的让她在做清净的梦。

我守着她的睡态，想着我的心事，在一盏黄灰灰的电灯底下，在一年将尽的这残夜明时，不知不觉，竟听它敲了四点，敲了五点，直到门外街上有人点放开门炮的早晨。

是几时睡着的，我当然不知道，睡了多少时候，我也没有清楚，可是眼睛打开来一看，我只觉得寂静的空气，围在我的四周，寂静，寂静，寂静，连门外的元日的太阳光，都似乎失掉了生命的样子。

我惊骇起来了，跳出床来一看，火盆里的炭，也已烧残了八九，只有许多雪白雪白的灰，还散积在盆的当中，一个铁杆的三脚架上，有一锅我天天早晨起来喜欢吃的莲子炖在那里。回头向四边更仔细的一看，桌子上也收拾得干干净净，和平时并没有什么分别。再把她的镜箱盒子的抽斗抽将开来一看，里面的梳子蓖子和许多粉盒粉扑之类，都不见了，下层盒里，我只翻出了一张包莲子的黄皮纸来。我眼睛里生了火花，在看那几行粗细不匀，歪斜得同小孩子写的一样的字的时候，一声绝叫，在喉咙头咽住，我的全身的血液，都像是凝结住了。

"介成，我想走，上什么地方，可还不知道，你不用来追我，我随身只带了你的那只小提包。衣服之类，全还没有动，钱也只拿了五十块。你爱吃的那碗莲子，我给你烤在火上，你自己的身体要小心保养。月英。"

"啊啊！她走了，她果然走了！"

这样的想了一想，我的断绝了联络的知觉，又重新恢复了转来，一股同蒸气似的酸泪，直涌了出来。我踉跄往后退了几步，倒在外床她叠好在那里的那条被上。两手紧紧抱着了这一条被，我哭着哭着哭着，哭了一个尽情。

眼泪流干了，胸中也觉得宽畅了一点的时候，我又立了起来，把房里的东西检点了一检点，可是拿着她曾经用过的东西，把一场一场的细节回想起来，刚止住的眼泪又不自禁地流下来了。一边流着眼泪，一边我看出她当走的时候东西果真一点儿也没有拿去。

除了我和她这一回在上海买的一只手提皮筐，及二三件日用的衣服器具外，她的衣箱，她的铺盖，都还好好的放在原处。

一串钥匙，她为我挂在很容易看见的衣钩上，我的一只藏钞票洋钱的小皮筐，她开了之后，仍复为我放在箱子盖上，把内容一看，外层的十几块现洋和三四张十元的钞票她拿走了，里层的一个邮政储金的簿子和一张汇丰银行的五十元钞票，仍旧剩在那里。

我急忙开房门出去一看，看见院子里的太阳还是很高，放了渴竭的喉咙，我就拼命的叫茶房进来。

茶房听了我着急的叫声，跑将进来对我一看，也呆住了，问我有什么事情，我想提起声来问他，她是什么时候走的，可是眼泪却先湿了我的喉咙，茶房也看出的我的意思，就也同情我似的柔声告我说：

"太太今天早晨出去的时候，就告诉我说，'你好好的侍候老爷，我要上远处去一趟来。现在老爷还睡着哪，你别惊醒了他。若炭火熄了，再去添上一点。莲子也炖上了，小心别让它焦。'只这么几句话。我问她什么时候回来，她说没有准儿。有什么事情了么？"

"她，她，是什么时候走的？"

"很早哩！怕还没有到九点。"

"现在，现在是什么时候了？"

"三点还没有到罢！"

"好，好，你去倒一点洗脸水来给我。"

茶房出去之后，我就又哭着回到了房里，呆呆对她的箱子看了半天，我心上忽儿闪过了一道光明的闪电。

"她又不是死了，哭她干吗？赶紧追上去，追上去去寻着她回来，反正她总还走得不远的。去，马上去，去追罢。"

我想到了这里，心里倒宽起来了。收住了眼泪，把翻乱的衣箱等件叠回原处之后，我挺起身来，把衣服整了一整，一边捏紧了拳头向胸前敲了几下，一边自己就对自己起了一个誓：

"总之我在这世界上活着一天，我就要寻她一天。无论如何，我总要去寻她着来！"

第十三章

门外头是一派快活的新年气象。

长街上的店门，都贴满了春联，也有半天的，有的完全关在那里。来往的行人，全穿了新制的马褂袍子，也有拱手在道贺的。

鼓乐声，爆竹声，小孩的狂噪声，扑面的飞来，绝似夏天的急雨。这中间还有抄牌喊赌的声音。毕竟行人比平时要少，清冷的街上，除了几个点缀春景的游人而外，满地只是烧残了的爆竹红尘。

我张了两只已经哭红了的倦眼，踉跄走出了旅馆的门，就上马车行去雇马车去。但是今天是正月初一，马夫大家在休息着，没有人肯出来拖我去下关。最后就没有法子，只好以很昂的价，坐了一乘人力车出城。

太阳已经低斜下去了，出了街市的尽处，那条清冷的路上，竟半天遇不着一个行人，一辆车子。

将晚的时候，我的车到了下关车站，到卖票房去一看，门关得紧紧，站上的人员，都已去喝酒打牌去了。我以最谦恭的礼貌，对一位管杂役的站员，行了一个鞠躬礼，央求他告诉我今天上天津或上海去的火车有没有了。

他说今天是元旦，上上海和上天津的火车，都只有早晨的一班。

我又谦声和气，恨不得拜下去似的问他：

"今天早晨的车，是几点钟开的？"

"津浦是六点，沪宁是八点。"

说着他仿佛是很讨厌我的絮烦似的，将头朝向了别处。我又对他行了一个敬礼，用了最和气的声气问他说：

"对不起，真真对不起，劳你驾再告诉我一点，今天上上海去的车上，可有一位戴黑绒女帽，穿外国外套的女客？"

"那我哪儿知道，车上的人多得很哩！"

"对不起，真真对不起，我因为女人今天早晨跑了，——唉——跑了，所以……"

这些不必要的说话，我到此也同乡愚似的说了出来，并且底下就变成了泪声，说也说不下去了。那站员听了我的哭声，对我丢了一眼轻视的眼色，仿佛是把我当作了一个卖哀乞食的恶徒。这时候天已经有点黑了，站员便走了开去。我不得已也只得一边以手帕擦着鼻涕，一边走出站来。

车站外面，黄包车一乘也没有，我想明天若要乘早车的话。还是在下关过夜的好，所以一边哭着，一边就从锣鼓声里走向了有很多旅馆开着的江边。

江边已经是夜景了，从关闭在那里的门缝里一条一条的有几处露出了几条灯火的光来，我一想起初和月英从 A 地下来的时候的状况，心里更是伤心，可是为重新回忆的原因，就仍复寻到了瀛台大旅社去住。

宽广空洞的瀛台大旅社里，这时候在住的客人也很少。我住定之后，也不顾茶房的急于想出去打牌，就拉住了他，又问了些和问那站员一样的话。结果又成了泪声，告诉他以女人出走的事情，并且明明知道是不会的，又禁不住的问他今天早晨有没有见到这样这样的一位女人上车。

这茶房同逃也似的出去了之后，我再想起了城里的茶房对我说的话来，今天早晨她若是于八九点钟走出中正街的说话，那她到下关起码要一个钟头，无论如何总也将近十点的时候，才能够到这里，那么津浦车她当然是搭不着的，沪宁车也是赶不上的。啊啊，或者她也还在这下关耽搁着，也说不定，天老爷吓天老爷，这一定是不错的了，我还是在这里寻她一晚罢。想到了这里，我的喜悦又涌上心来了，仿佛是确实知道她在下关的一样。

我饭也不吃，就跑了出去，打算上各家旅馆去，都一家一家的去走寻它遍来。

在黑暗不平的道上走了一段，打开了几家旅馆的门来去寻了一遍，问了一遍，他们都说像这样这样的女人并没有来投宿。他们教我看旅客一览表上的名姓，那当然是没有的，因为我知道她，就是来住，也一定不会写真实的姓名的。

从江边走上了后街，无论大的小的旅馆，我都卑躬屈节的将一样的话问了寻了，结果走了十六七家，仍复是一点儿影响也没有。

夜已经深了，店家大家上门的上门，开赌的开赌，敲年锣鼓的在敲年锣鼓了。我不怕人家的鄙视辱骂，硬的又去敲开门来寻问了几家。有一处我去打门，那茶房非但不肯开门，并且在一个小门洞里简直骂猪骂狗的骂了我一阵。我又以和言善貌，赔了许多的不是，仍复将我要寻问的话，背了一遍给他听，他只说了一声，"没有！"啪哒的一响，很重的就把那小门关上了。

我又走了几处，问了几家，弄得元气也丧尽，头也同分裂了似的痛得不止，正想收住了这无谓的搜寻，走回瀛台旅社来休息的时候，前面忽而来了一辆很漂亮的包车。从车灯光里一看，我看见了同月英一样的一顶黑绒女帽，和一件周围有鸵鸟毛的外套，车上坐着的人的脸还没有看清，那车就跑过去了。我旋转了身，就追了上去，一边更放大了胆，举起我那带泪声的喉音，"月英！月英！"的叫了几声。

　　前面的车果然停住了，我喜欢得同着了鬼似的跳了起来，马上跳将上去一看，在车座里坐着的，是一个比月英年纪更小，也是很可爱的小姑娘。她分明是应了局回来的妓女，看了我的样子也惊了一跳，我又含泪的向她陪了许多不是，把月英的事情简单的向她说了一说。她面上虽则也像在向我表示同情，可是那不做好的车夫，却啐了我一声，又放开大步向前跑走了。

　　走回瀛台旅馆里来，已经是半夜了，我一个人翻来覆去，想月英的这回出去，愈想愈觉得奇怪。她若嫌我的没有钱哩，当初就不该跟我。她若嫌我的相儿丑哩，则一直到她出走的时候止，爱我之情是的确有的。况且当初当我和她相识的时候，看她的举动，听她的言语，都不像完全是被动的样子，若说她另外有了情人了哩，则在这一个多月中间，我和她还没有离开一夜过。那个 A 地的小白脸的陈君哩，从前是和她的确有过关系的，可是现在已经早不在她的心里了，又何至于因此而弃我哩？或者是想起了她在天津的娘了罢？或者是想起了李兰香和那姥姥了罢？但这也不会的，因为本来她对她们就没有什么很深的感情。那么是为了什么呢？为了什么呢？我想来想去，总想不出她的所以要出走的理由来。若硬的要说，或者是她对于那种放荡的女优生活，又眼热起来了，或者是因为我近来过于爱她了。但是不会的，也不会的，对于女优生活的不满意，是她自己亲口和我说的。我的过于爱她，她近来虽则时时有不满意的表示，但世上哪有对于溺爱自己者反加以憎恶的人？

　　我更想想和她过的这一个多月的性爱生活，想想她的种种热烈地强要我的时候的举动和脸色，想想昨晚上洗身的事情和她的最后的那一种和平的微笑的睡脸，一种不可名状的悲苦，从肚底里一步一步的压了上来，"啊啊，今后是怎么也见她不到了，见她不到了！"这么的一想，我的胸里的苦闷，就变了呜呜的哭声流露了出来。愈想止住发声不哭响来，悲苦愈是激昂，结果一声声的哭声，反而愈大。

　　这样的苦闷了一晚，天又白灰灰的亮了，车站上机关车回转的声音，也远远传了几声过来，到此我的头脑忽而清了一清。

　　"究竟怎么办呢？"

　　若昨晚上的推测是对的话，那说不定她今天许还在南京附近，我只须上车站去等着，等她今天上车的时候，去拉她回来就对了。若她已经是离开了南京的话，那她究竟是上北的呢？下南的呢？正想到了这里，江中的一只轮船，婆婆的放了一声汽笛。

我又昏乱了，因为昨晚上推想她走的时候，我只想到了火车，却没有想到从这里坐轮船，也是可以上汉口，下上海去的。

忽忙叫茶房起来，打水给我洗了一个脸，我账也不结，付了三块大洋，就匆匆跑下楼来，跑上江边的轮船码头去。

上码头船上去一问，舱房里只有一个老头儿躺在床上，在一盏洋油灯底下吸烟。我又千对不起万对不起的向他问了许多话。他说元旦起到初五上是封关的，可是昨天午后有一只因积货迟了的下水船，船上有没有搭客，他却没有留心。

我决定了她若是要走，一定是搭这一只船去的，就谢了那老头儿许多回数，离开了那只码头的在趸船。到岸上来静静的一想，觉得还是放心不下，就又和几个早起的工人旅客，走向了西，买票走上那只开赴浦口的联络船去，因为我想万一她昨天不走，那今天总逃不了那六点和八点的两班车的，我且先到浦口去候它一个钟头，再回来赶车去上海不迟。

船起了行，灰暗的天渐渐地带起晓色来了。东方的淡蓝空处，也涌出了几片桃红色的云来，是报告日出的光驱。天上的明星，也都已经收藏了影子，寒风吹到船中，船沿上的几个旅客，一例的喀了几声。我听到了几声从对岸传来的寒空里的汽笛，心里又着了急，只怕津浦车要先我而开，恨不得弃了那只迟迟前进的渡轮，一脚就跨到浦口车站去。

船到了浦口，太阳起来了，几个萧疏的旅客，拖了很长的影子，从跳板上慢慢走上了岸。我挤过了几组同方向走往车站去的行人，便很急的跑上卖票房前的那个空洞的大厅里去。

大厅上旅客很少，只有几个夫役在那里扫地打水。我抓住了一个穿制服的车上的役员，又很谦恭的问，他有没有看见这样这样的一个妇人。他把头弯了一弯，想了一想，又摇头说："没有！"更把嘴巴一举，叫我自家上车厢里去寻寻看。

我一乘一乘，从后边寻到前边，又从前边寻到后面，妇人旅客，只看见了三个。三个是乡下老妇人，一个是和她男人在一道的中年的中产者，分明是坐车去拜年去的，还有一个是西洋人。

呆呆的立在月台上的寒风里，我看见和我同船来的旅客一组一组的进车去坐了，又过了几分钟，唧零零的一响，火车就开始动了。我含了两包眼泪，在月台上看车身去远了，才走出站来，又走上渡轮，搭回到下关来。

到下关车站，已经是七点多了。究竟是沪宁车，在车站上来往的人也拥挤得很。我买了一张车票进去，先在月台上看来看去的看了半天，有好几次看见了一个像月英的妇人，但赶将上去一看，又落了一个空。

进车之后，我又同在浦口车站上的时候一样，从前到后，从后到前的看了两遍，然而结果，仍旧是同在浦口的时候一样。

这一天车误了点，直到两点多钟才到苏州。在车座里闷坐着，我想的尽是些不吉的想头，因为我晓得她在上海只有一个小月红认识，所以我在我的幻想上，又如何的为月英介绍舞台的老板。又想到了那个和她在一张床上睡的所谓师傅的如何从中取利，更如何的和月英通奸，想到了这里几乎使我从车座里跳了起来。幸而正当我苦闷得最难受的时候，车也到了北站了，我就一直的坐车寻到三多里的小月红家里去。

第十四章

上海的马路上，也是一样的鼓乐喧天的泛流着一派新年的景象。不过电车汽车黄包车等多了几乘，行人的数目多了一点，其余的样子，店门都关上的街市上的样子，还是和南京一样。

我寻到了爱多亚路的三多里，打开了十八号的门，也忘记了说新年的贺话，一直的就跑上了那间我曾经来过一次的亭子间中。

进去一看，小月红和那小女孩都不在，只有一位相貌狞恶的四十来岁的北佬，穿了一件黑布的羊皮袍子，对窗坐着在拉胡琴。

我对他叙了礼，告诉他以前次来过的谢月英是我的女人。我话还没有说完，他却惊异的问我说："噢，你们还没有回南京去么？"

我又告诉她，回是回去了，可是她又于昨天早晨走了。接着我又问他，她到这里来过没有，并且问小月红有没有晓得，月英究竟是上哪里去的。

他摇摇头说："这儿可没有来过，或者小月红知道也未可知，等她回来了时候，让我问问她看。"

我问他小月红上哪里去了，他说她去唱戏，还没有回来。我为了他的这一句"或者小月红知道也未可知"就又充满了希望，笑对他说："她大约是在 × 世界罢？让我上那儿去寻她去。"

他说："快是快回来了，可是你去 × 世界玩玩也好。"他并不晓得我的如落火毛虫一样的焦急，还以为我想去逛 × 世界，我心里虽则在这么想，但嘴上却很恭敬的和他告了别，走了出来。

毕竟是新年的第二日，×世界的游人，真可以说是满坑满谷。我挤过了许多人，也顾不得面子不面子，竟直接的跑到了后台房里，和守门的人说，一定要见一见小月红。她唱的戏还没有上台，然而头面已经扮缚好了。台房里的许多女孩子，因为我直冲了过去，拉着了小月红在絮絮寻问，所以大家都在斜视着朝我们看。问了半天，她仍旧是莫名其妙，我看了她的那一种表情，和头回她师傅的那一种样子，也晓得再问是无益的了，所以只告诉她我仍复住在四马路的那家旅馆里，她以后万一听到或接到月英的消息，请她千万上旅馆里来告诉我一声。末了我的说话又变成了泪声，当临走的时候，并且添了一句说：

"我这一回若寻她不着，怕就不能活下去了。"

走出了×世界我仍复上四马路的那家旅馆去开了一个房间。又是和她曾经住过的这旅馆，这一回这样的只身来往，想起旧情，心里的难过，自然是可以不必说了。独坐在房间里细细的回想了一阵那一天早晨，因为她上小月红那里去而空着急的事情，又横空的浮上了心来。

"啊啊，这果然成了事实了，原来爱情的确是灵奇的，预感的确是有的。"

这样痴痴呆呆的想了半天，房里的电灯忽然亮了，我倒骇了一跳，原来我用两只手支住了头，坐在那里呆想，竟把时间的过去，日夜的分别都忘掉了。

茶房开进门来，问我要不要吃饭，我只摇摇头，朝他呆看看，一句话也不愿意说。等他带上门出去的时候，我又感到了一种无限的孤独，所以又叫他转来问他说：

"今天的报呢？请你去拿一份来给我。"

因为我想月英若到了上海，或者乘新年的热闹，马上去上了台也说不定，让我来看一看报上的戏目，究竟没有像她那样的名字和她所爱唱的戏目载在报上。可是茶房又笑了一笑回答我说：

"今天是没有报的，要正月初五起，才会有报。"

到此我又失了望。但这样的坐在房里过夜，终究是过不过去，所以我就又问茶房，上海现在有几处坤剧场。他想了一想，报了几处，但又报不完全，所以结果他就说：

"有几处坤剧场，我也不大晓得，不过你要调查这个，却很容易，我去把旧年的报，拿一张来给你看就是了。"

他把去年年底的旧报拿来之后，我就将戏目广告上凡有坤剧的戏院地点都抄了下来，打算一家一家的去看它完来。因为晓得月英若要去上台，她的真名字决不会登出来的，所以我想费去三四天工夫，把上海所有的坤角都去看它一遍。

从此白天晚上，我又只在坤角上演的戏院里过日子了，可是这一种看戏，实在是苦痛不过。有几次我看见一个身材年龄扮相和她相像的女伶上台，便脱出了眼睛，把身子靠在前去凝视。可是等她的台步一走，两三句戏一唱，我的失望的消沉的样子，反要比不看见以前更加一倍。

在台前头枯坐着，夹在许多很快乐的男女中间，我想想去年在安乐园的情节，想想和月英过的这将近两个月的生活，肚里的一腔热泪，正苦在无地可以发泄，哪里还有心思听戏看戏呢？可是因为想寻着她来的原因，想在这大海里捞着她来的原因，又不得自始至终的坐在那里，一个坤角也不敢漏去不看。

看戏的时候，因为眼睛要张得大，注意着一个个更番上来的女优，所以时间还可以支吾过去。但一到了戏散场后，我不得不拖了一双很重的脚和一颗出血的心一个人走回旅馆来的时候，心里头觉得比死刑囚走赴刑场去的状态，还要难受。

晚上睡是无论如何睡不着了，虽然我当午前戏院未开门的时候，也曾去买了许多她所用过的香油香水和亚媲贡香粉之类的化妆品来，倒在床上香着，可是愈闻到这一种香味，愈要想起月英，眼睛愈是闭不拢去。即有时勉强的把眼睛闭上了，而眼帘上面，在那里历历旋转的，仍复是她的笑脸，她的肉体，她的头发和她的嘴唇。

有时候，戏院还没有开门，我也常走到大马路北四川路口的外国铺子的样子间前头去立着。可是看了肉色的丝袜，和高跟的皮鞋，我就会想到她的那双很白很软的肉脚上去，稍一放肆，简直要想到她的丝袜统上面的部分或她的只穿了鞋袜，立在那里的裸体才能满足，尤其是使我熬忍不住的。是当走过四马路的各洗衣作的玻璃窗口的时候，不得不看见的那些娇小弯曲的女人的春夏衣服。因为我曾经看见过她的亵衣，看见过她的把衬衫解了一半的胸部过的，所以见了那些曾亲过女人的芗泽的衣服，就不得不到最猥亵的事情上去。

这样的日子，一天一天的过去了，我早晨起来，就跑到那些卖女人用品的店门前或洗衣作前头去呆立，午后晚上，便上一家一家的坤戏院去看转来。可是各处的坤戏院都看遍了，而月英的消息还是杳然。旧历的正月已经过了一个礼拜，各家报馆也在开始印行报纸了。我于初五那一天起，就上各家大小报馆去登了一个广告："月英呀，你回来，我快死了。你的介成仍复住在四马路××旅馆里候你！"可是登了三天报，仍复是音信也没有。

　　种种方法都想尽了，末了就只好学作了乡愚，去上城隍庙及红庙等处去虔诚祷告，请菩萨来保佑我。可是所求的各处的签文，及所卜的各处的课，都说是会回来的，会回来的，你且耐心候着罢。同时我又想起了A地所求的那一张签，心里实在是疑惑不安，因为一样的菩萨，分明在那里作两样的预言。

　　我因为悲怀难遣，有时候就买了许多纸帛锭锞之类，跑到上海附近的郊外的墓田里去。寻到一块女人的墓碑，我就把她当作了月英的坟墓，拜下去很热烈的祝祷一番，痛哭一番。大约是这一种祷祝发生了效验了罢，我于一天在上海的西郊祭奠祷祝了回来，忽而在旅馆房门上接到了一封月英自南京的来信。信的内容很简单，只说："报上的广告看见，你回来！"我喜欢极了，以为上海的鬼神及卜课真有灵验，她果然回来了。

　　我于是马上再去买了许多她所爱用的香油香粉香水之类，包作了一大包，打算回去可以作礼物送她，就于当夜坐了夜车，赶回南京去，因为火车已经照常开车了。

　　在火车上当然是一夜没有睡着。我把她的那封信塞在衣裳底下的胸前，一面开了一瓶她最爱洒在被上的海利奥屈洛普的香水，摆在鼻子前头，闭上眼睛，闻闻香水，我只当是她睡在我的怀里一样，脑里尽是在想她当临睡前后的那种姿态言语。

　　天还没有亮足，车就到了下关，在马车里被摇进城的中间，我心里的跳跃欢欣，比上回和她一道进城去的时候，还要巨大数倍。

　　我一边在看朝阳晒着的路旁的枯树荒田，一边心里在默想见她之后，如何的和她说头一句话，如何的和她算还这几天的相思账来。

　　马车走得真慢，我连连的催促马夫，要他为我快加上鞭，到后重重的谢他。中正街到了，我只想跳落车来，比马更快的跑上旅馆里去，因为愈是近了，心里倒反愈急。

　　终究是到了，到了旅馆门口，我没有下车，就从窗口里大声的问那立在门口接客的账房说：

　　"太太回来了么？"

那账房看见是我，就迎了过来说：

"太太来过了，箱子也搬去了，还有行李，她交我保存在那房里，说你是就要来的。"

我听了就又张大了眼睛，呆立了半天。账房看我发呆了，又注意到了我的惊恐失望的形容，所以就接着说："您且到房里去看看罢，太太还有信写在那里。"

我听了这一句话，就又和被魔术封锁住的人仍旧被解放时的情形一样，一直的就跑上里进的房里去。命茶房开进房门去一看，她的几只衣箱，果真全都拿走了，剩下来的只是我的一只皮箱，一只书橱，和几张洋画及一叠画架。在我的箱子盖，她又留了一张字迹很粗很大的信在那里：

"介成：我走的时候，本教你不要追的，你何以又会追上上海去的呢？我想你的身体不好，和你住在一道，你将来一定会因我而死。我觉得近来你的身体，已大不如前了，所以才决定和你分开，你也何苦呢？

"我把我的东西全拿去了，省得你再看见了心里难受。你的物事我一点儿也不拿，只拿了一张你为我画而没有画好的相去。

"介成，我这一回上什么地方去是不一定的，请你再也不要来追我。再见罢，你要保重你自己的身体。月英。"

"啊啊，她的别我而去，原来是为了我的身体不强！"

我这样的一想，一种羞愤之情，和懊恼之感，同时冲上了心头。但回头一想，觉得同她这样的别去，终是不甘心的，所以马上就又决定了再去追寻的心思，我想无论如何总要寻她着来再和她见一面谈一谈，我收拾一收拾行李，就叫茶房来问说：

"太太是什么时候来的？"

"是三四天以前来的。"

"她在这儿住了一夜么？"

"暖，住了一夜。"

"行李是谁送去的？"

"是我送去的。"

"送上了什么地方？"

"她是去搭上水船的。"

啊啊，到此我才晓得她是 A 地去的，大约一定是仍复去寻那个小白脸的陈君去了罢。我一边在这样的想着，一边也起了一种恶意，想赶上 A 地去当了那小白脸的面再去辱骂她一场。

先问了问茶房，他说今天是有上水船的，我就不等第二句话，叫他开了账来，为我打叠行李，马上赶出城去。

船到 A 地的那天午后，天忽而下起微雪来了。北风异常的紧，A 城的街市也特别的萧条。我坐车先到了省署前的大旅馆去住下，然后就冒雪坐车上大新旅馆去。

旅馆的老板一见我去，就很亲热的对我拱了拱手，先贺了我的新年，随后问我说："您老还住在公署里么？何以脸色这样的不好？敢不又病了么？"

我听他这一问，就知道他并不晓得我和月英的事情，他仿佛还当我是没有离开过 A 地的样子。我就也装着若无其事的面貌问他说：

"住在这儿的几个女戏子怎么样了？"

"啊啊，她们啊，她们去年年底就走了，大约已经有一个多月了罢？"

我和他谈了几句闲天，顺便就问了他那一位小白脸陈君的住址，他忽而惊异似的问我说："您老还不知道么？他在元旦那一天吐狂血死了。吓，这一位陈先生，真可惜，年纪还很轻哩！"

我突然听了这一句话，心口里忽而凉了一凉，一腔紧张着的嫉妒和怨愤，也忽而松了一松，结果几礼拜来的疲劳和不节制，就从潜隐处爬了出来，征服了我的身体。勉强踉跄走出了旅馆门，我自己也意识到了我的肉体的衰竭和心脏的急震。在微雪里叫了一乘黄包车，教他把我拉上圣保罗病院去的中间，我觉得我的眼睛黑了。

仰躺在车上，我只微微觉得有一股冷气，从脚尖渐渐直逼上了心头。我觉得危险，想叫一声又叫不出口来，舌头也硬结住了。我想动一动，然后肢体也不听我的命令。忽儿我觉得脑门上又飞来了一块很重很大的黑块，以后的事情，我就不晓得了。

后 叙

五六年前头，我在 A 地的一个专门学校里教书。这风气未开的 A 城里，闲来可以和他们谈谈天的，实在没有几个人。

在同一个学校里教英文的一位美国宣教师，似乎也在感到这一种苦痛，所以我在 A 城住不上两个月，他就和我变成了很好的朋友。

秋季始业后将近三个月的一天晴朗的午后，我在一间朝南的住房里煮咖啡吃，忽而他也闯了进来。他和我喝喝咖啡，谈谈闲天，不知不觉竟坐了一个多钟头。门房把新到的我的许多外国杂志送进来了，我就送了几份给他，教他拆开来看，同时我自家也拿起了一份英国印行的关于文学艺术的月刊，将封面拆了，打开来读。

翻了几页，我忽看见了一个批评本年巴黎沙隆画展的文章，中间有一段，是为一个入选的中国留学生的画名《失去的女人》捧场的，此画的作者，不晓是哪几个中国字，但外国名字是 C.C.Wang。我看了几行，就指给我的那位美国朋友看，并且对他说：

"我们中国留学生的画，居然也在巴黎的沙隆画展里入选了。"

他看见了那个名字，忽而吊起了眼睛想了一想，仿佛是在追想什么似的。想了两三分钟，他又忽而用手拍了一拍桌子，对我叫着说："我想起了，这画家是我认识的。"

我听了也觉得奇怪起来，就问他是在美国认识的呢还是在欧洲认识的？因为我这位美国朋友，从前也曾到过欧洲的，他很喜欢的笑着说："也不是在美国，也不是在欧洲，是在这儿遇见的。"

我倒愈加被他弄昏了，所以要他说说明白。他就张着嘴笑着说：

"这是我们医院里的一个患者。三四年前，他生了心脏病，昏倒在雪窠里，后来被人送到了我们的医院里来。他在医院里住了五个多月，因为我是每礼拜到医院里去传道的，所以后来也和他认识了。我看他仿佛老是愁眉不展，忧郁很深的样子，所以得空也特别和他谈些教义和圣经之类，想解解他的愁闷。有一次和他谈到了祈祷和忏悔，我说：我们的愁思，可以全部说出来全交给一个比我们更伟大的牧人的，因为我们都是迷了路的羊，在迷路上有危险，有恐惧，是免不了的。只有赤裸裸地把我们所负担不了的危险恐惧告诉给这一个牧人，使他为我们负担了去，我们才能够安身立命。教会里的祈祷和忏悔，意义就在这里。他听了我这一段话，好像是很感动的样子，后来过了几天，我于第二次去访他的时候，他先和我一道的祷告，祷告完后，他就在枕头底下拿出了一篇很长很长的忏悔录来给我看。这篇忏悔录，稿子还在我那里，我下次可以拿来给你看的，真写得明白详细。他出院之后，听说就到欧洲去了，我想这一定就是他，因为我记得我曾经在一本姓名录上写过这一个 C.C.Wang 的名字。"

过了几天，他果然把那篇忏悔录的稿子拿了来给我看，我当时读后，也感到了一点趣味，所以就问他要了来藏下了。

　　前面所发表的，是这一篇忏悔录的全文，题名的"迷羊"两字是我为他加上去的。

一九二七年十二月十九日达夫志。

[据1928年1月10日上海北新书局初版。]

导读

　　中篇小说《迷羊》写于1927年12月，是郁达夫小说中最具有宗教意识的一篇。虽然他一直在自己的写作中反复铺陈内心的忏悔，始终在探求精神救赎之路，但是早期小说中沉沦仍是主调。到了《迷羊》，这种情欲沦陷在达到极致后，戛然而止，主人公最终迷途知返，回到艺术的道路上来。小说以上世纪20年代长江沿岸的三个城市——"A城"、南京、上海为背景，以一对青年男女的爱悦别离为主线，写出了青年知识分子迷茫狂乱的精神缩影。大学刚毕业的王介成，在A省寻了一个闲差。一个偶然的机会，巧遇名伶艺人谢月英，随即相爱。二人因厌倦了周围人的眼光束缚而出走南京。谢月英逐渐对沉闷的二人世界心生厌倦，"我"只好带她到上海体验纸醉金迷的大都会生活。从上海返回南京后，王介成对谢月英的爱更是到了病态的程度，从时间到身体的完全占有和一次次的纵欲，终于让谢月英萌生去意。经历了大海捞针的寻找和望穿双眼的守望，绝望之下他最终心脏病发，被送往当地一家教会医院救治。在那里，一位美国传教士听了他的故事，对他讲述了牧人与迷羊的关系，即宗教与信徒的关系，因而有了这篇心灵的忏悔录——《迷羊》。小说中的内心袒露和情爱描写堪称狂热甚至病态，有着强烈的主观抒情色彩。

　　《迷羊》写出了情爱与生命的纠缠。小说中的王先生沉迷于对谢月英的爱，尤其是身体的迷恋，近乎于病态，不过，这仅仅是郁达夫表达的一个层面，在情爱的追逐中，寄托了一个大时代中找不到方向的零余者的孤魂和对生命的热望。王先生满腹诗书却无所事事，对自己的无意义的生活完全无能为力，即使情欲的满足暂时让他忘却了生命的虚无和嘈杂，然而，灵魂的痛苦，是用任何方式也消除不掉的。谢月英对于王先生来说，已经超出了一个女性自身的存在，演变成了一个生活的目标，是王先生面对社会和生活压抑时，选择的一种精神寄托，是满眼浓雾的时代里眼前最近的微光，正是通过反抗压抑的形式，郁达夫把笔墨放逐于"爱欲"话语。在爱欲的沉沦里，又贯穿着沉重的忏悔和反省；然后是更深的沉迷和沦陷。在情爱的渴望、获得、失去、追寻、无望中，写出了人生的苦闷，精神追求的苦闷。一个被生活追逐，被时代遗忘，被自己的欲望损害，在痛苦中挣扎的灵魂，飘荡在郁达夫的笔尖。王介成，只是那个时代无数青年知识分子中最普通的一个，郁达夫写出了"零余者"的挣扎：既慷慨激昂又软弱无能；既热爱生活又逃避生活；既积极向上又消极退隐；既愤世嫉俗又随波逐流；既自命清高又自轻自贱。

郁达夫的小说大都没有比较严谨的叙事结构，主人公也常常在逃避和谋生的旅途之中，其生命和心灵状态也多流离和迷茫。《迷羊》对大上海的描写非常精微细致，与谢月英的生命活力彼此呼应，现代都市与旧式名伶结成文化的共同体，依旧是郁达夫在小说中惯用的倡优士子模式，男主人公并无成长的迹象，女主人公却借再次出走的方式表现出了一种新的性格要素，即向往自由和追求人生价值的主动。《迷羊》中，郁达夫的叙述空间由酒楼、妓院转向了梨园、旅馆，叙述对象由妓女转为女伶。谢月英还是王介成眼中的妓女类型的女性，只是格调稍微高些罢了；王介成却自认与追捧戏子的陈君完全不同，这份清高来自于他的知识分子身份自觉，但是这份自觉相当有限，无法带给他更坚定的自我认知和自我提升的力量，他仰视谢月英，追逐她的身体和美貌，沉迷于欲望的放纵，完全丧失了知识分子应有的精神自觉和现代理性。"疾病"、"眼泪"、"飘泊"、"困窘"、"思念"成了王介成的常态，这是一个彻头彻尾的弱者，甚至近乎女人。而谢月英的戏台角色却是"须生"，一个颇具男性特色的舞台形象。这种颠倒也从另一侧面验证了知识分子的自我迷失和生命力的丧失。而谢月英的出走却具有了某种心理上的自觉和意志上的主动，她要成为自己生命的主人，王介成则成了等待拯救的羔羊。

《迷羊》提供了人生陷入迷途之后经由忏悔获得新生的可能。郁达夫在写作《迷羊》之前，曾经阅读过一本叫做《痴人之爱》的小说，这本小说无疑是引发他创作《迷羊》的一个重要缘起。至于《迷羊》的生活素材，其实早在 1921 年秋天的安庆就已经开始形成了。那一年，郁达夫刚从日本回国，外在环境的变化，内心情绪的动荡，衣食住行的窘迫，都给他带来无限困扰和感怀，所以在到达安庆的当晚，他就在日记里记录下了自己当时的心境："……像我这样的人，大约在人生的战斗场里，不得不居劣败的地位。由康德的严肃主义看来，我却是一个不必要的人。"作为留学东洋的文化新人，郁达夫始终在探求人生的正途，然而，现实的黑暗和惨淡却让他深感苦闷和压抑，《迷羊》不仅写出了社会的不平，还写出了青年知识分子迷茫混乱的人生状态和心理状态。正是面对这样的精神迷途，小说中的王介成才会在对谢月英的欲求中不能自拔，灵肉冲突贯穿始终。而最终的醒悟虽然更像是人为添加的结尾，却提供了主人公由情爱的迷狂，经忏悔，抵达艺术胜境的可能。这篇小说或许可以看做是郁达夫为那些迷途的羔羊开出的精神救赎的药方罢。

　　《迷羊》是郁达夫最长的一个中篇小说，也是继《茫茫夜》和《秋柳》后，郁达夫以自己曾经任教的Ａ城（安庆）为背景写的第三篇小说，也是三篇中最成功的。这篇小说的创作持续了一年多时间，大约也是郁达夫耗时最长的一篇小说。《迷羊》的文字优美细腻，结构在郁达夫小说创作中也比较特别。正文部分是原罪陈述，后序则是对原罪的忏悔。利用西方基督教的叙事方式来表述一个带有中国古典意味的"士优"故事。《迷羊》的题目来自基督教的隐喻，意指上帝的迷途的羔羊。这种迷途，在《迷羊》中表现为迷失于爱欲之途，小说既写了感性的沉溺与放纵，又写了失途的困惑与迷惘。现代中国知识分子往往以一种激进的姿态批判传统和现实，唯独缺少内在的反省，郁达夫身上有着传统文人的名士之风，不隐藏自我，不压抑欲望，也有着现代知识分子的精神自觉，时刻不忘解剖自己。郁达夫之于中国新文学，就是颠覆和叛逆的标志；之于旧社会，则像一把快刀，划破千年旧礼教的沉重枷锁。

她是一个弱女子

谨以此书，献给我最亲爱，最尊敬的映霞。

1932年3月达夫上

一

她的名字叫郑秀岳。上课之前点名的时候，一叫到这三个字，全班女同学的眼光，总要不约而同的会聚到她那张蛋圆粉腻的脸上去停留一刻；有几个坐在她下面的同学，每会因这注视而忘记了回答一声"到！"男教员中间的年轻的，每叫到这名字，也会不能自已地将眼睛从点名簿上偷偷举起，向她那双红润的嘴唇，黑漆的眼睛，和高整的鼻梁，试一个急速贪恋的鹰掠。虽然身上穿的，大家都是一样的校服，但那套腰把紧紧的蓝布衫儿，褶皱一类的短黑裙子，和她的这张粉脸，这双肉手，这两条圆而且长的白袜腿脚，似乎特别的相称，特别的合式。

全班同学的年龄，本来就上下不到几岁的，可是操起体操来，她所站的地位总在一排之中的第五六个人的样子。在她右手的几个，也有瘦而且长，比她高半个头的；也有肿胖魁伟，像大寺院门前的金刚下世的；站在她左手以下的人，形状更是畸畸怪怪，变态百出了，有几个又短又老的同学，看起来简直是像欧洲神话里化身出来的妖怪婆婆。

暑假后第二学期开始的时候，郑秀岳的坐位变过了。入学考试列在第七名的她，在暑假大考里居然考到了第一。

这一年的夏天特别的热，到了开学后的阳历九月，残暑还在蒸人。开校后第二个礼拜六的下午，郑秀岳换了衣服，夹了一包书籍之类的小包站立在校门口的树荫下探望，似乎想在许多来往喧嚷着的同学，车子，行人的杂乱堆里，找出她家里来接她回去的包车来。

许多同学都嘻嘻哈哈的回去了，门前搁在那里等候的车辆也少下去了，而她家里的那乘新漆的钢弓包车依旧还没有来。头上面猛烈的阳光在穿过了树荫施威，周围前后对几个有些认得的同学少不得又要招呼谈几句话，家里的车子寻着等着可终于见不到踪影，当郑秀岳失望之后，脸上的汗珠自然地也增加了起来，纱衫的腋下竟淋淋地湿透了两个圈儿。略把眉头皱了一皱，她正想回身再走进校门去和门房谈话的时候，从门里头却忽而叫出了一声清脆的唤声来："郑秀岳，你何以还没有走？"

举起头来，向门里的黑阴中一望，郑秀岳马上就看出了一张清丽长方，瘦削可爱的和她在讲堂上是同座的冯世芬的脸。

"我们家里的车子还没有来啦。"

"让我送你回去，我们一道坐好啦。你们的家住在哪里的？"

"梅花碑后头，你们的呢？"

"那顶好得咧，我们住在太平坊巷里头。"

郑秀岳踌躇迟疑了一会，可终被冯世芬的好意的劝招说服了。

本来她俩，就是在同班中最被注意的两个。入学试验是冯世芬考的第一，这次暑假考后，她却落了一名，考到了第二。两人的平均分数，相去只有一点三五的差异，所以由郑秀岳猜来，想冯世芬心里总未免有点不平的意气含蓄在那里。因此她俩在这学期之初，虽则课堂上的坐席，膳厅里的食桌，宿舍的床位，自修室的位置都在一道，但相处十余日间，郑秀岳对她终不敢有十分过于亲密的表示。而冯世芬哩，本来就是一个理性发达，天性良善的非交际家。对于郑秀岳，她虽则并没有什么敌意怀着，可也不想急急的和她缔结深交。但这一次的同年同去，却把她两人中间的本来也就没有什么的这一层隔膜穿破了。

当她们两人正挽了手同坐上车去的中间，门房间里，却还有一位二年级的金刚，长得又高又大的李文卿立在那里偷看她们。她的脸上，满洒着一层红黑色的雀斑，面部之大，可以比得过平常的长得很魁梧的中年男子。她做校服的时候，裁缝店总要她出加倍的钱。因为尺寸太大，材料手工，都要加得多。说起话来，她那副又洪又亮的沙喉咙，就似乎是徐千岁在唱《二进宫》。但她家里却很有钱，狮子鼻上架在那里的她那副金边眼镜，便是同班中有些破落小资产阶级的女孩儿的艳羡的目标。初进学校的时候，她的两手，各带着三四个又粗又大的金戒指在那里的，后来被舍监说了，她才咕哝着"那有什么，不带就不带好啦"的泄气话从手上除了下来。她很用功，但所看的书，都是些《二度梅》《十美图》之类的旧式小说。最新的也不过看了鸳鸯蝴蝶式的什么什么姻缘。她有一件长处，就是用钱的毫无吝惜，与对同学的广泛的结交。

她立在门房间里，呆呆的看郑秀岳和冯世芬坐上了车，看她们的车子在太阳光里离开了河沿，才同男子似的自言自语的咂了一咂舌说：

"啐，这一对小东西倒好玩儿！"

她脸上同猛犬似地露出了一脸狞笑，老门房看了她这一副神气，也觉得好笑了起来，就嘲弄似的对她说笑话说：

"李文卿，你为啥勿同她们来往来往？"

李文卿听了，在雀斑中间居然也涨起了一阵红潮，就同壮汉似地呵呵哈哈的放声大笑了几声，随后拔起脚跟，便雄赳赳地大踏步走回到校里面的宿舍中去了。

二

梅花碑西首的谢家巷里，建立有一排朝南三开间，前后都有一方园地的新式住屋。这中间的第四家黑墙门上，钉着一块泉唐郑的铜牌，便是郑秀岳的老父郑去非的隐居之处。

郑去非的年纪已将近五十了，自前妻生了一个儿子，不久就因产后伤风死去之后，一直独身不娶，过了将近十年。可是出世之后，辗转变迁，他的差使却不曾脱过。最初在福建做了两任知县，卸任回来，闲居不上半载，他的一位好友，忽在革命前两年，就了江苏的显职，于是他也马上被邀了入幕。在幕中住了一年，他又因老友的荐挽，居然得着了一个扬州知府的肥缺。本来是优柔寡断的好好先生的他，为几个幕中同事所包围，居然也破了十年来的独身之戒，在接任之前，就娶了一位扬州的少女，为他的掌印夫人。结婚之后，不满十个月，郑秀岳就生下来了。当她还不满周岁的时候，她的异母共父，在上海学校里念书的那位哥哥，忽在暑假考试之前染了霍乱，不到几日竟病殁了在上海的一家病院之中。

郑去非于痛子之余，中年心里也就起了一种消极的念头。民国成立，扬州撤任之后，他不想再去折腰媚上了，所以便带了他的娇妻幼女，搬回到了杭州的旧籍泉唐。本来也是科举出身的他，墨守着祖上的宗风，从不敢稍有点违异，因之罢仕归来，一点俸余的积贮，也仅够得他父女三人的平平的生活。

政潮起伏，军阀横行，中国在内乱外患不断之中时间一年年的过去，郑秀岳居然长成得秀媚可人，已经在杭州的这有名的女学校里，考列到一级之首了。

冯世芬的车子，送她到了门口，郑秀岳拉住了冯世芬的手，一定要她走下车来，一同进去吃点点心。

郑家的母亲，见了自己的女儿和女儿的同学来家，自然是欢喜得非常，但开头的第一句，郑秀岳的母亲，却告诉她女儿说：

"车夫今天染了痧气，午饭后就回了家。最初我们打电话打不通，等到打通的时候，门房说你们已经坐了冯家的包车，一道出校了。"

冯世芬伶伶俐俐地和郑家伯父伯母应对了一番，就被郑秀岳邀请到了东厢房的她的卧室。两人在卧房里说说笑笑，吃吃点心，不知不觉，竟梦也似地过了两三个钟头。直到长长的午后，日脚也已经斜西的时候，冯世芬坚约了郑秀岳于下礼拜六，也必须到她家里去玩一次，才匆匆地登车别去。

太平坊巷里的冯氏，原也是杭州的世家。但是几代下来，又经了一次辛亥的革命，冯家在任现职的显官，已经没有了。尤其是冯世芬的那一房里，除了冯世芬当大，另外还有两个弟弟之外，财产既是不多，而她的父亲又当两年前的壮岁，客死了在汉阳的任所。所以冯世芬和母亲的生活的清苦，也正和郑秀岳她们差仿不多。尤其是杭州人的那一种外强中干，虚张门面的封建遗泽，到处在鞭挞杭州固有的旧家，而使他们做了新兴资产阶级的被征服者被压迫者还不敢反抗。

冯世芬到了家里，受了她母亲的微微几声何以回来得这样迟的责备之后，就告诉母亲说：

"今天我到一位同学郑秀岳家里去耍了两个钟头，所以回来迟了一点，我觉得她们家里，要比我们这里响亮得多。"

"芬呀，人总是不知足的。万事都还该安分守己才好。假使你爸爸不死的话，那我们又何必搬回到这间老屋里来住哩？在汉阳江上那间洋房里住住，岂不比哪一家都要响亮？万般皆由命，还有什么话语说哩！"

在这样说话的中间，她的那双泪盈盈的大眼，早就转视到了起坐室正中悬挂在那里的那幅遗像的高头。冯世芬听了她母亲的这一番沉痛之言，也早把今天午后从新交游处得来的一腔喜悦，压抑了下去。两人沉默了一会，她才开始说：

"娘娘，你不要误会，我并不在羡慕人家，这一点骨气，大约你总也晓得我的。不过你老这样三不是地便要想起爸爸来这毛病，却有点不大对，过去的事情还去说它作什么！难道我们姊弟三人，就一辈子不会长大成人了么？"

"唉，你们总要有点志气，不堕家声才好啊？"

这一段深沉的对话，忽被外间厅上的两个小孩的脚步跑声打断了。他们还没有走进厅旁侧门之先，叫唤声却先传进了屋里：

"娘娘，今天车子作啥不来接我们？"

"娘娘，今天车子作啥不来接我们？"

跟着这唤声跑进来的，却是两个看起来年纪也差仿不多，面貌也几乎是一样的十二三岁的顽皮孩子。他们的相貌都是清秀长方，像他们的姊姊。而鼻腰深处，张大着的那一双大眼，一望就可以知道这三人，都便是那位深沉端丽的中年寡妇所生下来的姊弟行。

两孩子把书包放上桌子之后，就同时跑上了他们姊姊的身边，一个人拉着了一只手，昂起头笑着对她说：

"大姊姊，今天有没有东西买来？"

"前礼拜六那样的奶油饼干有没有带来？"

被两个什么也不晓得的天使似的幼儿这么一闹，刚才笼在起坐室里的一片愁云，也渐渐地开散了。冯夫人带着苦笑，伸手向袋里摸出了几个铜元，就半嗔半喜地骂着两小孩说：

"你们不要闹了，诺，拿了铜板去买点心去。"

三

秋渐渐的深了，郑秀岳和冯世芬的交谊，也同园里的果实坂里的干草一样，追随着时季而到了成熟的黄金时代。上课，吃饭，自修的时候，两人当然不必说是在一道的。就是睡眠散步的时候，她们也一刻儿都舍不得分开。宿舍里的床位，两人本来是中间隔着一条走路，面对面对着的。可是她们还以为这一条走路，便是银河，深怨着每夜舍监来查宿舍过后，不容易马上就跨渡过来。所以郑秀岳就想了一个法子，和一位睡在她床背后和她的床背贴背的同学，讲通了关节，叫冯世芬和这位同学对换了床位。于是白天挂起帐子，俨然是两张背贴背的床铺，可是晚上帐门一塞紧，她们俩就把床背后的帐子撩起，很自由地可以爬来爬去。

每礼拜六的晚上，则不是郑秀岳到冯家，便是冯世芬到郑家去过夜。

又因为郑秀岳的一刻都抛离不得冯世芬之故，有几次她们俩简直到了礼拜六也不愿意回去。

人虽然是很温柔，但情却是很热烈的郑秀岳，只教有五分钟不在冯世芬的边上，就觉得自己是一个被全世界所遗弃的人，心里头会感到一种说不出的空洞之感，简直苦得要哭出来的样子。但两人在一道的时候，不问是在课堂上或在床上，不问有人看见没有看见，她们也只不过是互相看看，互相捏捏手，或互相摸摸而已，别的行为，却是想也不会想到的。

同学中间的一种秘密消息，虽则传到她们耳朵里来的也很多很多，譬如李文卿的如何的最爱和人同铺，如何的临睡时一定要把上下衣裤脱得精光，更有一包如何如何的莫名其妙的东西带在身边之类的消息，她们听到的原也很多，但是她们却始终没有懂得这些事情究竟是什么意义。

将近考年假考的有一天晴寒的早晨，郑秀岳因为前几天和冯世芬同用了几天功，温了些课，身体觉得疲倦得很。起床钟打过之后，冯世芬屡次催她起来起来，她却只睡着斜向着了冯世芬动也不动一动。忽儿一阵腰酸，一阵腹痛，她觉得要上厕所去了，就恳求冯世芬再在床上等她一歇，等她解了溲回来之后，再一同下去洗面上课。过了很长很长的一段时间，她却脸色变得灰白，眼睛放着急迫的光，满面惊惶地跑回到床上来了。到了去床还有十步距离的地方，她就尖了喉咙急叫着说：

"冯世芬！冯世芬！不好了！不好了！"

跑到了床边，她就又急急的说：

"冯世芬，我解了溲之后，用毛纸揩揩，竟揩出了满纸的血，不少的血！"

冯世芬起初倒也被她骇了一跳，以为出了什么大事情了，但等听到了最后的一句，就哈哈哈哈的笑了起来。因为冯世芬比郑秀岳大两岁，而郑秀岳则这时候还刚满十四，她来报名投考的时候，却是瞒了年纪才及格的。

郑秀岳成了一个完全的女子了，达一年年假考考毕之后，刚回到家里还没有住上十日的样子，她又有了第二次的经验。

她的容貌也越长得丰满起来了，本来就粉腻洁白的皮肤上，新发生了一种光泽，看起来就像是用绒布擦熟的白玉。从前做的几件束胸小背心，一件都用不着了，胸部腰围，竟大了将近一寸的尺寸。从来是不大用心在装修服饰上的她，这一回年假回来，竟向她的老父敲做了不少的衣裳，买了不少的化妆杂品。

天气晴暖的日子，和冯世芬上湖边上闲步，或湖里去划船的时候，现在她所注意的，只有些同时在游湖的富家子女的衣装样式和材料等事情。本来对家庭毫无不满的她，现在却在心里深深地感觉起清贫的难耐来了。

究竟是冯世芬比她大两岁年纪，渐渐地看到了她的这一种变化，每遇着机会，便会给以很诚恳很彻底的教诫。譬如有一次她们俩正在三潭印月吃茶的时候，忽而从前面埠头的一只大船上，走下来了一群大约是军阀的家室之类的人。其中有一位类似荡妇的年轻太太，穿的是一件仿佛由真金线织成的很鲜艳的袍子。袍子前后各绣着两朵白色的大牡丹，日光底下远看起来，简直是一堆光耀眩人的花。紧跟在她后面的一位年纪也很轻的马弁臂上，还搭着一件长毛乌绒面子乌云豹皮里子的斗篷在那里。郑秀岳于目送了她们一程之后，就不能自已地微叹着说：

"一样的是做人，要做得她那样才算是不枉过了一生。"

冯世芬接着就讲了两个钟头的话给她听。说，做人要自己做的，浊富不如清贫，军阀资本家土豪劣绅的钱都是背了天良剥削来的。衣饰服装的美不算是伟大的美，我们必须要造成人格的美和品性的美来才算伟大。清贫不算倒霉，积着许多造孽钱来夸示人家的人才是最无耻的东西；虚荣心是顶无聊的一种心理，女子的堕落阶级的第一段便是这虚荣心，有了虚荣心就会生嫉妒心了。这两种坏心思是由女子的看轻自己、不谋独立、专想依赖他人而生的卑劣心理，有了这种心思，一个人就永没有满足快乐的日子了。钱财是人所造的，人而不驾驭钱财反被钱财所驾驭，那还算得是人么？

冯世芬说到了后来，几乎兴奋得要出眼泪，因为她自己心里也十分明白，她实在也是受着资本家土豪的深刻压迫的一个穷苦女孩儿。

四

郑秀岳冯世芬升入了二年级之后，坐位仍没有分开，这一回却是冯世芬的第一，郑秀岳的第二。

春期开课后还不满一个月的时候，杭州的女子中等学校要联合起来开一个演说竞赛会。在联合大会未开之前，各学校都在预选代表，练习演说。郑秀岳她们学校里的代表举出了两个来，一个是三年级的李文卿，一个是二年级的冯世芬。但是联合大会里出席的代表是只限定一校一个的。所以在联合大会未开以前的一天礼拜六的晚上，她们代表俩先在本校里试了一次演说的比赛。题目是《富与美》，评判员是校里的两位国文教员。这中间的一位，姓李名得中，是前清的秀才，湖北人，担任的是讲解古文诗词之类的功课，年纪已有四十多了。李先生虽则年纪很大，但头脑却很会变通，可以说是旧时代中的新人物。所以他的讲古文并不拘泥于一格，像放大的缠足姑娘走路般的白话文，他是也去选读，而他自己也会写写的。其他的一位，姓张名康，是专教白话文新文学的先生，年纪还不十分大，他自己每在对学生说只有廿几岁，可是客观地观察他起来，大约比廿几岁总还要老练一点。张先生是北方人，天才焕发，以才子自居。在北京混了几年，并不曾经过学堂，而写起文章来，却总娓娓动人。他的一位在北京大学毕业而在当教员的宗兄有一年在北京死了，于是他就顶替了他的宗兄，开始教起书来。

那一晚的演说《富与美》，系由李文卿作正而冯世芬作反的讲法的。李文卿用了她那一副沙喉咙和与男子一样的姿势动作在讲台上讲了一个钟头。内容的大意，不过是说："世界上最好的事情是富，富的反对面穷，便是最大的罪恶。人富了，就可以买到许多东西，吃也吃得好，穿也穿得好，还可以以金钱去买许多许多别的不能以金钱换算的事物。那些什么名誉，人格，自尊，清节等，都是空的，不过是穷人用来聊以自娱的名目。还有天才，学问等也是空的，不过是穷措大在那里吓人的傲语。会刮地皮积巨富的人，才是实际的天才。会乱钻乱剥，从无论什么里头都去弄出钱来等事情，才是实际的学问。什么叫孝悌忠信礼义廉耻，要顾到这些的时候，那你早就饿杀了。有了钱就可以美，无论怎么样的美人都买得到。只教有钱，那身上家里，就都可以装饰得很美丽。所以无钱就是不能够有美，就是不美。"

这是李文卿的演说的内容大意，冯世芬的反对演说，大抵是她时常对郑秀岳说的那些主义。她说要免除贫，必先打倒富。财产是强盗的劫物，资本要为公才有意义。对于美，她主张人格美劳动美自然美悲壮美等，无论如何总要比肉体美装饰美技巧美更加伟大。

演说的内容，虽是冯世芬的来得合理，但是李文卿的沙喉咙和男子似的姿势动作，却博得了大众的欢迎。尤其是她从许多旧小说里读来的一串一串的成语，如"闭月羞花之貌，沉鱼落雁之容"之类的口吻，插满在她的那篇演说词里，所以更博得了一般修辞狂的同学和李得中先生的赞赏。但等两人的演说完后，由评判员来取决判断的当儿，那两位评判员中间，却惹起了一场极大的争论。

李得中先生先站起来说李文卿的姿势喉音极好，到联合大会里去出席，一定能够夺得锦标，所以本校的代表应决定是李文卿。他对锦标两个字，说得尤其起劲，翻翻复复地竟说了三次。而张康先生的意见却正和李先生的相反，他说冯世芬的思想不错。后来你一言我一语的说了许多时候，形势倒成了他们两人的辩论大会了。

到了最后，张先生甚至说李先生姓李，李文卿也姓李，所以你在帮她。对此李先生也不示弱，就说张先生是乱党，所以才赞成冯世芬那些犯上作乱的意见。张先生气起来了，就索性说，昨天李文卿送你的那十听使馆牌，大约就是你赞成她的意见的主要原因罢。李先生听了也涨红了脸回答他说，你每日每日写给冯世芬的信，是不是就是你赞成冯世芬的由来。

两人先本是和平地说的，后来喉音各放大了，最后并且敲台拍桌，几乎要在讲台上打起来的样子。

台下在听讲的全校学生，都看得怕起来了，紧张得连咳嗽都不敢咳一声。后来当他们两位先生的热烈的争论偶尔停止片时的中间，大家都只听见了那张悬挂在讲堂厅上的汽油灯的此此的响声。这一种暴风雨前的片时沉默，更在台下的二百来人中间造成了一种恐怖心理。正当大家的恐怖，达到极点的时候，冯世芬却不忙不迫的从座位里站立了起来说：

"李先生，张先生，我因为自己的身体不好，不能做长时间的辩论，所以去出席大会当代表的光荣，我自己情愿放弃。我并且也赞成李先生的意见，要李文卿同学一定去夺得锦标，来增我们母校之光。同学们若赞成我的提议的，请一致起立，先向李代表，李先生，张先生表示敬意。"

冯世芬的声量虽则不洪，但清脆透彻的这短短的几句发言，竟引起了全体同学的无限的同情。平时和李文卿要好，或曾经受过李文卿的金钱及赠物的大部分的同学，当然是可以不必说，即毫无成见的少数中立的同学也立时应声站立了起来。其中只两三个和李文卿同班的同学，却是满面呈现着怒容，仍兀然的留在原位里不肯起立。这可并不是因为她们不赞成冯世芬之提议，而在表示反对。她们不过在怨李文卿的弃旧恋新，最近终把她们一个个都丢开了而在另寻新恋，因此所以想借这机会来报报她们的私仇。

五

到底是年长者的李得中先生的眼光不错，李文卿在女子中等学校联合演说竞赛会里，果然得了最优胜的金质奖章。于是李文卿就一跃而成了全校的英雄。从前大家只以滑稽的态度或防卫的态度对她的，现在有几个顽固的同学，也将这种轻视她的心情减少了。而尤其使大家觉得她这个人的可爱的，是她对于这次胜利之后的那种小孩儿似的得意快活的神情。

一块双角子那么大的金奖章，她又花了许多钱拿到金子店里去镶了一个边，装了些东西上去，于是从早晨到晚上她便把它挂在校服的胸前，远看起来，仿佛是露出在外面的一只奶奶头。头几天把这块金牌挂上的时候，她连在上课的时候，也尽在伏倒了头看她自己的胸部。同学中间的狡猾一点的人，识破了她的这脾气，老在利用着她，因为你若想她花几个钱来请客，那你只教跑上她身边去，拉住着她，要她把这块金牌给你看个仔细，她就会笑开了那张鳌鱼大嘴，挺直身子，张大胸部，很得意地让你去看。你假装仔细看后，再加上以几句赞美的话，那你要她请吃什么她就把什么都买给你了。后来有一个人，每天要这样的去看她的金牌好几次，她也觉得有点奇怪了，就很认真地说。

"怎么啦，你会这样看不厌的？"

这看的人见了她那一种又得意又认真的态度表情，便不觉哈哈哈哈的大笑了起来。捧腹大笑了一阵之后，才把这要看的原因说出来给她听。她听了也有点发气了，从这事情以后她请客就少请了许多。

与这请客是出于同样的动机的，就是她对于冯世芬的特别的好意。她想她自己的这一次的成功，虽完全系出于李得中先生的帮忙，但冯世芬的放弃代表资格，也是她这次胜利的直接原因。所以她于演说竞赛完后的当日，就去亨得利买了一只金壳镶钻石的瑞士手表，于晚饭之后，在操场上寻着了冯世芬和郑秀岳，诚诚恳恳地拿了出来，一定要给冯世芬留着做个纪念。冯世芬先惊奇了一下，尽立住了脚张大了眼，莫名其妙地对她看了半响。靠在冯世芬的左手，同小鸟似地躲缩在冯世芬的腋下的郑秀岳也骇倒了，心里在跳，脸上涨出了两圈红靥。因为虽在同一学校住了一年多，但因不同班之故，她们和李文卿还绝对不曾开过口交过谈。况且关于李文卿又有那一种风说，凡是和她同睡过几天的人，总没有一个人不为同学所轻视的。而李文卿又是个没有常性的人，恃了她的金钱的富裕和身体的强大，今天到东，明天到西，尽在校内校外，结交男女好友。所以她们这一回受了她突如其来的这种袭击，就是半晌不能够开口说话，郑秀岳并且还全身发起抖来了。

冯世芬于惊定之后，才急促的对李文卿说：

"李文卿，我和你本来就没有交情。并且那代表资格，是我自己情愿放弃的，与你无关，这种无为的赠答我断不能收受。"

斩钉截铁的说出了这几句话，冯世芬便拖了郑秀岳又向前走了。李文卿也追了上去，一边跟，一边她仍在懊恼似地大声说：

"冯世芬，我是一点恶意也没有的，请你收着罢，我是一点恶意也没有的。"

这样的被跟了半天，冯世芬却头也不回一回，话也不答一句。并且那时候太阳早已下山，薄暮的天色，也沉沉晚了。冯世芬在操场里走了半圈，就和郑秀岳一道走回到了自修室里，而跟在后面的李文卿，也不知于什么时候走掉了。

郑秀岳她们在电灯底下刚把明天的功课预备了一半的时候，一个西斋的老斋夫，忽而走进了她们的自修室里，手里捏了一封信和一只黑皮小方盒，说是三年级的李文卿叫送来的。

冯世芬因为几刻钟前在操场上所感到的余愤未除，所以一刻也不迟疑地对老斋夫说：

"你全部带回去好了，只说我不在自修室里，寻我不着就对。"

老斋夫惊异地对冯世芬的严不可犯的脸色看了一下，然后又迟疑胆怯地说：

"李文卿说，一定要我放在这里的。"

这时候郑秀岳心里，早在觉得冯世芬的行为太过分了。所以就温和地在旁劝冯世芬说：

"冯世芬，且让他放在这里，看它一看如何？若要还她，明天教女佣人送回去，也还不迟呀。"

冯世芬却不以为然，一定要斋夫马上带了回去，但郑秀岳好奇心重，从斋夫手里早把那黑皮小方盒接了过来，在光着眼打开来细看。老斋夫把信向桌上一搁，马上就想走了，冯世芬又叫他回来说：

"等一等，你把它带了回去！"

郑秀岳看了那只精致的手表，却爱惜得不忍释手，所以眼看着盒子里的手表，一边又对冯世芬说：

"索性把她那封信，也打开来看它一看，明天写封回信叫佣人和手表一道送回，岂不好吗？"

老斋夫在旁边听了，点了点头，笑着说：

"这才不错，这才可以叫我去回报李文卿。"

郑秀岳把表盒搁下，伸手就去拿那封信看，冯世芬到此，也没有什么主意了，就只能叫老斋夫先去，并且说，明朝当差这儿的佣人，再把信和表一道送上。

六

世芬同学大姊妆次：

　桃红柳绿，鸟语花香，芳草缤纷，落英满地，一日不见，如三秋矣，一秋不见，如三百年也，际此春光明媚之时，恭维吾姊起居迪吉，为欣为颂。敬启者，兹因吾在演说大会中夺得锦标，殊为侥幸，然饮水思源，不可谓非吾姊之所赐。是以买得铜壶，为姊计漏，万望勿却笑纳，留作纪念。吾之此出，诚无恶意，不过欲与吾姊结不解之缘，订百年之好，并非即欲双宿双飞，效鱼水之欢也。肃此问候，聊表寸衷。

妹李文卿鞠躬

郑秀岳读了这一封信后。虽则还不十分懂得什么叫做鱼水之欢，但心里却佩服得了不得，从头到尾，竟细读了两遍，因为她平日接到的信，都是几句白话，读起来总觉得不大顺口。就是有几次有几位先生私私塞在她手里的信条，也没有像这一封信样的富于辞藻。她自己虽则还没有写过一封信给任何人，但她们的学校里的同学和先生们，在杭州是以擅于写信出名的。同学好友中的私信往来，当然是可以不必说，就是年纪已经过了四十，光秃着头，带着黑边大眼镜，肥胖矮小的李得中先生，时常也还在那里私私写信给他所爱的学生们。还有瘦弱长身，脸色很黄，头发极长，在课堂上，居然严冷可畏，下了课堂，在房间里接待学生的时候，又每长吁短叹，老在诉说身世的悲凉，家庭的不幸的张康先生，当然也是常在写信的。可是他们的信，和这封李文卿的信拿来一比，觉得这文言的信读起来要有趣得多。

她读完信后，心里尽这样的想着，所以居然伏倒了头，一动也不动的静默了许多时。在旁边坐着的冯世芬，静候了她一歇，看她连一点儿动静都没有了，就用手向她肩头上拍了一下，问她说：

"你在这里呆想什么？"

郑秀岳倒脸上红了一红，一边将写得流利豁达大约是换过好几张信纸才写成的那张粉红布纹笺递给了冯世芬，一边却笑着说：

"冯世芬，你看，她这封信写得真好！"

冯世芬举起手来，把她的捏着信笺的手一推，又朝转了头，看向书本上去，说：

"这些东西，去看它作什么！"

"但是你看一看，写得真好哩。我信虽则接到得很多，可是同这封信那么写得好的，却还从没有看见过。"

冯世芬听了她这句话之后，倒也像惊了一头似的把头朝了转来问她说：

"喔，你接到的信，都在拆看的么？"

她又红了一红脸，轻轻回答说：

"不看它们又有什么办法呢？"

冯世芬朝她看了一眼，微微地笑着，回身就把书桌下面的小抽斗一抽，杂乱地抓出了一大堆信来丢向了她的桌上。

"你要看，我这里还有许多在这儿。"

这一回倒是郑秀岳吃起惊来了。她平时总以为只有她，全校中只有她一个人，是在接着这些奇怪的信的。所以有几次很想对冯世芬说出来，但终于没有勇气。而冯世芬哩，平常同她谈的，都是些课本的事情，和社会上的情势，关于这些私行污事，却半点也不曾提及过，故而她和冯世芬虽则情逾骨肉地要好了半年多，但晓得冯世芬的也在接收这些秘密信件，这倒是第一次。惊定之后，她伸手向桌上乱堆在那里的红绿小信件拨了几拨，才发见了这些信件，都还是原封不动地封固在那里，发信者有些是教员，有些是同学，还有些是她所不知道的人，不过其中的一大部分，却是曾经也写信给她自己过的。

"冯世芬，这些信你既不拆看，为什么不去烧掉？"

"烧掉它们做什么，重要的信，我才去烧哩。"

"重要的信，你倒反去烧？什么是重要的信？是不是文章写得很好的信？"

"倒也不一定，我对于文章是一向不大注意的。你说李文卿的这封信写得很好，让我看，她究竟做了一篇怎么的大文章。"

郑秀岳这一回就又把刚才的那张粉红笺重新递给了她。一边却静静地在注意着她的读信时候的脸色。冯世芬读了一行，就笑起来了，读完了信，更乐得什么似的笑说："啊啊，她这文章，实在是写得太好了。"

"冯世芬，这文章难道还不好么？那么要怎么样的文章才算好？"

冯世芬举目向电灯凝视了一下，明明似在思索什么的样子，她的脸上的表情，从严肃的而改到了决意的。把头一摇，她就伸手到了她的夹袄里的内衣袋里摸索了一会，取出了一个对折好的狭长白信封后，她就递给郑秀岳说：

"这才是我所说的重要的信！"

郑秀岳接来打开一看，信封上写的是几行外国字。两个邮票，也是一红一绿的外国邮票。信封下面角上头才有用钢笔写的几个中国字，"中国杭州太平坊巷冯宅冯世芬收。"

七

世芬小同志：

别来三载，通信也通了不少了，这一封信，大约是我在欧洲发的最后一封，因为三天之后，我将绕道西伯利亚，重返中国。

你的去年年底发出的信，是在瑞士收到的。你的思想，果然进步了，真不负我二年来通信启发之劳，等我返杭州后，当更为你介绍几个朋友，好把你造成一个能担负改造社会的重任的人才。中国的目前最大压迫，是在各国帝国主义的侵略，封建余孽，军阀集团，洋商买办，都是帝国主义者的忠实代理人。他们再和内地的土豪、劣绅一勾结，那民众自然没有翻身的日子了。可是民众已在觉悟，大革命的开始，为期当不在远。广州已在开始进行工作，我回杭州小住数日，亦将南下，击参加建设革命基础。

不过中国的军阀实在根蒂深强，打倒一个，怕又要新生两个。现在党内正在对此事设法防止，因为革命军阀实在比旧式军阀还可怕万倍。

　　我此行同伴友人很多，在墨斯哥将停留一月，最迟总于阳历五月底可抵上海。请你好好的用功，好好的保养身体，预备我来和你再见时，可以在你脸上看到两圈鲜红的苹果似的皮层。

　　　　　　你的小舅舅陈应环 二月末日在柏林

　　郑秀岳读完了这一封信，也呆起来了。虽则信中的意义，她不能完全懂得，但一种力量，在逼上她的柔和犹惑的心来。她视而不见地对电灯在呆视着，但她的脑里仿佛是朦胧地看出了一个巨人，放了比李文卿更洪亮更有力的声音在对她说话："你们要自觉，你们要革命，你们要去吃苦牺牲！"因为这些都是平时冯世芬和她常说的言语。而冯世芬的这些见解，当然是从这一封信的主人公那里得来的。

　　旁边的冯世芬把这信交出之后，又静静儿的去看书去了，等她看完了一节，重新掉过头来向郑秀岳回望时，只看见她将信放在桌上，而人还在对了电灯发呆。

　　"郑秀岳，你说怎么样？"

　　郑秀岳被她一喊，才同梦里醒来似的眨了几眨眼睛，很严肃地又对冯世芬看了一歇说：

　　"冯世芬，你真好，有这么一个小舅舅常在和你通信。他是你娘娘的亲兄弟么？多大的年纪？"

　　"是我娘娘的堂小兄弟，今年二十六岁了。"

　　"他从前是在什么地方读书的？"

　　"在上海的同济。"

　　"是学文学的么？"

　　"学的是工科。"

　　"他同你通信通了这么长久，你为什么不同我说？"

　　"半年来我岂不是常在同你说的么？"

　　"好啦，你却从没有说过。"

　　"我同你说的话，都是他教我的呀，我不过没有把信给你看，没有把他的姓名籍贯告诉你知道，不过这些却是一点儿关系也没有的私事，要说他做什么。重要的、有意义的话，我差不多都同你说了。"

　　在这样对谈的中间，就寝时候已经到了。钟声一响，自修室里就又杂乱了起来。冯世芬把信件分别收起，将那封她小舅舅的信仍复藏入了内衣的袋里。其他的许多信件和那张粉红信笺及小方盒一个，一并被塞入了那个书桌下面的抽斗里面。郑秀岳于整好桌上的书本之后，便问她说：

"那手表呢？"

"已经塞在小抽斗里了。"

"那可不对，人家要来偷的呢！"

"偷去了也好，横竖明朝要送去还她的。我真不愿意手触着这些土豪的赐物。"

"你老这样的看它不起，买买恐怕要十多块钱哩！"

"那么，你为我带去藏在那里罢，等明朝再送去还她。"

这一天晚上，冯世芬虽则早已睡着了，但睡在边上的郑秀岳，却终于睡不安稳。她想想冯世芬的舅舅，想想那替冯世芬收藏在床头的手表和李文卿，觉得都可以羡慕。一个是那样纯粹高洁的人格者，连和他通通信的冯世芬，都被他感化到这么个程度。一个是那样的有钱。连十几块钱的手表，都会漫然地送给他人。她想来想去，想到了后来，愈加睡不着了，就索性从被里伸出了一只手来，轻轻地打开了表盒，拿起了那只手表。拿了手表之后，她捏弄了一回，又将手缩回被里，在黑暗中摸索着，把这小表系上了左手的手臂。

"啊啊，假使这表是送给我的话，那我要如何的感谢她呀！"

她心里在想，想到了她假如有了这一个表时，将如何的快活。譬如上西湖去坐船的时候，可以如何的和船家讲钟头说价钱，还有在上课的时候看看下课钟就快打了，又可以得到几多的安慰！心里头被这些假想的愉快一掀动，她的神经也就弛缓了下去，眼睛也就自然而然地合拢来了。

八

早晨醒来的时候，冯世芬忽而在朦胧未醒的郑秀岳手上发现了那一只手表。这一天又是阴闷微雨的一天养花天气，冯世芬觉得悲凉极了，对郑秀岳又不知说了多少的教诫她的话。说到最后，冯世芬哭了。郑秀岳也出了眼泪，所以一起来后，郑秀岳就自告奋勇，说她可以把这表去送回原主，以表明她的心迹。

但是见了李文卿，说了几句冯世芬教她应该说的话后，李文卿却痴痴地瞟了她一眼。她脸红了，就俯下了头，不再说话。李文卿马上伸手来拉住了她的手，轻轻地说：

"冯世芬若果真不识抬举，那我也不必一定要送她这只手表。但是向来我有一个脾气，就是送出了的东西，决不愿意重拿回来，既然如此，那就请你将这表收下，作为我送你的纪念品。可是不可使冯世芬知道，因为她是一定要来干涉这事情的。"

郑秀岳俯伏了头，涨红了脸，听了李文卿的这一番话，心里又喜又惊，正不知道如何回答她的好。李文卿看了她这一种样子，倒觉得好笑起来了，就一边把摆在桌上的那黑皮小方盒，向她的袋里一塞，一边紧捏了一把她的那只肥手，又俯下头去，在她耳边轻轻地说：

"快上课了，你马上去罢！以后的事情，我们可以写信。"

她说了又用力把她向门外一推，郑秀岳几乎跌倒在门外的石砌阶沿之上。

郑秀岳于踉跄立定脚跟之后，心里还是犹疑不决。想从此把这只表受了回去，可又觉得对不起冯世芬的那一种高洁的心情；想把手表毅然还她呢，又觉得实在是抛弃不得。正当左右为难，去留未决的这当儿。时间却把这事情来解决了，上课的钟，已从前面大厅外当当当地响了过来。郑秀岳还立在阶沿上踌躇的时候，李文卿却早拿了课本，从她身边走过，走出圆洞门外，到课堂上去上课去了。当大踏步走近她身边的时候，她还在她耳边说了一句"以后我们通信罢！"

郑秀岳见李文卿已去，不得已就只好急跑回到自修室里，但冯世芬的人和她的课本都已经不在了。她急忙把手表从盒子里拿了出来，藏入了贴身的短衫袋内，把空盒子塞入了抽斗底里，再把课本一拿，便三脚两步地赶上了课堂。向座位里坐定，先生在点名的中间，冯世芬就轻轻地向她说：

"那表呢？"

她迟疑了一会，也轻轻地回答说：

"已经还了她了。"

从此之后，李文卿就日日有秘密的信来给郑秀岳，郑秀岳于读了她的那些桃红柳绿的文雅信后，心里也有点动起来了，但因为冯世芬时刻在旁，所以回信却一次也没有写过。

这一次的演说大会，虽则为郑秀岳和李文卿造成了一个订交的机会，但是同时在校里，也造成了两个不共戴天的仇敌，就是李得中先生和张康先生。

李得中先生老在课堂上骂张康先生，说他是在借了新文学的名义而行公妻主义，说他是个色鬼，说他是在装作颓废派的才子而在博女人的同情，说他的文凭是假的，因为真正的北大毕业者是他的一位宗兄，最后还说他在北方家乡蓄着有几个老婆，儿女已经有一大群了。

张康先生也在课堂上且辩明且骂李得中先生说：

"我是真正在北大毕业的，我年纪还只有二十几岁，哪里会有几个老婆呢？儿女是只有一男一女的两个，何尝有一大群？那李得中先生才奇怪哩，某月某日的深夜我在某旅馆里看见他和李文卿走进了第三十六号房间。他做的白话文，实在是不通，我想白话文都写不通的人，又哪儿会懂文言文呢？他的所以从来不写一句文言文，不做一句文言诗者，实在是因为他自己知道了自己的短处在那里藏拙的缘故。我的先生某某，是当代的第一个文人，非但中国人都崇拜他，就是外国人也都在崇拜他，我往年常到他家里去玩的时候，看看他书架上堆在那里的，尽是些线装的旧书，而他却是专门做白话文的人。现在我们看看李得中这老朽怎么样？在他书架上除了几部《东莱博议》，《古文观止》，《古唐诗合解》，《古文笔法百篇》，《写信必读》，《金瓶梅》之外，还有什么？"

像这样的你攻击我，我攻击你的在日日攻击之中，时间却已经不理会他们的仇怨和攻击，早就向前跑了。

有一天五月将尽的闷热的礼拜二的午后，冯世芬忽而于退课之后向郑秀岳说："我今天要回家去，打算于明天坐了早车到上海去接我那舅舅。前礼拜回家去的时候，从北京打来的电报已经到了，说是他准可于明天下午到上海的北站。"

郑秀岳听到了这一个消息，心里头又悲酸又惊异难过的状态，真不知道要如何说出来才对。她一想到从明天起的个人的独宿独步，独往独来，真觉得是以后再也不能做人的样子。虽则冯世芬在安慰她说过三五天就回来的，虽则她自己也知道天下无不散的筵席，但是这目下一时的孤独，将如何度过去呢？她把冯世芬再留一刻再留一刻地足足留了两个多钟头，到了校里将吃晚饭的时候，才揩着眼泪，送她出了校门。但当冯世芬将坐上家里来接、已经等了两个多钟头的包车的时候，她仍复赶了上去，一把拖住了呜咽着说：

"冯世芬，冯——世——芬——，你，你，你可不可以不去的？"

九

郑秀岳所最恐惧的孤独的时间终于开始了，第一天在课堂上，在自修室，在操场膳室，好像是在做梦的样子。一个不提防，她就要向边上"冯世芬！"的一声叫喊出来。但注意一看，看到了冯世芬的那个空席，心里就马上会起绞榨，头上也像有什么东西罩压住似地会昏转过去。当然在年假期内的她，接连几天不见到冯世芬的日子也有，可是那时候她周围有父母，有家庭，有一个新的环境包围在那里，虽则因为冯世芬不在旁边，有时也不免要感到一点寂寞，但决不是孤苦零丁，同现在那么的寂寞刺骨的。况且冯世芬的住宅，又近在咫尺，她若要见她，一坐上车，不消十分钟，马上就可以见到。不过现在是不同了，在这同一的环境之下，在这同一的轨道之中，忽而像剪刀似的失去了半片，忽而不见了半年来片刻不离的冯世芬，叫她如何能够过得惯呢？所以礼拜三的晚上，她在床上整整的哭了半夜方才睡去。

礼拜四的日间，她的孤居独处，已经有点自觉意识了，所以白天上的一日课，还不见得有什么比头一天更难受之处。到了晚上，却又有一件事情发生了，便是李文卿的知道了冯世芬的不在，硬要搬过来和她睡在一道。

吃过晚饭，她在自修室刚坐下的时候，李文卿就叫那老斋夫送了许多罐头食物及其他的食品之类的东西过来，另外的一张粉红笺上，于许多桃红柳绿的句子之外，又是一段什么鱼水之欢，同衾之爱的文章。信笺的末尾，大约是防郑秀岳看不懂她的来意之故，又附了一行白话文和一首她自己所注明的"情"诗在那里。

秀岳吾爱！

　　今晚上吾一定要来和吾爱睡觉。

　　附情诗一首

　　桃红柳绿好春天，吾与卿卿一枕眠，

　　吾欲将身化棉被，天天盖在你胸前。

诗句的旁边，并且又用红墨水连圈了两排密圈在那里，看起来实在也很鲜艳。

郑秀岳接到了这许多东西和这一封信，心里又动乱起来了，叫老斋夫暂时等在那里，她拿出了几张习字纸来，想写一封回信过去回复了她。可是这一种秘密的信。她从来还没有写过，生怕文章写得不好，要被李文卿笑。一张一张地写坏了两张之后，她想索性不写信了，"由它去罢，看她怎么样。"可是若不写信去复绝她的话，那她一定要以为是默认了她的提议，今晚上又难免要闹出事来的。不过若毅然决然地去复绝她呢，则现在还藏在箱子底下，不敢拿出来用的那只手表，又将如何的处置？一阵心乱，她就顾不得什么了，提起了笔，就写了"你来罢！"的三个字在纸上。把纸折好，站起来想交给候在门外的斋夫带去的时候，她又突然间注意到了冯世芬的那个空座。

"不行的，不行的，太对不起冯世芬了。"

脑里这样的一转，她便同新得了勇气的斗士一样，重回到了座里。把手里捏着的那一张纸，团成了一个纸团，她就急速地大着胆写了下面那样的一条回信。

文卿同学姊：

　　来函读悉，我和你宿舍不同，断不能让你过来同宿！万一出了事情，我只有告知舍监的一法，那时候倒反大家都要弄得没趣。食物一包，原璧奉还，等冯世芬来校后，我将和她一道来谢你的好意。勿此奉复。

妹郑秀岳敬上

那老斋夫似乎是和李文卿特别的要好，一包食品，他一定不肯再带回去，说是李文卿要骂他的，推让了好久，郑秀岳也没有办法，只得由他去了。

因为有了这一场事情，郑秀岳一直到就寝的时候为止，心里头还平静不下来。等她在薄棉被里睡好，熄灯钟打过之后，她忽听见后面冯世芬床里，出了一种息索的响声。她本想大声叫喊起来的，但怕左右前后的同学将传为笑柄，所以只空咳了两声，以表明她的还没有睡着。停了一忽，这息索的响声，愈来愈近了，在被外头并且感到了一个物体，同时一种很奇怪的简直闻了要窒死人的烂葱气味，从黑暗中传到了她的鼻端。她是再也忍不住了，便只好轻轻地问说：

"哪一个？"

紧贴近在她的枕头旁边，便来了一声沙喉咙的回答说：

"是我！"

她急起来了，便接连地责骂了起来说：

"你作什么，你来作什么？我要叫起来了，我同你去看舍监去！"

突然间一只很粗的大手盖到了她的嘴上，一边那沙喉咙就轻轻地说：

"你不要叫，反正叫起来的时候，你也没有面子的。到了这时候，我回也回不去了，你让我在被外头睡一晚罢！"

听了这一段话，郑秀岳也不响。那沙喉咙便又继续说：

"我冷得很，冯世芬的被藏在什么地方的，我在她床上摸遍了，却终于摸不着。"

郑秀岳还是不响，约莫总过了五分钟的样子，沙喉咙忽然又转了哀告似的声气说：

"我的衣裤是全都脱下了的，这是从小的习惯，请你告诉我罢，冯世芬的被是藏在什么地方的？我冷得很。"

又过了一两分钟，郑秀岳才简洁地说了一句"在脚后头"。本来脚后头的这一条被，是她自己的，因为昨天想冯世芬想得心切，她一个人怎么也睡不着，所以半夜起来，把自己的被折叠好了，睡入了冯世芬的被里。但到了此刻，她也不能把这些细节拘守着了，并且她若要起来换一条被的话，那李文卿也未见得会不动手动脚，那一个赤条条的身体，如何能够去和它接触呢？

李文卿摸索了半天，才把郑秀岳的薄被拿来铺在里床，睡了进去。闻得要头晕的那阵烂葱怪味，却忽而减轻了许多。停了一回，这怪气味又重起来了，同时那只大手又摸进了她的被里，在解她的小衫的纽扣。她又急起来了，用尽了力量，以两手紧紧捉住了那只大手，就又叫着说：

"你作什么？你作什么？我要叫起来了。"

"好好，你不要叫，我不做什么。我请你拿一只手到被外头来，让我来捏捏！"

郑秀岳没有法子，就以一只本来在捉住着那只大手的手随它伸出了被外。李文卿捉住了这只肥嫩娇小的手，突然间把它拖进了自己的被内。一拖进被，她就把这只手牢牢捏住当做了机器，向她自己的身上乱摸了一阵。郑秀岳的指头却触摸着了一层同沙支似的皮肤，两只很松很宽向下倒垂的奶奶，腋下的几根短毛，在这短毛里凝结在那里的一块粘液。渐摸渐深，等到李文卿要拖她的这只手上腹部下去的时候，她却拼死命的挣扎了起来，马上想抽回她的这只手臂上已经被李文卿捏得有点酸痛了的右手。她虽用力挣扎了一阵，但终于挣扎不脱，李文卿到此也知道了她的意思了，就停住了不再往下摸，一边便以另外的一只空着的手拿了一个凉阴阴的戒指，套上了郑秀岳的那只手的中指。戒指套上之后，李文卿的手放松了，郑秀岳就把自己的手缩了回去，但当她的这只手拿过被头的时候，她的鼻里又闻着了一阵更猛烈更难闻的异臭。

郑秀岳的手缩回了被里，重将被头塞好的时候，李文卿便轻轻的朝她说：

"乖宝，那只戒指，是我老早就想送给你的，你也切莫要冯世芬晓得。"

十

早晨天一亮，大约总只有五点多钟的光景，郑秀岳就从床上爬了起来。向里床一看，李文卿的脸朝了天，狮子鼻一掀一张，同男人似地呼吸出很大的鼾声，还在那里熟睡。

把帐子放了一放下，鞋袜穿了一穿好，她就匆匆忙忙的走下了楼，去洗脸去。因为这时候还在打起床钟之先，在挑脸水的斋夫倒奇怪起来了，问了一声"你怎么这样的早？"便急忙去挑热水去了。郑秀岳先倒了一杯冷水，拿了牙刷想刷牙齿，但低头一看，在右手的中指上忽看见了一个背上有一块方形的印戒。拿起手来一看，又是一阵触鼻的烂葱气味，而印戒上的篆文，却是"百年好合"的四个小字。她先用冷水洗了一洗手，把戒指也除下来用冷水淋了一淋，就擦干了藏入了内衣的袋里。

这一天的功课，她简直一句也没有听到，在课堂上，在自修室，她的心里头只有几个思想，在那里混战。

——冯世芬何不早点回来？

——这戒指真可爱，但被冯世芬知道了不晓得又将如何的被她教诫！

——李文卿人虽则很粗，但实在真肯花钱！

——今晚上她倘若是再来，将怎么办呢？

这许多思想杂乱不断地扰乱了她一天，到了傍晚，将吃晚饭的时候，她却终于上舍监那里去告了一天假，雇了一乘车子回家去了。

在家里住了两天，到了礼拜天的午后，她于上学校之先，先到了太平坊巷里去问冯世芬究竟回来了没有？她娘回报她说：

"已经回来了。可是今天和她舅舅一道上西湖去玩去了，等她回来的时候，就叫她上谢家巷去可好？"

郑秀岳听到了这消息，心里就宽慰了一半。但一想到从前冯世芬去游西湖，总少不了她；她去游西湖，也决少不得冯世芬的，现在她可竟丢下了自己和她舅舅一道去玩了。在回来的路上，她愈想愈恨，愈觉得冯世芬的可恶。"我索性还是同李文卿去要好罢，冯世芬真可恶，真可恶！我总有一天要报她的仇！"一路上自怨自恼，恨到了几乎要出眼泪。等她将走到自家的门口的时候，她心里已经有绝大的决心决下了，"我马上就回校去，冯世芬这种人我还去等她做什么，我宁愿被人家笑骂，我宁愿去和李文卿要好的。"

可是等她一走进门，她的娘就从客厅上迎了出来叫着说："秀！冯世芬在你房里等得好久了，你一出去她就来的。"

一口气跑到了东厢房里，看见了冯世芬的那一张清丽的笑脸，她一扑就扑到了冯世芬的怀里。两手紧紧抱住了冯世芬的身体，她什么也不顾地便很悲切很伤心地哭了出来。起初是幽幽地，后来竟断断续续地放大了声音。

冯世芬两手抚着了她的头，也一句话都不说，由她在那里哭泣，等她哭了有十分钟的样子，胸中的郁愤大约总有点哭出了的时候，冯世芬才抱了她起来，扶她到床上去坐好，更拿出手帕来把她脸上的眼泪揩了揩干净。这时候郑秀岳倒在泪眼之下微笑起来了，冯世芬才慢慢地问她说：

"怎么了？有谁欺侮你了么？"听到了这一句话，她的刚才止住的眼泪，又接连不断地落了下来，把头一冲，重复又倒到了冯世芬的怀里。冯世芬又等了一忽，等她的泣声低了一点的时候，便又轻轻地慰抚她说：

"不要再哭了，有什么事情请说出来。有谁欺侮了你不成？"

听了这几句柔和的慰抚话后，她才把头举了起来，将一双泪盈的眼睛注视着冯世芬的脸部，只摇了几摇头，表示她并没有什么，并没有谁欺侮她的意思。但一边在她的心里，却起了绝大的后悔，后悔着刚才的那一种想头的卑劣。"冯世芬究竟是冯世芬，李文卿哪里能比得上她万分之一呢？不该不该，真不应该，我马上就回到校里把她的那个表那个戒指送还她去，我何以会下流到了这步田地？"

一个钟头之后，她两人就又同平时一样地双双回到了校里。一场小别，倒反增进了她们两人的情爱。这一天晚上，冯世芬仍照常在她的里床睡下，但刚睡好的时候，冯世芬却把鼻子吸了几吸，同郑秀岳说：

"怎么啦，我们的床上怎么会有这一种狐腋的臭味？"

郑秀岳听她不懂，便问她什么叫做狐腋，等冯世芬把这种病的症状气息说明之后，她倒笑了起来，突然间把自己的头挨了过去，在冯世芬的脸上深深地深深地吻了半天。她和冯世芬两人交好了将近一年，同床隔被地睡了这些个日子，这举动总算是第一次的最淫污的行为，而她们两人心里却谁也不感到一点什么别的激刺，只觉得这不过是一种不能以言语形容的最亲爱的表示而已。

十一

又到了快考暑假考的时候了。学校里的情形虽则没有什么大的变动，但冯世芬的近来的样子，却有点变异起来了。

自从上海回来之后，她对郑秀岳的亲爱之情，虽仍旧没有变过，上课读书的日程，虽仍旧在那里照行，但有时候竟会痴痴呆呆地，目视着空中呆坐到半个钟头以上。有时候她居然也有故意避掉了郑秀岳，一个人到操场上去散步，或一个人到空寂无人的讲堂上去坐在那里的。自然对于大考功课的预备，近来也竟忽略了。有好几晚，她并且老早就到了寝室，在黑暗中摸上了床，一声不响地去睡在被里。更有一天晴暖的午后，她草草吃完午饭，就说有点头痛，去向舍监那里告了假，回家去了半天，但到晚上回来的时候，郑秀岳看见她的两眼肿得红红的，似乎是哭过了一阵的样子。

正当这一天冯世芬不在的午后三点钟的时候，门房走进了校内，四处在找李文卿，说她父亲在会客室里等着要会她。李文卿自从在演说大会得了胜利以后，本来就是全校闻名的一位英雄，而且身体又高又大，无论在操场或在自修室里总可以一寻就见的，而这一天午后竟累门房在校内各处寻了半天终于没有见到。门房寻李文卿虽则没有寻到，但因为他见人就问的关系上，这李文卿的爸爸来校的消息，却早已传遍了全校。有几个曾经和李文卿睡过要好的同学，又在夸示人地详细说述他——李文卿的爸爸——的历史和李文卿的家庭关系。说他——李文卿的爸爸——本来是在徐州乡下一个开宿店兼营农业的人。忽而一天寄居在他店里的一位木客暴卒了，他为这客人衣棺收殓之后，更为他起了一座很好的坟庄。后来他就一年一年的买起田来，居然富倾了敌国。他乡下的破落户，于田地产业被他买占了去以后，总觉得气他不过，便造他的谣言，说他的财产是从谋财害命得来的东西。他有一个姊姊，从小就被卖在杭州乡下的一家农家充使婢的，后来这家的主妇死了，她姊姊就升了主妇，现在也已经有五十开外的年纪了，他老人家发了财后，便不时来杭州看他的姊姊。他看看杭州地方，宜于安居，又因本地方人对他的仇恨太深，所以于十年前就卖去了他在徐州所有的产业，迁徙到杭州他姊姊的乡下来住下。他的夫人，早就死了，以后就一直没有娶过，儿女只有李文卿一个，因此她虽则到了这么大的年纪，暑假年假回家去，总还是和她爸爸同睡在一铺。杭州的乡下人，对这一件事情，早也动了公愤了，可是因为他的姊姊为人实在不错，又兼以乡下人所抱的全是各人自扫门前雪的宗旨，所以大家都不过在背后骂他是猪狗畜生，而公开的却还没有下过共同的驱逐令。

这些历史，这些消息，也很快的传遍了全校，所以会客室的门口和玻璃窗前头，竟来一班去一班地哄聚拢了许许多多的好奇的学生。长长胖胖，身体很强壮，嘴边有两条鼠须的这位李文卿的父亲的面貌，同李文卿简直是一色也无两样。不过他脸上的一脸横肉，比李文卿更红黑一点，而两只老鼠眼似的内里小眼，因为没有眼镜藏在那里的缘故，看起来更觉得荒淫一点而已。

李文卿的父亲在会客室里被人家看了半天，门房才带了李文卿出来会她的父亲。这时候老门房的脸上满漾着一脸好笑的笑容，而李文卿的急得灰黑的脸上却罩满了一脸不可抑遏的怒气。有几个淘气的同学看见老门房从会客室里出来，就拉住了他，问他有什么好笑。门房就以一手掩住了嘴，又痴的笑了一声。等同学再挤近前去问他的时候，他才轻轻地说："我在厕所里才找到了李文卿。她这几天水果吃得多了，在下痢疾，我看了她那副眉头簇紧的样子，实在真真好笑不过。"

一边在会客室里面，大家却只听见李文卿放大了喉咙在骂她的父亲说：

"我叫你不要上学校里来，不要上学校里来，怎么今天忽而又来了哩？在旅馆里不好打电话来的么？你且看看外面的那些同学看，大约你是故意来倒我的霉的罢？我今天旅馆里是不去了，由你一个人去。"

大声的说完了这几句话，她一转身就跑出了会客室，又跑上了上厕所去的那一条路。

到了晚上，郑秀岳和冯世芬睡下之后，郑秀岳将白天的这一段事情详详细细的重述给冯世芬听了，冯世芬也一点儿笑容都没有，只摇了摇头，叹了口气说：

"唉！这些人家的无聊的事情，去管它做什么？"

<h1 style="text-align:center">十二</h1>

　　暑假到了，许多同学又各归各的分散了。郑秀岳回到了家里，似乎在路上中了一点暑气，竟吐泻了一夜，睡了三日，这中间冯世芬绝没有来过。到了第五天的下午，父母亲准她出门去了，她换了一身衣服，梳理了一下头，想等太阳斜一点的时候，就上太平坊巷去看看冯世芬，去问问她为什么这么长久不来的。可是，长长的午后，等等，等等，太阳总不容易下去，而她父亲坐了出去的那一乘包车也总不回来，听得五点钟敲后，她却不耐烦起来了。立起身来，就向大门外走。她刚走到了大门口边，兜头却来一个邮差，信封上的道劲秀逸的字迹，她一看就晓得是冯世芬写来给她的信。"难道她也病了么？为什么人不来而来信？"她一边猜测着，一边就站立了下来在拆信。

　　最亲爱的秀岳：

　　　　这封信到你手里的时候，大约我总已不在杭州，不同你在呼吸一块地方的空气了。我也哪里忍心别你？因此我不敢来和你面别。秀岳，这短短的一年，这和你在一道的短短的一年，回想起来，实在是有点依依难舍！

　　　　秀岳，我的自五月以来的胸中的苦闷，你可知道？人虽则是有理智，但是也有感情的。我现在已经犯下了一宗决不为宗法社会所容的罪了，尤其是在封建思想最深、眼光最狭小的杭州。但是社会是前进的，恋爱是神圣的，我们有我们的主张，我们也要争我们的权利。

　　　　我与舅舅，明朝一早就要出发，去自己开拓我们的路去。

　　　　在旧社会不倒，中国固有的思想未解放之前，我们是决不再回杭州来了。

　　　　秀岳，在将和自幼生长著的血地永别之前的这几个钟头，你可猜得出我心里绞割的情形？

　　　　母亲是安闲地睡在房里，弟弟们是无邪地在那里打鼾。我今天晚上晚饭吃不下的时候，母亲还问我"可要粥吃？"

我在书房里整理书籍，到了十点多钟未睡，母亲还叫我"好睡了，书籍明朝不好整理的么？"啊啊，这一个明朝，她又哪里晓得明朝我将漂泊至于何处呢？

秀岳，我的去所，我的行止，请你切不要去打听。你若将来能不忘你旧日的好友，请你常来看看我的年老的娘，常来看看我的年幼的弟弟！

啊啊，恨只恨我"母老，家贫，弟幼"。

写到了此地，我眼睛模糊了，我搁下了笔，私私地偷进了我娘的房。她的脸上的表情，实在是崇高得很！她的饱受过忧患的洗礼的脸色，实在是比圣母的还要圣洁。啊啊，只有这一刻了，只有这一刻了，我的最爱最敬重的母亲！那两个小弟弟哩，似乎还在做踢球的好梦，他们在笑，他们在微微地笑。

秀岳，我别无所念，我就只丢不了，只丢不了这三个人，这三个世界上再好也没有的人！

我，我去之后，千万，千万，请你要常来看看她们，和她们出去玩玩。

秀岳，亲爱的秀岳，从此永别了，以后你千万要来的哩！

另外还有一包书，本来是舅舅带来给我念的，我包好了摆在这里，用以转赠给你，因为我们去的地方，这一种册籍是很多的。

秀岳，深望你读了之后，能够马上觉悟，深望你要堕落的时候，能够想到我！

人生苦短，而工作苦多，永别了，秀岳，等杭州的苏维埃政府成立之后，再来和你相见。这也许是在五年之后，这也许要费十年的工夫，但是，但是，我的老母，她，她怕是今生不能亲身见到的了。

秀岳，秀岳，我们各自珍重，各自珍重罢！

冯世芬含泪之书　7月19日午前3时

郑秀岳读了这一封信后，就在大门口她立在那儿的地方"啊"的一声哭了出来。她娘和佣人等赶出来的时候，她已经哭倒在地上，坐在那里背靠上了墙壁。等女佣人等把她抬到了床上，她的头发也已经散了。悲悲切切的哭了一阵，又拿信近她的泪眼边去看看，她的热泪，更加涌如骤雨。又痛哭了半天，她才决然地立了起来。把头发拴了一拴，带着不能成声的泪音，哄哄地对坐在她床前的娘说：

"恩娘！我要去，我，我要去看看，看看冯世芬的母亲！"

十三

郑秀岳勉强支持着她已经哭损了的身体，和红肿的眼睛，坐了车到太平坊巷冯世芬的家里的时候，太阳光已经只隐现在几处高墙头上了。

一走进大厅的旁门，大约是心理关系罢，她只感到了一阵阴戚戚的阴气。冯家的起坐室里，一点儿响动也没有，静寂得同在坟墓中间一样。她低声叫了一声"陈妈！"那头发已有点灰白的冯家老佣人才轻轻地从起坐室走了出来。她问她：

"太太呢？小少爷们呢？"

陈妈也蹙紧了愁眉，将嘴向冯母卧房的方向一指，然后又走近前来，附耳低声的说：

"大小姐到上海去的事情，你晓得了没有？太太今天睡了一天，饭也没有吃过，两位小少爷在那里陪她。你快进去，大小姐，你去劝劝我们太太。"

郑秀岳横过了起坐室，踏进了旁间厢房的门，就颤声叫了一声"伯母！"

冯世芬的娘和衣朝里床睡在那里，两个小孩，一个已经手靠了床前的那张方桌假睡着了，只有一个大一点的，脸上露呈着满脸的被惊愕所压倒的表情，光着大眼，两脚挂落，默坐在他弟弟的旁边一张靠背椅上。

郑秀岳进了一间已经有点阴黑起来的房，更看了这一种周围的情形，叫了一声伯母之后，早已不能说第二句话了。便只能静走上了两孩子之旁，以一只手抚上了那大孩子的头。她听见床里漏出了几声啜泣中鼻涕的声音，又看见那老体抽动了几动，似在那里和悲哀搏斗，想竭力装出一种镇静的态度来的样子。等了一歇歇，冯世芬的娘旋转了身，斜坐了起来。郑秀岳在黢黑不明的晚天光线之中，只见她的那张老脸，于泪迹斑斓之外，还在勉强装做比哭更觉难堪的苦笑。

郑秀岳看她起来了，就急忙走了过去，也在床沿上一道坐下，可是急切间总想不出一句适当的话来安慰着这一位已经受苦受得不少了的寡母。

倒是冯夫人先开了口，头一句就问：

"芬的事情，你可晓得？"

在话声里可以听得出来，这一句话真费了她千钧的力气。

"是的，我就是为这事情而来的，她……她昨晚上写给了我一封信。"

反而是郑秀岳先做了一种混浊的断续的泪声。

"对这事情，我也不想多说，但是她既然要走，何不好好的走，何不预先同我说一说明白。应环的人品，我也晓得的，芬的性格，我也很知道，不过……不过……这……这事情偏出在杭州的……杭州的我们家里，叫我……叫我如何的去见人呢？"

冯母到了这里，似乎是忍不住了，才又啜吸了一下鼻涕。郑秀岳脸上的两条冷泪，也在慢慢地流下来，可是最不容易过的头道难关现在已经过去了，到此她倒觉得重新获得了一腔谈话的勇气。

"伯母，世芬的人，是决不会做错事情的，我想他们这一回的出去，也决不会发生什么危险。不过一时被剩落在杭州的我们，要感到一点寂寞，倒是真的。"

"这倒我也相信，芬从小就是一个心高气硬的孩子，就是应环，也并不是轻佻浮薄的人。不过,不过亲戚朋友知道了的时候,叫我如何做人呢？"

"伯母，已成的事情，也是没法子的。说到旁人的冷眼，那也顾虑不得许多。昨天世芬的信上也在说，他们是决不再回到杭州来了，本来杭州这一个地方，实在也真太闭塞不过。"

"我倒也情愿他们不再回来见我的面，因为我是从小就晓得他们的，无论如何，总可以原谅他们，可是杭州人的专喜欢中伤人的一般的嘴，却真是有点可怕。"

说到了这里，那支手假睡在桌上的孩子，醒转来了。用小手擦了一擦眼睛，他却向郑秀岳问说：

"我们的大姐姐呢？"

郑秀岳当紧张之余，得了这突如其来的一个挡驾的帮手，心上也宽松了不少。回过头来，对这小天使微笑了一眼，她就对他说：

"大姊姊到上海去读书去了，等不了几天，我也要去的，你想不想去？"

他张大了两只大眼，呆视着她，只对她把头点了几下。坐在他边上的哥哥，这时候也忽而向他母亲说话了：

"娘娘！那一包书呢？"

冯母到这时候，方才想起来似的接着说：

"不错，不错，芬还有一包书留在这里给你。珍儿，你上那边书房里去拿了过来。"

大一点的孩子一珍跑出去把书拿了来后，郑秀岳就把她刚才接到的那封信的内容详细说了一说。她劝冯母，总须想得开些，以后世芬不在，她当常常过来陪伴伯母。若有什么事情，用得着她做的，伯母尽可吩咐，她当尽她的能力，来代替世芬。两位小弟弟的将来的读书升学，她若在杭州，她的同学及先生也很多很多，托托人家，也并不是一件难事。说了一阵，天已经完全的黑下来了。冯母留她在那里吃晚饭，她说家里怕要着急，就告辞走了出来。

回到了家里，上东厢房的房里去把冯世芬留赠给她的那包书打开一看，里面却是些她从没有听见过的《共产主义 ABC》、《革命妇女》、《洛查卢森堡书简集》之类的封面印得很有刺激性的书籍。她正想翻开那本《革命妇女》来看的时候，佣人却进来请她吃晚饭了。

十四

这一个暑假里，因为好朋友冯世芬走了，郑秀岳在家里得多读了一点书。冯世芬送给她的那一包书，对她虽则口味不大合，她虽还不能全部了解，但中国人的为什么要这样的受苦，我们受苦者应该怎样去解放自己，以及天下的大势如何，社会的情形如何等，却朦胧地也有了一点认识。

此外则经过了一个暑期的蒸催，她的身体也完全发育到了极致。身材也长高了，言语举止，思想嗜好，已经全部变成了一个烂熟的少女的身心了。

到了暑假将毕，学校也将就开学的一两星期之前，冯世芬的出走的消息，似乎已经传了开去，她竟并不期待着的接到了好几封信。有的是同学中的好事者来探听消息的，有的是来吊慰她的失去好友的，更有的是借题发挥，不过欲因这事情而来发表她们的意见的。可是在这许多封信的中间，有两封出乎她的意想之外，批评眼光完全和她平时所想她们的不同的信，最惹起了她的注意。

一封是李文卿从乡下寄来的。她对于冯世芬的这一次的恋爱，竟赞叹得五体投地。虽则又是桃红柳绿的一大篇，但她的大意是说，恋爱就是性交，性交就是恋爱，所以恋爱应该不择对象，不分畛域的。世间所非难的什么血族通奸，什么长幼聚麀之类，都是不通之谈，既然要恋爱了，则不管对方的是猫是狗，是父是子，一道玩玩，又有什么不可以呢？末后便又是一套一日三秋，一秋三百年，和何日再可以来和卿同衾共被，合成串吕之类的四六骈文。

其他的一封是她们的教员张康先生从西湖上一个寺里寄来的信。他的信写得很哀伤，他说冯世芬走了，他犹如失去了一颗领路的明星。他说他虽则对冯世芬并没有什么异想，但半年来他一日一封写给她的信，却是他平生所写过的最得意的文章。他又说这一种血族通奸，实在是最不道德的事情。末了他说他的这一颗寂寞的心，今后是无处寄托了，他很希望她有空的时候，能够上西湖他寄寓在那里的那个寺里去玩。

郑秀岳向来是接到了信概不答复的，但现在一则因假中无事，写写信也是一种消遣；二则因这两个人，虽则批评的观点不同，但对冯世芬都抱有好意，却是一样。还有一层意识下的莫名其妙的渴念，失去了冯世芬后的一种异常的孤凄，当然也是一个主要的动机，所以对于这两封信，她竟破例地各做了一个长长的答复。回信去后，李文卿则过了两日，马上又来信了，信里头又附了许多白话不像白话，文言不像文言的情诗。张康先生则多过了一日，也来了信。此后总很规则地李文卿二日一封，张康先生三日一封，都有信来。

到了学校开学的前一日，李文卿突然差旅馆里的佣人，送了一匹白纺绸来给郑秀岳，中午并且还要邀她上西湖边上钱塘秀色酒家去吃午饭。郑秀岳因为这一个暑假期中，冯世芬不在杭州，好久不出去玩了，得了这一个机会，自然也很想出去走走。所以将近中午的时候，就告知了父母，坐了家里的车，一直到了湖滨钱塘秀色酒家的楼上。

到了那里，李文卿还没有来，坐等了二十分钟的样子，她在楼上的栏边才看见了两乘车子跑到了门口息下。坐在前头车里的是怒容满面的李文卿，后面的一乘，当然是她的爸爸。

李文卿上楼来看见了她，一开口就大声骂她的父亲说：

"我叫他不要来不要来，他偏要跟了同来，我气起来想索性不出来吃饭了，但因为怕你在这里等一个空，所以才勉强出来的。"

吃过中饭之后，他们本来是想去西湖的，但因为李文卿的爸爸也要同去，所以李文卿又气了起来，直接就走回了旅馆。郑秀岳的归路，是要走过他们的旅馆的，故而三人到了旅馆门口，郑秀岳就跟他们进去坐了一坐。她们所开的是一间头等单房间，虽则地方不大，只有一张铜床，但开窗一望，西湖的山色就在面前，风景是真好不过，郑秀岳坐坐谈谈，在那里竟过了个把钟头。李文卿的父亲，当这中间，早就鼾声大作，张着嘴，流着口沫，在床上睡着了。

　　开学之后，因为天气还热，同学来得不多，所以开课又展延了一个星期。李文卿于开学的当日就搬进了宿舍，郑秀岳则迟了两日才搬进去。在未开课之先，学校里的管束，本来是不十分严的，所以李文卿则说父亲又来了，须请假外宿，而郑秀岳则说还要回家去住几日，两人就于午饭毕后，带了一只手提皮箧，一道走了出来。

　　她们先上西湖去玩了半日，又上钱塘秀色酒家去吃了晚饭，两人就一同去到了那郑秀岳也曾去过的旅馆里开了一个房间。这旅馆的账房茶房，对李文卿是很熟的样子，她一进门，就李太太李太太的招呼得特别起劲。

　　这一天的天气，也真闷热，晚上像要下阵头雨的样子，所以李文卿一进了房，就把她的那件白香云纱大衫脱下了。大约是因为她身体太肥胖的缘故，生来似乎是格外的怕热，她在大衫底下，非但不穿一件汗衫，连小背心都没有得穿在那里的。所以大衫一脱，她的上半身就成了一个黑油光光的裸体了。她在电灯底下，走来走去，两只奶头紫黑色的下垂皮奶，向左向右的摇动得很厉害。倒是郑秀岳看得有点难为情起来了，就含着微笑对她说：

　　"你为什么这样怕热？小衫不好拿一件出来穿穿的？"

　　"穿它做什么？横竖是要睡了。"

　　"你这样赤了膊走来走去的走，倒不怕茶房看见？"

　　"这里的茶房是被我们做下规矩的，不喊他们他们不敢进来。"

　　"那么玻璃窗上的影子呢？"

　　"影子么，把电灯灭黑了就对。"

　　拍的一响，她就伸手把电灯灭黑了。但这一晚似乎是有十一二的上弦月色的晚上，电灯灭黑，窗外头还看得出朦胧的西湖夜景来。

　　郑秀岳尽坐在窗边，在看窗外的夜景，而李文卿却早把一条短短的纱裤也脱了下来，上床去躺上了。

　　"还不来睡么？坐在那里干什么？"

　　李文卿很不耐烦地催了她好几次，郑秀岳才把身上的一条黑裙子脱下，和衣睡上了床去。李文卿也要她脱得精光，和她自己一样，但郑秀岳怎样也不肯依她。两人争执了半天，郑秀岳终于让步到了上身赤膊，裤带解去的程度，但下面的一条裤子，她怎么也不肯脱去。

这一天晚上，蒸闷得实在异常，李文卿于争执了一场之后，似乎有些疲倦了，早就呼呼地张着嘴熟睡了过去，而郑秀岳则翻来复去，有好半日合不上眼。

到了后半夜在睡梦里，她忽而在腿中间感着了一种异样的刺痛，朦胧地正想用手去摸，而两只手却已被李文卿捏住了。当睡下的时候李文卿本睡在里床，她却向外床打侧睡在那里的。不知什么时候，李文卿早已经爬到了她的外面，和她对面的形成了一个合掌的形状了。

她因为下部的刺痛实在有些熬忍不住了，双手既被捏住，没有办法，就只好将身体往后一缩，而李文卿的厚重的上半只方肩，却乘了这势头向她的肩头拼命的推了一下，结果她底下的痛楚更加了一层，而自己的身体倒成了一个仰卧的姿势，全身合在她上面的李文卿却轻轻地断续地乖肉小宝的叫了起来。

十五

学校开课以后，日常的生活，就又恢复了常态。生性温柔，满身都是热情，没有一刻少得来一个依附之人的郑秀岳，于冯世芬去后，总算得着了一个李文卿补足了她的缺憾。从前同学们中间广在流传的那些关于李文卿的风说，一件一件她都晓得了无微不至，尤其是那一包长长的莫名其妙的东西，现在是差不多每晚都寄藏在她的枕下了。

她的对李文卿的热爱，比对冯世芬的更来得激烈，因为冯世芬不过给了她些学问上的帮助和精神上的启发，而李文卿却于金钱物质上的赠与之外，又领她入了一个肉体的现实的乐园。

但是见异思迁的李文卿，和她要好了两个多月，似乎另外又有了新的友人。到了秋高气爽的十月底边，她竟不再上郑秀岳这儿来过夜了；那一包据她说是当她入学的那一年由她父亲到上海去花了好几十块钱买来的东西，当然也被她收了回去。

郑秀岳于悲啼哀泣之余，心里头就只在打算将如何的去争夺她回来，或万一再争夺不到的时候，将如何的给她一个报复。

最初当然是一封写得很悲愤的绝交书，这一封信去后，李文卿果然又来和她睡了一个礼拜。但一礼拜之后，李文卿又不来了。她就费了种种苦心，去侦查出了李文卿的新的友人。

李文卿的新友人叫史丽娟，年纪比李文卿还要大两三岁，是今年新进来的一年级生。史丽娟的幼小的历史，大家都不大明白，所晓得者，只是她从济良所里被一位上海的小军阀领出来以后的情形。这小军阀于领她出济良所后，就在上海为她租了一间亭子间住着，但是后来因为被他的另外的几位夫人知道了，吵闹不过，所以只说和她断绝了关系，就秘密送她进了一个上海的女校。在这女校里住满了三年，那军阀暗地里也时常和她往来，可是在最后将毕业的那一年，这秘密突然因那位女校长上军阀公馆里去捐款之故，而破露出来了。于是费了许多周折，她才来杭州改进了这个女校。

她面部虽则扁平，但脸形却是长方。皮色虽也很白，但是一种病的灰白色。身材高矮适中，瘦到恰好的程度。口嘴之大，在无论哪一个女校里，都找不出一个可以和她比拟的人来。一双眼角有点斜挂落的眼睛，灵活得非常，当她水汪汪地用眼梢斜视你一瞥的时候，无论什么人也要被她迷倒，而她哩，也最爱使用这一种是她的特长的眼色。

郑秀岳于侦查出了这史丽娟便是李文卿的新的朋友之后，就天天只在设法如何的给她一个报复。

有一天寒风凄冷，似将下秋雨的傍晚，晚饭过后在操场上散步的人极少极少。而在这极少数的人中间，郑秀岳却突然遇着了李文卿和史丽娟两个在那里携手同行。自从李文卿和她生疏以来，将近一个月了，但她的看见李文卿和史丽娟同在一道，这却还是第一次。

当她远远地看见了她两个人的时候，她们还没有觉察得她也在操场，尽在俯着了头，且谈且往前走。所以她眼睛里放出了火花，在一株树叶已将黄落的大树背后躲过，跟在她们后面走了一段，她们还是在高谈阔论。等她们走到了操场的转弯角上，又回身转回来时，郑秀岳却将身体一扑，劈面的冲了过去，先拉住史丽娟的胸襟，向她脸上用指爪挖了几把，然后就回转身来，又拖住了正在预备逃走的李文卿大闹了一场。她在和李文卿大闹的中间，一面已见惯了这些醋波场面的史丽娟，却早忍了一点痛，急忙逃回到自修室里去了。

且哭且骂且哀求，她和李文卿两个，在空洞黑暗，寒风凛冽的操场上纠缠到了就寝的时候，方才回去。这一晚总算是她的胜利，李文卿又到她那里去住宿了一夜。

　　但是她的报复政策终于是失败了，自从这一晚以后，李文卿和史丽娟的关系，反而加速度地又增进了数步。

　　她的计策尽了，精力也不继了，自怨自艾，到了失望消沉到极点的时候，才忽然又想起了冯世芬对她所讲的话来：

　　"肉体的美是不可靠的，要人格的美才能永久，才是伟大！"

　　她于无可奈何之中，就重新决定了改变方向，想以后将她的全部精神贯注到解放人类，改造社会的事业上去。

　　可是这些空洞的理想，终于不是实际有血有肉的东两。第一她的肉体就不许，她从此就走上了这条狭而且长的栈道；第二她的感情，她的后悔，她的怨愤，也终不肯从此就放过了那个本来就为全校所轻视，而她自己卒因为意志薄弱之故，终于闯入了她的陷阱的李文卿。

　　因这种种的关系，因这复杂的心情，她于那最后的报复计划失败之后，就又试行了一个最下最下的报复下策。她有一晚竟和那一个在校中被大家所认为的李文卿的情人李得中先生上旅馆去宿了一宵。

　　李得中先生究竟太老了，而他家里的师母，又是一个全校闻名的夜叉精。所以无论如何，这李得中先生终究是不能填满她的那一种热情奔放，一刻也少不得一个寄托之人的欲望的。

　　到了年假考也将近前来，而李文卿也马上就快毕业离开学校的时候，她于百计俱穷之后，不得已就只能投归了那个本来是冯世芬的崇拜者的张康先生，总算在他的身上暂时寻出了一个依托的地方。

十六

　　郑秀岳升入三年级的一年，李文卿已经毕业离校了。冯世芬既失了踪，李文卿又离了校，在这一年中她辗转地只想寻一个可以寄托身心，可以把她的全部热情投入去燃烧的熔炉而终不可得。

　　经过了过去半年来的情波爱浪的打击，她的心虽已成了一个百孔千疮，鲜红滴沥的蜂窝，但是经验却教了她如何的观察人心，如何的支配异性。她的热情不敢外露了，她的意志，也有几分确立了。所以对于张康先生，在学校放假期中，她虽则也时和他去住住旅馆，游游山水，但在感情上，在行动上，她却得到了绝对的支配权。在无论那一点，她总处处在表示着，这爱是她所施与的，你对方的爱她并不在要求，就是完全没有也可以，所以你该认明她仍旧是她自身的主人。

正当她的这一次的恋爱争斗之中，确实把握了这胜利的驾驭权的时候，暑假过后，不知从何处传来了一个消息，说李文卿于学校毕业之后，在西湖上和本来是她的那西斋的老斋夫的一个小儿子同住在那里。这老斋夫的儿子，从前是在金沙港的蚕桑学校里当小使的，年纪还不满十八岁，相貌长得嫩白像一个女人，郑秀岳也曾于礼拜日他来访他老父的时候看见过几次。她听到了这一个消息，心里却又起了一种异样的感触，因为将她自己目下的恋爱来比比李文卿的这恋爱，则显见得她要比李文卿差得多，所以在异性的恋爱上，她又觉得大大的失败了。

自从她得到了这李文卿的恋爱消息以后，她对张康先生的态度，又变了一变。本来她就只打算在他的身上寻出一个暂时的避难之所的，现在却觉得连这仍旧是不安全不满足的避难之所也是不必要了。

她和张先生的这若即若离的关系，正将隔断，而她的学校生活也将完毕的这一年冬天，中国政治上起了一个绝大的变化，真是古来所未有过的变化。

旧式军阀之互相火并，这时候已经到了最后的一个阶段了。奉天胡子匪军占领南京不久，就被孙传芳的贩卖鸦片，掳掠奸淫，杀人放火，无恶不作的闽海匪军驱逐走了。

孙传芳占据东南五省不上几月，广州革命政府的北伐军队，受了第三国际的领导和工农大众的扶持，着着进逼，已攻下了武汉，攻下了福建，迫近江浙的境界来了。革命军到处，百姓箪食壶浆，欢迎惟恐不及。于是旧军阀的残部，在放弃地盘之先，就不得不露他们的最后毒牙，来向无辜的农工百姓，试一次致命的噬咬，来一次绝命的杀人放火，掳掠奸淫。可怜杭州的许多女校，这时候同时都受了这些孙传芳部下匪军的包围，数千女生也同时都成了被征服地的人身供物。其中未成年的不幸的少女，因被轮奸而毙命者，不知多少。幸而郑秀岳所遇到的，是一个匪军的下级军官，所以过了一夜，第二天就得从后门逃出，逃回了家。

这前后，杭州城里的资产阶级，早已逃避得十室九空。郑秀岳于逃回家后，马上就和她的父母在成千成万的难民之中，夺路赶到了杭州城站。但他们所乘的这次火车已经是自杭开沪的最后一班火车，自此以后，沪杭路上的客车，就一时中断了。

郑秀岳父女三人，仓皇逃到了上海，先在旅馆里住了几天，后来就在沪西租定了一家姓戴的上流人家的楼下统厢店，作了久住之计。

这人家的住宅，是一个两楼两底的弄堂房子，房东是银行里的一位行员，房客于郑秀岳她们一家之外，前楼上还有一位独身的在一家书馆里当编辑的人住在那里。

听那家房东用在那里的一位绍兴的半老女佣人之所说，则这位吴先生，真是上海滩上少有的一位规矩人，年纪已经有二十五岁了，但绝没有一位女朋友和他往来，晚上，也没有一天在外面过过夜。在这前楼住了两年了，而过年过节，房东太太邀他下楼来吃饭的时候，还是怕羞怕耻的，同一位乡下姑娘一样。

还有他的房租，也从没有迟纳过一天，对底下人如她自己和房东的黄包车夫之类的赏与，总按时按节，给得很丰厚的。

郑秀岳听了这多言的半老妇的这许多关于前楼的住客的赞词，心里早已经起了一种好奇的心思了，只想看看这一位正人君子，究竟是怎么样的一个人才。可是早晨她起来的时候，他总已经出去到书馆里去办事了，晚上他回来的时候，总一进门就走上楼去的，所以自从那一天礼拜天的下午，他们搬进去后，虽和他同一个屋顶之下住了六七天，她可终于没有见他一面的机会。

直到了第二个礼拜天的下午，——那一天的天气，晴暖得同小春天一样，——吃过饭后，郑秀岳听见前楼上的一排朝南的玻璃窗开了，有一位男子的操宁波口音的声音，在和那半老女佣人的金妈说话，叫她把竹竿搁在那里，衣服由他自己来晒。停了一会，她从她的住室的厢房窗里，才在前楼窗外看见了一张清秀温和的脸来。皮肤很白，鼻子也高得很，眼睛比寻常的人似乎要大一点，脸形是长方的。郑秀岳看见了他伏出了半身在窗外天井里晒骆驼绒袍子，哔叽夹衫之类的面形之后，心里倒忽然惊了一头，觉得这相貌是很熟很熟。又仔细寻思了一下，她就微微地笑起来了，原来他的面形五官，是和冯世芬的有许多共同之点的。

十七

一九二七——中华民国十六年的年头和一九二六年的年尾，沪杭一带充满了风声鹤唳的白色恐怖的空气。在党的铁律指导下的国民革命军，各地都受了工农老百姓的暗助，已经越过了仙霞岭，一步一步的逼近杭州来了。

　　阳历元旦以后，国民革命军第二十九路军，真如破竹般地直到了杭州，浙江已经成了一个遍地红旗的区域了。这时候淞沪的一隅，还在旧军阀孙传芳的残部的手中，但是一夕数惊，旧军阀早已感到了他们的末日的将至了。

　　处身于这一种政治大变革的危急之中，托庇在外国帝国主义旗帜下的一般上海的大小资产阶级，和洋商买办之类，还悠悠地在送灶谢年，预备过他们的旧历的除夕和旧历的元旦。

　　醉生梦死，服务于上海的一家大金融资本家的银行里的郑秀岳他们的房东，到了旧历的除夕夜半，也在客厅上摆下了一桌盛大的筵席，在招请他的房客全体去吃年夜饭，这一天系一九二七年二月一日，天气阴晴，是晚来欲雪的样子。

　　郑秀岳她们的一家，在炉火熔熔，电光灼灼的席面上坐定的时候，楼上的那一位吴先生，还不肯下来。等面团身胖，嗓音洪亮的那一位房东向楼上大喊了几声之后，他才慢慢地走落了楼。房东替他和郑去非及郑秀岳介绍的时候，他只低下了头。涨红了脸，说了几句什么也听不出来的低声的话。这房东本来是和他同乡，身体魁伟，面色红艳，说了一句话，总容易惹人家哄笑。在他介绍的时候说：

　　"这一位吴先生，是我们的同乡，在我们这里住了两年了。叫吴一粟，系在某某书馆编妇女杂志的。郑小姐，你倒很可以和他做做朋友，因为他的脾气像是一位小姐。你看他的脸涨得多么红？我们内人有几次去调戏他的时候，他简直会哭出来。"

　　房东太太却佯嗔假怒地骂起她的男人来了。

　　"你不要胡说，今朝是大年夜头，噢！你看吴先生已经被你弄得难为情极了。"一场笑语，说得大家都呵呵大笑了起来。

　　郑秀岳在吃饭的时候，冷静地看了他几眼，而他却只低下了头，一句话也不说，尽在吃饭。酒，他是不喝的。郑去非和房主人戴次山正在浅斟低酌的中间，他却早已把碗筷搁下，吃完了饭，默坐在那里了。

　　这一天晚上，郑去非于喝了几杯酒后，居然兴致大发，自家说了一阵过去的经历以后，便和房东戴次山谈论起时局来。末后注意到了吴一粟的沉默无言，低头危坐在那里，他就又把话牵了回来，详细地问及了吴一粟的身世。

　　但他问三句，吴一粟顶多只答一句，倒还是房主人的戴次山代他回答得多些。

　　他和戴次山虽是宁波的大同乡，然而本来也是不认识的。戴次山于两年前同这回一样，于登报招寻同住者的时候，因为他的资格身份很合，所以才应许他搬进来同住。他的父母早故了，财产是没有的，到宁波的四中毕业为止，一切学费之类，都由他的一位叔父也系在某书馆里当编辑的吴卓人负责的。现在吴卓人上山东去做女师校长去了，所以他只剩了一个人在上海。那妇女杂志，本来是由吴卓人主编的。但他于中学毕业之后，因为无力再进大学，便由吴卓人的尽力，进了这某书馆而充作校对，过了二年，升了一级，就算升作了小编辑而去帮助他的叔父，从事于编辑妇女杂志。而两年前他叔父去做校长去了，所以这妇女杂志现在名义上虽则仍说是吴卓人主编，但实际上则只有他在那里主持。

　　这便是郑去非向他盘问，而大半系由戴次山替他代答的吴一粟的身世。

　　郑秀岳听到了吴卓人这名字，心里倒动了一动。因为这名字，是她和冯世芬要好的时候，常在杂志上看熟的名字。妇女杂志，在她们学校里订阅的人也是很多。听到了这些，她心里倒后悔起来了，因为自从冯世芬走后，这一年多中间，她只在为情事而颠倒，书也少读了，杂志也不看了，所以对于中国文化界和妇女界的事情，她简直什么也不知道了。当她父亲在和吴一粟说话的中间，她静静儿的注视着他那腼腆不敢抬头的脸，心里倒也下了一个向上的决心。

　　"我以后就多读一点书罢！多识一点时务罢！有这样的同居者近在咫尺，这一个机会倒不可错过，或者也许比进大学还强得多哩。"

　　当她正是混混然心里在那么想着的时候，她父亲和戴次山的谈话，却忽而转向了她的身上。

　　"小女过了年也十七岁了，虽说已在女校毕了业，但真还是一个什么也不知的小孩子。以后的升学问题之类，正要戴先生和吴先生指教才对哩。"

　　听到了这一句话，吴一粟才举了举头，很快很快地向她看了一眼。今晚上郑秀岳已经注意了他这么的半晚了，但他的看她，这却还是第一次。

　　这一顿年夜饭，直到了午前一点多钟方才散席。散席后吴一粟马上上楼去了，而郑秀岳的父母，和戴次山的夫妇却又于饭后打了四圈牌。在打牌闲话的中间，郑秀岳本来是坐在她母亲的边上看打牌的，但因为房东主人，于不经意中说起了替她做媒的话，她倒也觉得有些害起羞来了，便走回了厢房前面的她的那间卧房。

十八

二月十九，国民革命军已沿了沪杭铁路向东推进，到了临平。以后长驱直入，马上就有将淞沪一带的残余军阀肃清的可能。上海的劳苦群众，于是团结起来了，虽则在军阀孙传芳的大刀队下死了不少的斗士和男女学生，然而杀不尽的中国无产阶级，终于在千重万重的压迫之下，结合了起来。口号是要求英美帝国主义驻兵退出上海，打倒军阀，收回租界，打倒一切帝国主义，凡这种种目的条件若不做到，则总罢工也一日不停止。工人们下了坚定的决心，想以自己的血来洗清中国数十年来的积污。

军阀们恐慌起来了，帝国主义者们也恐慌起来了。于是杀人也越杀越多，华租各界的戒严也越戒得紧。手忙脚乱，屁滚尿流，军阀和帝国主义的丑态，这时候真尽量地暴露了出来。洋场十里，霎时间变作了一个被恐怖所压倒的死灭的都会。

上海的劳苦群众既忍受了这重大的牺牲，罢了工在静候着民众自己的革命军队的到来，但军队中的已在渐露狐尾的新军阀们，却偏是迟迟不行，等等还是不到，等等还是不来。悲壮的第一次总罢工，于是终被工贼所破坏，死在军阀及帝国主义者的刀下的许多无名义士，就只能饮恨于黄泉，在地下悲声痛哭，变作了不平的厉鬼。

但是革命的洪潮，是无论如何总不肯倒流的，又过了一个月的光景，三月二十一日，革命的士兵的一小部分终于打到了龙华，上海的工农群众，七十万人，就又来了一次惊天动地的大罢工总暴动。

闸北，南市，吴淞一带的工农，或拿起镰刀斧头，或用了手枪刺刀，于二十一日晚间，各拼着命，分头向孙传芳的残余军队冲去。

放火的放火，肉搏的肉搏，苦战到了二十二日的晚间，革命的民众，终于胜利了，闽海匪军真正地被杀得片甲不留。

这一天的傍晚，沪西大华纱厂里的一队女工，五十余人，手上各缠着红布，也趁夜阴冲到了曹家渡附近的警察分驻所中。

其中的一个，长方的脸，大黑的眼，生得清秀灵活，不像是幼年女工出身的样子。但到了警察所前，向门口的岗警一把抱住，首先缴这军阀部下的警察的械的，却是这看起来真像是弱不胜衣的她。拿了枪杆，大家一齐闯入了警察的住室，向玻璃窗，桌椅门壁，乱刺乱打了一阵，她却终于被刺刀刺伤了右肩，倒地躺下了。

这样的混战了二三十分钟，女工中间死了一个，伤了十二个，几个警察，终因寡不敌众，分头逃了开去。等男工的纠察队到来，将死伤的女同志等各抬回到了各人的寓所，安置停妥之后，那右肩被刺刀刺伤，因流血过多而昏晕了过去的女工，才在她住的一间亭子间的床上睁开了她的两只大眼。

坐在她的脚后，在灰暗的电灯底下守视着她的一位幼年男工，看见她的头动了一动，马上就站了起来，走到了她的头边。

"啊，世芬阿姐，你醒了么？好好，我马上就倒点开水给你喝。"

她头摇了一摇，表示她并不要水喝。然后喉头又格格地响了一阵，脸上微现出了一点苦痛的表情。努力把嘴张了一张，她终于微微地开始说话了：

"阿六！我们有没有得到胜利？"

"大胜，大胜，闸北的兵队，都被我们打倒，现在从曹家渡起，一直到吴淞近边，都在我们总工会的义勇军和纠察队的手里了。"

这时候在她的苦痛的脸上，却露出了一脸眉头皱紧的微笑。这样地苦笑着，把头点了几点点，她才转眼看到了她的肩上。

一件青布棉袄，已经被血水浸湿了半件，被解开了右边，还垫在她的手下。右肩肩锁骨边，直连到腋下，全被一大块棉花，用纱布扎裹在那里，纱布上及在纱布外看得出的棉花上，黑的血迹也印透了不少，流血似乎还没有全部止住的样子。一条灰黑的棉被，盖在她的伤处及胸部以下，仍旧还穿着棉袄的左手，是搁在被上的。

她向自己的身上看了一遍之后，脸上又露出了一种诉苦的表情。幼年工阿六这时候又问了她一声说：

"你要不要水喝？"

她忍着痛点了点头，阿六就把那张白木桌子上的热水壶打开，倒了一杯开水递到了她的嘴边。

她将身体动了一动，似乎想坐起来的样子，但啊唷的叫了一声，马上就又躺下了。阿六即刻以一只左手按上了她的左肩，急急地说：

"你不要动，你不要动，就在我手里喝好了，你不要动。"

她一口一口的把开水喝了半杯，哼哼地吐了一口气，就摇着头说：

"不要喝了。"

阿六离开了她的床边，在重把茶杯放回白木桌子上去的中间，她移头看向了对面和她的床对着的那张板铺之上。

只在这张空铺上看出了一条红花布的褥子和许多散乱着的衣服的时候，她却急起来了。

"阿六！阿金呢？"

"嗯，嗯，阿金么？阿金么？她……她……"

"她怎么样了？"

"她，她在那里……"

"在什么地方？"

"在，工厂里。"

"在厂里干什么？"

"在厂里，睡在那里。"

"为什么不回来睡？"

"她，她也……"

"伤了么？"

"嗯，嗯……"

这时候阿六的脸上却突然地滚下了两颗大泪来。

"阿六，阿六，她，她死了么？"

阿六呜咽着，点了点头，同时以他的那只污黑肿裂的右手擦上了眼睛。

冯世芬咬紧了一口牙齿，张着眼对头上的石灰壁注视了一忽，随即把眼睛闭了拢去。她的两眼角上也向耳根流下了两条冷冰冰的眼泪水来，这时候窗外面的天色，已经有些白起来。

十九

当冯世芬右肩受了伤，呻吟在亭子间里养病的中间，一样的在上海沪西，相去也没有几里路的间隔，但两人彼此都不曾知道的郑秀岳，却得到了一个和吴一粟接近的机会。

革命军攻入上海，闸北南市，各发生了战事以后，神经麻木的租界上的住民，也有点心里不安起来了，于是乎新闻纸就骤加了销路。

本来郑秀岳她们订的是一份新闻报，房东戴次山订的是申报，前楼吴一粟订的却是替党宣传的民国日报。郑去非闲居无事，每天就只好多看几种报来慰遣他的不安的心理。所以他于自己订的一份报外，更不得不向房东及吴一粟去借阅其他的两种。起初这每日借报还报的使命，是托房东用在那里的金妈去的，因为郑秀岳他们自己并没有佣人，饭是吃的包饭。房东主人虽则因为没有小孩，家事简单，但是金妈的一双手，却要做三姓人家的事情，所以忙碌的上半天，和要烧夜饭的傍晚，当然有来不转身的时节，结果，这每日借报还报的差使，就非由郑秀岳去办不可了。

郑秀岳起初，也不过于傍晚吴一粟回来的时候上楼去还报而已，决不进到他的住室里去的。但后来到了礼拜天，则早晨去借报的事情也有了，所以渐渐由门口而走到了他的房里。吴一粟本来是一个最细心，最顾忌人家的不便的人，知道了郑去非的这看报嗜好之后，平时他要上书馆去，总每日自己把报带下楼来，先交给金妈转交的。但礼拜日他并不上书馆去，若再同平时一样，把报特地送下楼来，则怕人家未免要笑他的过于殷勤。因为不是礼拜日，他要锁门出去，随身把报带下楼来，却是一件极便极平常的事情。可是每逢礼拜日时，他是整天的在家的，若再同样的把报特地送下楼来，则无论如何总觉得有点可笑。

所以后来到了礼拜天，郑秀岳也常常到他的房里去向他借报去了。一个礼拜，两个礼拜的过去，她居然也于去还报的时候和他立着攀谈几句了，最后就进到了在他的写字台旁坐下来谈一会的程度。

吴一粟的那间朝南的前楼，光线异常的亮。房里头的陈设虽则十分简单，但晴冬的早晨，房里晒满太阳的时候，看起来却也觉得非常舒适。一张洋木黄漆的床，摆在进房门的右手的墙边，上面铺得整整齐齐，总老有一条洁白印花的被单盖在那里的。西面靠墙，是一排麻栗书橱，共有三个，玻璃门里，尽排列着些洋装金字的红绿的洋书。东面墙边，靠墙摆着一张长方的红木半桌，边上排着两张藤心的大椅。靠窗横摆的是一张大号的写字台，写字台的两面，各摆有藤皮的靠背椅子一张。东面墙上挂着两张西洋名画复制版的镜框，西面却是一堂短屏，写的是一首《春江花月夜》。

当郑秀岳和冯世芬要好的时候，她是尊重学问，尊重人格，尊重各种知识的。但是自从和李文卿认识以后。她又觉得李文卿的见解不错，世界上最好最珍贵的就是金钱。现在换了环境，逃难到了上海，无端和这一位吴一粟相遇之后，她的心想又有点变动了，觉得冯世芬所说的话终究是不错的。所以她于借报还报之余，又问他借了两卷过去一年间的妇女杂志去看。

在这妇女杂志的论说栏感想栏创作栏里，名家的著作原也很多，但她首先翻开来看的，却是吴一粟自己做的或译的东西。

吴一粟的文笔很流利，论说，研究，则做得谨慎周到，像他的为人。从许多他所译著的东西的内容看来，他却是一个女性崇拜的理想主义者。他讴歌恋爱，主张以理想的爱和精神的爱来减轻肉欲。他崇拜母性，但以人格感化，和儿童教育为母性的重要天职。至于爱的道德，结婚问题，及女子职业问题等，则以抄译西洋作者的东西较多，大致还系爱伦凯，白倍儿，萧百纳等的传述者，介绍到了美国林西的伴侣结婚的时候，他却加上了一句按语说："此种主张，必须在女子教育发达到了极点的社会中，才能实行。若女子教育，只在一个半开化的阶段，而男子的道德堕落，社会的风纪不振的时候，则此种主张反容易为后者所恶用。"由此类推，他的对于红色的恋，对于苏俄的结婚的主张，也不难猜度了，故而在那两卷过去一年的妇女杂志之中，关于苏俄的女性及妇女生活的介绍，却只有短短的一两篇。

郑秀岳读了，最感到趣味的，是他的一篇歌颂情死的文章。他以情死为爱的极致，他说殉情的圣人比殉教的还要崇高伟大。于举了中外古今的许多例证之后，他结末就造了一句金言说："热情奔放的青年男女哟，我们于恋爱之先，不可不先有一颗敢于情死之心，我们于恋爱之后，尤不可不常存着一种无论何时都可以情死之念。"

郑秀岳被他的文章感动了，读到了一篇他吊希腊的海洛和来安玳的文字的时候，自然而然地竟涌出来了两行清泪。当她读这一篇文字的那天晚上，似乎是旧历十三四夜的样子，读完之后，她竟兴奋得睡不着觉。将书本收起，电灯灭黑以后，她仍复痴痴呆呆地回到了窗口她那张桌子的旁边静坐了下去。皎洁的月光从窗里射了进来，她探头向天上一看，又看见了一角明蓝无底的夜色天。前楼上他的那张书桌子的电灯，也还红红地点着在那里。她仿佛看见了一湾春水绿波的海来斯滂脱的大海，她自己仿佛是成了那个多情多恨的爱弗洛提脱的女司祭，而楼上在书桌上大约是还在写稿子的那个清丽的吴郎，仿佛就是和她隔着一重海峡的来安玳。

二十

新军阀的羊皮下的狼身，终于全部显露出来了。革命告了一个段落之后，革命军阀就不要民众，不要革命的工农兵了。

一九二七年四月十一日的夜半，革命军阀竟派了大军，在闸北南市等处，包围住了总工会的纠察队营部屠杀起来。赤手空拳的上海劳工大众，以用了那样重大的牺牲去向孙传芳残部手里夺来的破旧的枪械，抵抗了一昼夜，结果当然是枪械的全部被夺，和纠察队的全部灭亡。

那时候冯世芬的右肩的伤处，还没有完全收口。但一听到了这军部派人来包围纠察队总部的消息，她就连夜冒雨赤足，从沪西走到了闸北。但是纠察队总部的外围，革命军阀的军队，前后左右竟包围了三匝。她走走这条路也不通，走走那条路也不通，终于在暗夜雨里徘徊绕走了三四个钟头。天亮之后，却有一条虹江路北的路通了，但走了一段，又被兵士阻止了去路。

到了第二天早晨，南北市纠察队的军械全部被缴去了，纠察队员也全部被杀戮了，冯世芬赶到了闸北商务印书馆的东方图书馆外，仍旧还不能够进去。含着眼泪，鼓着勇气，谈判争论了半天，她才得了一个守门的兵士的许可，走进了尸身积垒的那间临时充作总工会纠察队本部的东方图书馆内。找来找去的又找了许多时候，在图书馆楼下大厅的角落里，她终于寻出了一个鲜血淋漓的陈应环的尸体。因为他是跟广州军出发北伐，在革命军到沪之先的三个月前，从武汉被派来上海参加组织总罢工大暴动的，而她自己却一向就留在上海，没有去到广州。

中国的革命运动，从此又转了方向了。南京新军阀政府成立以后，第一件重要工作，就是向各帝国主义的投降和对苏俄的绝交。冯世芬也因被政府的走狗压迫不过，从沪西的大华纱厂，转到了沪东的新开起来的一家厂家。

正当这个中国政治回复了昔日的旧观，军阀党棍贪官污吏土豪劣绅联结了帝国主义者和买办地主来压迫中国民众的大把戏新开幕的时候，郑秀岳和吴一粟的恋爱也成熟了。

一向是迟疑不决的郑秀岳，这一回却很勇敢地对吴一粟表白了她的倾倒之情。她的一刻也离不得爱，一刻也少不得一个依托之人的心，于半年多的久渴之后，又重新燃烧了起来，比从前更猛烈地，更强烈地放起火花来了。

那一天是在阳历五月初头的一天很晴爽的礼拜天。吃过午饭，郑秀岳的父母本想和她上先施公司去购买物品的，但她却饰辞谢绝了。送她父母出门之后，她就又向窗边坐下，翻开那两卷已经看过了好几次的妇女杂志来看。偶尔一回两回，从书本上举起眼看看天井外的碧落，半弯同海也似的晴空，又像在招引她出去，上空旷的地方去翱翔。对书枯坐了半个多钟头，她又把眼睛举起，在遥望晴空的时候，于前楼上本来是开在那里的窗门口，她忽而看出了一个也是在依栏呆立，举头望远的吴一粟的半身儿。她坐在那儿的地方的两扇玻璃窗，是关上的，所以她在窗里，可以看得见楼上吴一粟的上半身，而从吴一粟的楼上哩，因为有反光的玻璃遮在那里的缘故，虽则低头下视，也看不见她的。

痴痴地同失了神似地昂着头向吴一粟看了几分钟后，她的心弦，忽而被挑动了。立起身来，换上了一件新制的夹袍，把头面向镜子里照了一回，她就拿起了那两卷装订得很厚的妇女杂志合本，轻轻地走出了厢房，走上楼梯。

这时候房东夫妇，似在楼上统厢房的房里睡午觉，金妈在厨房间里缝补衣服，而那房东的包车夫又上街去买东西去了，所以全屋子里清静得声响毫无。

她走到了前楼门口，看见吴一粟的房门，开了三五寸宽的一条门缝，斜斜地半掩在那里。轻轻开进了门，向前走了一步，"吴先生！"的低低叫了一声，还在窗门口呆立着的吴一粟马上旋转了身来。吴一粟看见了她，脸色立时涨红了，她也立住了脚，面孔红了一红。

"吴先生，你站在窗门口做什么？"

她放着微笑，开口就发了这一句问。

"你不在用功么？我进来，该不会耽误你的工夫罢？"

"哪里！哪里！我刚才看书看得倦了，呆站在这儿看天。"

说出了这一句话后，他的脸又加红了一层。

"这两卷杂志，我都读过了，谢谢你。"

说着她就走近了书桌。把那两大卷书放向了桌上。吴一粟这时候已经有点自在起来了，向她看了一眼，就也微笑着移动了一移动藤椅，请她在桌子对面的那张椅子上坐下，他自己也马上在桌子这面坐了下去。

"这杂志你觉得怎么样？"

这样问着，他又举眼看入了她的眼睛。

"好极了，我尤其是喜欢读你的东西。那篇吊海洛和来安玳的文章，我反复地读了好儿遍。"

听了她这一句话后，他的刚褪色的脸上又涨起了两面红晕。

"请不要取笑，那一篇还是在前两年做的，后来因为稿子不够，才登了进去，真是幼稚得很的东西。"

"但我却最喜欢读，还有你的另外的著作译稿，我也通通读了，对于你的那一种高远的理想，我真佩服得很。"

说到了这里，她脸上的笑容没有了，却换上了一脸很率真很纯粹的表情。

吴一粟对她呆了一呆，就接着勉强装了一脸掩藏羞耻的笑，开闭着眼睛，俯下了头，低声的回答说：

"理想，各人总有一个的。"

又举起了头，把眼睛开闭了几次，迟疑了一会，他才羞缩地笑着问说：

"蜜司郑，你的理想呢？"

"我的完全同你的一样，你的意见，我是全部都赞成的。"

又红了红脸，俯下了头，他便轻轻地说：

"我的是一种空想，不过是一种空的理想。"

"为什么说是空的呢？我觉得是实在的，是真的，吴先生，吴先生，你……"说到了这里。她的声调，带起情热的颤音来了，一双在注视着吴一粟的眼睛里，也放出了同琥珀似的光。

"吴先生，你……不要以为妇女中间，没有一个同你抱着一样的理想的人。我……我真觉得这理想是不错的，是对的，完全是对的。"

吴一粟俯首静默了一会，举起头来向郑秀岳脸上很快很快的掠视了一过，便掉头看向了窗外的晴空，只自言自语地说："今天的天气，实在是好得很。"

郑秀岳也掉头看向了窗外，停了一会。就很坚决地招诱他说：

"吴先生，你想不想上外面去走走？"

吴一粟迟疑着不敢答应。郑秀岳看破了他的意思了。就说她的父母都不在家里，她想先出去，到外面的马路角上去立在那里等他。一边说着一边她就立起身来走了下楼去。

二十一

晴和的下午的几次礼拜天的出去散步，郑秀岳和吴一粟中间的爱情，差不多已经确立定了。吴一粟的那一种羞缩怕见人的态度，只有对郑秀岳一个人稍稍改变了些。虽则他和她在散步的时候，所谈的都是些关于学问，关于女子在社会上的地位等空洞的东西，虽则两人中间，谁也没有说过一句"我爱你"的话，但两人中间的感情了解，却是各在心里知道得十分明白。

郑秀岳的父母，房东夫妇，甚而至于那佣人金妈，对于她和他的情爱，也都已经公认了，觉得这一对男女，若配成夫妇的话，是最好也没有的喜事，所以遇到机会，只在替他们两人拉拢。

七月底边，郑秀岳的失学问题，到了不得不解决的时候了。郑去非在报上看见了一个吴淞的大学在招收男女学生，所以择了一天礼拜天，就托吴一粟陪了他的女儿上吴淞去看看那学校，问问投考入学的各种规程。他自己是老了，并且对于新的教育，也不懂什么，是以选择学校及投考入学各事，都要拜托吴一粟去为他代劳。

那一天是太阳晒得很烈的晴热的初伏天，吴一粟早晨陪她坐火车到吴淞的时候，已将中午了。坐黄包车到了那大学的门口，吴一粟还在对车夫付钱的中间，郑秀岳却在校门内的门房间外，冲见了一年多不见的李文卿。她的身体态度，还是那一种女豪杰的样子，不过脸上的颜色，似乎比从前更黑了一点，嘴里新镶了一副极黄极触目的金牙齿。她拖住了郑秀岳，就替站在她边上的一位也镶着满口金牙不过二十光景的瘦弱的青年介绍说：

"这一位是顾竹生，系在安定中学毕业的。我们已经同住了好几个月了，下半年想同他来进这一个大学。"

郑秀岳看了一眼这瘦弱的青年，心里正在想起那老斋夫的儿子，吴一粟却走了上来。大家介绍过后，四人就一道走进了大学的园内，去寻事务所去。顾竹生和吴一粟走上了前头，李文卿因在和郑秀岳谈着天，所以脚步就走得很慢。李文卿说，她和顾是昨天从杭州来的，住在上海四马路的一家旅馆里。打算于考后，再一道回去，郑秀岳看看前面的两个人走得远了，就向李文卿问起了那老斋夫的儿子。李文卿大笑了起来说：

"那个不中用的死鬼，还去提起他作什么？他在去年九月里，早就染上了弱症死掉了。可恶的那老斋夫，他于那小儿子死后，向我敲了一笔很大的竹杠，说是我把他的儿子弄杀的。"

说完后又哈哈哈哈的大笑了一阵。

等李文卿和郑秀岳走到那学校的洋楼旁门口的时候，顾竹生和吴一粟却已从里面走了出来，手里各捏了一筒大学的章程。顾竹生见了李文卿，就放着他的那种同小猫叫似的声气说：

"今天事务员不在，学校里详细的情形问不出来，只要了几份章程。"

李文卿要郑秀岳他们也一道和他们回上海去，上他们的旅馆里去玩，但一向就怕见人的吴一粟却向郑秀岳丢了一个眼色，所以四人就在校门口分散了。李文卿和顾竹生坐上了黄包车，而郑秀岳他们却慢慢地在两旁小吃店很多的野路上向车站一步一步的走去。

因为怕再遇见刚才别去的李文卿他们，所以吴一粟和郑秀岳走得特别的慢。但走到了离车站不远的一个转弯角上，西面自上海开来的火车却已经到了站了。他们在树荫下站立了一会，看这火车又重复向西的开了出去，就重新放开了平常速度的脚步，走上海滨旅馆去吃饭去。

这时候黄黄的海水，在太阳光底下吐气发光，一只进口的轮船，远远地从烟突里放出了一大卷烟雾。对面远处，是崇明的一缕长堤，看起来仿佛是梦里的烟景。从小就住在杭州，并未接触过海天空阔的大景过的郑秀岳，坐在海风飘拂的这旅馆的回廊阴处，吃吃看看，更和吴一粟笑笑谈谈，就觉得她周围的什么都没有了，只有她和吴一粟两人，只有她和他，像亚当夏娃一样，现在坐在绿树深沉的伊甸园里过着无邪的原始的日子。

那一天的海滨旅馆，实在另外也没有旁的客，所以他们坐着谈着，竟挨到了两点多钟才喝完咖啡，立起身来，雇车到了炮台东面的长堤之上。

是在这炮台东面的绝无一个人的长堤上，郑秀岳被这田周的风景迷醉了，当吴一粟正在教她向石条上坐下去歇息的时候，她的身体突然间倒入了他的怀里。

"吴先生，我们就结婚，好不好？我不想再读书了。"

走在她后面的吴一粟，伸手抱住了她那站立不定的身体，听到了这一句话，却呆起来了。因为他和她虽则老在一道，老在谈许多许多的话，心里头原在互相爱着，但是关于结婚的事情，他却从来也没有想到过。第一他是一个孤儿，觉得世界上断没有一个人肯来和他结婚的；第二他的现在的七十元一月的薪水，只够他一个人的衣食，要想养活另外一个人，是断断办不到的；况且郑秀岳又是一位世家的闺女，他怎么配得上她呢？因此他听到了郑秀岳的这一句话，却呆了起来，默默的抱着她和她的眼睛注视了一忽，在脑里头杂乱迅速地把他自己的身世，和同郑秀岳谈过的许多话的内容回想了一下，他终于流出来了两滴眼泪，这时候郑秀岳的眼睛也水汪汪地湿起来了。四只泪眼，又默默对视了一会，他才慢慢的开始说：

"蜜司郑，你当真是这样的在爱我么？"

这是他对她说到爱字的第一次，头靠在他手臂上的郑秀岳点了点头。

"蜜司郑，我是不值得你的爱的，我虽则抱有一种很空很大的理想，我虽则并没有对任何人讲过恋爱，但我晓得，我自己的心是污秽的。真正高尚的人，就不会，不会犯那种自辱的，自辱的手淫了。……"

说到了这里，他的眼泪更是骤雨似地连续滴落了下来。听了他这话，郑秀岳也呜呜咽咽的哭起来了，因为她也想起了从前，想起了她自家的已经污秽得不堪的身体。

二十二

两人的眼泪，却把两人的污秽洗清了。郑秀岳虽则没有把她的过去，说给他听，但她自己相信，她那一颗后悔的心，已经是纯洁无辜，可以和他的相对而并列。他也觉得过去的事情，既经忏悔，以后就须看他自己的意志坚定不坚定，再来重做新人，再来恢复他儿时的纯洁，也并不是一回难事。

这一年的秋天，吴卓人因公到上海来的时候，吴一粟和郑秀岳就正式的由戴次山做媒，由两家家长做主，定下了婚约。郑秀岳的升学读书的问题，当然就搁下来了，因为吴卓人于回山东去之先，曾对郑去非说过，明年春天，极迟也出不了夏天，他就想来为他侄子办好这一件婚事。

订婚之后的两人间的爱情，更是浓密了。郑秀岳每晚差不多总要在吴一粟的房里坐到十点钟才肯下来。礼拜天则一日一晚，两人都在一处。吴一粟的包饭，现在和郑家包在一处了，每天的晚饭，大家总是在一道吃的。

本来是起来得很迟的郑秀岳，订婚之后，也养成了早起的习惯了，吴一粟上书馆去，她每天总要送他上电车，看到电车看不见的时候，才肯回来。每天下午，总算定了他将回来的时刻，老早就在电车站边上，立在那里等他了。

吴一粟虽则胆子仍是很小，但被郑秀岳几次一挑诱，居然也能够见面就拥抱，见面就亲嘴了。晚上两人对坐在那里的时候，吴一粟虽在做稿子译东西的中间，也少不得要五分钟一抱，十分钟一吻地搁下了笔从坐位里站起来。

一边郑秀岳也真似乎仍复回到了她的处女时代去的样子，凡吴一粟的身体，声音，呼吸，气味等她总觉得是摸不厌听不厌闻不厌的快乐之泉。

白天他不在那里的将近十个钟头的时间，她总觉得如同失去了一点什么似的坐立都是不安，有时候真觉得难耐的时候，她竟会一个人开进他的门去，去睡在他的被里。近来吴一粟房门上的那个弹簧锁的锁钥，已经交给了郑秀岳收藏在那里了。

可是相爱虽则相爱到了这一个程度，但吴一粟因为想贯彻他的理想，而郑秀岳因为尊重他的理想之故，两人之间，决不会犯有一点猥亵的事情。

像这样的既定而未婚的蜜样的生活，过了半年多，到了第二年的五月，吴卓人果然到上海来为他的侄儿草草办成了婚事。

本来是应该喜欢的新婚当夜，上床之后，两人谈谈，谈谈，谈到后来，吴一粟又发着抖哭了出来。他一边在替纯洁的郑秀岳伤悼，以后将失去她处女的尊严，受他的蹂躏，一边他也在伤悼自家，将失去童贞，破坏理想，而变成一个寻常的无聊的有家室的男子。

结婚之后，两人间的情爱，当然又加进了一层，吴一粟上书馆去的时刻，一天天的捱迟了。又兼以季节刚进入渐欲困人的首夏，他在书馆办公的中间，一天之内呵欠不知要打多少。

晚上的他的工作时间，自然也缩短了，大抵总不上十点，就上了床。这样地自夏历秋，经过了冬天，到了婚后第二年的春暮，吴一粟竟得着了一种梦遗的病症。

仍复住在楼下厢房里的郑去非老夫妇，到了这一年的春天，因为女儿也已经嫁了，时势也太平了，住在百物昂贵的上海，也没有什么意思，正在打算搬回杭州去过他们的余生。忽听见了爱婿的这一种暗病，就决定带他们的女儿上杭州去住几时，可以使吴一粟一个人在上海清心节欲，调养调养。

起初郑秀岳执意不肯离开吴一粟，后来经她父母劝了好久，并且又告诉她以君子爱人以德的大义，她才答应，

吴一粟送她们父女三人去杭州之后，每天总要给郑秀岳一封报告起居的信。郑秀岳于初去的时候，也是一天一封，或竟有一天两封的来信的，但过了十几天，信渐渐地少了，减到了两天一封，三天一封的样子。住满了一个月后，因为天气渐热之故，她的信竟要隔五天才来一次了。吴一粟因为晓得她在杭州的同学，教员，及来往的朋友很多，所以对于她的懒得写信，倒也非常能够原谅，可是等到暑假过后的九月初头，她竟有一礼拜没有信来。到这时候，他心里也有点气起来了，于那一天早晨，发出了一

封微露怨意的快信之后，等到晚上回家，仍没有见到她的来信，他就急急的上电报局去发了一个病急速回的电报。

实际上的病状，也的确并不会因夫妇的分居而减轻，近来晚上，若服药服得少一点，每有失眠不睡的时候。

打电报的那天晚上，是礼拜六，第二天礼拜日的早晨十点多钟，他就去北火车站候她。头班早车到了，但他在月台上寻觅了半天，终于见不到她的踪影。不得已上近处菜馆去吃了一点点心，等第二班特别快车到的时候，他终于接到了她，和一位同她同来的秃头矮胖的老人。她替他们介绍过后，这李先生就自顺自的上旅馆去了，她和他就坐了黄包车，回到了他们已经住了很长久的戴宅旧寓。

一走上楼，两人把自杭州带来的行李食物等摆了一摆好，吴一粟就略带了一点非难似的口吻向她说：

"你近来为什么信写得这样的少？"

她站住了脚，面上表示着惊惧，恐怕他要重加责备似地对他凝视了半晌，眼睛眨了几眨，却一句话也不说扑落落滚下了一串大泪来。

吴一粟见了她这副神气，心里倒觉得痛起来了，抢上了一步，把她的头颈抱住，就轻轻地慰抚小孩似地对她说：

"宝，你不要哭，我并不是在责备你，我并不是责备你，噢，你不要哭！"

同时他也将他自己的已在流泪的右颊贴上了她的左颊。

二十三

晚上上床躺下，她才将她发信少发的原因说了一个明白。起初他们父女三人，是住在旅馆里的，在旅馆住了十几天，才去找寻房屋。一个月之后，终于找到了适当的房子搬了进去。这中间买东买西，添置器具，日日的忙，又哪有空功夫坐下来写信呢？到了最近，她却伤了一次风，头痛发热，睡了一个礼拜，昨天刚好。而他的电报却到了。既说明了理由，一场误解，也就此冰释了，吴一粟更觉到了他自己的做得过火，所以落后倒反向她赔了几个不是。

入秋以后，吴一粟的梦遗病治好了，而神经衰弱，却只是有增无已。过了年假，春夏之交，失眠更是厉害，白天头昏脑痛，事情也老要办错。他所编的那妇女杂志，一期一期的精彩少了下去，书馆里对他，也有些轻视起来了。

这样的一直拖捱过去，又拖过了一年，到了年底，书馆里送了他四个月的薪水，请他停了职务。

病只在一天一天的增重起来，而赖以谋生的职业，又一旦失去。他的心境当然是恶劣到了万分，因此脾气也变坏了。本来是柔和得同小羊一样的他，失业以后，日日在家，和郑秀岳终日相对，动不动就要发生冲突。郑秀岳伤心极了，总以为吴一粟对她，变了初心。每想起订婚后的那半年多生活的时候，她就要流下泪来。

这中间并且又因为经济的窘迫，生活也节缩到了无可再省的地步。失业后闲居了三月，又是春风和暖的节季了，人家都在添置春衣，及时行乐，而郑秀岳他们，却因积贮将完之故，正在打算另寻一间便宜一点的亭子间来搬家。

正是这样在跑来跑去找寻房子的中间，有一天傍晚，郑秀岳忽在电车上遇见了五六年没有消息的冯世芬。

冯世芬老了，清丽长方的脸上，细看起来，竟有了几条极细的皱纹。她穿在那里的一件青细布的短衫，和一条黑布的夹裤，使她的年龄更要加添十岁。

郑秀岳起初在三等拖车里坐上的时候，竟没有注意到她。等将到日升楼前，两人都快下电车去的当儿，冯世芬却从座位里立起，走到了就坐在门边的郑秀岳的身边。将一只手按上了郑秀岳的肩头，冯世芬对她亲亲热热地叫了一声之后，郑秀岳方才惊跳了起来。

两人下了电车，在先施公司的檐下立定，就各将各的近状报告了个仔细。

冯世芬说，她现在在沪东的一个厂里做夜工，就住在去提篮桥不远的地方。今天她是上周家桥去看了朋友回来的，现在正在打算回去。

郑秀岳将过去的事情简略说了一说，就告诉了她与吴一粟的近状。说他近来如何如何的虐待她，现在因为失业失眠的结果，天天晚上非喝酒不行了，她现在出来就是为他来买酒的。末了便说了他们正在想寻一间便宜一点的亭子间搬家的事情，问冯世芬在沪东有没有适当的房子出租。

冯世芬听了这些话后，低头想了一想，就说：

"有的有的，就在我住的近边。便宜是便宜极了，可只是龌龊一点，并且还是一间前楼，每月租金只要八块。你明朝午后就来罢，我在提篮桥电车站头等你们，和你们一道去看。那间房子里从前住的是我们那里的一个人很好的工头，他前天搬走了，大约是总还没有租出的。我今晚上回去，就可以替你先去说一说看。"

她们约好了时间，和相会的地点。两人就分开了。郑秀岳买了酒一个人在走回家去的电车上，又想起了不少的事情。

她想起了在学校里和冯世芬在一道的时节的情形，想起了冯世芬出走以后的她的感情的往来起伏，更想起了她对冯世芬的母亲，实在太对不起了，自从冯世芬走后，除在那一年暑假中只去了一两次外，以后就绝迹的没有去过。

想到最后，她又转到了目下的自己的身上，吴一粟的近来对她的冷淡，对她的虐待，她越想越气，越想越觉得不能甘心。正想得将要流下眼泪来的时候，电车却已经到了她的不得不下去的站头上了。

这一天晚上，吃过晚饭之后，在电灯底下，她一边缝着吴一粟的小衫，一边就告诉了他冯世芬出走的全部的事情。将那一年冯世芬的事情说完之后，她就又加上去说："冯世芬她舅舅的性格，是始终不会改变的。现在她虽则不会告诉我他的近状怎样，但推想起来，他的对她，总一定还是和当初一样。可是一粟，你呢？你何以近来会变得这样的呢？经济的压迫，我是不怕的，但你当初对我那样热烈的爱，现在终于冷淡到了如此，这却真真使我伤心。"

吴一粟默默地听到了这里，也觉得有辩解的必要了，所以就柔声的对她说：

"秀，那是你的误解。我对你的爱，也何尝有一点变更？可是第一，你要想想我的身体，病到了这样，再要一色无二的维持初恋时候那样的热烈，是断不可能的。这并不是爱的冷落，乃是爱的进化。我现在对你更爱得深刻了，所以不必拥抱，不必吻香，不必一定要抱住了睡觉，才可以表示我对你的爱。你的心思，我也晓得，你的怨我近来虐待你，我也承认。不过，秀，你也该设身处地的为我想想。失业到了现在，病又老是不肯断根，将来的出路希望，一点儿也没有。处身在这一种状态之下，我又哪能够和你日日寻欢作乐，像初恋当时呢？"

郑秀岳听了这一段话，仔细想想，倒也觉得不错。但等到吴一粟上床去躺下，她一个人因为小衫的袖口还有一只没有缝好，仍坐在那里缝下去的中间，心思一转，把几年前的情形，和现在的一比，则又觉得吴一粟的待她不好了。

"从前是他睡的时候，总要叫我去和他一道睡下的，现在却一点儿也不顾到我，竟自顾自的去躺下了。这负心的薄情郎，我将如何的给他一个报复呢？"

她这样的想想，气气，哭哭，这一晚竟到了十二点过，方才叹了口气，解衣上床去在吴一粟的身旁睡下。吴一粟身体虽则早已躺在床上，但双眼是不闭拢的。听到了她的暗泣和叹气的声音，心神愈是不快，愈是不能安眠了。再想到了她的思想的这样幼稚，对于爱的解释的这样简单，自然在心里也着实起了一点反感，所以明明知道她的流泪的原因和叹气的理由在什么地方，他可终只朝着里床作了熟睡，而闭口不肯说出一句可以慰抚她的话来。但在他的心里，他却始终是在哀怜她，痛爱她的，尤其是当他想到了这几月失业以后的她的节俭辛苦的生活的时候。

二十四

差不多将到和冯世芬约定的时间前一个钟头的时候，郑秀岳和吴一粟，从戴家的他们寓里走了出来，屋外头依旧是淡云笼日的一天养花的天气。

两人的心里，既已发生了暗礁，一路在电车上，当然是没有什么话说的。郑秀岳并且在想未婚前的半年多中间，和他出来散步的时候，是如何的温情婉转，与现在的这现状一比，真是如何的不同。总之境随心转，现在郑秀岳对于无论什么琐碎的事情行动，片言只语，总觉得和从前相反了，因之触目伤怀，看来看去，世界上竟没有一点可以使她那一颗热烈的片时也少不得男子的心得感到满足。她只觉得空虚，只觉得在感到饥渴。

电车到了提篮桥，他们俩还没有下车之先，冯世芬却先看到了他们在电车里，就从马蹄旁行人道上急走了过来。郑秀岳替他和冯世芬介绍了一回，三人并着在走的中间，冯世芬开口就说：

"那一间前楼还在那里，我昨晚上已经去替你们说好了，今朝只须去看一看，付他们钱就对。"

说到了这里，她就向吴一粟看了一眼，凛然的转了话头对他说：

"吴先生，你的失业，原也是一件恨事，可是你对郑秀岳为什么要这样的虐待呢？同居了好几年，难道她的性情你还不晓得么？她是一刻也少不得一个旁人的慰抚热爱的。你待她这样的冷淡，教她那一颗狂热的心，去付托何人呢？"

本来就不会对人说话，而胆子又是很小的吴一粟，听了这一片非难，就只是红了脸，低着头，在那里苦笑。冯世芬看了他这一副和善忠厚难以为情的样子，心里倒也觉得说的话太过分了，所以转了一转头，就向走在她边上的郑秀岳说：

"我们对男子，也不可过于苛刻。我们是有我们的独立人格的，假如万事都要依赖男子，连自己的情感都要仰求男子来扶持培养，那也未免太看得起男子太看不起自己了。秀岳，以后我劝你先把你自己的情感解放出来，琐碎的小事情不要去想它，把你的全部精神去用在大的远的事情之上。金钱的浪费，原是对社会的罪恶，但是情感的浪费，却是对人类的罪恶。"

这样在谈话的中间，她们三人却已经到了目的地了。

这一块地方，虽说是沪东，但还是在虹口的东北部，附近的翻砂厂，机织厂，和各种小工场很多，显然是一个工人的区域。

他们去看的房子，是一间很旧的一楼一底的房子。由郑秀岳他们看来，虽觉得是破旧不洁的住宅，但在附近的各种歪斜的小平屋内的住民眼里，却已经是上等的住所了。

走上楼去一看，里面却和外观相反，地板墙壁，都还觉得干净，而开间之大，比起现在他们住的那一间来，也小不了许多。八块钱一月的租金，实在是很便宜，比到现在他们的那间久住的寓房，房价要少十块。吴一粟毫无异议，就劝郑秀岳把它定落，可是迟疑不决，多心多虑的郑秀岳，又寻根掘底的向房东问了许多话，才把一个月的房金交了出来。

一切都说停妥，约好于明朝午后搬过来后，冯世芬就又陪他们走到了路上。在慢慢走路的中间，她却不好意思地对郑秀岳说：

"我住的地方，离这儿并不十分远。可是那地方既小又龌龊，所以不好请你们去，我昨天的不肯告诉你们门牌地点，原因也就在此，以后你们搬来住下，还是常由我来看你们罢！"

走到了原来下电车的地方，看他们坐进了车，她就马上向东北的回去了。

离开了他们住熟的那间戴宅的寓居，在新租的这间房子里安排住下，诸事告了一个段落的时候，他们手头所余的钱，只有五十几块了。郑秀岳迁到了这一个新的而又不大高尚的环境里后，心里头又多了一层怨愤。因为她的父母也曾住过，恋爱与结婚的记忆，随处都是的那一间旧寓，现在却从她的身体的周围剥夺去了。而饥饿就逼在目前的现在的经济状况，更不得不使她想起就要寒心。

勉强的过了一个多月，把吴一粟的医药费及两人的生活费开销了下来，连搬过来的时候还在手头的五十几块钱都用得一个也没有剩余。郑秀岳不得已就只好拿出她的首饰来去押入当铺。

当她从当铺里回来，看见了吴一粟的依旧是愁眉不展，毫无喜色的颜面的时候，她心里头却又疾风骤雨似地起一种莫名其妙的憎恶之情。

"我牺牲到了这一个地步，你也应该对我表示一点感激之情才对吓。那些首饰除了父母给我的东西之外，还有李文卿送我的手表和戒指在里头哩。看你的那一副脸嘴，倒仿佛是我应该去弄了钱来养你的样子。"

她嘴里虽然不说，但心里却在那样怨恨的中间，如电光闪发般的，她忽而想起了李文卿，想起了李得中和张康的两位先生。

她心意决定了，对吴一粟也完全绝望了，所以那一天晚上，于吴一粟上床之后，她一个人在电灯下，竟写了三封同样的热烈地去求爱求助的信。

过了几天，两位先生的复信都来了，她物质上虽然仍在感到缺乏，但精神上却舒适了许多，因为已经是久渴了的她的那颗求爱的心，到此总算得到了一点露润。

又过了一个星期的样子，李文卿的回信也来了，信中间并且还附上了一张五块钱的汇票。她的信虽则仍旧是那一套桃红柳绿的文章，但一种怜悯之情，同富家翁对寒号饥泣的乞儿所表示的一种怜悯之情，却是很可以看得出来的，现在的郑秀岳，连对于这一种怜悯，都觉得不是侮辱了。

她的来信说，她早已在那个大学毕了业，现在又上杭州去教书了，所以郑秀岳的那一封信，转了好几个地方才接到。顾竹生在入大学后的翌年，就和她分开了，现在和她同住的，却是从前大学里的一位庶务先生。这庶务先生自去年起也失了业，所以现在她却和郑秀岳一样，反在养活男人。这一种没出息的男子，她也已经有点觉得讨厌起来了。目下她在教书的这学校的校长，对她似乎很有意思，等她和校长再有进一步的交情之后，她当为郑秀岳设法，也可以上这学校里去教书。她对郑秀岳的贫困，虽也很同情，可是因为她自家也要养活一个寄生虫在她的身边，所以不能有多大的帮助，不过见贫不救，富者之耻，故而寄上大洋五元，请郑秀岳好为吴一粟去买点药料之类的东西。

二十五

郑秀岳他们的生活愈来愈窘，到了六月初头，他们连几件棉夹的衣类都典当尽了。迫不得已最怕羞最不愿求人的吴一粟，只好写信去向他的叔父求救，而郑秀岳也只能坐火车上杭州去向她的父母去乞借一点。

她在杭州，虽也会到了李得中先生和李文卿，但张康先生却因为率领学生上外埠去旅行去了，没有见到。

在杭州住了一礼拜回来，物质上得了一点小康，她和吴一粟居然也恢复了些旧日的情爱。这中间吴卓人也有信来了，于附寄了几十元钱来之外，他更劝吴一粟于暑假之后也上山东去教一点书。

失业之苦，已经尝透了的吴一粟，看见了前途的这一道光明，自然是喜欢得比登天还要快活。因而他的病也减轻了许多，而郑秀岳在要求的那一种火样的热爱，他有时候竟也能够做到了几分。

但是等到一个比较得快乐的暑假过完，吴一粟正在计划上山东他叔父那里去的时候，一刻也少不得男人的郑秀岳又提出了抗议。她主张若要去的话，必须两人同去，否则还不如在上海找点事情做做的好。况且吴一粟近来身体已经养得差不多快复原了，就是做点零碎的稿子卖卖，每月也可以得到几十块钱。神经衰弱之后，变得意志异常薄弱的吴一粟，听了她这番话，觉得也很有道理。又加以他的本性素来是怕见生人，不善应酬的，即使到了山东，也未见得一定弄得好。正这样迟疑打算的中间，他的去山东的时机就白白地失掉了。

九月以后，吴一粟虽则也做了一点零碎的稿子去换了些钱，但卖文所得，一个多月积计起来，也不过二十多元，两人的开销，当然是入不敷出的。于是他们的生活困苦，就又回复到了暑假以前的那一个状态。

在暑假以前，他们还有两支靠山可以靠一靠的。但到了这时候，吴一粟的叔父的那一条路自然的断了，而杭州郑秀岳的父母，又本来是很清苦的，要郑去非每月汇钱来养活女儿女婿，也觉得十分为难。

九月十八，日本帝国主义的军队和中国军阀相勾结，打进了东三省。中国市场于既受了世界经济恐慌的余波之后，又直面着了这一个政治危机，大江南北的金融界，商业界，就完全停止了运行。

到了这一个时期，吴一粟连十块五块卖一点零碎稿子的地方也不容易找到了。弄得山穷水尽，倒是在厂里做着夜工，有时候于傍晚上工去之前偶尔来看看他们的冯世芬，却一元两元地接济了他们不少。

十二月初旬的一天阴寒的下午，吴一粟拿了一篇翻译的文章，上东上西的去探问了许多地方，才换得了十二块钱，于上灯的时候，欢天喜地的走了回来。但一进后门，房东的一位女主人，就把楼上房门的锁匙交给他说：

"师母上外面去了，说是她的一位先生在旅馆里等她去会会，晚饭大约是不来吃的，你一个人先吃好了，不要等她。"

吴一粟听了，心里倒也很高兴，以为又有希望来了。既是她的先生来会她，大约总一定有什么教书的地方替她谋好了来通知她的，因为前几个月里，她曾向杭州发了许多的信，在托她的先生同学，为她自己和吴一粟谋一个小学教员之类的糊口的地方。

吴一粟在这一天晚上，因为心境又宽了一宽，所以吃晚饭的时候，竟独斟独酌的饮了半斤多酒。酒一下喉，身上加了一点热度，向床上和衣一倒，他就自然而然的睡着了。一睡醒来，他听见楼下房东的钟，正堂堂的敲了十点。但向四面一看，空洞的一间房里，郑秀岳还没有回来。他心里倒有些急起来了，平时日里她出去半日的时候原也很多，但在晚间，则无论如何，十点以前，总一定回来的。他先向桌上及抽屉里寻了一遍，看有没有字条留下，或者知道了她的去所，他也可以去接她。可是寻来寻去，寻了半天，终于寻不到一点她的字迹。又等了半点多钟，他想想没有法子，只好自家先上床去睡下再说。把衣服一脱，在摆向床前的那一张藤椅子上去的中间，他却忽然在这藤椅的低洼的座里，看出了一团白色的纸团儿来。

急忙的把这纸团捡起，拿了向电灯底下去摊开一看，原来是一张三马路新惠中旅社的请客单子，上面写着郑秀岳的名字和他们现在的住址，下面的署名者是张康，房间的号数是二百三十三号。他高兴极了，因为张康先生的名字，他也曾听见她提起过的。这一回张先生既然来了，他大约总是为她或他自己的教书地方介绍好了无疑。

重复把衣服穿好，灭黑了电灯，锁上了房门，他欢天喜地的走下了楼来。房主人问他，这么迟了还要上什么地方去。他就又把锁钥交出，说是去接她回来的，万一她先回来了的话，那请把这锁钥交给她就行。

他寻到了旅社里的那一号房间的门口，百叶腰门里的那扇厚重的门却正半开在那里。先在腰门上敲了几下，推将进去一看，他只见郑秀岳披散了头发，倒睡在床前的地毯之上。身上穿的，上身只是一件纽扣全部解散的内衣，胸乳是露出在外面的，下身的衬裤，也只有一只腿还穿在裤脚之内，其他的一只腿还精赤着裹在从床上拖下地来的半条被内。她脸上浸满了一脸的眼泪，右嘴角上流了一条鲜红的血。

他真惊呆了，惊奇得连话都不能够说出一句来。张大了眼睛呆立在那里总约莫有了三分钟的光景，他的背后白打的腰门一响，忽而走进了一个人来。朝转头去一看，他看见了一位四十光景的瘦长的男子，上身只穿了一件短薄的棉袄，两手还在腰间棉袄下系缚裤子，看起样子，他定是刚上外面去小解了来的。他的面色涨得很青，上面是蓬蓬的一头长发。两只眼睛在放异样的光。颜面上的筋肉和嘴口是表示着兴奋到了极点，在不断地抽动。这男子一进来，房里头立时就充满了一股杀气。他瞠目看了一看吴一粟，就放了满含怒气的大声说：

"你是这娼妇的男人么？我今天替你解决了她。"

说着他将吴一粟狠命一推，又赶到了床前伏下身去一把头发将她拖了起来。这时候郑秀岳却大哭起来了。吴一粟也就赶过去，将那男子抱住，拆散了他的拖住头发的一只右手。他一边在那里拆劝，一边却含了泪声乱嚷着说：

"饶了她罢，饶了她罢，她是一个弱女子，经不起你这么乱打的。"

费尽了平生的气力，将这男子拖开，推在沙发上坐下之后，他才问他，这究竟是怎么一回事。

他鼻孔里尽吐着深深的长长的怒气，一边向棉袄袋里一摸，就摸出了一封已经是团得很皱的信来向吴一粟的脸上一掷说：

"你自己去看罢！"

吴一粟弯身向地上捡起了那一封信，手发着抖，摊将开来一看，却是李得中先生寄给郑秀岳的一封很长很长的情书。

二十六

秀岳吾爱：

今天同时收到你的两封信，充满了异样的情绪，我不知将如何来开口吐出我心上欲说的话。这重重伤痕的梦啊，怎么如今又燃烧得这般厉害？直把我套入人生的谜里，我挣扎不出来。尤其是我的心被惊动了，"何来余情，重忆旧时人？这般深。"这变态而矛盾的心理状况，我揭不穿。我全被打入深思中，我用尽了脑力。我有这一点小聪明，我未曾用过一点力量来挽回你的心，可是现在的你，由来信中的证明，你是确实的余烬复燃了，重来温暖旧时的人。可是我依然是那末的一个我，已曾被遗忘过的人，又凭什么资格来引你赎回过去的爱。我虽一直不能忘情，但机警的性格指示我，叫我莫呆。故自十八年的夏季，在去沪车上和你一度把晤后，我清醒了许多，那印象种的深，到今天还留在。你该记得罢？那时我是为了要见你之切，才同你去沪的，那时的你，你倒再去想一下。你给我的机会是什么，你说？我只感到空虚。我没有勇气再在上海住下去，我只好偷偷的走，那淡漠，我永印上了心。好，我惟有收起心肠。这是你造成我这么来做，便此数年隔膜，我完全沉默了。不过那潜藏的暗潮仍然时起汹涌，不让它流露就是了。只是个人知道。不料这作孽的未了缘，于今年六月会相逢于狭路，再搅乱了内部的平静。但那时你啊，你是复原了热情，我虽在存着一个解不透的谜，但我的爱的火焰，禁不住日臻荧荧。而今更来了这意料不到的你的心曲，我迷糊了，我不知怎样处置自己，我只好唤唤苍天！秀岳，我亦还爱你，怎好！

　　我打算马上到上海来和你重温旧梦。这信夜十时写起，已写到十二点半，总觉得情绪太复杂了，不知如何整理。写写，又需要长时的深思，思而再写，我是太兴奋了，故没心的整整写上二个半钟头。祝你愉快！

李得中　十一月八日十二时半

　　吴一粟在读信的中间，郑秀岳尽在地上躺着，呜呜咽咽地在哭。读完了这一封长信之后，他的眼睛里也有点热起来了，所以一句话也说不出来，只向地上在哭的她和沙发上坐着在吐气的他往复看了几眼，似在发问的样子。

　　大约是坐在沙发上的那男子，看得他可怜起来了罢，他于鼻孔里吐了一口长气之后，才慢慢地大声对吴一粟说：

　　"你大约是吴一粟先生罢？我是张康。郑秀岳这娼妇在学生时代，就和我发生过关系的。后来听说嫁了你了，所以一直还没有和她有过往来。

但今年的五月以后，她又常常写起很热烈的信来了，我又哪里知道这娼妇同时也在和那老朽来往的呢？就是我这一回的到上海来，也是为了这娼妇的迫切的哀求而来的呀。哪里晓得睡到半夜，那老朽的这一封污浊不通的信，竟被我在她的内衣袋里发见了，你说可气不可气？"说到了这里，他又深深地吐了一口气。回转头去，更狠狠地向她毒视了一眼，他又叫着说：

"郑秀岳，你这娼妇，你真骗得我好！"

说着他又捏紧拳头，站起来想去打她去了，吴一粟只得再嚷着"饶了她。饶了她，她是一个弱女子！"而把他按住坐了下去。

郑秀岳还在地上呜咽着，张康仍在沙发上发气，吴一粟也一句别的话都说不出来。立着，沉默着，对电灯呆视了几分钟后，他举手擦了一擦眼泪，似含羞地吞吞吐吐地对张康说：

"张先生，你也不用生气了，根本总是我不好，我，我，我自失业以来，竟不能够，不能够把她养活……"

又沉默了几分钟，他掀了一掀鼻涕，就走近了郑秀岳的身边，毫无元气似地轻轻的说：

"秀，你起来罢，把衣服裤子穿一穿好，让我们回去！"

听了他这句话后，她的哭声却放大来了，哭一声，啜一啜气，哭一声，啜一啜气，一边哭着，一边她就断断续续地说：

"今天……今天……我……我是不回去了……我……我情愿被他……被他打杀了……打杀了……在这里……"

张康听了她这一句话，又大声的叫了起来说：

"你这娼妇，总有一天要被人打杀！我今天不解决你，这样下去，总有一个人来解决你的。"

看他的势头，似乎又要站起来打了，吴一粟又只能跑上他身边去赔罪解劝，只好千不是，万不是的说了许多责备自己的话。

他把张康劝平了下去，一面又向郑秀岳解劝了半天，才从地上扶了她起来。拿了一块手巾，把她脸上的血和眼泪揩了一揩，更寻着了挂在镜衣橱里的她那件袍子替她披上，棉裤棉袄替她拿齐之后，她自己就动手穿缚起衬衣衬裤来了。等他默默地扶着了她，走出那间二百二十三号的房间的时候，旅馆壁上挂在那里的一个圆钟，短针却已经绕过了Ⅲ字的记号。

二十七

一九三二年一月二十九日的侵晨，虹口一带，起了不断的枪声，闸北方面，火光烟焰，遮满了天空。

飞机掷弹的声音，机关枪仆仆仆仆扫射的声音，街巷间悲啼号泣的声音，杂聚在一处，似在奏第二次世界大战的前奏序曲。这中间，有一队穿海军绀色的制服的巡逻队，带了几个相貌狰狞的日本浪人，在微明的空气里，竟用枪托斧头，打进了吴一粟和郑秀岳寄寓在那里的那一间屋里。

楼上楼下，翻箱倒箧的搜索了半小时后，郑秀岳就在被里被他们拉了出来，拖下了楼，拉向了那小队驻扎在那里的附近的一间空屋之中。吴一粟叫着喊着，跟他们和被拉着的郑秀岳走了一段，终于被一位水兵旋转身来，用枪托向他的脑门上狠命的猛击了一下。他一边还在喊着"饶了她，饶了她，她是一个弱女子！"但一边却同醉了似的向地上坐了下去，倒了下去。

两天之后，法界的一个战区难民收容所里，墙角边却坐着一位瘦得不堪，额上还有一块干血凝结在那里的中年疯狂难民，白天晚上，尽在对了墙壁上空喊：

"饶了她！饶了她！她是一个弱女子！"

又过了几天，一位清秀瘦弱的女工，同几位很像是她的同志的人，却在离郑秀岳她们那里不远的一间贴近日本海军陆战队曾驻扎过的营房间壁的空屋里找认尸体。在五六个都是一样的赤身露体，血肉淋漓的青年妇女尸体之中，那女工却认出了双目和嘴，都还张着，下体青肿得特别厉害，胸前的一只右奶已被割去了的郑秀岳的尸身。

她于寻出了这因被轮奸而毙命的旧同学之后，就很有经验似地叫同志们在那里守着而自己马上便出去弄了一口薄薄的棺材来为她收殓。

把她自己身上穿在那里的棉袄棉裤上的青布罩衫裤脱了下来，亲自替那精赤的尸体穿得好好，和几位同志，把尸身抬入了棺中，正要把那薄薄的棺盖钉上去的时候，她却又跑上了那尸体的头边，亲亲热热地叫了几声说：

"郑秀岳！……郑秀岳……你总算也照你的样子，贯彻了你那软弱的一生。"又注目呆看了一忽，她的清秀长方意志坚决的脸上，却也有两滴眼泪流下来了。

冯世芬的收殓被惨杀的遗体，计算起来，五年之中，这却是她的第二次的经验。

后　叙

《她是一个弱女子》的题材，我在一九二七年（见《日记九种》第五十一页一月十日的日记）就想好了，可是以后辗转流离，终于没有功夫把它写出。这一回日本帝国主义的军队来侵，我于逃离了之余，倒得了十日的空闲，所以就在这十日内，猫猫虎虎地试写了一个大概。写好之后，过细一看，觉得失败的地方很多，但在这杀人的经济压迫之下，也不能够再来重行改削或另起炉灶了，所以就交给了书铺，叫他们去出版。

书中的人物和事实，不消说完全是虚拟的，请读者万不要去空费脑筋，妄思证对。

写到了如今的小说，其间也有十几年的历史了，我觉得比这一次写这篇小说时的心境更恶劣的时候，还不曾有过。因此这一篇小说，大约也将变作我作品之中的最恶劣的一篇。

一九三二年三月达夫记。

导读

郁达夫小说从最初《银灰色的死》到《出奔》50 篇左右中，属于自叙传的有近 40 篇，大部分取材于他个人的人生遭际和心路历程。不过，随着形势变化，郁达夫的思想也在不断走向成熟。目睹军阀混战、日军侵华、民不聊生的社会现状，郁达夫开始走出"自叙传"的浪漫抒情风格，写下了一些带有现实主义风格的小说，《她是一个弱女子》是其中的重要一篇。这篇小说创作于 1932 年 3 月，在郁达夫的全部作品中算不上佳作。作者自己评价："这一篇小说，大约也将变作我作品之中的最恶劣的一篇。"后来，他在《沪战中的生活》中又对写作这篇小说的意图作了说明："我的意思，是在造出三个意识志趣不同的女性来，如实地描写出她们所走的路径和所有的结果，好叫读者自己去选择应该走那一条路。三个女性中间，不消说一个是代表土豪资产阶级的堕落的女性，一个是代表小资产阶级的犹疑不决的女性，一个是代表向上的小资产阶级的奋斗的女性。"这三个性情、思想、志趣各不相同的女性及其不同的生活道路，具有鲜明的时代特征和女性生存的普遍意义。

这篇小说显示出郁达夫的现实主义倾向和政治革命意识的自觉。首先，小说展现了广阔的社会现实生活。郁达夫以1927—1932年5年间的中国社会为背景，这一时期发生的重要历史、政治事件，诸如革命军北伐、上海工人武装起义、"四·一二"反革命政变、"九·一八"事变和"一·二八"事变等等，都在小说中有所描述，并且对人物命运走向产生深刻影响；在人物塑造和叙述过程中，郁达夫毫不掩饰对于革命与反革命力量的鲜明态度。其次，郁达夫以三个女性的性格发展、生活状态和人生抉择为叙事主体，参差交错，多线并进，使宏大的历史背景具有了性格的丰富性和细节的感染力，郑秀岳对情爱的依附，李文卿对欲望的放纵，冯世芬对理想的坚持，纠结在一起，各自有着清晰的线索，围绕三个女性的命运，生活的大幕徐徐拉开，生存现实，心理现实和社会现实，构成了广阔的时代生活缩影。

郁达夫在这篇小说中塑造了以郑秀岳和吴一粟为代表的普遍的弱者形象。郑秀岳之为弱女子，并不是外在的柔弱，而是因为主体性缺乏导致的人生的无力感和被动性。冯世芬信仰革命，李文卿信仰金钱物欲，而郑秀岳必得把自己的生活依附于他人，才能够继续下去，她没有信仰，没有目标，没有尊严感和独立的人格要求，意志薄弱，总是轻易受到外界的诱惑，这样一个弱女子与郁达夫"自叙传"小说中的零余者有相似之处。郁达夫以郑秀岳这个"代表小资产阶级犹豫不决的女性"的成长—逃难—丧生的短暂人生历程为小说主线，以同情与反思的双重笔墨记录了郑秀岳在杭州、上海两地的情感、生活变化，展现了她在情欲与理智、物欲与爱情、现状与婚姻等矛盾冲突中的软弱和自甘堕落。

小说中的另一个弱者是知识分子代表吴一粟。他是郑秀岳混乱的情史中唯一的合法丈夫。吴一粟是个年轻编辑，长相清秀，性格腼腆，有些清高和内向，一向不愿意和周围人热闹，过着洁身自好的生活。郁达夫没有把他写成一个与周围环境对抗的角色，反而通过郑秀岳这个媒介，使之与外界的关系变得复杂而直接，也使这个人物内在的弱点得以更充分地体现。他性格软弱与自卑，在和郑秀岳的爱情婚姻中，处处陷于被动。这个在社会生活中找不到合理位置的知识分子，在婚姻家庭中同样是一个失败者。因病所困被解雇后，他没有勇气走上社会寻找新的自我，也无力承担家庭的重任。生计窘迫之际，郑秀岳选择出卖自己的肉体来生活，而吴一粟面对郑秀岳在旅馆那一幕，却没有任何气愤的表示，只是哀求放过这个弱女子。这一幕既深刻揭示了女性命运的不幸，现实生活的残酷，同时也反衬出吴一粟这个小知识分子自身的弱。

《她是一个弱女子》1932年4月由上海湖风书局出版，6月即被国民党当局指为"普罗文艺"遭查禁，1933年12月改题《饶了她》，由上海现代书局再版（版权页上伪作1928年出版），但仍于次年4月被指"诋毁政府"再遭禁。在主人公郑秀岳的成长过程中，有两个人物对她的思想产生影响：一个是冯世芬，即向上的小资产阶级的奋斗女性，她力图引导郑将个人情感投入到革命事业中去；另一个是李文卿，她代表土豪资产阶级的堕落女性。"堕落"主要体现在她的拜金思想和滥情滥性上。郁达夫对这个女性的描绘大约是运用了漫画笔法，公开的演讲，日常的生活，与父亲的关系，对女同学的诱惑，对弱小男性的勾引，等等方面，都充分表现出一个表面强势内心空虚的女性的庸俗和堕落。就是这样一个女性，却对郑秀岳的一生产生了重大影响。如果说冯世芬的引导主要是在精神方面，是向上提升的努力，那么李文卿的影响则体现在肉体和物欲方面，是向下滑落的方向。"她对李文卿的热爱，比对冯世芬的更来得激烈，因为冯世芬不过给了她些学问上的帮助和精神上的启发，而李文卿却于金钱物质上的赠与之外，又领她入了一个肉体的现实的乐园"。从此，郑秀岳一味追逐感情与肉体安慰而不能自拔，直到最终命丧1932年侵略上海的日军屠刀下，结束了悲剧的一生。

很明显，作者有意让冯世芬（精神）与李文卿（物欲）形成对照，以此隐喻人生的两种方向和两种可能，以及必然要面对的抉择。李文卿在物质及肉体上的引诱，直接导致郑秀岳的堕落，使她与冯世芬一同成长进步的道路被中断。李文卿的男性化和吴一粟的女性化，有着相同的隐含话语，性别的失序以及性关系的混乱暗喻了社会秩序的混乱与精神信仰的缺失。在此，颓废的女性情欲是有害的，既妨碍个人发展又危及民族利益，而郑秀岳最后被日军轮奸及杀害的下场，既是作者对女同性爱和滥性的批判意图，同时也在国民劣根性与民族遭遇灾难之间建立了潜在关联。郑秀岳一生都需要一个引导者，依靠者，其实这个女性就是等待启蒙的大众，处于蒙昧中的庸众。面对两种力量，一种是积极的，革命的，自主的，和宏大的；一种则是世俗的，日常的，享乐的。当精神和信仰的启蒙者离去或者消失，个体只有堕落一条路摆在面前，并且最终在失败的个人生活里，照出了民族孱弱的影子。

小说中，郁达夫表达了鲜明的社会现实和政治批判意图，而反观冯世芬这个形象，作为一个被引导者，舅舅即革命者陈应环是她的成长的精神导师，也因此，她作为间接的启蒙者把自己获得的革命思想传播给郑秀岳。但是冯世芬的成长很有意思，她的出走和私奔，在传统伦理观念看来，不仅惊世骇俗，也离经叛道，那么，为什么要用这样一种方式来证明革命的立场呢？乱伦与革命有什么关系？郁达夫其实在这里是夸张了反叛的坚决，即不仅反抗现实的黑暗，还要反抗旧伦理的绳索。完成这一使命，陈应环很快就在战争中死掉，冯世芬的人生目标得以更加纯粹，即完全抛开个人情感，而关注所有大众的存在，革命者终于与革命合二为一。这就是郁达夫在这篇小说中采取的叙事策略，由个人情事的铺陈中超越出来，融入了革命话语的滚滚洪流。

郁达夫年表（1896—1945）

1896 年

12 月 7 日，诞生于浙江省富阳县城一个破落的书香之家。取名文，幼名荫生，表字达夫。

1898 年

父郁企曾病殁。全家生活靠母亲陆氏摆炒货摊和六亩祖传薄田收入维持。

1902 年春

入亲友罗氏自设的私塾启蒙，塾师葛宝哉。

1903 年春

改入魁星阁私塾，塾师张惠卿。

1904 年春

进入公立书塾"春江书院"。开始接触古典文学作品，并学习写诗。《自述诗》之六云："九岁题诗四座惊。"

1907 年春

转入由书院改建的新式学堂——富阳县立高等小学堂。

1911 年

1 月，高小毕业，获得奖品《吴梅林诗集》。

2 月，离富阳赴杭州。考上杭州府中学，因经费不足，改入嘉兴府中学。

9 月，转入杭州府中学就读，与徐志摩同班。

1912 年

9 月，转入美国长老会办的之江大学预科（原名育英书院），不到半年，因参加反对校长的风潮而被开除。

1913 年

春季转入美国浸礼会在杭州办的蕙兰中学就读，不久因不满学校的奴化教育，决意回家独居苦学。

9 月下旬，随在北京高等审判厅任准事而被派赴日本考察司法的长兄郁曼陀动身赴日本留学。

1914 年

7 月，考入东京第一高等学校预科，并获得官费生资格。初读一部（文科），后遵兄意转入三部（医科）。与郭沫若结识，成为共同爱好文学的好友。

1915 年

6 月，开始在上海《神州日报》上用郁达夫名字发表旧体诗作。

7 月，在东京第一高等学校预科毕业。

1916 年春

结识日本汉文学家服部担风，参加了服部担风主持的"佩兰吟社"定期集会，并开始在他编辑的《新爱知新闻》汉诗栏上发表旧体诗作。

1917 年

6 月下旬，离开名古屋回国探望病中的祖母。

8 月初，回到富阳。与孙荃（1897—1978）订婚。

9 月初，返回日本。

1918 年

5 月，中国留日学生为反对"中日军协约"掀起罢课学潮，郁达夫积极响应。

1919 年

7 月，在名古屋第八高等学校毕业。

11 月中旬，返回日本，进入东京帝国大学（即现在东京大学前身）经济学部。

1920 年

7 月，回国与孙荃结婚。（后生女黎民、正民，子天民，另有一子龙儿夭折。）

1921 年

6 月 8 日，与郭沫若、成仿吾、张资平等人在东京第二改盛馆郁达夫寓所成立创造社，并决定出版《创造季刊》。

10 月 15 日，第一本小说集《沉沦》由上海泰东图书局出版，为"创造社丛书"第三种。

1922 年

3 月 15 日，主编的《创造季刊》创刊号付印，5 月 1 日起由泰东图书局正式发行。郁达夫在该刊上发表小说《茫茫夜》和论文《艺文私见》。

3 月底，在东京帝国大学经济学部经济学科毕业，获经济学士学位。

5 月 11 日，沈雁冰从《时事新报·文学旬刊》第三十七期起连续三期以笔名"损"连载《〈创造〉给我的印象》，对郁达夫的《艺文私见》等文提出反批评，并逐篇评论《创造》季刊创刊号中的各文。创造社和文学研究会之间爆发了一场激烈论战。

9 月 17 日，胡适在《努力周报》第十二期发表《编辑余谈——骂人》，指责郁达夫和创造社其他成员"浅薄无聊"，引起创造社和胡适派文人的一场笔战。

1923 年

2 月 17 日，与鲁迅结识。

5 月 19 日，作《文学上的阶级斗争》，首次在中国文艺界提倡文学应该为阶级斗争服务。

10 月初，小说、散文集《鸢萝集》由上海泰东图书局出版，为创造社"辛夷小丛书"第三种。

11 月 2 日，《创造季刊》停刊，共出 101 期。

11 月初，结识沈从文，并予以同情和帮助。

11 月 16 日，在《晨报副刊》上发表《给一位文学青年的公开状》。

12 月 13 日，《现代评论》在北京创刊，开始为其撰稿。

1925 年

10 月 31 日，《咒〈甲寅〉十四号〈评新文学运动〉》在《现代评论》第二卷第四十七期发表，配合了鲁迅批判章士钊的斗争。

1926 年

3 月 18 日，向往南方革命，与郭沫若、王独清同赴广州中山大学任文科教授。

6月初，因子龙儿在京病重，离广州去北京。

6月19日，抵京。龙儿已于14日死去，苦痛不已。

1926 年

光华书局出版《小说论》（理论）。

1927 年

1月14日，认识王映霞，并开始追求她。

4月8日，作《在方向转换的途中》，抨击蒋介石独裁的高压政策。同日又作《〈鸭绿江上〉读后感》，肯定蒋光慈的小说，并呼唤产生"烈风暴雨般的粗暴伟大，力量很足，感人很深的文学"。

4月11日，作《公开状答日本山口君》。

4月12日，蒋介石发动"四·一二"反革命政变。郁达夫"午后出去访友人，谈及此番蒋介石的高压政策，大家都只敢怒而不敢言"。

5月10日，在一次宴会上得知国民党当局要他"为他们帮助党务"作为"交换条件"，以"保证创造社的不封"，立刻"托病谢绝"。

5月23日，有人引诱郁达夫"出去做个委员"，断然拒绝。

5月28日，托病去杭州暂避。

5月29日，国民党当局到创造社出版部搜查，逮捕职工数人，并调查郁达夫在杭州的住址。

6月5日，与王映霞订婚。

7月31日，成仿吾到达上海。郁达夫将创造社出版部事务全部交出。

8月15日，在上海《申报》和《民国日报》刊登启事，声明退出创造社。文艺论著《文学概说》由上海商务印书馆出版，为《百科小丛书》第137种。

9月3日，作《农民文艺的提倡》，提出文艺要表现"占最大多数，最大优势"的农民阶级，要描写"农民的生活，农民的感情，农民的苦楚"。

10月5日，参加由北新书局李小峰宴请鲁迅的宴会，与鲁迅重逢。

10月6日，设宴欢迎鲁迅。从此，进一步与鲁迅成为至交和战友。

1927 年

创造社出版《寒灰集》、《鸡肋集》、《孤独者的愁哀》（戏剧集）；北新出版《日记九种》；开明书店出版《过去集》。

1928 年

1月16日，在《北新半月刊》第二卷第六号上发表《卢骚传》，配合了鲁迅与梁实秋的论战。

本月，与王映霞结婚。婚后租住嘉禾里一四三号，不久后改住一四四号。

2月16日，在《北新半月刊》第二卷第八号上发表《翻译说明就算答辩》，进一步与梁实秋论辩。

本月，由钱杏邨介绍，秘密加入太阳社。

8月16日，在《北新半月刊》第二卷第十九号上发表《对于社会的态度》，详细阐明自己脱离创造社的原因，批评创造社作家攻击鲁迅。

1928 年

北新书局出版《迷羊》（中篇小说）；开明书店出版《奇零集》；上海春野书店出版《达夫代表作》（小说、散文合集）。

1929 年

7月，担任鲁迅与北新书局版税纠纷的调解人和鲁迅与林语堂冲突的"和事老"。

10月6日，得知安徽省教育厅厅长程天放攻击自己为"堕落文人"，并列入"赤化分子"名单中，准备加以迫害，立即乘船回沪。

1929 年

厦门世界文艺书社出版《在寒风里》（小说、散文合集）。

1930 年

2月10日，离沪去杭州、富阳小住。

2月13日，中国自由运动大同盟在上海成立，为发起人。

3月2日，中国左翼作家联盟在上海成立，由鲁迅提名为发起人之一。

11月，致函"左联"负责人，表示不能经常参加"左联"的会议，被开除出"左联"。

1930 年

北新书局出版《薇蕨集》。

1931 年

1月17日，李初梨在上海东方旅社参加党的会议时被捕，郁达夫积极奔走营救。

12月19日，参加周建人、胡愈之等倡议组织的上海文化界反帝抗日大联盟成立大会。

1932 年

1 月 1 日，在《新月》第四卷第一期上发表悼念徐志摩的文章《志摩在回忆里》。

1 月 7 日，在暨南大学作以《文学漫谈》为题的讲演，号召青年学生"要用文学来作宣传，唤起我们本国的群众，叫他们大家起来反抗帝国主义"。

2 月 4 日，与鲁迅、茅盾等联合发表《上海文化界告世界书》，谴责帝国主义发动"一·二八战争"。

2 月 8 日，与戈公振、陈望道等组织中国著作家抗日会，并任编辑委员和国际宣传委员会委员。

4 月 20 日，中篇小说《她是一个弱女子》，由上海湖风书局出版。不久即被国民党查禁。

7 月 5 日，作《文艺论的种种》，强调指出"文学是非要大众化不可的"。

7 月 10 日，发起文化界人士集会，与柳亚子、茅盾等 32 人联名致电南京国民党当局，要求释放泛太平洋产业同盟秘书牛兰夫妇。

9 月，林语堂执编的《论语》创刊，被聘为特约撰稿人。在创刊号上发表散文《钓台的春昼》，控诉了蒋介石这一"中央党帝"的暴行。

1933 年

1 月，加入由宋庆龄、蔡元培、杨杏佛等领导的中国民权保障同盟。

本月，作《为小林的被害檄日本警视厅》，抗议日本法西斯当局杀害日本无产阶级作家小林多喜二的野蛮行径。

4 月 3 日，出席民权保障同盟全国执行委员会和上海分会的联席会议，讨论营救中共党员廖承志、罗登贤等人。

春，参加宋庆龄举行的一次民权保障同盟的会议，对史沫特莱说："我不是一个战士，我只是一个作家。"

5 月 15 日，领衔发表《为横死之小林遗族募捐启》。

5 月 23 日，与蔡元培、杨杏佛等联合致电南京国民党政府抗议逮捕作家丁玲和潘梓年。

8 月 16 日，在《中国著作家欢迎巴比塞代表团启事》上签名。欢迎参加远东反战会的外国代表团。

12 月 30 日，鲁迅为王映霞书写诗幅《阻郁达夫移家杭州》。

1933 年

天马书局出版《仟余集》（小说、散文合集）《达夫自选集》（小说、散文合集）；北新书局出版《断残集》；浙江铁路局出版《浙东景物纪略》（散文集）。

1934 年

5 月 1 日，撰文参加《春光》杂志发起的"中国为什么没有伟大的作品产生"的讨论，认为鲁迅的《阿 Q 正传》和茅盾的《子夜》都是伟大的作品。

9 月，陈望道主编的《太白》半月刊创刊，任编辑委员。

12 月 5 日，开始在《人间世》陆续发表自传（一）至（八）。

1934 年

现代书局出版《屐痕处处》（散文集）。

1935 年

7 月，在杭州官场弄般若堂边购地，开始兴建"风雨茅庐"。

10 月，《达夫短篇小说集》（上、下册）由上海北新书局出版。

1935 年

北新书局出版《达夫日记集》。

1936 年

2 月 2 日，应福建省政府主席陈仪的邀请赴闽。

2 月 7 日，被委任为福建省政府参议。

6 月 12 日，被任命为福建省政府公报室主任。

9 月 25 日，在福州路致中学讲演《国防统一阵线下的文学》，对"国防文学"和"民族革命战争的大众文学"两个口号，谈了自己的看法。

10 月 19 日，鲁迅先生逝世。连夜致电许广平。

10 月 20 日，在赴沪轮船上作《对于鲁迅死的感想》："鲁迅虽死，精神当与中华民族永在。"

10 月 22 日，瞻仰鲁迅先生遗容和参加鲁迅先生的葬仪。

10 月 24 日，作散文《怀鲁迅》。

11 月 13 日，以为福建省政府采购印刷机和日本文艺界邀请讲演名义离沪赴日本请郭沫若回国参加抗战。抵达日本后不几天，和郭沫若一起出席日本改造社举行的欢迎会，会上讨论了翻译出版《大鲁迅全集》事宜。后又于 11 月 29 日和 12 月 6 日两次探望郭沫若。

1936 年

北新书局出版《达夫散文集》;5 月,良友图书公司出版《闲书》（散文集）《我的忏悔》（散文集）。

1937 年

1 月 3 日，离开厦门。在厦门期间，曾支持厦门大学学生向厦门国民党当局要求将一条经南普陀的大道改名为"鲁迅路"，以纪念鲁迅，但未有结果。

3 月 1 日，为日本改造社出版《大鲁迅全集》而写的《鲁迅的伟大》一文在《改造》第十九卷第三号上发表。

5 月 18 日，致电郭沫若，转达国民党当局的意见请他回国。

7 月 27 日，郭沫若由日本回到上海，参加抗战。郁达夫专程赴沪迎接。

10 月 20 日，在《小民报·怒吼》上发表《鲁迅先生逝世一周年》，认为"纪念先生最好的方法，莫过于赓续先生的遗志，拼命去和帝国主义侵略者及黑暗势力奋斗。"

1937 年

上海文化书局出版《藤十郎的恋》（剧本）。

1938 年

1 月初，得悉老母陆氏于去年 12 月 31 日饿死故里的噩耗，悲痛至极。

3 月 9 日，应郭沫若的邀请，赴武汉任军委会政治部第三厅少将设计委员。

3 月 27 日在武汉参加中华全国文艺界抗敌协会成立大会，被选为理事。

5 月 9 日，作《日本的娼妇与文士》，痛斥为日本军阀为虎作伥的佐藤春夫。

5 月 14 日，在文艺界人士《给周作人的一封公开信》上签名，正告周作人不要堕落为民族罪人。

8 月 1 日，在戴望舒主编的香港《星岛日报·星座》创刊号上发表《抗战周年》，宣传抗战必胜。

12 月 18 日，偕王映霞和长子郁飞离开福州赴新加坡。

1939 年

1 月 1 日，应邀前往马来西亚槟榔屿参加《星槟日报》创办典礼。

同日，在《星洲日报》上发表政论《估敌》，对敌人的动向和虚弱本质作了精辟的分析。

1 月 9 日开始主编《星洲日报》早版的《晨星》副刊和晚版的《繁星》副刊。

1 月 15 日，接编《星洲日报星期报》和《文艺》副刊。

1月21日，在《星洲日报·晨星》上发表《几个问题》，引起了星马文化界的一场论战。

2月5日，接编《星槟日报星期刊》的《文艺》双周刊。

2月9日，在《星洲日报·繁星》上发表《满江红——福州于山戚武毅公祠新修落成而作用岳武穆公原韵》，抒发了捍卫祖国的豪情。

3月22日，在《星洲日报·晨星》上发表《杂谈近事·捐助文协的事情》，号召《晨星》投稿者把稿酬的一部分或全部捐助"文协"。

11月23日，长兄郁曼陀在上海遭到日伪特务暗杀。次年3月24日上海律师公会举行盛大追悼会，郁达夫遥寄挽联。

1940 年

2月，与王映霞协议离婚。

4月7日，开始编辑《星洲日报星期刊》的《教育》周刊。

4月19日，在《星洲日报·晨星》上发表致林语堂的信《嘉陵江上传书》，表达了与林语堂的真挚友谊和对国民党权贵的不满。

7月上旬，《星洲日报》主笔关楚璞辞职回国，郁达夫代主笔三个多月，承担撰写社论之责。

7月至8月，因足疾，委托青年诗人冯蕉衣主持《晨星》编务。

本年秋，结识新加坡英政府情报部华籍职员李筱瑛。

10月11日，参加在武吉智马青山亭举行的青年诗人冯蕉衣的葬礼。

10月17日，在《星洲日报·晨星》上刊出"纪念诗人冯蕉衣"特辑。

1941 年

2月23日，出席星华筹赈会主办的刘海粟画展开幕典礼。

3月14日，领衔发表《星华文艺工作者致侨胞书》，抗议国民党当局发动皖南事变，要求团结抗日。

4月起，主编英政府情报部出版的《华侨周报》。

5月9日，在《星洲日报·晨星》上撰文介绍青年作者温梓川的短篇小说集《美丽的谎》。

8月，翻译林语堂的《瞬息京华》，开始在《华侨周报》连载，三四个月后中止。

12月27日，出席陈嘉庚领导的新加坡华侨抗敌委员会成立大会，被选为执行委员，兼任文艺股主任。

1942 年

1月6日，出席星华文化界抗敌联合会成立大会，被选为主席。

2月4日，日军开始进攻新加坡，国民党政府驻新加坡领事馆拒绝签发回国护照，与胡愈之、王任叔等人渡海撤退到荷属小岛——巴美吉里汶。

2月6日转至荷属另一小岛石叻班让。

2月9日转至望嘉丽。

2月16日，转至望嘉丽对岸的保东村，开始蓄须，学习印尼语，准备长期隐蔽。开始写作《乱离杂诗》。

3月初，与王纪元转到保东村附近的彭鹤岭，以开设一小杂货店作掩护，改名赵德清，任店主。

4月中旬，乘船前往苏门答腊西部了帕干巴鲁。

5月初，到达苏门答腊西部高原小市镇巴爷公务，以富商身份出现，先住广东华侨开设的海天旅馆，后租住一座小洋房。

5月底，在巴爷公务侨长处，被日本宪兵发现精通日语。

6月初，被迫去武吉丁宜日本宪兵分队任通译。

9月，开设赵豫记酒厂，任头家（老板）。

1943 年

2月，假装肺病辞去宪兵分队通译职务，回到巴爷公务主持酒厂，不久又集资开办造纸厂和小型肥皂厂。

9月15日，与华侨姑娘何丽有在巴东结婚，后生子大亚，女美兰。

1944 年

2月，被汉奸洪根培等告密，真实身份被日本宪兵发现。通知胡愈之、沈兹九和张楚琨等立即转移。

1945 年

2月，作遗嘱。

8月16日，从收音机中听到日本无条件投降后，万分高兴，立即写信通知棉兰的胡愈之等准备迎接胜利的到来，并曾召集当地华侨组织欢迎联军筹备委员会。

8月29日晚失踪，9月17日被日本宪兵秘密杀害于武古丁宜的丹戎革岱的荒野中，或在武吉丁尼秘密隧道中推下后面的万丈悬崖而亡。殉难时仅50岁。